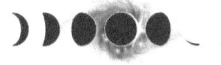

— Ne viens-tu pas de dire que c'était une erreur d'accélérer mon processus de guérison ? demanda Quinnlynn d'un ton abrupt, sans m'écouter. N'est-ce pas exactement ce que déclenchera une transformation ?

Oui. Elle avait raison.

Et en effet, je venais de dire que c'était une erreur.

Cela dit, c'était avant d'apprendre qu'elle avait passé *quarante putains d'années* à refouler sa louve. C'était un miracle qu'elle ne se soit pas encore dissociée de son animal.

Merde ! J'avais ressenti la profondeur de ses blessures, vu à quel point son âme était fracassée, mais je n'avais pas réalisé d'où cela venait.

Quatre putains de décennies…

Cette femelle avait réellement vécu l'enfer.

Mais cela ne serait rien comparé à ce qu'elle vivrait si son lien avec sa louve était coupé.

Je pouvais maintenant sentir à quel point leur relation était ténue, combien le lien entre la femelle et la louve était devenu fragile dans son âme.

— Il faut que tu accueilles ta louve à nouveau. J'ai réussi à guérir presque tout le reste, mais ça, je ne peux pas. Je te forcerai à te transformer si c'est nécessaire, Quinnlynn. C'est indispensable ; *pour que tu sois à nouveau entière.*

Et si elle me sortait encore une de ses conneries selon laquelle je voulais la rendre entière pour la briser à nouveau, elle pouvait être sûre que j'allais me mettre à grogner. J'allais la faire taire en la transformant moi-même.

— Ne fais pas de moi le grand méchant de cette histoire, chérie, l'avertis-je. Ce n'est pas un rôle que j'ai envie de jouer dans ta vie, mais sache quand même que je le maîtrise parfaitement.

LE SECTEUR SANGLANT

LES LOUPS DU V-CLAN

AUTEURE À SUCCÈS USA TODAY

LEXI C. FOSS

Édition par : Outthink Editing, LLC

Relecture par : Katie Schmahl & Jean Bachen

Traduction de l'anglais au français : Anne Worms pour Well Read Translations

Conception de la couverture : Jay R. Villalobos avec Covers by Juan

Photographie de couverture : CJC Photography

Modèles de couverture : Marcel Pospiech & Jenna Pospiech

Publié par : Ninja Newt Publishing, LLC

Édition numérique :

eBook ISBN: 978-1-68530-005-0

Paperback ISBN: 978-1-68530-157-6

À ma petite assistante préférée Skoga, je n'aurais pas pu terminer ce livre sans toi. Ton insistance pour « m'aider » à taper ce livre a été exemplaire. Honnêtement, je ne sais pas pourquoi mon éditeur a supprimé tous tes ajouts. Je suis certaine que tout le monde aurait adoré tes ldpsxij5ùozdch insérés un peu partout dans le livre ! Je t'aime fort, ma puce d'amour. Merci pour tous tes gros câlins et tes bisous tout doux.

PS : Bethany, c'est Skoga qui est responsable du ettttt. Tu me crois, n'est-ce pas ?

LE SECTEUR SANGLANT

UN ROMAN DU V-CLAN

LE SECTEUR SANGLANT

Quinn McNamara

Le sang. La mort. La guerre.
Une dynastie décimée.
Cela fait de moi la récompense ultime.

Je suis une Oméga sans partenaire, de lignée royale et destinée à régner. Mais les princes Alphas restants veulent tous me revendiquer, à leur manière cruelle et terrifiante.

Cela fait un siècle que je fuis, que je me cache là où personne ne viendra me chercher.
Seulement, il m'a trouvée. Le prince Kieran, le plus puissant de tous les métamorphes.

Notre petit jeu de cache-cache prend fin.
Il est temps que je me soumette.
Ou que je me batte jusqu'à la mort.

Kieran O'Callaghan

Ma petite louve m'a échappé une fois. Elle a voulu se lancer dans une dangereuse course-poursuite dans les différents secteurs, mais j'ai enfin remporté mon prix.

La pauvre petite chérie pensait que j'étais de ceux qui

attachent de l'importance à la galanterie et qui font la cour aux dames. Je suis un prince Alpha. Je prends ce que je veux, quand je veux, comme je veux. La douceur de son sang d'Oméga donne envie au prédateur qui est en moi de détruire tous ses rêves de fin heureuse.

Je laisse les autres princes Alphas s'amuser dans leurs petites V-guerres royales.

Tant qu'ils s'inclinent devant moi, le roi du Secteur Sanglant, je n'interviendrai pas.

De plus, j'ai une jolie petite Oméga à dompter. Il est temps que je pose une couronne sur sa tête et que je fasse d'elle ma reine.

Note de l'auteure : Il s'agit d'une romance entre métamorphes, avec des éléments d'Omégaverse, qui peut se lire indépendamment du reste de la série. Kieran est un prince Alpha qui n'hésite pas à s'imposer, tandis que Quinn est une princesse Oméga au tempérament de feu. C'est un véritable couple infernal, une histoire dans laquelle l'antihéros est roi.

NOTE DE LEXI

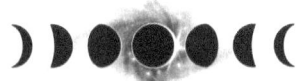

Le Secteur Sanglant est une romance indépendante qui prend place dans l'univers du V-Clan. Il n'est pas nécessaire de lire d'autres livres pour pouvoir comprendre cette histoire.

Il s'agit d'une romance entre métamorphes avec la présence forte d'éléments de l'Omégaverse. On y retrouve la dynamique Alpha/Oméga, la nidification, les ronronnements, l'œstrus, et bien sûr, le *nouage*. Si tout ce vocabulaire ne vous est pas familier, ne vous inquiétez pas, cela vous sera expliqué au fil du texte. ;)

Ceux d'entre vous qui connaissent déjà ma série sur le X-Clan retrouveront des similarités.

Cependant, vous remarquerez aussi probablement que Kieran est un peu différent des Alphas du X-Clan. C'est un mâle Alpha qui comprend l'art de vénérer une Oméga. Et même lorsque sa Quinnlynn le met profondément en colère, son approche de la punition reste de nature très sensuelle.

Il la revendiquera, car elle lui appartient.

Toutefois, le consentement a un peu plus d'importance

pour lui que pour certains des Alphas du monde du X-Clan.

Son approche particulière crée un mélange enivrant de domination et de révérence. Cependant, cette histoire prend place, comme les autres, dans un univers parsemé d'éléments sombres et cruels.

Après tout, il s'agit de l'avenir.

Nous sommes dans un monde où quatre-vingt-dix pour cent de la race humaine a été éradiquée par un virus zombie.

Les êtres surnaturels dirigent le monde dans leurs différents secteurs et territoires.

La plupart d'entre eux pensent que les loups du V-Clan se sont pratiquement éteints au fil des années. Il n'en est rien. Ils sont simplement particulièrement doués pour se cacher et préfèrent rester entre eux.

Le Secteur Sanglant vous donnera un aperçu introductif de leur univers secret.

Bonne lecture ! <3

BIENVENUE
DANS LE
SECTEUR
SANGLANT

OÙ L'ALPHA
EST ROI

MAIS OÙ SON
OMÉGA RÈGNE...

KIERAN

— C'est *ça* qui a pénétré sur notre territoire par effraction ? demandai-je en désignant l'Oméga à genoux devant moi. Celle qui a réussi à déjouer notre barrière de sécurité ?

L'alarme avait résonné peu après l'aube, me tirant du sommeil en sursaut.

Je m'attendais à trouver Tadhg ou Lykos en train d'essayer d'infiltrer mon territoire, voire l'un de leurs assassins, mais une magnifique Oméga ? Voilà quelque chose de nouveau.

À moins que les autres princes Alphas aient choisi de m'envoyer une menace sensuelle plutôt qu'une menace physique.

— Était-elle armée ?

Je m'accroupis devant cette femelle pour essayer de mieux l'observer. Sa capuche couvrait encore une bonne partie de son visage.

— Vous a-t-elle donné un nom ?

— Quinn, répondit une petite voix au moment même

1

où une paire d'iris noirs comme la nuit croisa mon regard sous le tissu noir. Et en effet, *elle* avait un couteau qu'elle aimerait bien récupérer.

Je la regardai en arquant un sourcil.

— Un couteau ? dis-je avant de jeter un œil vers Lorcan.

Il hocha la tête pour confirmer l'information et me tendit la dague pour que je l'examine.

Je me saisis de l'arme au métal terne et la fis rouler entre mes doigts pour en estimer le poids. C'était certes une arme pratique, mais sans rien de particulier.

— Y a-t-il une raison pour laquelle vous lui avez laissé sa cape ?

Cette question s'adressait à mes deux Élites : ces hommes qui me servaient de garde du corps et qui étaient prêts à donner leur vie pour moi, même si en réalité je n'avais pas besoin d'eux. Surtout pour faire face à une petite louve Oméga.

— C'est elle qui a insisté, me répondit Cillian.

— Et nous nous plions aux demandes de nos ennemis maintenant ? répliquai-je sèchement.

Cillian haussa les épaules.

— Il ne s'agit pas d'une ennemie comme les autres, mon seigneur.

C'était une réponse polie, mais il ne s'était pas excusé.

Hélas, je supposais qu'il avait raison. Cette Oméga toute menue ne pouvait pas vraiment passer pour une menace à mon encontre.

À moins qu'elle ne soit utilisée comme une sorte de cheval de Troie.

Fascinant, m'émerveillai-je intérieurement. *Et s'il s'agissait d'une Oméga assassin ?* Ce serait là une approche tout à fait unique pour attaquer un Alpha royal.

Si j'avais le moindre intérêt pour la politique et les guerres de territoire, j'aurais pu employer un tel concept.

Mais j'avais choisi de n'opérer qu'à l'intérieur de mes propres frontières. Pour le moment.

— Tu as violé mes frontières avec un misérable couteau comme seule protection, dis-je d'un ton amusé et de plus en plus intrigué. Ce n'est pas très sage comme décision, ma petite.

— Je ne suis venue faire de mal à personne, répondit-elle d'une voix forte qui faisait écho à l'audace qui pétillait dans son œil.

Cela reste à voir, me dis-je en l'observant avec curiosité, tandis que je glissais son couteau dans ma poche.

— Alors pourquoi es-tu venue ?

— Pour demander l'asile, répondit-elle en retirant la capuche de sa tête pour révéler son magnifique visage.

Des pommettes saillantes, teintées de rose par la chaleur qui régnait au sein de mon palais. Des yeux couleur d'encre. Un petit nez mutin. Des lèvres pleines qui semblaient faites pour le sexe. Des cheveux noirs qui tombaient en vagues sur ses épaules fines.

Je repérai immédiatement autour de son cou les diamants noirs qui formaient un croissant de lune que je connaissais bien.

Je tendis la main vers le pendentif.

— Quinn, murmurai-je. Tu es… Quinnlynn MacNamara ?

Lorsque je vis ses narines s'écarter et ses yeux s'agrandirent encore un peu, je sus que j'avais raison. D'ailleurs, les traits de son visage m'étaient familiers. Elle était le portrait craché de sa défunte mère. J'aurais dû m'en apercevoir au moment même où elle avait retiré sa capuche, sa beauté était bien trop profonde pour être celle d'une louve quelconque.

Cillian poussa un juron. Lorcan quant à lui plissa seulement les yeux.

— Voilà pourquoi vous auriez mieux fait de lui retirer sa capuche, dis-je sans élever le ton, avant de tendre la main à la jeune femme. Levez-vous, princesse, et expliquez-moi plus en détail votre demande d'asile.

Je savais déjà que je ne devrais même pas y songer. Accepter de l'accueillir sur mon territoire me mettrait au centre de la guerre qui faisait rage.

Une guerre qui avait atteint son apogée lorsque la dynastie MacNamara était tombée, ne laissant derrière elle qu'une princesse Oméga et un royaume que de nombreux Alphas souhaitaient revendiquer : *le Secteur Sanglant.*

Il s'agissait du cœur de l'univers du V-Clan, avec ses systèmes souterrains de haute technologie et ses frontières parfaitement sécurisées.

Le sort qu'avaient subi les parents de Quinnlynn était une véritable tragédie. Les loups du V-Clan étaient immortels, à l'instar de nos cousins vampires. Cela dit, nous n'étions pas indestructibles, comme l'avaient découvert les parents de Quinnlynn après un étrange accident impliquant leur jet.

Quinnlynn se releva d'elle-même en refusant ma main tendue. Elle se tenait devant moi, tête haute, dans une attitude royale qui seyait à la reine qu'elle était destinée à devenir.

— Je veux pouvoir décider de mon propre destin.

Je soulevai un sourcil.

— Oh ?

Nous savions tous les deux que les choses ne fonctionnaient pas ainsi, mais j'étais curieux d'entendre ce qu'elle avait à dire. Je demandai alors :

— Éclairez donc ma lanterne, ma petite. Quelle part de votre destin souhaiteriez-vous choisir ?

— Mon partenaire, répliqua-t-elle. Je veux pouvoir choisir mon partenaire.

— Et vous voudriez que je vous aide à préserver ce choix ? demandai-je, plutôt amusé par cette perspective. J'ai de bonnes raisons d'être resté en dehors de cette guerre, ma petite. Je suis parfaitement satisfait de mon territoire actuel et je n'ai aucune intention de me battre pour obtenir le Secteur Sanglant.

— C'est exactement la raison qui m'amène chez vous.

Son regard sombre s'éclaira soudain d'une lueur cachant un profond secret, une vérité qu'elle ne voulait pas que je perçoive. Puis elle lâcha dans un souffle :

— C'est vous que j'ai choisi.

Il était très difficile de me déconcerter étant donné mon âge et mon expérience, mais je dois dire que ces paroles me laissaient… sans voix.

De fait, je ne m'attendais pas à trouver une adorable petite Oméga sur mon territoire ce matin, et encore moins à ce qu'elle s'offre elle-même à moi sur un plateau chargé de diamants noirs.

— Je ne fais pas partie des candidats, lui rappelai-je d'une voix miraculeusement stable.

Cela ne reflétait en rien la surprise qui venait de me frapper. *Était-ce un piège ? Un jeu ? Une sorte de distraction ?* Je jetai un regard vers Lorcan qui hocha la tête. Il avait clairement compris la demande contenue dans mes yeux.

Il sortit de la pièce dans un panache de fumée, probablement pour aller vérifier de nouveau tous les périmètres.

Car de toute évidence, cela ne pouvait pas être vrai.

— C'est pour cela que je suis là, précisa-t-elle. Vous n'êtes pas de ceux qui s'amusent à tuer des innocents juste pour prouver que vous avez un gros nœud. Je veux que cette guerre s'arrête. C'est pourquoi je vous ai choisi.

Encore ces paroles.

— Et si je refuse ? réfléchis-je à voix haute en penchant un peu la tête sur le côté.

— Vous ne ferez pas cela !

— Je ne ferai pas cela ? répétai-je.

— Vous ne participez peut-être pas à cette guerre, mais vous restez un prince Alpha. Le Secteur Sanglant a besoin d'un roi. Vous ne pouvez pas refuser ce trône.

Son excès de confiance me donnait envie de la mettre à genoux et de lui donner une de ses leçons que seuls les Alphas savaient concocter. Cependant, je me doutais bien que si j'empruntais cette voie, je finirais par la baiser.

Ce qui m'amènerait sans aucun doute à la revendiquer, puisque tout chez elle hurlait que je la possède.

Non seulement à cause de son sang royal, une essence qui inspirait un désir presque douloureux à mes canines, mais aussi à cause de toute son attitude.

Elle n'agissait pas comme une Oméga.

Rien chez elle ne se soumettait, ne reculait ni ne suppliait. Elle se tenait fermement devant moi et dictait ses exigences.

Les Omégas étaient de rares et précieux bijoux. Des *diamants de toute beauté*.

Celui-ci était le plus étincelant de tous.

— Est-ce un piège ? demandai-je. Essayes-tu de me rouler d'une manière ou d'une autre ?

— Comment pourrais-je vous piéger ?

— Vous ne répondez pas à ma question, ma petite.

— Je suppose que la réponse est non, dit-elle en semblant réfléchir. Si j'accepte une promesse de fiançailles, cela aidera-t-il à vous prouver ma sincérité ?

Je la regardai avec surprise.

— Vous êtes prête à déposer votre vie à mes pieds sans plus de cérémonie ?

— Si cela signifie que vous m'accordez l'asile que j'ai demandé, alors oui.

— Mais ce n'est pas réellement l'asile que vous me demandez, Quinnlynn. Vous me demandez de devenir votre compagnon et de prendre le trône du Secteur Sanglant.

— Dans lequel vous m'assurerez l'asile au sein de mon propre territoire. Vous me sauverez ainsi de la folie qu'a créée cette guerre.

— Une échappatoire face à vos prétendants, traduisis-je. Voilà ce que vous me demandez réellement.

— Tout à fait. Une échappatoire à tous les princes Alphas et la *fin* de cette guerre.

— Voyez-vous en moi une sorte de héros ? dis-je en l'observant de haut en bas. Vous débarquez ici sans invitation et proposez à un prince Alpha que vous connaissez à peine de devenir sa compagne en vous basant sur le simple fait qu'il ne participe pas à la bataille pour obtenir votre main. Voilà qui est plutôt audacieux, Quinnlynn. Et particulièrement naïf.

— C'est une occasion que je me devais de saisir. L'enjeu valait la peine de risquer votre refus.

— Il s'agit de bien plus qu'un simple refus, Quinnlynn.

Je m'avançai vers elle d'un pas intimidant, tout en la forçant à me regarder dans les yeux.

— Je pourrais tout à fait décider de vous prendre pour moi et de laisser votre secteur pourrir et s'effondrer. Cela me paraît un risque important, vous ne pensez pas ?

Elle m'étudia un long moment, et je vis les premiers signes de doute venir assombrir ses magnifiques traits.

— Ma seule alternative est de laisser tous ses princes Alphas commettre leurs meurtres inutiles en mon nom. Je préfère risquer tout ce que je possède pour mettre un terme à cette guerre plutôt que de baisser les bras et d'accepter un tel destin.

— Où vous pourriez choisir l'un d'entre eux.

— Ils ne sont pas dignes de moi, grogna-t-elle.

— Et je le suis ?

— Cela dépend de votre réponse. Allez-vous accepter ma promesse de fiançailles ?

— Vous me demandez bien plus qu'une simple acceptation, ma petite. Vous voulez que je devienne votre compagnon *et* que je prenne le contrôle du Secteur Sanglant. De plus, vous semblez croire que nos fiançailles mettront fin à la guerre. Pourtant, certains de ces Alphas n'accepteront pas votre choix. Ils vont consacrer toute leur énergie à me défier.

Un éclair de dissimulation passa à nouveau dans son regard. Je pouvais presque le sentir sur le bout de ma langue.

Elle me cache clairement quelque chose.

— Vous adorez ce genre de défi, me lança-t-elle.

— Vous dites cela comme si vous me connaissiez, ainsi que mes motivations, répliquai-je en plissant le regard. Qu'est-ce qui vous rend aussi sûre de vos affirmations ?

— Est-ce que je me trompe ? dit-elle sans répondre à ma question.

Elle ne se trompait pas, ce qui me donnait encore plus envie de comprendre ses motivations et la source de telles connaissances.

— À qui avez-vous parlé, ma petite ?

Car il me paraissait évident que quelqu'un avait partagé avec elle certains détails me concernant ainsi que mon territoire. Autrement, comment aurait-elle réussi à franchir mes frontières ?

Cela expliquait aussi pourquoi elle était aussi certaine

que j'accepterais son offre, ainsi que son commentaire concernant ma réaction face aux défis.

Plutôt que de me répondre, elle afficha un sourire mystérieux.

— Acceptez mon offre, et je vous le révélerai peut-être.

— Si j'accepte votre offre, vous n'aurez plus le choix.

Nous savions tous les deux que si je m'accouplais avec elle, cela me donnerait un accès entier à son esprit.

De la même manière qu'elle aurait accès au mien.

Peut-être était-ce là son objectif.

Cela dit, un lien d'accouplement entre nous ne lui donnerait sûrement pas l'avantage. Elle m'appartiendrait. Elle serait à ma disposition, je pourrais la contrôler et la baiser à ma guise.

C'était une position dangereuse pour une Oméga.

Une position qu'elle ne devrait pas accepter avec un Alpha, surtout un Alpha avec mes dispositions.

Un imbécile mal informé avait fait croire à cette pauvre fille que j'étais un héros.

Elle n'aurait pas pu être plus loin de la réalité concernant mes penchants et mes désirs dans la vie.

Étais-je capable d'apprécier un bon petit défi ? Bien sûr. Allais-je accepter son offre de prendre le trône du Secteur Sanglant ? Encore une fois, oui. Mais cela faisait-il de moi le prince charmant qu'elle attendait ? Le héros qu'elle méritait ? Absolument pas.

Je n'avais rien d'un preux chevalier. Je vivais aux confins des ténèbres. Je jouais avec le sang et je ne passais des accords avec d'autres que lorsque cela était à mon bénéfice.

Si cette Oméga pensait me battre à ce petit jeu, elle allait perdre.

Rare ou non, j'allais la détruire.

Je voulais qu'elle puisse lire cela dans mon regard tandis que je la fixais d'au-dessus.

Je ne suis pas votre héros, dis-je avec mes yeux. *Je suis une fripouille. Un scélérat. Un méchant de premier ordre.*

Elle frissonna, mais soutint mon regard avec l'assurance d'une Alpha. *Vous ne me faites pas peur*, semblait-elle répondre.

Quelle erreur, ma petite.

— C'est une proposition dangereuse, princesse. Je ne suis pas certain que vous en ayez complètement conscience. Je vais donc vous donner une seule chance de la retirer, dis-je en m'approchant encore un peu plus d'elle.

Je cherchais à l'oppresser par ma puissance ancestrale et à lui donner un aperçu du pouvoir qui vibrait sous ma peau.

Je suis vieux.

Je suis un Alpha.

Je vous briserai si vous me choisissez.

— Une chance, murmurai-je d'un ton sombre. Retirez votre offre et je vous escorterai personnellement jusqu'à votre royaume et vous laisserai affronter votre destin là-bas. Cependant, cette opportunité prend fin dans soixante secondes. *Choisissez* bien.

— Je n'ai pas besoin de soixante secondes. J'ai choisi ma voie à l'instant où j'ai quitté le Secteur Sanglant pour venir sur votre territoire. C'est vous que je choisis.

Mes lèvres se serrèrent.

— Quel choix imprudent ! dis-je en laissant tomber mon regard sur sa bouche. Surtout si je viens à découvrir qu'il s'agit d'une ruse de votre part.

Je continuais à suspecter que c'était le cas, mais si elle voulait jouer, j'étais prêt à entrer dans la danse.

Après tout, cela faisait longtemps que quelqu'un ne m'avait pas intrigué à ce point.

Je n'avais rien à perdre à entamer une relation avec cette petite Oméga pour tenter de déchiffrer ses secrets.

Elle déglutit, ce qui ne fit que confirmer à mes yeux qu'elle avait quelque motivation cachée.

— Alors, marché conclu ? demanda-t-elle.

Plutôt que de lui répondre, je glissai ma main derrière le tissu de sa cape pour enrouler mes doigts sur sa nuque.

— Quand sont prévues vos prochaines chaleurs ?

Son corps se tendit, je pouvais sentir son pouls s'affoler sous mon pouce tandis que je caressais doucement sa peau.

— C'est une question juste, chère promise, vous ne pensez pas ? D'ailleurs, maintenant que nous sommes sur le point d'être fiancés, nous allons nous tutoyer. J'ai le droit de savoir quand tu pourras accepter mon nœud en toi. Ainsi que mes dents dans ta jolie gorge ?

Elle était venue à moi avec ce plan idiot. Je lui avais offert une échappatoire qu'elle avait naïvement rejetée. Il semblait désormais normal de la mettre face à ce qu'elle venait d'accepter.

Elle allait peut-être me supplier de changer d'avis maintenant, reconsidérer l'offre qu'elle venait de rejeter si négligemment.

— D'ici deux mois, murmura-t-elle.

Je vis ses pupilles s'agrandir.

— Elles durent combien de temps en général ? demandai-je sans pouvoir empêcher mon regard d'être attiré de nouveau par sa bouche pulpeuse.

— Trente jours, répondit-elle avant de déglutir à nouveau.

— Mmmh. Est-ce que tu voudrais essayer mon nœud avant notre proverbiale nuit de noces, ou préfères-tu que cela reste une surprise ?

Elle trembla légèrement et tous les signes d'assurance qu'elle avait montrés jusqu'alors disparurent sous la puissance de mon emprise et la forte énergie qui circulait entre nous.

Maintenant tu comprends. Maintenant tu sais pourquoi c'était une bien mauvaise décision.

— Une… une surprise, bafouilla-t-elle.

— Comme tu voudras, dis-je à voix basse.

Mon pouce exerçait juste la pression suffisante contre son cou pour transmettre une impression de danger.

Cillian croisa mon regard par-dessus l'épaule de Quinn. Cela faisait tellement longtemps que nous travaillions ensemble qu'il me suffisait d'un simple regard pour qu'il comprenne ma demande.

Il inclina la tête avec révérence puis disparut pour me laisser avec ma fiancée, comme je le désirais.

— Es-tu toujours aussi sûre de toi ? demandai-je en rapprochant ma poitrine de la sienne.

— Oui, dit-elle dans un souffle à ma grande surprise. Je te choisis toujours.

Elle dit cela en levant les yeux vers moi.

Pourquoi fait-elle cela, je me le demande, me dis-je en examinant son magnifique visage.

— Il se peut que tu regrettes ce choix un jour, dis-je sur le ton de l'avertissement.

— Ce ne sera pas aujourd'hui, rétorqua-t-elle, ce qui me fit sourire.

— La journée n'est pas terminée, princesse.

Je resserrai les doigts autour de sa nuque tandis que je portais mon autre poignet à ma bouche.

Certains Alphas aimaient que leur Oméga boive leur sang sur une partie du corps moins classique, mais j'étais un peu vieux jeu. J'aimais courtiser. Je voulais qu'elle me supplie pour les bonnes raisons, pas par peur ou désespoir.

Elle m'avait peut-être choisi pour des raisons malveillantes.

Cependant, au bout du compte, elle finirait par me choisir parce qu'elle avait envie de moi plus que de n'importe qui d'autre.

Je plongeai les canines dans ma chair, ce qui fit jaillir une rivière de sang le long de ma peau mate.

Quinnlynn se lécha les lèvres, impatiente.

Plutôt que de sucer mon propre sang et de le déposer dans sa bouche avec ma langue, je plaçai simplement mon poignet devant elle.

— Fais ton choix, princesse.

Si elle voulait des fiançailles, elle n'avait qu'à venir les chercher elle-même.

— Mon choix est fait depuis longtemps, me rappela-t-elle.

Elle se pencha alors en avant pour aspirer le contenu de mes veines sans une seconde d'hésitation.

Une gorgée de mon sang nous engagerait tous les deux dans un lien de fiançailles. Ce lien ne pouvait être brisé que si Quinnlynn prenait le nœud d'un autre Alpha. Dès que je l'aurais mordue au moment de son œstrus, nos âmes deviendraient liées à jamais.

Il s'agissait d'une première étape dangereuse, car elle lançait le processus d'accouplement. Je pouvais dès lors ressentir son énergie alors qu'elle absorbait la mienne.

C'est la raison pour laquelle son empressement à accepter mon sang ne fit que me confirmer ce que je savais déjà.

Elle mijote clairement quelque chose, pensai-je en laissant monter ma main depuis sa nuque jusqu'à ses cheveux pour la retenir contre mon poignet tandis que la magie réchauffait l'air qui nous entourait. *Je découvrirai tes secrets, ma petite. Ensuite je te ferai payer ton audace en te baisant jusqu'à l'épuisement.*

Elle ne pouvait pas m'entendre.

Pas encore.

Mais elle le pourrait bientôt.

Dans deux mois.

Lorsque j'allais la nouer et la revendiquer.

Pendant ses chaleurs.

DE NOS JOURS

Hélas, je ne pus jamais profiter des délicieuses sécrétions de Quinnlynn ou me régaler de ses cris de plaisir.

Car, moins d'un mois plus tard, mon adorable petite coquine avait disparu dans la nuit sans laisser de traces, en emportant mon sang et nos fiançailles avec elle.

Elle m'avait laissé seul pour diriger le Secteur Sanglant.

Depuis, je la poursuivais dans le monde entier.

Cela faisait maintenant plus de cent ans.

Ma perfide fiancée se cachait trop bien.

Ah, ma douce petite louve. Notre petit jeu de cache-cache touche à sa fin.

Tu m'appartiens désormais.

Et ce, pour toujours.

Prépare-toi à saigner…

QUINN

Allez, Savi, pensai-je. *Allez, allez, allez !*

Elle ne respirait plus. Sa gorge avait été complètement écrasée par cet Alpha du X-Clan tandis qu'il la nouait sauvagement, comme une vulgaire poupée gonflable.

Il était reparti en grognant, sans même remarquer ma présence.

Évidemment. Ils ne me remarquent jamais.

Mon parfum leur rappelle celui d'une Bêta, pas d'une Oméga. C'est une odeur que j'ai perfectionnée avant de venir ici. Une odeur qui m'a permis d'échapper à mes poursuivants des milliers de fois.

— Allez, s'il te plaît.

Je prononçai ces paroles à voix haute, tout en posant la paume de ma main sur le cou gracile de Savi. Je sentais mon pouvoir de guérison décliner chaque seconde.

Je l'avais trop utilisé pour aider Blanca, sans penser que Savi allait encore se retrouver dans cette situation.

Merde, merde, merde !

— Guéris ! ordonnai-je dans un chuchotement désespéré.

Les Alphas me remarquaient rarement, mais s'ils me voyaient guérir leurs Omégas, ils réaliseraient sans aucun doute que j'étais *différente*.

Ils savaient déjà que j'étais une louve du V-Clan, cette partie de ma nature ne pouvant être cachée. Cela dit, il y avait toutes sortes d'êtres surnaturels dans le secteur Bariloche, parce que l'Alpha Carlos avait tendance à collectionner les Omégas de toutes natures. Ainsi, le fait d'être une louve du V-Clan ne me rendait pas particulièrement spéciale, même si j'étais la seule dans le secteur.

Cependant, s'ils comprenaient que j'étais une Oméga, je risquais d'avoir de sérieux ennuis.

Je serais immédiatement obligée de me fondre dans l'ombre pour m'échapper le plus discrètement possible de cet endroit. Cela faisait partie de mes pouvoirs, la capacité à disparaître et à me déplacer sans être vue.

Cela dit, tant que ce n'était pas le cas, j'étais bien décidée à aider autant d'Omégas que possible.

À commencer par Savi.

Je poussai un grognement sourd pour essayer d'envoyer un peu plus d'énergie en elle. Je me concentrai pour essayer de remettre ses poumons en état.

Elle réagit en prenant une minuscule inspiration, ce qui fit bondir mon cœur dans ma poitrine.

Puis, plus rien.

— Merde !

Il me faut plus de puissance, plus d'énergie.

Je sentis les larmes me monter aux yeux, un sentiment d'échec commençait à chatouiller ma conscience.

Non, non, non.

Je ne l'abandonnerais pas.

J'allais réussir à la guérir.

Il le fallait.

Je… je ne pouvais pas la laisser mourir ainsi. Pas après tout ce qu'elle avait traversé.

— Je t'en prie, Savi. S'il te plaît, respire.

Je me penchai pour lui murmurer à l'oreille :

— Joseph est vivant. Je peux le sentir dans ton sang, dans ton lien, ton *âme*. Il faut que tu survives à tout ça pour le retrouver. Pour ne faire plus qu'un.

Je lui avais déjà parlé de cela auparavant, mais elle était tellement abîmée psychologiquement qu'elle m'entendait rarement. Le seul qui avait réellement le pouvoir de réparer son esprit brisé était Joseph lui-même.

Et pour le moment, il était enfermé dans le donjon de l'Alpha Carlos.

J'étais entrée en douce là-bas d'innombrables fois pour essayer d'utiliser mes pouvoirs de guérison sur cet Alpha réduit à l'état de bête, mais Joseph était tout aussi brisé que sa compagne.

*Putain de Carlo*s, grognai-je.

J'avais envie de trancher la gorge de ce connard après tout ce qu'il avait fait. Cela dit, il ne représentait que la partie émergée de l'iceberg. Bien sûr, il était à la tête de ce secteur oublié de tous, mais ses sbires étaient bien trop heureux d'exécuter son sale boulot pour lui.

Ce qui signifiait que j'aurais bien trop de personnes à tuer si je voulais que ce trou à rats devienne vivable.

Je ne pouvais pas faire grand-chose. J'étais venue ici pour sauver autant d'Omégas que possible, et cela faisait déjà plus de quarante ans.

Je n'étais pas repartie, car elles avaient simplement trop besoin d'aide.

Des Omégas telles que Savi.

Des Omégas telles que Kari.

Mon cœur se serra en pensant à la sœur de Savi. Elle, je n'avais pas pu la sauver. Elle avait été envoyée au

Secteur Hiver comme cadeau de mariage pour l'Alpha Enrique.

Au moins, cela avait été un soulagement pour elle. Ils partageaient tous les deux un lien spécial, quelque chose qui la protégeait de son avidité sexuelle. Enrique était le frère de Joseph, ce qui faisait en quelque sorte de lui un membre de la famille de Kari. On ne pouvait pas dire pour autant qu'il avait agi comme un frère à son égard.

Cependant, je ne l'avais jamais vu en rut. Il s'était seulement isolé dans une chambre avec Kari afin de ronronner pour elle.

Encore des secrets, pensai-je. *Des secrets auxquels je n'ai pas le temps de réfléchir pour le moment.*

Parce qu'il fallait que je sauve Savi, que je la force à…

Oh, non… Pas maintenant !

Mes mains s'immobilisèrent sur le cou de Savi. Épuisée comme je l'étais, je n'avais que deux possibilités : m'enfuir et laisser Savi mourir, ou rester et *lui* permettre de me trouver.

La sensation de la présence de Kieran O'Callaghan me submergea telle une vague de puissance bouillonnante qui me fit frissonner de désir. *Encore*, murmura mon âme. *Il m'en faut encore.*

Cela faisait plusieurs décennies que nos âmes ne s'étaient plus rencontrées.

Nuuk, pensai-je, et ce souvenir me fit frémir. Il avait alors été tellement près de me retrouver et de découvrir tous les secrets qui m'étaient chers.

Des secrets qu'il connaît peut-être déjà, murmura une part de moi en me rappelant la raison pour laquelle j'avais choisi de fuir. *Des secrets qu'il pourra exploiter à la seconde où il te retrouvera.*

Heureusement, j'avais réussi à m'échapper avant qu'il ne mette la patte sur moi.

J'avais fui vers le sud.

J'étais descendue jusqu'au Secteur Bariloche, que je n'avais plus quitté depuis.

Avant notre rencontre fortuite à Nuuk, il y en avait eu une autre à Atlanta, peu de temps avant le début de la grande Infection : ce virus zombifiant qui avait éliminé quatre-vingt-dix pour cent de la population humaine, laissant alors les êtres surnaturels diriger le monde en leur absence.

Je m'étais cachée au milieu d'un groupe de mortels terrifiés pendant que nous travaillions à la logistique du Sanctuaire avec Kyra, une autre Oméga. Ma meilleure amie. Ma *seule* amie.

Dès l'instant où j'avais senti la puissance de Kieran se rapprocher, j'avais fui de nouveau.

Tout comme je l'avais fait les deux premières fois.

Cela m'était devenu naturel de me fondre dans l'ombre.

Mais aujourd'hui… aujourd'hui je ne pouvais pas le faire.

Non seulement parce que j'étais épuisée, mais aussi à cause de Savi. Je… je ne pouvais pas la laisser.

— Tu dois la guérir, murmurai-je, en me résignant ainsi à mon destin.

Cela faisait plus de cent ans que je m'étais fiancée à l'Alpha Kieran. Cent ans que je lui avais offert le trône de mon royaume et qu'il avait été nommé Prince du Secteur Sanglant. Cent ans que j'étais partie sans un regard en arrière.

Je déglutis et fermai les yeux au moment où je poussai chaque once d'énergie qui me restait vers la silhouette sans vie de Savi. Je savais que Kieran allait me forcer à partir.

Mince, il allait faire bien pire que ça.

Il allait me punir de toutes les manières possibles.

Cela dit, pour moi, ce que j'avais accompli au cours de ce dernier siècle valait la peine d'affronter sa fureur.

— Allez, Savi, chuchotai-je. Il ne nous reste plus beaucoup de temps.

Je pouvais le sentir approcher, la sombre nuée de sa puissance s'intensifiait à chaque seconde. Elle venait s'abattre sur moi tel un fouet d'énergie pure, marquer mes entrailles au fer rouge et déclencher un désir douloureux au fond de mon âme.

Le problème n'avait jamais été que je n'étais pas attirée par lui.

C'était un Alpha supérieur, un digne compagnon qui donnait envie à ma louve intérieure de ronronner d'excitation.

Cependant, mon animal ne comprenait pas les réalités politiques qui se cachaient derrière nos fiançailles ni la possibilité qu'il me trahisse.

Moi, oui.

Ne fais confiance à aucun des princes Alphas. Pas avant d'avoir découvert la vérité, mo stoirín.

Les dernières paroles de ma mère étaient encore gravées dans mon esprit et me rappelaient mon objectif, comme un sceau sur mon cœur.

Son avertissement, ainsi que mon héritage, voilà ce qui avait toujours guidé mes décisions.

Mes fiançailles avec Kieran n'avaient jamais été destinées à conduire à un accouplement.

J'avais besoin de son don particulier. De sa capacité à *guérir*. Je l'avais acquis à travers notre lien de fiançailles.

De la même manière que mes propres pouvoirs avaient été renforcés en me liant à lui, tels que ma capacité à me fondre dans l'ombre et à me déplacer sans être détectée.

La seule raison pour laquelle il pouvait me sentir, c'était ce lien qui nous reliait.

Cela ne fonctionnait que lorsque nous étions tout près l'un de l'autre.

J'essayai de récupérer encore un peu plus de ses pouvoirs – puisqu'il était là, autant me servir de lui – pour aider Savi, mais c'était comme s'il avait érigé un mur entre nous, un mur qui m'empêchait d'absorber plus de ses capacités.

D'accord, pensai-je en serrant les dents. *Je suppose que je le mérite.*

Je l'avais abandonné un mois avant mes chaleurs, et je l'avais laissé seul responsable du Secteur Sanglant en mon absence.

En réalité, j'avais fait bien plus que ça.

Je l'avais trahi de la pire des manières en m'enfuyant avant que nous puissions consommer notre union. Il avait probablement dû se constituer un harem en mon absence juste pour satisfaire son nœud.

Ma mâchoire se serra à cette pensée.

Je ne pourrais pas lui en vouloir si c'était le cas.

Peut-être avait-il trouvé quelqu'un d'autre et allait-il me libérer de nos fiançailles.

Voilà qui serait une punition appropriée. Bien sûr, il perdrait le Secteur Sanglant dans la foulée, car ma lignée passait devant la sienne dans ce domaine, même si ses capacités faisaient de lui un être bien plus puissant que moi.

Tous les loups du V-Clan entretenaient leurs propres pouvoirs surnaturels à travers la magie qui coulait dans leurs veines.

Ceux de Kieran étaient impressionnants, comme souvent pour ceux des loups de lignée royale.

Cependant, j'étais une MacNamara, seule héritière de la dynastie de diamant.

Mon père avait été l'Alpha le plus puissant ayant

jamais existé. Ses attributs coulaient dans mes veines. Je n'étais peut-être pas capable d'accéder à toutes ces capacités, mais il était probable que ma progéniture le pourrait.

Voilà ce qui me rendait si précieuse pour les Alphas de ma race.

Mon utérus.

Quelque chose me disait que ce ne serait pas suffisant pour me protéger des punitions que Kieran allait vouloir m'infliger. Je n'avais pas perçu chez lui un désir immédiat de procréer, contrairement à beaucoup d'autres Alphas.

Je déglutis en réfléchissant à toutes les manières dont Kieran pourrait me faire du mal tout en continuant ma quête futile pour sauver Savi. Le temps ne jouait pas en ma faveur. Son essence se faisait de plus en plus présente et je pouvais sentir à quel point il était concentré sur ma signature énergétique et résolu à m'atteindre.

Il allait bientôt être là.

Je pouvais presque le goûter dans l'air vicié.

Sentir sa chaleur qui venait m'envelopper tel un manteau de ténèbres.

Ressentir sa colère qui venait fouetter tous mes sens.

J'entendais résonner son pas léger contre les pavés humides des tunnels souterrains et sentais sa présence grandir, une ombre opaque qui semblait venir étouffer le peu de lumière qui m'entourait encore.

Il s'arrêta pour murmurer quelque chose que je n'entendis pas vraiment, tous les poils de mon corps se dressèrent en réponse. C'était ma dernière chance de disparaître.

Cependant, je ne pouvais pas laisser Savi dans cet état.

Ses poumons s'étaient un peu contractés après ma dernière décharge d'énergie, elle avait écarté les lèvres pour aspirer une goulée d'air.

Encore, pensai-je en poussant une nouvelle vague d'énergie vacillante vers elle. *Je t'en prie, Savi…*

Kieran reprit son chemin et son odeur mentholée vint alors m'envelopper comme pour me réclamer. *Tu m'appartiens*, semblait souffler son animal. *Tu es à moi.*

Si je me fondais dans l'ombre maintenant, il me suivrait, je me sentirais enserrée par son pouvoir comme par des griffes. Il ordonnerait à ma louve de venir à lui.

Je faillis laisser échapper un gémissement, mais je refusai de céder. Savi était trop importante pour moi. Sa vie était précieuse à mes yeux. Elle méritait bien mieux que le destin qui l'attendait si j'abandonnais.

Je fis glisser mes paumes jusqu'à son cœur pour faire pénétrer une nouvelle poussée de ma puissance en elle. J'essayai de toutes mes forces de lui donner ce qui me restait avant qu'il ne soit trop tard.

C'est là que Kieran pénétra dans la pièce.

Le regard sombre et glacial.

Pas la moindre trace de sourire sur son visage.

Juste une expression sévère et une aura imposante qui me fit trembler, comme si j'étais sur le point de tomber à genoux.

— Aide-moi, le suppliai-je en sentant son énergie percutante vibrer comme un phare dans la nuit. Je t'en supplie, aide-moi d'abord à la guérir.

Je n'avais besoin que d'un petit coup de pouce de son esprit, un éclat, si faible soit-il, de sa chaude vitalité et je pourrais la transmettre à Savi.

— Tu m'as senti arriver, murmura-t-il en ignorant ma requête.

Je hochai la tête, incapable de résister à sa volonté. *Je suis restée pour elle*, faillis-je répondre. *Je suis restée pour la sauver.* Cependant, je savais qu'en admettant cela, je lui donnais une faiblesse à exploiter.

Je ne pourrais pas me le pardonner s'il choisissait de me punir en tuant Savi.

— Tu as choisi de ne pas t'enfuir, dit-il d'un ton songeur en nous regardant toutes les deux. Tu as choisi de placer sa vie avant la tienne.

Je rassemblai le peu d'énergie qu'il me restait, car mes réserves étaient entièrement vides, mise à part cette toute petite flamme qui continuait à essayer de raviver mon esprit. Tout en répondant à Kieran d'un hochement de tête, j'envoyai une dernière bouffée dans la poitrine de Savi de tout ce qu'il me restait pour la pousser à *respirer*.

La seule réaction que j'obtins de sa part fut une minuscule inspiration.

— Voilà qui est admirable.

Cette phrase prononcée tout en douceur sembla s'enrouler autour de mon cou tel un nœud coulant tandis que Kieran me saisissait par le poignet pour m'éloigner de Savi.

— Kieran, je t'en prie.

J'étais trop épuisée pour dissimuler l'émotion dans ma voix. *J'ai échoué. Elle va mourir parce que je n'ai pas réussi à la sauver.*

— Ce serait une juste punition de t'obliger à regarder pendant qu'elle meurt, m'informa-t-il d'un ton de velours.

C'était comme sentir une main s'enrouler autour de mon cœur et *serrer très fort.*

J'avais envie de le supplier à genoux, je sentais mes entrailles se liquéfier à l'idée qu'il mette sa menace à exécution.

Pourtant, il suffit que je jette un regard vers les yeux sombres de Kieran pour me sentir absolument paralysée.

Je n'étais pas en position de négocier.

Sa volonté était infiniment plus forte que la mienne.

Son indéniable domination me forçait à me soumettre.

J'étais destinée à subir toute punition qu'il souhaitait m'infliger, peu importe combien je le suppliais.

— Heureusement pour toi, je ne suis pas aussi cruel, murmura-t-il.

Il resserra son étreinte sur mon poignet alors que son autre main venait se poser sur la poitrine de Savi.

Une vague d'énergie nous entoura pendant qu'il mettait en œuvre ses capacités de guérison. L'air frais s'anima soudain d'une chaleur porteuse de *vie*. Je retins mon souffle quelques instants et sentis mon cœur s'accélérer dans ma poitrine en réaction à cette démonstration de puissance énigmatique.

Les lèvres de Savi s'ouvrirent pour inspirer profondément et je sentis les larmes me monter aux yeux.

Il est en train de la sauver. Il est réellement en train de la guérir.

Il y mettait toute son énergie, je pouvais le sentir.

Il lui donnait tout ce qu'il fallait pour *vivre* et non survivre.

Je levai les yeux vers lui avec un mélange de surprise et de gratitude qui s'entrechoquaient en moi. Je ne m'attendais absolument pas à une telle bienveillance de sa part étant donné la situation. Cela me donna envie de m'agenouiller devant lui et de le remercier. De m'incliner devant son autorité. De… de me *soumettre*.

Cela dit, son poing autour de mon poignet m'empêchait de bouger.

Il m'avait enveloppée d'un étrange sort qui m'obligeait à rester immobile à ses côtés. Il m'empêchait de me fondre dans l'ombre. J'étais coincée dans ce tunnel, attachée à lui par ce lien magique.

J'aurais pu le combattre.

J'aurais pu me dégager de son étreinte et me fondre dans l'ombre pour fuir à travers les tunnels souterrains.

J'aurais pu l'obliger à me poursuivre encore à travers tout Bariloche, jusqu'à la Cordillère des Andes.

Cependant, cela signifiait risquer la vie de Savi.

Risquer tout ce pour quoi j'avais travaillé ici.

Je n'en pouvais plus de fuir sans arrêt.

— Hmmm, marmonna-t-il en jetant un coup d'œil vers Savi. Tu dois être la sœur de Kari.

Mes sourcils se haussèrent. *Il connaît Kari ? Comment est-ce possible ?*

Cela dit, je n'eus pas le temps de poser la question puisqu'une nouvelle présence se fit sentir non loin. *Lorcan.* L'un des Élites de Kieran.

Évidemment, il avait accompagné Kieran jusqu'ici.

Peu importait le fait que ce prince Alpha n'avait en rien besoin de garde du corps, ces deux-là le suivaient comme son ombre.

Lorcan et Cillian.

Je ne les avais pas vus depuis plus de cent ans, mais je me souvenais parfaitement d'eux.

Lorcan et ses silences intimidants.

Cillian et son abord charmant.

Ils étaient pourtant tous les deux extrêmement dangereux, les deux plus grandes menaces que j'avais jamais croisées, à l'exception de leur chef.

— On va envoyer celle-ci dans le Secteur Andorra, dit Kieran. Elle a besoin d'un traitement prolongé.

Le Secteur Andorra ? faillis-je demander.

Mais Lorcan était déjà en train de s'avancer pour prendre Savi dans ses bras et la porter contre sa poitrine avec une tendresse que je n'aurais jamais soupçonnée chez ce vigoureux Alpha.

Puis il disparut aussitôt dans l'ombre et me laissa confuse et pleine d'interrogations face à Kieran.

— Bonjour Quinnlynn. Ce petit jeu de cache-cache commence à être lassant, tu ne trouves pas ?

Kieran parlait sur un ton détendu, comme s'il ne venait pas tout juste de sauver la vie de Savi.

Toujours aussi calme et sûr de lui, me dis-je, moi-même complètement essoufflée.

— Je n'en sais rien, répliquai-je avec désinvolture, pour entrer dans son jeu.

S'il voulait faire comme s'il ne m'avait pas retrouvée dans un donjon rempli d'esclaves Omégas, qui étais-je pour le corriger ?

— Ça t'a pris quelques décennies pour me retrouver cette fois-ci, alors je pense que je deviens plutôt douée à ce petit jeu. Tu ne penses pas qu'on devrait repartir pour un petit siècle ?

Le sourire qu'il m'adressa alors n'était qu'arrogance lupine.

— Je ne pense pas, ma petite coquine. Tu t'es cachée et je t'ai trouvée, répondit-il en me tenant dans ses bras, le regard fermement planté dans le mien. La partie est finie, princesse. J'ai gagné. Il est temps que tu rentres à la maison maintenant. Encore une fois.

— Bien sûr. Dès que tu m'auras expliqué la raison pour laquelle tu as envoyé Savi dans le Secteur Andorra.

— Tu penses être en position de me donner des ordres, ma petite ?

Son ton était presque amusé.

Cela dit, il ne me laissa pas répondre à sa question et choisit ce moment pour utiliser ses pouvoirs et se fondre dans l'ombre pour nous faire sortir du donjon.

Son jet nous attendait à l'extérieur.

Je fus immédiatement paralysée à l'idée de monter dans un avion officiel du Secteur Sanglant. Une réaction qui n'avait aucun fondement. Elle n'était motivée que par mon passé et par la *peur* de ce qui pourrait se produire si nous nous écrasions.

Ou si l'avion explosait en plein vol, pensai-je, l'esprit engourdi.

Si Kieran remarqua ma réaction, il ne releva pas. Son pouvoir nous enveloppa de nouveau et nous transporta directement dans la chambre à bord de l'avion.

— Déshabille-toi, ordonna-t-il. *Maintenant.*

KIERAN

La peur qui émanait de Quinnlynn venait submerger mes sens, à tel point que je me sentais presque étourdi par le parfum de sa terreur. J'avais envie de la jeter dans un bain pour la nettoyer de toute la saleté qui recouvrait sa peau et lui redonner l'éclat du diamant qui devait être le sien.

Elle n'aurait pas dû être aussi faible.

Aussi sale.

Aussi *brisée*.

Elle obéissait à mon ordre avec des mouvements saccadés et je pouvais entendre sa louve intérieure gémir sous la pression de mon Alpha.

Oui, je m'en étais servi pour la forcer à se soumettre.

Non, cela ne me posait aucun problème de conscience.

Ma fiancée fugitive m'avait échappé pendant plus d'une centaine d'années, me laissant gérer le trône de son royaume tout en m'obligeant à la poursuivre à travers les divers secteurs.

Il était temps que cela s'arrête.

Je venais enfin de la capturer.

Il était hors de question qu'elle m'échappe à nouveau.

Je l'enveloppai encore un peu plus de mon pouvoir,

pour m'assurer qu'elle ne puisse pas se fondre dans l'ombre.

J'avais essayé auparavant de lui donner un peu de liberté, de lui faire confiance et je l'avais laissée me mener par le bout du nœud, alors que je savais très bien qu'elle me cachait quelque chose.

Évidemment, à l'époque, je ne m'attendais pas à ce qu'elle disparaisse tout bonnement.

Le simple fait d'y penser me plongeait à nouveau dans une colère noire. Ce jour où je m'étais réveillé dans un secteur bien trop calme hantait encore mes cauchemars.

Au début, j'avais cru que quelqu'un l'avait kidnappée. Cela m'avait pris presque cinq ans à parcourir les différents secteurs du V-Clan pour comprendre qu'elle n'avait pas été enlevée ; elle avait fui.

C'est alors que la véritable chasse avait commencé.

Deux fois je l'avais retrouvée, mais la petite coquine s'était évaporée dès que j'avais senti sa présence.

Puis, l'Infection était arrivée.

Je m'étais inquiété inutilement pour Quinnlynn tout en me sentant parfaitement incompétent. Quel genre d'Alpha perdait-il sa fiancée ?

J'étais déjà suffisamment humilié de ne pas avoir su la protéger, mais les connotations de faiblesse associées à cette situation m'avaient presque donné le sentiment d'être émasculé.

C'était un mélange d'émotions absolument rageant. J'étais à la fois déçu de moi-même, aussi bien en tant que meneur qu'en tant que compagnon, furieux à l'égard de mon Oméga qui s'était enfuie, inquiet pour son bien-être et *fier* de sa capacité à se montrer plus habile que moi.

Même aujourd'hui, alors que je la regardais se déshabiller sur mon ordre, j'étais partagé entre l'envie de la fesser cul nu et le désir de la baiser jusqu'à plus soif.

Jamais je ne m'étais senti à la fois aussi attiré et aussi en colère contre une seule personne de toute ma putain de vie.

Elle déglutit, clairement consciente du conflit émotionnel que je traversais.

Ou peut-être était-ce le fait de se trouver à bord d'un jet qui la perturbait tant.

Lorsque j'en aurais fini avec elle, elle ne penserait plus à son environnement. Elle ne serait plus concentrée que sur moi. Sur *nous*.

Son jean glissa le long de ses jambes tandis qu'elle le retirait tout en envoyant valser ses chaussures sales. J'avais très envie de lui demander comment elle avait fini par atterrir dans le petit terrain de jeu que s'était bâti Carlos. Pourquoi n'avait-elle pas juste choisi de se fondre à nouveau dans l'ombre pour en sortir ? Ses petites activités dans le Secteur Bariloche étaient-elles réellement plus agréables que le plaisir que je pouvais lui offrir à la maison ?

Putain, j'avais un millier de questions à lui poser.

Tout comme il y avait un millier de choses que j'avais envie de lui faire.

Cependant, il fallait d'abord que je m'assure qu'elle allait bien. Le simple fait de lui toucher le poignet m'avait déjà donné beaucoup d'informations concernant son état actuel. Elle avait dépensé toute son énergie pour essayer de guérir Savi, mais je percevais que sa douleur et sa souffrance étaient plus profondes que cela.

Je pouvais presque sentir le goût des toxines dans son sang.

Sans compter cette odeur déroutante.

La voir sans ses vêtements n'aida pas. Elle finit par se tenir là devant moi, nue et entourée d'une étrange aura de négativité. Mon loup grogna en moi, furieux de l'état dans lequel elle se trouvait.

Comment avait-elle pu se négliger à ce point ?

Comment avais-je pu permettre cela ?

Je me sentais inférieur. Brisé. *Trompé.* La retrouver dans un tel état menaçait de remettre en question plus de mille ans d'une parfaite maîtrise de moi-même.

Cela me donnait le sentiment d'être *faible.*

Je passai la paume de ma main derrière sa nuque et lui envoyai un courant puissant de guérison. J'avais besoin qu'elle se sente restaurée, qu'elle se sente à nouveau *entière.*

En réaction, elle prit une grande inspiration et cambra le dos, ce qui poussa ses seins contre ma poitrine.

Mon seigneur, murmura Cillian dans ma tête. Il était rare qu'il utilise son don de télépathie avec moi, car il savait à quel point je détestais la sensation d'entendre une autre voix dans ma tête.

Je m'excuse de cette intrusion, mais nous attendons vos ordres.

Toutes les Omégas sont-elles en sécurité ? demandai-je.

Oui.

Et le camp de Carlos ?

Il est en ce moment même en train d'être détruit par Ander, Sven et d'autres Alphas du X-Clan, m'expliqua Cillian. *J'ai également démantelé tous les pièges qui les attendaient à l'intérieur. Il ne devrait plus y avoir d'accident.*

Je faillis pouffer à l'évocation assez peu subtile de l'épisode de la mine sur laquelle avait marché l'Alpha Sven peu de temps après notre arrivée.

Les loups du X-Clan pouvaient parfois se montrer utiles, mais ils étaient particulièrement incompétents lorsqu'il s'agissait de sonder leur environnement.

Peut-être que ma vision d'eux était déformée par mes capacités supérieures.

Ils peuvent se débrouiller sans nous maintenant, continua

Cillian. *Ils vont devoir faire plusieurs voyages avec les Omégas, alors il est possible qu'ils demandent une faveur ou deux en échange.*

Si tel est le cas, fais ce qu'ils demandent, répondis-je en lui donnant complète autorité pour coopérer avec eux. Ce n'était pas notre manière habituelle de fonctionner, mais je me permettais une exception, étant donné les circonstances entourant notre petite expédition dans le Secteur Bariloche.

Lorsque l'Oméga Riley, une vieille amie à moi que je connaissais depuis la phase initiale de l'époque des Infectés, m'avait appelé pour me demander un service, j'avais accepté par pure curiosité. Elle m'avait affirmé avoir rencontré une louve Oméga qu'elle n'arrivait pas à guérir.

Le désespoir dans laquelle la plongeait cette situation m'avait poussé à sauter dans un jet.

Il se trouva que toute cette situation était un évident tour du destin, car l'Oméga qu'il fallait guérir n'était autre que Kari et elle connaissait ma Quinnlynn.

C'est ce qui nous avait menés, mes Élites et moi, jusqu'ici.

Nous avions aidé les Alphas du X-Clan à infiltrer le Secteur Bariloche pour faire tomber Carlos et ses généraux. J'avais surtout accepté pour pouvoir retrouver Quinnlynn, mais aussi parce que c'était la bonne chose à faire.

C'est ce qui me poussa à ajouter mentalement : *Si une des Omégas a besoin de mon pouvoir de guérison, n'hésite pas à me le dire. Je ferai de mon mieux.*

Je vais en informer l'Oméga Riley, mon seigneur.

Très bien. C'est le moment de décoller, Cillian.

Bien, sire.

Le moteur se mit soudain à rugir tandis que je tenais toujours Quinnlynn dans mes bras. Je pus ainsi sentir le tremblement de son corps en réponse à la sensation provoquée par notre décollage imminent. *Il faut que je me concentre sur ma fiancée errante*, soupirai-je pour mettre un terme à ma conversation avec Cillian.

Nous sommes là si vous avez besoin de quoi que ce soit, conclut-il.

Le silence retomba, ce qui me permit de redonner à Quinnlynn ma plus complète attention pendant que le jet s'élevait dans les airs.

Elle écarquilla les yeux.

— La technologie a évolué en cent ans, murmurai-je. De nombreuses améliorations ont été faites, entre autres, pour assurer une meilleure sécurité.

Peut-être plus tard discuterions-nous des capacités de vitesse et de discrétion de notre flotte, mais pour le moment, je sentais la faiblesse l'envahir.

C'était déjà un miracle qu'elle réussisse à se tenir debout après avoir transféré une telle quantité d'énergie dans le cœur brisé de Savi.

Quinnlynn vacilla devant moi et je sentis son pouls faire un bond.

— Tu n'as pas pris l'avion récemment ? demandai-je, curieux.

— Pas depuis plusieurs… décennies, dit-elle d'une voix rauque, les yeux à moitié fermés.

Je la rattrapai au moment où ses jambes cédèrent sous elle, je sentis sa terreur grignoter les dernières réserves d'énergie qui lui restaient, tandis que le jet s'élevait verticalement vers les nuages.

Plus besoin de piste de décollage.

Cela dit, il fallait un peu de temps pour s'y habituer.

C'est pour cela que j'aurais probablement mieux fait de dire à Quinnlynn de s'attacher pour le décollage. Je n'avais plus beaucoup de doutes là-dessus en regardant ses yeux rouler en arrière.

Je la pris dans mes bras et la portai jusqu'au lit, moi-même parfaitement stable après des dizaines d'années à utiliser ces appareils dernier cri. Mon côté animal m'aidait aussi, puisque cela me donnait un sens inné de l'équilibre que j'avais pu perfectionner tout au long de ma grande vie.

Je ne remarquais presque plus les montées dans les airs.

Mais pour Quinnlynn, c'était différent.

Je l'allongeai sur le matelas et installai confortablement sa tête contre l'oreiller.

— Tu as besoin d'un bon bain, ma petite, lui dis-je doucement.

Elle avait perdu connaissance et ne pouvait pas m'entendre, ce qui rendait tout type de conversation impossible pour le moment.

Je poussai un soupir avant de m'allonger sur le lit à côté d'elle, en me tenant sur un coude. Je continuai d'utiliser mon autre main pour la guérir.

Elle était sérieusement sous-alimentée.

Bien trop maigre.

Presque émaciée.

Ce parfum qu'elle portait venait gâcher son odeur sucrée.

Et ces inhibiteurs, pensai-je en ressentant les toxines qui parcouraient ses veines.

— Putain, Quinnlynn ! grognai-je.

J'étais furieux de sentir l'odeur dans ma bouche.

— Bordel, pourquoi tu t'es fait subir tout ça ?

Son corps était très abîmé et son âme était brisée au point que sa souffrance était évidente.

Cela allait me prendre des jours pour la guérir correctement.

À commencer par son niveau d'énergie quasi nul.

— Ma petite coquine, soupirai-je.

Je passai doucement la main au-dessus de son ventre

pour plonger plus en profondeur dans le mal qu'elle s'était infligé à elle-même.

Les loups du V-clan guérissaient naturellement. Nous étions immortels.

Cela dit, elle s'était injecté une substance contre nature dans les veines. Elle s'était également arrosée de parfums toxiques et avait clairement utilisé son énergie pour guérir tout le monde autour d'elle, à son propre détriment.

— On dirait que tu fais la cour à la mort, murmurai-je à la fois énervé et triste à cette pensée.

Mais cela ne m'empêchait pas de sentir sa volonté, son tempérament de feu. Son besoin profond de survivre à tout ça.

J'étais donc certain qu'elle n'était pas suicidaire.

Il s'agissait pour elle d'un moyen de survie.

J'avais juste du mal à comprendre ce qui l'avait poussée à de tels extrêmes.

— Tu aurais pu t'enfuir du Secteur Bariloche bien longtemps avant que je t'y retrouve, dis-je en observant son visage pâle. Tu as choisi d'y rester, il semblerait que tu y sois depuis un moment. Pourquoi ? Pour aider les Omégas qui s'y trouvent ?

C'était une supposition basée sur ce que j'avais vu au moment où je l'avais retrouvée.

Les dégâts importants causés à son corps et son esprit me donnaient l'impression que cela faisait longtemps qu'elle avait entrepris de se consacrer à cette tâche.

Des dizaines d'années ? me demandai-je. Elle m'avait dit que cela faisait des décennies qu'elle n'était pas montée dans un avion.

Combien de décennies ?

Était-ce parce qu'elle était restée là pendant tout ce temps ?

Il était certain que ce n'était pas un endroit où j'aurais

pensé venir la chercher. Aucune Oméga saine d'esprit ne se rendrait de son plein gré dans le Secteur Bariloche.

Mais évidemment, Quinnlynn n'était pas une Oméga comme les autres.

Je remontai la main vers son sternum, dans un mouvement clinique qui consistait à tracer du doigt la zone de son cœur, à la recherche de son pouls. Elle sursauta au moment où j'envoyai un éclair d'électricité en elle. Mon désir de la guérir surpassait celui de la punir.

De toute évidence, elle avait vécu l'enfer.

En voyant cela, je ne pouvais pas dire que ma colère était effacée, mais elle était apaisée pour un temps.

J'allais donc commencer par la guérir et ensuite, je réexaminerais la situation et déciderais de quoi faire.

Cela dit, ça ne m'empêcherait pas de mettre en place une forme de laisse pour la retenir. Quelque chose qui l'empêcherait de se fondre dans l'ombre et de m'échapper à nouveau.

Cela pouvait paraître cruel, mais c'était nécessaire. Je ne pouvais pas prendre le risque de perdre à nouveau mon Oméga.

— Tu m'appartiens, lui dis-je, conscient qu'elle ne pouvait toujours pas m'entendre. Je ne te laisserai pas m'échapper cette fois.

J'avais bien appris ma leçon.

Et bientôt, elle apprendrait la sienne.

Mais pas ce soir.

Je posai ma main à plat sur sa poitrine et créai un flot régulier de vitalité pour lancer un processus de guérison progressive de son âme.

J'aurais pu lui envoyer des décharges régulières d'énergie pour la guérir plus rapidement, mais c'était une méthode plus douloureuse.

Créer un flot d'énergie me permettrait de la guérir tout en évitant de la faire souffrir.

Elle ne le méritait probablement pas, mais je n'avais aucune envie de lui faire du mal.

— Parce que je ne suis pas cruel, répétai-je à voix haute. Du moins, pas avec toi.

J'avais beau être terriblement en colère après tout ce qu'elle m'avait fait, je me sentais incapable de la torturer.

C'est pour cela que je me détendis à côté d'elle et la plongeai dans un profond sommeil, puisqu'il était évident qu'elle ne s'était pas beaucoup reposée dernièrement.

— Ma petite compagne errante, murmurai-je en observant son profil. Nous allons devoir discuter sérieusement de ta manière de prendre soin de toi à ton réveil. Ensuite, je te donnerai une leçon d'obéissance.

Je passai lentement le pouce le long de sa clavicule.

— Je vais vraiment apprécier de te voir t'agenouiller devant moi.

De la même manière que j'allais aimer m'agenouiller devant elle.

Mais tout cela allait prendre du temps.

Et ça ne se produirait que si j'arrivais à dompter la rébellion de ma promise.

Je souris.

— Tu m'as dit un jour que j'étais de ceux qui appréciaient un bon défi.

Je me penchai vers elle et posai les lèvres contre sa joue avant de caresser sa peau du bout de mon nez.

— Eh bien, ma petite, il se trouve que mon défi préféré, c'est toi.

Je sentis la paume de ma main se réchauffer tandis que je continuais à envoyer de l'énergie dans sa poitrine.

Je me relaxai de nouveau à côté d'elle et poussai un soupir.

— Dors bien, princesse. Tu vas avoir besoin de toutes les forces que je te redonne pour affronter ce qui vient.

Car j'avais bien l'intention de la détruire de la meilleure manière possible.

Pour la faire réellement mienne.

QUINN

Je me réveillai en sursaut. Je sentais mon corps fourmiller de magie.

Celle-ci me réchauffait les veines et me donnait la sensation de flotter. *Le paradis.* Je poussai un soupir tout en me délectant de cette chaleur qui me berçait et m'apportait un réconfort extrême.

Jusqu'à ce que mon esprit se mette à se demander d'où cela pouvait venir.

Que se passe-t-il ? pensai-je, encore un peu étourdie. Mes pensées tourbillonnaient dans ma tête tel un nuage serein, m'échappant un moment avant que ses paroles ne me reviennent à l'esprit.

C'était une étrange forme de satisfaction, suivie d'une pointe de confusion, avant que je sois de nouveau noyée dans une mer de tranquillité.

À l'intérieur puis à l'extérieur.

En haut puis en bas.

Soupir.

Que se passe-t-il ?

Où suis-je ?

Heureuse.

Satisfaite.

Soupir.

J'essayai de me frayer un chemin jusqu'à la conscience, mais une nouvelle vague d'énergie me poussa à me détendre encore une fois.

Ça semblait ne jamais s'arrêter.

Une guerre que je n'arrivais pas réellement à comprendre, car à l'instant où je commençais à saisir quelque chose d'important, cela disparaissait immédiatement dans un océan de puissance apaisante.

Mes narines s'écartèrent et j'inspirai une bonne dose de menthe et de masculinité, un mélange qui me rassura immédiatement. *En sécurité*, ronronnait ma louve. *Je suis en sécurité.*

Pourtant, quelque chose continuait à me déranger. Cela faisait plus de cent ans que je n'avais pas été en sécurité. Pourquoi ressentais-je cela maintenant ?

Où suis-je ? m'interrogeai-je pour la millième fois.

Mes yeux finirent par accepter de s'ouvrir et me laissèrent observer la soie sombre au-dessus de moi.

Un lit. J'avalai ma salive en remarquant les immenses poteaux et les gravures couleur d'obsidienne qui décoraient ces flèches de bois sombre.

La tête de lit derrière moi portait fièrement le même genre de décor.

J'étais entourée d'un nuage de tissu sombre.

Un tissu qui était assorti à la robe que je portais désormais.

Je passai le doigt sur cette matière lisse dont la couleur noire rendait ma peau encore plus pâle que d'habitude.

La lumière tamisée participait aussi à renforcer mon teint d'albâtre. Je ressemblais presque à un fantôme flottant dans une mer de ténèbres.

Je pris une grande inspiration et fus de nouveau frappée par cette odeur de menthe et de mâle. Mon esprit travaillait de son mieux pour essayer de comprendre ces changements.

Pourquoi m'est-ce aussi familier ?

Comment suis-je arrivée ici ?

Où suis-je ?

Je détestais cette question, car elle ne cessait de tourbillonner dans mes pensées.

Les fenêtres étaient recouvertes de lourds rideaux noirs qui m'empêchaient de voir à l'extérieur. J'étudiai donc les meubles qui m'entouraient. Les tables de nuit et la commode étaient faites du même bois sombre que le lit.

Un espace de détente occupé par de larges fauteuils et séparé par un grand rideau couleur d'obsidienne n'était composé que de verre et de cuir.

Une imposante double porte s'ouvrait vers un couloir sur ma droite. Je supposais qu'il menait à une salle de bain, puisque le sol recouvert de tapis était fait de carreaux de marbre.

Ce qui signifiait que l'autre porte donnant sur un couloir, à moins d'une dizaine de mètres de moi, devait mener à une sortie.

Seulement, l'épais tapis laissait également entrevoir là-bas un carrelage sombre.

Je me redressai doucement pour avoir une vue d'ensemble tout en continuant à caresser le doux tissu qui flottait sur mes cuisses. *Ce n'est définitivement pas le Secteur Bariloche*, décidai-je en remontant les doigts le long de mes côtes, comme pour évaluer le niveau d'énergie de guérison qui me parcourait en ce moment.

Ce n'était pas la mienne, mais elle m'était familière. En réalité, elle me rappelait…

Je sursautai.

— Oh.

Oooh !

— Kieran.

Son nom passa mes lèvres en un murmure et mes mains s'immobilisèrent près de ma poitrine tandis que j'essayais de toutes mes forces de comprendre comment cela était possible.

M'a-t-il retrouvée ?

Quand ?

Où ?

Comment ?

Dans un réflexe, je portai la main à ma gorge et fus de nouveau paralysée en sentant le pendentif accroché par une chaîne autour de mon cou. *Merde.*

Je savais sans même le regarder qu'il avait appartenu à ma mère. *Le pendentif du Secteur Sanglant.* Un croissant de lune qui étincelait de diamants noirs.

Un héritage familial.

L'équivalent de la couronne pour le Secteur Sanglant.

— *Ceci est une marque de puissance, il t'appartient désormais. Porte-le pour nous. Porte-le pour toi. Porte-le lorsque tu élimineras celui qui nous a trahis.*

Je déglutis. Le ton pressant de ma mère que j'entendais de nouveau portait avec lui un souvenir qui me broyait le cœur.

Je suis à la maison. Je pouvais le sentir maintenant, ces courants familiers dans l'air, la magie qui grouillait sous le sol, la sensation glaciale du temps islandais.

Le vague souvenir du moment où Kieran m'avait retrouvée dans le Secteur Bariloche se mit à émerger de mes pensées. La manière dont il avait sauvé Savi avant de nous transporter dans l'ombre jusqu'à son avion.

Je me rappelais qu'au moment du décollage, la notion

de me retrouver dans les airs m'avait remplie de terreur et que mon esprit s'était complètement refermé.

Cela dit, la chaleur qui avait suivi à travers la main de Kieran remontait aussi dans mes souvenirs.

Il m'avait guérie.

Je soulevai mes bras nus et pus sentir l'odeur du savon sur ma peau.

Il m'avait lavée.

Je passai les doigts dans mes cheveux, ce qui me confirma qu'il ne m'avait pas seulement lavée, mais qu'il avait pris soin de moi.

Pour la première fois depuis des dizaines d'années, je sentais mon odeur *naturelle*. J'avais une odeur d'Oméga. Ce doux parfum me remplissait à la fois de soulagement et de terreur.

Cela m'avait manqué.

Cependant, si j'étais de nouveau moi, cela signifiait que je n'étais plus cachée.

Sauf…

Je posai la main sur mon ventre, à la recherche des inhibiteurs qui se trouvaient dans mon système. Il en restait encore, mais la magie guérissante était en train d'accomplir son œuvre en venant éliminer le moindre petit élément étranger de mon sang pour remettre mon corps à neuf.

Mes yeux s'écarquillèrent. *Que se passera-t-il lorsque tout sera parti ? Et s'il l'élimine trop vite ?*

Cela faisait plus de quarante ans que je n'avais pas eu un cycle de chaleur.

Comment pouvait-il me retirer mes inhibiteurs sans tenir compte des conséquences ?

Je me mis à lutter contre sa magie, en essayant de faire cesser ses assauts, mais il se glissait autour de mes barrières comme des rubans de fumée. Il surmontait les obstacles que je plaçais sans la moindre difficulté pour continuer son œuvre.

Je sentis un grognement monter en moi. *Arrête-le.*

Mais j'en étais incapable.

Même en y mettant toutes mes forces, sa puissance surpassait de loin la mienne.

Je faillis me mettre à hurler. En partie par frustration, mais aussi par peur. Je n'avais pas la moindre idée de ce que cela allait produire en moi. Il m'avait simplement laissée ici… dans cette chambre, pour… pour quoi exactement ? Pour que je traverse mon œstrus seule ?

Était-ce là ma punition ?

Je clignai des yeux, surprise par une telle notion.

J'avais toujours su que Kieran me punirait au moment où il mettrait la main sur moi, mais je n'avais pas pensé à ça. Me forcer à traverser *seule* mes chaleurs ? Après avoir passé quarante ans à inhiber ce besoin ?

J'écartai les lèvres. *Il ne ferait pas ça.*

J'avais déjà passé un siècle entier sans nœud.

Un siècle d'une agonie qui revenait tous les ans, au moment où mes chaleurs commençaient.

Les inhibiteurs avaient constitué un réel soulagement.

Que se passerait-il s'il détruisait tout cela maintenant, en si peu de temps ?

Mon œstrus allait peut-être durer une année entière…

Mon corps ressentirait peut-être le besoin de compenser tout le temps perdu.

Ma louve ressentait clairement le besoin de se transformer, de courir librement, d'enfin sentir le sol sous ses pattes.

Cela faisait tellement longtemps que je ne m'étais pas transformée. Presque depuis mon dernier œstrus.

Des larmes me brouillèrent la vue au moment où je pris conscience qu'il s'agissait probablement là de ma punition : rester isolée dans cette tour d'ivoire, entourée de rideaux noirs et de l'odeur de Kieran tandis que je subissais seule mes chaleurs.

Je te déteste, avais-je envie de lui hurler. *Je te hais.*

Pourtant, je ne pouvais pas vraiment lui en vouloir.

Je l'avais trahi de la pire des manières. Peu importaient les nobles raisons qui m'avaient poussée à le faire. Cela n'avait aucune importance pour lui. C'était un Alpha. Je m'étais fiancée à lui pour lui prendre ses pouvoirs, puis je m'étais enfuie en le laissant s'occuper seul de mon secteur.

Mon cœur se serra en y repensant.

Je me détestais d'avoir fait un tel choix.

Cependant je savais que je le referais si cela était nécessaire.

Ce que j'avais accompli après être partie surpassait de loin les douleurs de mon âme brisée.

Oui, je lui avais fait du mal. Oui, je méritais pour cela d'être punie.

Mais cette punition était particulièrement brutale.

Kieran n'avait pas la moindre idée de ce qui se passerait lorsque les inhibiteurs seraient éliminés.

Il ne savait pas ce que cela produirait dans mon corps.

C'était presque aussi terrible que s'il m'injectait toutes sortes de drogues pour déclencher mes chaleurs. J'avais été témoin de cette pratique à de nombreuses reprises dans le Secteur Bariloche. Plusieurs Omégas avaient failli en mourir.

Heureusement, je les avais sauvées.

Maintenant, qui sera là pour les sauver ? pensai-je en fronçant les sourcils. *Kieran n'a-t-il pas mentionné quelque chose au sujet du Secteur Andorra quand il parlait à son Élite ?*

Lorcan avait emmené Savi, mais Kieran n'avait jamais clairement expliqué ses intentions ni ce qui allait lui arriver. Il n'avait pas non plus dit pourquoi il l'envoyait dans le

Secteur Andorra. Je savais qu'ils possédaient là-bas une médecine avancée qui pourrait aider à guérir Savi, mais Kieran ne m'avait jamais confirmé ses plans pour elle.

Il m'avait simplement transportée jusqu'à son jet – qui semblait fonctionner plus comme un vaisseau spatial que comme un avion – et m'avait ramenée à la maison.

Et pour toutes les autres Omégas qui étaient là-bas ? J'essayais de déclencher mon instinct à me fondre dans l'ombre, pour partir à la recherche des autres Omégas, ou peut-être même de Savi.

Je ne ressentis qu'un tiraillement désagréable.

Un tiraillement qui me retenait sur place.

Dans cette pièce.

Voilà qui confirmait que j'étais prisonnière.

Il me tient en laisse.

Évidemment qu'il me tenait en laisse. Il n'allait pas me laisser m'échapper de nouveau.

Je fus saisie d'une vague d'agacement, qui fut vite remplacée par un sentiment de confusion. Je me rendis compte que je n'avais même pas envisagé la possibilité de m'enfuir. Je… j'étais simplement restée là et j'avais accepté ma punition sans lutter.

Merde, mais qu'est-ce qui ne va pas chez moi ?

Peut-être était-ce les brumes de la guérison qui m'enveloppaient encore et qui m'empêchaient d'avoir envie de réagir négativement au châtiment choisi pour moi par Kieran.

Ou peut-être… peut-être m'avait-il fait quelque chose pour me rendre docile.

Cette idée me glaça le sang. *Il ne ferait pas ça.*

Bien sûr, ce n'était pas vrai. Je savais qu'il en était capable. Les plus puissants Alphas du V-Clan possédaient cette capacité de *contraindre*. De la même manière qu'il m'avait contrainte à me déshabiller dans l'avion.

Le souvenir me revenait clairement désormais, les coups de fouet de ses ordres qui me forçaient à bouger. Cela ne m'avait pourtant pas dérangée. Ça n'avait aucune importance pour moi de me retrouver nue devant un métamorphe.

Par contre, le fait de me forcer à accepter ma punition ?

C'était un coup particulièrement bas, même pour lui.

Sauf s'il considérait cela comme un cadeau, une manière de limiter l'impact que cela aurait sur moi.

Cependant, je continuais à penser que c'était cruel. Je pouvais faire face à toutes sortes de réprimandes, mais la manipulation mentale n'en faisait pas partie.

Pendant combien de temps pensait-il contrôler mes réactions ? Pendant la totalité de mon cycle ? Resterais-je enfermée derrière cette façade calme tandis que mon corps brûlerait de recevoir un nœud ?

Oh lunes…

C'est…

Et si mes chaleurs se prolongent pendant des mois, voire des années ?

Je posai de nouveau la main sur mon ventre pour faire stopper cette sensation. Aussi futile que cela soit, j'essayais de nouveau de repousser son pouvoir. *Non, non, je t'en prie ! Pas comme ça !*

Si je passais un mois entier à être émotionnellement étranglée tout en étant perdue au milieu de mon œstrus, j'allais être brisée au point que je n'étais pas sûre de pouvoir me remettre. Peut-être avec le temps.

Mais si mes chaleurs durent plus longtemps…

Les dégâts seront irréparables.

Je grognai à nouveau et rassemblai toute la puissance que je possédais pour créer un mur en moi afin de bloquer l'énergie de Kieran.

Il le traversa telle une ombre, comme si celui-ci n'existait même pas.

— *Merde !*

— Qu'est-ce qui ne va pas, ma petite coquine ?

La voix de Kieran résonna dans le couloir devant moi et précéda son entrée dans la pièce.

— Tu as du mal à te fondre dans l'ombre ? dit-il d'une voix amusée.

Il semblait même satisfait.

Cela me donna envie de lui arracher les yeux, de griffer de toutes mes forces son visage trop parfait. De lui *faire du mal* pour avoir eu l'idée de cette horrible punition.

À cet instant, je le détestais.

J'avais envie de détruire tout ce qu'il était.

Oui, je l'avais trahi.

Oui, je méritais probablement ce qui m'attendait et pire encore.

Mais malgré cela, je ne pouvais pas le laisser me réduire à l'état d'objet sexuel. C'est exactement ce que je deviendrais si je le laissais me punir ainsi. Mon cerveau tout comme mon esprit ne s'en remettrait jamais.

Je deviendrais une esclave reproductrice.

Exactement comme certaines des Omégas que j'avais trouvées dans le Secteur Bariloche.

— Je t'ai choisi parce que je pensais que tu possédais une once de décence, crachai-je. Je me rends bien compte maintenant qu'il n'en est rien.

Il s'immobilisa à quelques mètres du lit.

— Pardon ?

— Je suis sûre que tu aurais pu trouver une meilleure punition que de précipiter mon œstrus tout en me contraignant sur le plan mental, poursuivis-je en ignorant l'expression sur son visage.

Une énergie oppressante se dégageait de lui, mais

j'étais trop furieuse pour me concentrer sur autre chose que sur la rage qui montait en moi.

— Je mérite mieux que cela. Je suis la reine du Secteur Sanglant. C'est de *ma* lignée que viendra un héritier. Alors quel est ton plan ? Me réduire à l'état d'objet sexuel, m'engrosser, et puis après ? Je serai incapable d'élever notre héritier si tu me détruis.

Une nouvelle pensée me frappa soudain, qui vint faire retomber une partie de ma colère et me transperça la poitrine d'une lame brûlante.

— Tu demanderas à une autre Oméga d'élever l'enfant…

Évidemment, il devait déjà avoir choisi quelqu'un pour me remplacer dans cette tâche.

Cela expliquait sa cruauté, le fait qu'il ne considérait pas comme un problème de me laisser souffrir pendant des mois, peut-être même des années, et de briser entièrement mon esprit par sa puissance.

— Je te déteste, soufflai-je.

Mes mains formaient des poings contre mon ventre.

— Je savais que tu pouvais te montrer cruel, mais ça…

C'était plus que tout ce que j'aurais pu imaginer.

— Que penses-tu exactement que j'envisage de te faire subir ? demanda Kieran d'un ton sec.

Il n'y avait plus la moindre trace d'amusement dans sa voix.

— Ne joue pas à ce petit jeu avec moi, Kieran. Je peux sentir tes pressions qui m'obligent à me détendre, même lorsque je devrais être en train de paniquer. Surtout en sachant que mes chaleurs arrivent. Quarante ans d'absence de chaleur. Tu sais que cela va être…

Je ne pus terminer ma phrase et la douleur se répandit de mon esprit jusqu'à mon cœur.

Pourtant, mon pouls restait miraculeusement *calme*.

À cause de *son* contrôle.

— Il ne m'est même pas venu à l'idée de me fondre dans l'ombre avant de repenser à Savi, murmurai-je. Tu as entièrement étouffé mes instincts.

— J'ai émoussé tes sens pour te protéger de la douleur de la guérison, répondit-il d'un ton cassant. Je cherchais à te rendre service. Je voulais que tu puisses te reposer.

Quelque chose céda en moi, comme un élastique enroulé autour de mon cœur qui craquait et m'obligeait à prendre une profonde inspiration.

Ses pressions.

Il… il est en train de m'en libérer.

— Tu prends des inhibiteurs depuis *quarante ans* ?

Il poussa un juron énergique avant de continuer.

— Tu essayais de tuer ta louve ou quoi ? Quand est-ce que tu t'es transformée pour la dernière fois ?

J'étais bien trop submergée par toutes les sensations qui venaient m'envahir d'un seul coup pour lui répondre.

Son énergie guérissante coulait en moi, comme des charbons ardents qui circulaient dans mes veines et envoyaient des messages de douleurs à mon cerveau.

Merde, ça fait carrément mal.

Je ne me sentais plus calme et détendue.

Tout en moi était serré et douloureux et je me sentis soudain épuisée.

— Comment tu faisais avant les inhibiteurs ? Comment as-tu réussi à gérer tes chaleurs ? En te tournant vers un Bêta ?

Je reniflai avec mépris. Comme si j'aurais pris le risque de remettre en question notre lien de fiançailles en laissant un autre mâle ou une femelle m'approcher ainsi. J'avais bien trop besoin des pouvoirs de Kieran pour risquer de briser ce lien.

— Je me cachais, grognai-je d'une voix plus rocailleuse que tout à l'heure. Puis…

Je m'interrompis pour reprendre mon souffle.

— Puis j'ai commencé les inhibiteurs à Bariloche.

Soudain il se retrouva à côté de moi sur le lit, sa paume posée sur ma main contre le bas de mon ventre. Je sentais son énergie vibrer à travers ses doigts.

Je me repliai un peu en réaction, mais il émit un son rassurant.

Le pouvoir qu'il utilisait sembla changer et je sentis la pulsation dans mon ventre se réduire à une douleur minime.

— Cela fait maintenant sept jours que je te garde dans cet état. J'ai voulu accélérer le processus aujourd'hui pour en terminer avec ta guérison, mais je me rends compte que c'était une erreur.

— Tu es si pressé que ça de me faire souffrir ? demandai-je, le souffle coupé par sa puissance.

— Je suis pressé que tu redeviennes *entière*, rétorqua-t-il.

— Pourquoi ? Pour pouvoir me briser toi-même ?

Il poussa un grognement.

— Tu as passé trop de temps parmi les Alphas du X-Clan, Quinnlynn. Autrement, tu saurais que ma punition pour toi sera bien plus créative.

— Ça ne te paraît pas suffisamment créatif de m'enfermer dans une chambre, de m'enlever toute capacité à réagir et de me forcer à vivre des chaleurs prolongées sans avoir accès à un Alpha ou à une quelconque forme de soulagement ?

Je ne savais pas exactement pourquoi je ressentais le besoin de le provoquer ainsi, mais je n'avais pas encore digéré ce qu'il m'avait fait subir à mon réveil. Je ne voulais plus jamais ressentir ce genre de manipulation mentale.

Même s'il affirmait l'avoir fait pour de bonnes raisons.

Les mains de Kieran se posèrent autour de ma gorge, et son pouce vint relever mon menton pour me forcer à le regarder en face.

— J'ai en effet mis en place une laisse pour t'empêcher de te fondre dans l'ombre, mais je ne t'ai pas enfermée pour autant. Tu te trouves ici dans *ma* chambre, Quinnlynn. Tu ne seras pas seule pour traverser tes chaleurs. Je serai là. *Ton compagnon et fiancé.*

Il serra un peu les doigts pour s'assurer que non seulement je l'entendais, mais que je le *ressentais.*

Je déglutis.

Puis, je clignai des yeux.

— Alors tu n'es pas en train de me punir ?

— Oh, j'ai bien l'intention de te punir, ma chère, promit-il d'une voix suave, mais pas comme ça. Je ne ferais *jamais* ça.

Il garda ses mains autour de mon cou pendant encore un instant puis les ramena vers mon ventre avant de me redemander :

— Quand t'es-tu transformée pour la dernière fois ?

Je m'éclaircis la gorge, mais aucun son ne sortit. J'étais trop abasourdie par le changement soudain qui s'opérait dans mon esprit. Je passais de la colère et de la peur à un début de compréhension qui devait encore s'éclaircir.

Voilà l'Alpha dont je me souvenais.

Dominant, mais doté de compassion. Du moins, envers moi.

Cela n'avait pas été facile de le quitter.

Ce ne serait pas facile de le quitter à nouveau.

Cependant, ma vie était faite de sacrifices.

Son regard se plissa comme s'il pouvait déjà lire dans mes pensées.

— Tu ne m'échapperas pas une nouvelle fois.

On verra bien, pensai-je.

Au lieu de prononcer ces mots, je répondis à la question qu'il m'avait posée plus tôt.

— À peu près depuis mes dernières chaleurs.

Il poussa un grognement qui fit se dresser tous les poils de mes bras.

— Transforme-toi. Putain, transforme-toi maintenant ! ordonna-t-il.

Cependant, ses paroles n'étaient accompagnées d'aucune pression mentale. Il ne se servit pas non plus de son contrôle d'Alpha pour me forcer à me transformer.

Cela dit, je voyais bien dans son regard sombre le désir de me commander.

Si je n'obéissais pas, il allait m'y forcer.

Et je savais que ce serait douloureux.

Quoi qu'il en soit, me transformer n'allait pas être une sinécure. Surtout après si longtemps… *des dizaines d'années…* à réprimer ma louve intérieure.

Je déglutis.

— Kieran…

— Je ne vais pas négocier.

— Si je me transforme, mon métabolisme…

— Va très certainement finir de débarrasser ton corps de ces inhibiteurs et lancer ton cycle de chaleurs. Exactement Quinnlynn. J'en suis bien conscient. *Maintenant, bordel, transforme-toi.*

— Je ne suis pas prête, argumentai-je. Je ne suis pas prête à…

— À recevoir mon nœud ? demanda-t-il en soulevant un sourcil. À ce que je te revendique ? Un siècle ne t'a pas suffi à te préparer, Quinnlynn ? As-tu besoin que je te laisse *plus de temps* ?

Il descendit du lit, et j'entendis le tissu de son jean frotter contre les draps de soie.

Il retira alors sa chemise.

— Si tu ne te transformes pas, tu risques une dissociation permanente de ta louve lorsque tu auras tes chaleurs. Celles-ci vont de toute façon se produire dans les vingt à trente heures à venir. Nous n'avons pas le temps d'en discuter, Quinnlynn. *Transforme-toi*.

KIERAN

— Ne viens-tu pas de dire que c'était une erreur d'accélérer mon processus de guérison ? demanda Quinnlynn d'un ton abrupt, sans m'écouter. N'est-ce pas exactement ce que déclenchera une transformation ?

Oui. Elle avait raison.

Et en effet, je venais de dire que c'était une erreur.

Cela dit, c'était avant d'apprendre qu'elle avait passé *quarante putains d'années* à refouler sa louve. C'était un miracle qu'elle ne se soit pas encore dissociée de son animal.

Merde ! J'avais ressenti la profondeur de ses blessures, vu à quel point son âme était fracassée, mais je n'avais pas réalisé d'où cela venait.

Quatre putains de décennies…

Cette femelle avait réellement vécu l'enfer.

Mais cela ne serait rien comparé à ce qu'elle vivrait si son lien avec sa louve était coupé.

Je pouvais maintenant sentir à quel point leur relation était ténue, combien le lien entre la femelle et la louve était devenu fragile dans son âme.

— Il faut que tu accueilles ta louve à nouveau. J'ai

réussi à guérir presque tout le reste, mais ça, je ne peux pas. Je te forcerai à te transformer si c'est nécessaire, Quinnlynn. C'est indispensable ; *pour que tu sois à nouveau entière.*

Et si elle me sortait encore une de ses conneries selon laquelle je voulais la rendre entière pour la briser à nouveau, elle pouvait être sûre que j'allais me mettre à grogner. J'allais la faire taire en la transformant moi-même.

— Ne fais pas de moi le grand méchant de cette histoire, chérie, l'avertis-je. Ce n'est pas un rôle que j'ai envie de jouer dans ta vie, mais sache quand même que je le maîtrise parfaitement.

Je la fixai dans les yeux pour qu'elle voie la sévérité de mon regard, la réalité de la menace que constituait mon Alpha pour son Oméga.

Elle déglutit et se mit à glisser lentement hors du lit.

La soie noire ressemblait à une cascade sombre recouvrant ses courbes, qui contrastait parfaitement avec sa peau d'albâtre. J'avais envie de la goûter, de la *connaître,* de la faire mienne.

Mais ce n'était pas encore le moment.

Pas après tout ce qu'elle venait juste de m'accuser de vouloir lui faire subir.

Étais-je en colère ? Absolument.

Cela dit, jamais je ne la soumettrais à de tels tourments. Le fait même qu'elle puisse penser un seul instant que j'étais capable d'une telle cruauté me prouvait à quel point elle me connaissait mal.

Les Omégas étaient faites pour être adorées, non pas brisées.

Cette Oméga-là avait clairement besoin d'apprendre cette leçon par-dessus toutes les autres.

En sachant où elle avait passé les *quarante dernières années* de sa vie, ça ne me surprenait pas.

Le Secteur Bariloche avait été complètement rasé après notre départ, et c'était une excellente chose. L'Alpha Carlos ne méritait pas son territoire, et encore moins sa place de chef.

Quinnlynn avala sa salive, les mains serrées autour de sa robe.

Je soulevai un sourcil, curieux de ce qui la retenait encore. J'avais déjà retiré ma chemise et mon intention de l'obliger à se transformer était claire. *Veux-tu aussi que je te déshabille ?* faillis-je demander, mais les mots se coincèrent dans ma gorge au moment où elle souleva le tissu qui recouvrait ses fines jambes.

Je ne cherchai même pas à cacher mon admiration.

C'était une créature magnifique, cette image m'avait manqué au cours du siècle passé.

Elle ne m'avait jamais accordé l'occasion de la nouer, ni même de l'embrasser.

Tout ça parce qu'elle s'était *enfuie*. Elle était partie, comme si j'étais une sorte de monstre qui prévoyait de la garder enfermée, ou pire encore.

Ou peut-être était-ce son plan depuis le début de s'échapper avant le mariage.

Je n'en savais rien.

Mais j'avais bien l'intention de le découvrir.

Quinnlynn expira bruyamment en passant sa robe par-dessus sa tête. Son regard sombre croisa le mien avec un air de défi perçant, ce qui me fit sourire.

— Tu peux tester ma patience autant que tu veux, ma petite coquine, l'informai-je. J'aime mériter ma victoire.

Elle serra un instant la mâchoire.

— Je ne suis pas en train de tester ta patience.

— Hmmm, soufflai-je sur un ton neutre.

Elle soupira de nouveau et ferma les yeux.

Son énergie se mit à tourbillonner autour d'elle tandis

qu'elle appelait sa louve, la chaleur de son esprit venant caresser le mien.

Le nôtre, se mit à ronronner mon animal intérieur. *Cette femelle nous appartient.*

Elle n'avait pas été touchée ou du moins c'est ce qu'elle avait sous-entendu. Elle avait peut-être couché avec un Bêta ou même un autre Oméga, mais il était certain qu'elle n'avait pas été avec un autre Alpha. Si un autre Alpha l'avait nouée, nos fiançailles auraient volé en éclats et son lien avec mes capacités aurait été coupé sur-le-champ.

Est-ce la raison qui t'a poussée à me rester fidèle ? pensai-je. *Ou y a-t-il autre chose ?*

Quinnlynn grimaça, ramenant mon attention vers sa louve.

Ou plutôt l'absence de celle-ci.

Je fronçai les sourcils. *Quelque chose ne va pas.*

Je pouvais sentir qu'elle essayait de se transformer, le vrombissement familier de son âme venant inciter la mienne à muer avec elle. Mais aucun changement ne se produisait chez elle.

Elle se pencha vers le sol dans un geste gracieux qui suggérait qu'elle était sur le point d'y arriver, mais rien ne se produisit.

Elle resta là, à quatre pattes, toujours sous forme humaine. Une position que je trouverais intéressante, voire attirante dans n'importe quelle autre situation − surtout juste à côté de mon lit − mais la souffrance qui émanait d'elle me poussa à m'agenouiller devant elle plutôt que derrière.

— Quinnlynn, est-ce que tu…

— *J'essaye*, grogna-t-elle.

Son visage était tendu et elle baissa le front vers le sol en forme de supplication.

— Je sens que tu essayes, ma chérie, dis-je doucement

en posant la main sur sa nuque. Est-ce que ta louve te refuse l'accès ?

—Je ne… je ne sais pas.

La douleur se sentait dans sa voix, ce qui me donnait envie de la guérir.

Mais je ne voulais pas qu'elle m'accuse à nouveau « d'étouffer ses instincts ».

Alors, je me mis plutôt à ronronner, car mon loup avait besoin de faire quelque chose pour apaiser sa future compagne.

Elle s'immobilisa sous ma paume et l'énergie de sa transformation se dissolut autour d'elle.

Je ne dis rien et n'essayai pas de la provoquer. Je voulais juste lui fournir un peu de réconfort.

Elle finit par lever vers moi des yeux remplis de larmes, les sourcils froncés par la confusion.

— Qu'est-ce que tu fais ?

—J'attends, répondis-je.

— Tu attends quoi ?

— Que tu te calmes et que tu réessayes, répliquai-je simplement tout en continuant à ronronner en arrière-plan.

— Tu ne vas pas me forcer à me transformer ?

— Je préférerais l'éviter. Sauf si tu me le demandes bien sûr.

Ou si elle refusait de réessayer. Alors là, oui, je l'obligerais. Il était évident que c'était un besoin urgent. Cela faisait trop longtemps qu'elle n'avait pas utilisé son pouvoir de transformation.

Quarante ans.

Je n'étais pas sûr de pouvoir le lui pardonner.

Merde, sa propre louve allait avoir du mal à lui pardonner. Voilà ce qui m'inquiétait réellement.

Et si elle était encore plus dissociée de son côté animal que je ne pensais ? Je passai lentement le pouce le long de sa gorge. *Si c'est le cas, nous avons beaucoup de travail devant nous.*

Je parcourus son aura avec mon pouvoir de guérison, caressant les brins effilochés qui la reliaient encore à son âme animale. Ce lien était abîmé, mais pas brisé. Elle aurait dû réussir à se transformer.

Cependant, au moment où elle fit une nouvelle tentative, je pus sentir ce lien se tendre en elle et menacer de se rompre. J'intensifiai mon ronronnement. Son agonie réduisait mon cœur en miettes et rendait extrêmement difficile d'ignorer mon instinct à vouloir *l'aider.*

Elle poussa un cri avant de retomber en avant, mais cette fois-ci, son front vint se poser sur ma poitrine plutôt que sur le sol. Je la tins contre moi, tout en continuant mon grondement apaisant pour essayer de la calmer. Elle tremblait.

— *Kieran.*

— Chut, soufflai-je en intensifiant encore mon ronronnement.

Je pris sa silhouette tremblante dans mes bras.

Quinnlynn passa ses bras autour de mes épaules et enfouit son visage dans mon cou. Son dos était recouvert de sueur et sa peau luisait suite à ces efforts.

Elle tremblait de plus en plus et respirait de façon saccadée, épuisée qu'elle était par ses tentatives de se transformer.

Je caressai doucement son dos d'une main tandis que mon autre paume reposait sur sa nuque pour la tenir contre moi et essayer de la calmer par mon ronronnement.

— Ça va aller, ma petite, murmurai-je. On va trouver une solution.

— Je ne savais pas, répondit-elle. Je ne me rendais pas compte…

— Ça va aller, répétai-je.

En réalité, ça n'allait pas du tout. C'était tout le contraire, mais nous verrions cela après que je l'aurais aidée.

Si je me mettais à la châtier dans ces conditions, cela ne ferait que plus de dégâts. Pour le moment, elle avait besoin de mon soutien, pas d'une punition.

Je m'assis sur le sol et l'attirai sur mes genoux. Elle se pelotonna contre ma poitrine en frémissant. Ses joues étaient humides de larmes.

Voilà pourquoi je ne voulais pas la forcer à se transformer d'un seul grognement : ça allait être douloureux.

Cela dit, j'avais bien l'impression que ses propres tentatives étaient une source de souffrance.

Peut-être que j'aurais juste dû grogner, pensai-je. Seulement je savais que j'aurais eu le sentiment d'être un connard qui abusait de son pouvoir. J'étais sérieux lorsque je lui avais dit que je n'avais pas envie d'être le méchant dans l'histoire. Je voulais bien être méchant *pour* elle, mais pas *envers* elle.

Je continuai de passer doucement la main le long de son dos, tout en ronronnant à un rythme régulier.

Elle commença enfin à se calmer et ses tremblements s'apaisèrent peu à peu, accompagnés de plusieurs longs soupirs, tandis qu'elle se laissait aller contre ma poitrine.

Voilà ce que nous aurions dû partager dès le début, faillis-je dire. *Mais tu as choisi de t'enfuir et je ne sais toujours pas pourquoi.*

Je remontai la main sur sa nuque pour passer les doigts dans ses cheveux sombres et soyeux. Je la caressai doucement. Je l'explorai tout en l'apaisant.

Elle ne résista pas et je pouvais sentir sa louve intérieure qui avait soif de cette attention d'Alpha. Et pas n'importe quel Alpha, *son* Alpha. Parce que même si la femme s'était enfuie, son animal connaissait le mien. Nos deux âmes étaient liées par nos fiançailles.

C'était une des raisons pour lesquelles je ne pouvais pas la punir maintenant.

Même si elle le méritait.

— Pourquoi ? murmura-t-elle d'une voix rauque.

Elle s'éclaircit un peu la gorge.

— Pourquoi quoi ? demandai-je tout en continuant à passer les doigts dans ses cheveux.

Mon autre main s'était immobilisée au bas de son dos, dans une position qui avait pour but de lui procurer un sentiment de sécurité.

— Pourquoi es-tu aussi gentil envers moi ?

Sa voix était un peu plus forte, mais toujours basse.

— Parce que tu m'appartiens, répondis-je simplement.

— Mais tu es en colère contre moi.

— Très, acquiesçai-je. Mais je t'ai déjà expliqué que je ne te punirai jamais en te faisant du mal, Quinnlynn. Je ne suis pas comme ces Alphas du X-Clan que tu as croisés dans le Secteur Bariloche.

— Il n'y avait pas que des Alphas du X-Clan, marmonna-t-elle si doucement que j'eus du mal à l'entendre.

Je m'immobilisai d'un coup.

— Il y en avait d'autres types ?

— Des Alphas extérieurs, confirma-t-elle.

Je refermai le poing sur ses cheveux pour tirer légèrement sa tête en arrière. Je voulais voir son visage.

— Quel genre d'Alphas extérieurs ?

Elle grimaça, m'informant ainsi que mon ton et ma poigne étaient un peu trop secs. Mais ce qu'elle venait de dire sous-entendait quelque chose de plutôt surprenant. D'autres Alphas auraient visité le petit terrain de jeu de Carlos dans le Secteur Bariloche.

— Y avait-il des Alphas du V-Clan ? demandai-je sèchement.

Parce que cela était contraire à l'essence même de notre existence. Les Alphas du V-Clan protégeaient et révéraient les Omégas. *En toutes circonstances.* Il n'y avait pas la moindre trace de protection ou de révérence dans le baisodrome que constituait le domaine de Carlos.

— Un, admit-elle.

— Qui ?

Elle secoua la tête.

— Je ne l'ai jamais vu. Il se camouflait à chacune de ses visites.

— Il ne t'a pas sentie ?

— Je me cachais à l'extérieur du secteur, expliqua-t-elle.

Cela me confirma ce que je savais déjà ; Quinnlynn avait eu la possibilité de quitter cet endroit à tout instant. Ce qui ne l'avait pas empêchée de rester dans ce trou à rat plutôt que de revenir à la maison.

— Étais-tu réellement mieux là-bas qu'ici ? demandai-je, contrarié par son choix.

Elle me fixa de ses grands yeux noirs qui ne lâchaient rien.

— Elles avaient besoin de moi.

— Les Omégas ?

— Oui.

— Je les aurais aidées si tu me l'avais demandé, fis-je remarquer.

Elle recula la tête, tout en plissant le regard avec le même air de défi que tout à l'heure.

— En les envoyant vers le Secteur Andorra ? Comme tu as fait pour Savi ?

— Entre autres lieux.

— Alors, vas-y et sauve-les, dit-elle avec force. Retourne là-bas pour les aider.

Je la regardai fixement pendant un moment, réfléchissant à ce que je voulais lui révéler. D'un côté, je pouvais garder cette information pour moi et m'en servir comme levier de négociation plus tard, mais d'un autre côté, je pouvais aussi lui dire la vérité et gagner ainsi ses faveurs.

Cette deuxième solution était plus que ce qu'elle méritait, et en réalité, elle me devait ses faveurs et non l'inverse. Malheureusement, le léger tremblement que je perçus sur ses lèvres me fit soupirer. Il était clair que tout cela lui brisait le cœur. *Elles avaient besoin de moi*, avait-elle dit. Voilà qui avait son importance. Non seulement pour la comprendre elle, mais aussi notre situation. Elle ressentait le besoin de protéger les Omégas. Voilà un trait de caractère que nous partagions.

— Elles sont déjà sauvées, Quinnlynn. Le Secteur Bariloche a été réduit en cendres. Tous les Alphas qui se trouvaient là-bas n'ont plus de maison.

Seule une poignée d'entre eux pourraient demander l'asile dans d'autres secteurs. Très peu seraient acceptés.

Elle se redressa un peu.

— Les Omégas sont ici ?

Je répondis en fronçant les sourcils :

— Non. La plupart d'entre elles ont été conduites vers le Secteur Andorra.

Je vis sa mâchoire se serrer.

— Un secteur rempli de loups Alphas et qui manque cruellement d'Omégas.

— Un secteur gouverné par un Alpha respectable, la corrigeai-je. Un secteur qui possède un système de santé de pointe qui est d'ailleurs dirigé par une Oméga du X-Clan.

— Riley, grogna-t-elle avec une véhémence qui me

surprit. Ton ancienne compagne.

Je soulevai un sourcil.

— Mon ancienne *collègue de travail*, rectifiai-je.

— Bien sûr ! répondit-elle d'un ton sceptique.

Je souris en sentant l'odeur de la jalousie se répandre autour d'elle. *Comme c'est mignon*, pensai-je.

— Tu t'inquiètes de savoir si j'ai couché avec elle, dis-je en penchant la tête sur le côté. Je ne pensais pas que ça t'intéressait.

— La seule chose qui m'intéresse, c'est l'injustice que constitue le lien de fiançailles. Il force l'Oméga à rester fidèle à son Alpha, mais pas l'inverse, rétorqua-t-elle brutalement.

— Tu aurais pu te taper des Bêtas, proposai-je.

— Comme si ça pouvait me satisfaire, dit-elle avec dédain.

Mon sourire s'étira encore. Cette conversation m'amusait.

— Non, en effet.

— Ce qui ne t'a probablement pas empêché de baiser toute la population Oméga des alentours, marmonna-t-elle en détournant le regard de mon visage.

Mon sourire disparut aussitôt.

Je serrai le poing sur ses cheveux en l'obligeant à redresser le regard vers moi.

— Cela aurait été mon droit étant donné que ma promise est partie avant notre accouplement, l'informai-je d'un ton ferme. Si tu voulais que je te sois fidèle, tu n'avais qu'à rester.

Elle plissa le regard.

— Alors c'est comme ça que tu choisis de me punir ? En baisant toutes les autres Omégas qui passent ? Est-ce que tu as aussi l'intention de le faire en ma présence ?

— Est-ce que ça te confirmerait ce que tu penses ?

Elle s'éloigna de moi, ou plutôt essaya de le faire, mais ma main contre le bas de son dos la maintenait en place. Lorsqu'elle tenta de glisser de mes genoux, j'agrippai sa nuque et la forçai à me regarder.

La rage que je percevais dans ses yeux me faisait bander.

Parce qu'elle signifiait qu'elle ne voulait me partager avec personne.

C'était probablement une conséquence de notre lien de fiançailles qui reliait sa louve à mon âme, mais c'était un point de départ.

— Pourquoi penses-tu que je voudrais te punir en baisant d'autres Omégas devant toi, Quinnlynn ?

Elle serra la mâchoire, le visage marqué par la rébellion.

— En quoi serait-ce une punition pour toi ? insistai-je. Est-ce que cela te ferait regretter ta fuite ? Ou au contraire, cela te donnerait le sentiment que tu as eu *raison* de me quitter sans un mot ?

Elle releva le menton avec entêtement et refusa de me répondre.

— Je pense que tu sentirais tes actes justifiés, enchaînai-je. Ce n'est pas du tout le but d'une punition, n'est-ce pas ?

Je resserrai légèrement mon étreinte autour de sa nuque tout en étudiant de près son visage.

Ses narines s'écartèrent juste un peu, mais cela suffit à confirmer ce que je suspectais.

— Je ne nie pas que j'ai eu de nombreuses propositions, dis-je calmement. Il y a même des Omégas qui m'ont supplié de les baiser.

Elle poussa un grognement, mais l'odeur de sa jalousie et de sa colère remplit la pièce. Parce que sa louve savait que je lui appartenais. Me faire des avances – à moi, le fiancé de la princesse du Secteur Sanglant – était une insulte directe envers Quinnlynn. Un réel manque de respect envers son trône. Personne ne devrait penser à essayer de me détourner d'elle.

Sauf qu'elle était partie.

Le réveil s'annonçait brutal lorsqu'elle retrouverait son peuple.

— Veux-tu savoir combien d'entre elles j'ai baisé ? demandai-je en laissant glisser mon regard vers sa bouche avant de revenir à ses yeux.

— Non, prononça-t-elle entre ses dents.

Mais sa louve exprima son désaccord par un grognement sourd qui fit grimacer Quinnlynn.

Cela faisait partie de leur dissociation.

Son animal voulait sortir, mais elle avait refusé de se montrer lorsque Quinnlynn avait essayé de se transformer parce qu'elle ne voulait pas honorer sa partie humaine.

Et pourtant, *maintenant*, sa louve voulait sortir pour *me* donner une leçon.

Cette réaction me fit sourire.

— Tu en es sûre ? demandai-je. Peut-être que je devrais commencer par te dire combien de propositions on m'a faites. Je pourrais te donner une liste de noms.

Le grognement qui montait de sa poitrine s'intensifia et Quinnlynn aboya :

— *Arrête !*

— Pourquoi ? dis-je d'un ton toujours aussi désinvolte pour provoquer sa louve. C'est toi qui es partie, ma chérie. Je suis un Alpha, j'ai des besoins. Tu ne veux peut-être pas de mon nœud, mais il fait rêver plein d'autres femelles.

— *Kieran.*

Le grondement qui accompagnait sa manière de prononcer mon nom m'informa qu'elle était sur le point de se transformer et d'attaquer.

Je risquais de sérieuses griffures.

Cela dit, ça valait le coup de souffrir un peu si mon plan fonctionnait.

— Qu'est-ce qu'il y a, Quinnlynn ? Tu veux que je te fournisse des détails ? Que je te parle de l'odeur de leurs sécrétions ? De la manière dont elles m'enveloppaient de leur désir d'Oméga et *gémissaient* mon nom ?

Je lui jetai un regard nonchalant.

— Comme tu l'as si bien dit toi-même, je ne suis pas assujetti aux mêmes limitations que toi ? Alors combien de femmes penses-tu que j'ai sautées au cours des cent dernières années ?

Un nouveau feulement féroce s'échappa de ses lèvres, ce qui rendit ma queue encore plus dure, si cela était possible. *Bordel de Dieu, je veux cette femme. J'ai besoin d'elle. J'ai soif d'elle et je compte bien la* revendiquer.

Mais je n'en avais pas encore fini.

Il fallait qu'elle se transforme.

Tu y es presque, ma chérie. On *y est presque !*

— Combien de petites chattes penses-tu que j'ai nouées ? insistai-je, volontairement vulgaire. Imagine-les en train d'enserrer ce nœud qui aurait dû être le tien. Imagine les traces de leurs griffes sur mon dos. De leurs *dents* sur mon cou. Peut-être que c'est avec elles que je suis fiancé désormais. Peux-tu sentir leur odeur sur moi ?

Elle se pencha en avant pour renifler, une action clairement dictée par sa louve, tandis que sa poitrine laissait de nouveau échapper un son animal.

— Peut-être que c'est l'une d'elles que je vais revendiquer à ta place, murmurai-je à son oreille. Ça te plairait, Quinnlynn ? Préférerais-tu que je choisisse l'une d'elles comme compagne ? Que j'accepte l'une des *dizaines* de propositions que j'ai reçues ?

Elle vint coller ses dents contre ma gorge, ce qui me confirma la présence de sa louve en surface.

— Peut-être que je devrais préciser que plusieurs de ces propositions m'ont été faites dans cette chambre, sur mon propre *lit*.

Je lui mordillai le lobe de l'oreille avant de continuer :

— Avec mon nœud tout au fond...

Sa main s'élança soudain vers ma poitrine, je vis que ses doigts s'étaient transformés en griffes.

Puis, j'entendis le cri qui accompagnait sa transformation alors que tous ses os craquaient après des années, *des décennies*, de mise en sommeil. Je lui envoyai immédiatement une vague de guérison, pour l'aider à faciliter sa transformation, malgré mes réserves. Elle pourrait m'accuser plus tard d'avoir de nouveau atténué ses sensations, mais j'aimais mieux ça plutôt que de subir l'agonie que je ressentais à travers notre lien.

Pourtant, celle-ci ne venait pas seulement de sa transformation.

C'était aussi lié à tout ce que je venais de dire.

Cela me donnait un sentiment de victoire, car en réalité, je ressentirais la même chose si d'autres mâles s'étaient approchés d'elle.

Elle m'appartenait.

Je ne voulais pas la partager.

Sa louve grogna, son superbe pelage noir luisant sous la lumière de la pièce.

Un immense sourire s'afficha sur mon visage en la voyant apparaître.

Jusqu'à ce qu'elle s'élance vers moi, avec l'intention évidente de m'arracher la gorge.

D'une certaine manière, je le méritais tant j'avais provoqué cette douce créature par mes paroles. Elle n'avait peut-être pas tout compris, mais elle comprenait la jalousie qui avait envahi Quinnlynn. Cela avait suffi à faire sortir la bête de sa tanière.

J'attrapai son museau entre mes mains avant qu'elle puisse atteindre mon cou et passai un bras autour de sa taille pour la faire rouler sur le dos. Elle lança les pattes avant vers moi et ses griffes acérées m'égratignèrent la peau.

— *Calme-toi, Quinnlynn,* ordonnai-je.

C'était mon loup qui envoyait une explosion d'énergie dominante en elle pour la forcer à obéir.

Elle gémit en réponse, son animal blessé par la sévérité de mon ton.

Je relâchai son museau et passai les doigts dans sa douce fourrure. Elle avait le poil un peu fin, mais en dehors de ça, elle avait l'air en bonne santé. Probablement grâce aux soins que je lui avais prodigués.

Ses yeux sombres me fixèrent un instant avec colère avant de s'abaisser en signe de soumission.

Même sous ma forme humaine, je pouvais la dominer.

Cela dit, je ne cherchais pas une compagne docile.

Ni une femme complètement brisée.

C'est pourquoi je posai mes lèvres contre son oreille et dis :

— Je vais te dire combien d'offres j'ai acceptées depuis ton départ, Quinnlynn. Combien de femmes j'ai *baisées.*

Elle s'immobilisa sous mon poids et sembla retenir son souffle.

C'était le moment où je pouvais choisir de me montrer cruel, de réellement la punir.

Mais je n'étais pas comme ça.

J'étais un loup sage. Un mâle capable de retenue. *Un bon compagnon.*

Autant de choses qu'elle allait enfin comprendre.

À travers un seul mot.

— *Aucune.*

QUINN

La révélation de Kieran me paralysa sous lui.

— *Aucune.*

Il n'avait couché avec personne depuis mon départ.

Mensonge ou vérité ? songeai-je. Cependant, je ne sentais pas sur lui la puanteur du mensonge. Il… il sentait la sensualité et le *désir*.

Un désir que j'avais senti grandir sous moi lorsque j'étais assise sur ses genoux.

Un désir qui semblait désormais résonner en moi, ma louve inhalant son parfum mentholé.

Avant de se redresser, il murmura contre mon front :

— Allons courir ! dit-il en cherchant la braguette de son jean. Ensuite, nous discuterons de tes chaleurs.

Ces dernières paroles me tordirent l'estomac.

Il ne s'agissait pourtant pas de dégoût…

Mais *d'attente.*

Merde, ça commence déjà. Je pouvais sentir mon intérêt pour lui grandir à toute vitesse. Parce que mon œstrus était imminent.

Et cette révélation…

Il n'a couché avec personne d'autre.

C'était le signe d'un incroyable niveau de retenue, de dévotion et de…

D'autres qualités que je préférais ignorer.

Pourtant, c'était impossible

Il m'est resté fidèle.

Il n'a noué personne d'autre.

Il n'a dit tout cela que pour me pousser à me transformer.

Non pas pour me punir ou par cruauté, mais pour moi. Pour m'aider.

Par le passé, Kieran ne s'était jamais montré particulièrement grossier ou désagréable. Au contraire, il s'était révélé un peu *trop* agréable. Cela dit, je n'avais jamais pensé pour autant que je pouvais lui faire confiance.

Je restais campée sur cette position aujourd'hui.

Il avait peut-être prouvé sa capacité à gérer le Secteur Sanglant et j'étais à peu près certaine qu'il ne s'était pas approché du Sanctuaire, mais ça ne faisait pas de lui un innocent.

Personne n'est innocent.

Un tueur se cachait quelque part dans les secteurs du V-Clan.

Un Alpha dont on ne connaissait ni le nom ni l'origine.

L'Alpha qui a tué mes parents.

Cette information était inconnue du grand public, mais l'avion de mes parents ne s'était pas écrasé par accident. Il avait été attaqué.

Une attaque qui m'avait laissée pour seule héritière.

Seule représentante de la royauté du V-Clan.

Seule *protectrice.*

Le Sanctuaire avait besoin de mes pouvoirs magiques pour prospérer. Ce qui faisait littéralement de moi la clé de leur survie.

Tout comme une potentielle clé d'entrée.

Kieran était le seul Alpha qui n'avait pas cherché à se battre pour obtenir ma main après la mort de mes parents. Cela faisait de lui le plus sûr des prétendants. De toute évidence, celui qui avait assassiné mes parents aurait tout de suite cherché à m'obtenir.

Kieran n'avait fait aucun pas dans cette direction.

Jusqu'à ce que je débarque sur son territoire et lui fasse une offre qu'il ne pouvait refuser.

Il n'aimait peut-être pas les intrigues politiques ou la notion de diriger la capitale de notre monde, mais il avait toujours aimé relever des défis. Je lui avais offert un défi de taille : un trône à défendre.

En retour, j'avais hérité de sa capacité à guérir, ce qui m'avait énormément servi au cours du siècle passé.

Si nous allions au bout de notre accouplement, je recevrais beaucoup plus de pouvoir.

Cependant, cela lui donnerait également accès au véritable cœur de notre race.

Ce n'était pas un don que je pouvais accorder à la légère. Si je l'accordais un jour. J'avais d'abord une énigme à résoudre.

C'était cette énigme qui m'avait conduite jusqu'au Secteur Bariloche, entre autres choses. *Parmi lesquelles ma rencontre avec Kieran à Atlanta.*

Il retira ses bottes et son jean, laissant ma louve contempler son cul bien ferme. Je lui ordonnai de ne pas regarder, mais elle m'ignora royalement et laissa échapper un petit cri d'appréciation qui ressemblait presque à un souffle de désir.

Ça suffit, lui sifflai-je.

Toujours sans m'écouter, elle s'assit et admira ouvertement son futur compagnon au moment où celui-ci jeta un regard par-dessus son épaule. Il m'adressa alors un petit sourire satisfait qui me donna envie de le lui enlever d'un coup de griffes. Néanmoins, c'était clairement mon animal qui dirigeait maintenant, car elle répondit par un simple halètement.

— Au moins, je sais maintenant que tu n'es pas très difficile à dompter. Tu veux voir ce que tu as raté ?

Son ton légèrement amusé était particulièrement agaçant, mais ma louve semblait presque fondre à l'écho de cette profonde voix masculine. Elle était sûrement prête à suivre tous ses ordres, même s'il lui demandait de supplier.

Traîtresse, lui murmurai-je.

Il se retourna vers moi, finissant de m'exposer son impressionnante virilité.

Putain ! C'était une chose quand je la ressentais contre mes fesses, mais c'était autre chose de la voir !

C'était la première fois que je le voyais nu. Nous n'avions jamais pratiqué la transformation ou la course ensemble. C'était une activité plutôt intime, et je n'avais jamais réellement eu envie d'apprendre à le connaître auparavant. Il n'avait été qu'un moyen pour moi d'arriver à mes fins.

Il n'est toujours qu'un moyen d'arriver à mes fins, me dis-je.

Une fin intéressante, sembla soupirer ma louve qui avait failli avaler sa langue lorsqu'il s'était retourné vers nous.

Elle était désormais focalisée entièrement sur son nœud, qu'il semblait bien décidé à nous montrer sous tous les angles.

— Tout à toi, murmura-t-il en me rappelant ainsi son long célibat. Quand nous reviendrons de notre course.

Mon ventre se noua à la promesse contenue dans ces mots.

Je sens mes chaleurs commencer.
Et il va me nouer.
Puis me revendiquer.

Ce qui lui donnerait accès à…

Je m'immobilisai à l'apparition de sa bête. Une vague de sa magie se répandit soudain dans la pièce, me coupant le souffle au moment de sa transformation quasi instantanée.

Tellement rapide.

Tellement fort.

Tellement mien.

Je secouai la tête. *Non. Il n'est pas à moi. Pas vraiment.*

Pas encore, sembla souffler une autre voix.

Jamais, répliquai-je sèchement.

Mais ma louve n'était pas d'accord.

Elle nous fit immédiatement rouler sur le dos pour exposer son ventre tout en lui adressant un sourire joueur.

Il renifla avec mépris en réponse à sa requête peu subtile de jouer.

Face à son rejet, elle émit un gémissement si horriblement soumis que j'en étais malade. *Et si tu me laissais mener cette danse ?* suggérai-je.

Ce n'était pas comme si elle pouvait réellement me comprendre.

Même si elle le pouvait, je me doutais qu'elle répondrait quelque chose comme : *Ça fait plus de quarante ans que tu m'empêches de m'exprimer, alors va te faire foutre !*

Ouais, je suppose que je le méritais.

Impatient, Kieran renâcla de nouveau pour attirer mon attention vers l'endroit d'où il me regardait. Ma louve lui lança un nouveau sourire béat.

Il se pencha vers moi pour lécher affectueusement le bout de ma truffe et ma louve se mit presque à ronronner en retour.

Puis il fit un mouvement de tête pour dire : *Allons-y.*

Elle sauta immédiatement sur ses pattes, d'un air excité.

Il récompensa son acquiescement d'un petit coup de son large museau contre le mien. Ma louve, visiblement d'humeur joueuse, répondit par un petit mordillement.

Kieran grogna et saisit la peau de mon cou dans sa gueule. Je sentis mes entrailles se pétrifier tant ce geste dominant me submergeait d'un sentiment de sécurité.

L'air autour de nous se mit alors à changer au moment où il nous fondait dans l'ombre, vers une rue à l'extérieur de son antre.

Ma louve attendit patiemment qu'il nous libère alors que j'essayais désespérément de sonder notre nouvel environnement.

Il nous retint un peu plus longuement que nécessaire, ce qui avait probablement pour but de m'avertir que si j'essayais de m'enfuir, il me rattraperait et me ramènerait par la peau du cou. Lorsqu'il desserra enfin la mâchoire, ma louve vacilla légèrement, maladroite sur ses pattes après tant d'années enfermée.

Je profitai de ce moment pour examiner les alentours.

Reykjavik. Nous n'étions pas au centre-ville, mais dans une banlieue. Loin du port, et plutôt du côté des routes qui menaient vers la montagne.

Tout avait l'air bien plus moderne que dans mon souvenir. Les bâtiments avaient été refaits depuis le début de l'Infection.

Le Secteur Sanglant existait ici depuis toujours. Pendant des siècles, les loups avaient vécu en symbiose avec les humains. Notre race avait besoin de sang – mortel ou non – pour entretenir notre magie. Un peu comme nos cousins vampires, mais de manière bien moins constante.

Cependant, nous ne pouvions pas nous passer indéfiniment de sang. C'est quelque chose dont j'avais fait l'expérience à de nombreuses reprises au cours du dernier siècle.

Je pouvais facilement passer un mois sans en boire.

Mais au bout de deux mois, je commençais à le sentir.

Après trois mois, je n'avais presque plus d'énergie.

Et après quatre mois, je n'avais pas plus de force qu'un humain.

Un prince Alpha tel que Kieran pouvait probablement s'en passer pendant quatre mois tout en restant en forme. Le besoin chez lui devait se faire sentir au bout de six ou sept mois.

Notre race avait donc marchandé avec la population islandaise. Nous les protégions, en échange d'une taxe de sang.

Kieran avait maintenu ce système avec une grande efficacité.

L'Infection n'avait jamais pénétré l'Islande, un fait que j'avais appris de Kyra. Elle avait continué à surveiller de près le Secteur Sanglant pour mon compte, entre autres services. Elle m'avait toujours été d'une aide précieuse.

Et peut-être allait-elle être la clé pour me tirer d'ici.

Kieran avait posé une laisse sur ma capacité à me fondre dans l'ombre.

Mais pas sur la sienne.

Il fallait juste que je trouve un moyen de lui envoyer un message. Ou peut-être que notre course d'aujourd'hui constituerait un message suffisant. Elle entendrait les rumeurs concernant mon retour et me contacterait.

Elle savait même peut-être déjà que j'étais là, surtout si ce que Kieran avait dit au sujet du Secteur Bariloche était vrai.

J'espère que c'est vrai.

J'espère que les Omégas sont en sécurité.

Mais le Secteur Andorra ? Je n'étais pas certaine que c'était un endroit sûr, même s'il avait mentionné que Riley était à la tête de leur laboratoire de recherche. Ce qui voulait au moins dire qu'elles étaient entre de bonnes mains.

Bien que je n'aime pas tellement la jolie docteure Oméga.

Ancienne collègue de travail, avait précisé Kieran. Suivi de son affirmation selon laquelle il n'avait noué personne pendant mon absence.

— *Aucune*.

Peut-être était-ce mon nouveau mot préféré.

Ce n'était pourtant pas quelque chose qui aurait dû m'intéresser, mais je ne pouvais pas m'en empêcher. Cela avait du sens pour moi. C'était quelque chose de… puissant.

Quelque chose que je ne devrais pas ressentir.

Kieran me donna un petit coup sur le côté, me ramenant à la réalité et au trottoir sous nos pattes.

J'avais donné les rênes à ma louve, laissant mon attention vagabonder. Elle semblait s'être stabilisée et je jetai un regard curieux autour de moi pour comprendre ce qui attirait désormais son regard.

D'autres loups.

Mon cœur fit un bond dans ma poitrine. Plusieurs d'entre eux étaient apparus comme des fantômes de mon passé et se tenaient de l'autre côté de la rue, dans l'ombre projetée par la lumière de la lune sur les bâtiments environnants.

Je ne savais pas à quoi m'attendre à mon retour. Pour être honnête, je n'y avais pas beaucoup réfléchi, puisque je ne pensais pas rentrer à la maison. Cela dit, je ne m'attendais sûrement pas à ça.

Ils me fixaient tous comme une étrangère. Peut-être était-ce ce que j'étais devenue pour eux. Cela faisait plus de cent ans. J'avais vécu beaucoup de choses entre-temps, et eux aussi.

Kieran me poussa de nouveau du museau et indiqua de la tête la direction vers laquelle il voulait courir.

Quelques-uns des loups présents émirent un son de mépris en nous regardant, ce qui me contraria.

Il les ignora.

Ma louve en fit autant.

Elle était bien plus intéressée par l'imposant Alpha à ses côtés, celui qu'elle voulait revendiquer sien. Elle se pencha vers lui pour lui mordiller à nouveau le museau.

Il grogna et se mit en route.

Elle le suivit immédiatement, d'un pas résolument obéissant.

Tu me fais honte, lui dis-je intérieurement. *Nous n'avons pas besoin qu'il nous escorte. Nous pourrions très bien aller courir seules dans les montagnes.*

Elle n'avait clairement aucun désir de se séparer de lui, au point qu'elle se frottait régulièrement contre lui tandis que nous marchions.

Il ne lui rendait pas ce geste, ce qui semblait irriter ma louve. Elle continuait à le toucher, le frôler, le *marquer* de son odeur.

Lorsque nous atteignîmes les confins de la ville, sous le regard de nombreux loups qui étaient sortis de l'ombre au milieu des rues, sans le moindre geste de reconnaissance formelle, Kieran se jeta sur nous.

Ma louve émit un petit cri d'excitation au moment où il nous fit basculer à terre en se plaçant sur nous.

Il poussa un grognement qui fit minauder ma louve tandis que je grondais intérieurement. Il savait très bien ce que son grognement allait produire en moi. Tout mon corps fut soudain envahi d'un feu incontrôlable que lui seul pouvait éteindre.

Avec son nœud.

Il y avait tellement longtemps que je n'avais plus mes

chaleurs que j'avais presque oublié ce *besoin* criant, mais il était désormais bien présent dans mon ventre, provoquant un tremblement incontrôlable qui partait de mon bas-ventre pour se répandre dans mes membres.

Il me lécha la truffe, visiblement satisfait de la réaction de ma louve.

Elle fondit encore un peu plus.

Je déteste ça. Je te déteste, lui lançai-je en pensées.

Une étincelle lui traversa le regard comme s'il pouvait m'entendre. Peut-être pouvait-il percevoir la colère dans mes yeux.

Il émit alors un petit jappement avant de sauter sur le côté. Je fronçai les sourcils, du moins intérieurement. *Que fait-il ?*

Ma louve sauta elle aussi sur ses pattes et se mit à courir à toute allure. Elle semblait avoir complètement retrouvé la maîtrise de ses membres après ce petit entraînement en ville.

Fourrure au vent, j'avais les narines assaillies d'odeurs familières. *Je suis chez moi*, pensai-je en laissant presque mes paupières se fermer. *Je suis de retour chez moi.*

Des visions du passé me venaient en tête tandis que je courais. Ici, au milieu des arbres et des champs, les paysages étaient restés les mêmes.

La neige.

Le sable noir.

Les glaciers au loin.

Époustouflant.

Mon père avait l'habitude de me faire courir le long de ce sentier lorsqu'il m'emmenait explorer les alentours sur la route qui menait à notre domaine familial, caché au fond des bois.

Kieran l'a-t-il entretenu ? me demandai-je. *Les terres du palais sont-elles intactes ?*

Son antre était en ville, probablement au dernier étage d'un haut immeuble, étant donné la vue que j'avais aperçue à travers les fenêtres.

Je préférais la nature, les rivières et les arbres.

Je préférais *la neige*.

Tout comme ma louve, ce qu'elle s'appliqua à démontrer en se roulant dans la neige fraîche avant de reprendre sa course derrière Kieran.

Il avait ralenti le rythme pour la laisser jouer et lui donner le temps de le rattraper avant de continuer sa route.

Me conduit-il vers la maison de mes parents ? En tout cas, nous en suivions le chemin.

J'accélérai le pas, ou plutôt ma louve accéléra. Nos esprits semblaient enfin s'accorder, habités par la même excitation.

Maison. Maison. Maison.

À chaque pas, je me sentais plus sûre de moi, plus puissante, plus *moi-même*.

Ça m'a manqué, pensai-je. *Cet endroit m'a manqué, ce monde, mon secteur.*

J'avais passé tellement de temps à refouler mes souvenirs, à ignorer l'appel de mon âme, mais maintenant que j'étais ici, je ne pouvais plus m'en empêcher. Je me sentais entière. Vivante. *Complète.*

La brise était parfaite. Les odeurs étaient parfaites. La neige sous mes pieds était parfaite tout comme le paysage qui m'entourait.

Je suis à la maison.

Mon âme se réjouissait et ma louve finit par se mettre suffisamment en retrait pour me laisser conduire. Nos esprits semblaient se mêler harmonieusement à nouveau et je me sentais *connectée.*

Cette dissociation que craignait Kieran, l'impossibilité

de me transformer ou de contrôler ma louve, je ne m'étais même pas rendu compte que j'en étais aussi près.

Maintenant je savais.

Maintenant je comprenais.

Et ce constat me terrifia.

Comment ai-je pu me perdre à ce point ? J'étais tellement consumée par le besoin de *guérir* et de *protéger*. J'avais presque arrêté de rechercher l'assassin de mes parents, car de toute façon, puisque j'étais en fuite, cela protégeait plus ou moins le Sanctuaire.

Pourtant, au bout d'un moment, j'avais perdu de vue mon but ultime, qui était de revenir ici. De retrouver mon compagnon. De retrouver *Kieran*.

Sa fourrure sombre étincelait à la lueur de la lune et j'admirais son corps grand, mince et puissant. *Il ressemble à une panthère au poil soyeux*, me dis-je. *Mais c'est un loup. Un très grand loup noir.*

Mon loup.

Il parcourait le chemin avec aisance, la patte assurée et la foulée experte. Il n'avait clairement peur de rien, ne s'inclinait devant personne. Il prenait ce qu'il voulait quand il le voulait.

Et il avait choisi de me rester fidèle.

De rester fidèle à mon trône.

À la couronne.

Peut-être que finalement il est digne de confiance.

Ou peut-être que c'est le pire des scélérats.

Si je l'avais choisi, c'est qu'il était moins suspect que les autres.

Cependant, il avait accepté mon offre un peu vite.

Cela me faisait à nouveau douter de son innocence.

J'avais suivi une piste jusqu'au secteur Bariloche, la signature d'un Alpha du V-Clan non identifié, mais je ne l'avais jamais aperçu en personne. Il n'était revenu sur les lieux que deux fois.

Plutôt que de continuer à le poursuivre, j'avais préféré rester là pour aider les Omégas qui avaient besoin de moi.

J'avais oublié mon véritable objectif : *la vengeance.*

Revenir ici me rappelait tout cela, l'importance de ma quête première. *Il faut que j'arrive à faire passer un message à Kyra, puis je...*

Je perdis le fil de mes pensées lorsque j'atteignis avec Kieran un tournant familier dans le chemin qui laissait entrevoir les limites du domaine de mes parents.

Seulement...

Seulement, quelque chose n'allait pas.

Quelque chose n'allait pas du tout.

Les arbres n'étaient pas taillés, pas plus que les buissons. Tout était recouvert de neige. Il n'y avait plus de... plus de chemin.

Je baissai les yeux tout en ralentissant le rythme. Ma louve semblait tout aussi incertaine que moi. Elle n'avait plus envie de suivre ce chemin, tout était étrange. Trop froid. Trop vide.

Cela dit, je voulais continuer. J'avais besoin d'aller voir leur maison. De voir dans quel état elle était. De goûter l'air et de sentir les odeurs, de parcourir ces terres familières et de laisser revenir mes souvenirs.

Cependant, ma louve refusa. Elle planta solidement ses griffes dans le sol, déterminée à ne plus avancer.

Alors là, tant pis pour toi, pensai-je. *C'est moi qui décide ici ! Allez, avance !*

Je l'obligeai à faire quelques pas, mais elle échappa à mon contrôle et fit un bond en arrière.

Ça suffit, ordonnai-je en la poussant de nouveau en avant.

Elle recula encore une fois.

Furieuse, je me mis à grogner. *Ce n'est pas toi qui décides !*

Alors là, tu peux aller te faire foutre, sembla-t-elle me répondre au milieu de notre lutte pour prendre le contrôle.

Comment diable en est-on arrivées là ? m'interrogeai-je tandis que nous roulions dans un tourbillon de fourrure, en lutte l'une contre l'autre.

De ses pattes arrière, elle nous fit reculer.

J'utilisai mes forces pour nous faire avancer.

Dans ce petit jeu sans fin, mon esprit semblait se rompre, assailli par la confusion et le sentiment d'être déchiré en deux.

Un grondement sourd pénétra le chaos, mais j'étais trop profondément engagée dans cette bagarre avec ma louve pour tenir compte des avertissements qu'il contenait.

Je suis occupée, pensai-je en essayant encore une fois de reprendre les rênes à ma louve.

Elle grogna de colère.

Je l'agressai à mon tour.

Mon âme perdit tout sens de l'équilibre que j'avais réussi à former plus tôt et mon cœur semblait battre à tout rompre pour des raisons bien différentes.

J'avais mal partout.

Mes entrailles étaient en feu.

Le monde tournait autour de moi… car nous étions littéralement en train de courir en cercle, tel un cyclone de fourrure noire. Ma louve refusait de me redonner le contrôle.

Un autre grondement retentit, plus fort que le précédent.

Ma louve commença à se soumettre.

Mais moi je m'y refusais, je n'en avais pas fini. *Il est hors de question que tu te soumettes à ce son alors que tu me défies,* dis-je à mon animal. *C'est moi qui décide.*

J'essayai encore une fois de reprendre le contrôle et de

nous faire partir dans la direction où je pensais trouver notre maison, mais j'atterris sur mon arrière-train.

Je fus soudain transpercée par une douleur violente au niveau du ventre. Une soudaine crampe de *besoin*.

Oh lunes ! Pas maintenant. Je t'en prie, pas maintenant.

Mais un nouveau spasme me saisit très peu de temps après, m'arrachant un gémissement.

Mon œstrus.

Mes chaleurs commençaient et plus vite que je ne le pensais.

Ma louve se roula en boule, secouée de violents tremblements. *Il faut que nous nous transformions en humain*, lui dis-je. *Il faut que tu me laisses... laisse-moi... laisse-moi sortir.*

C'était comme si elle ne pouvait plus m'entendre. Comme si je m'adressais à un mur.

Merde !

Mon âme semblait déchiquetée. Perdue. *Incomplète*. L'exact inverse de ce que j'avais ressenti quelques minutes auparavant.

— Quinnlynn, dit fermement Kieran.

L'impatience dans sa voix m'informa que cela devait faire un moment qu'il m'appelait.

Que se passe-t-il ?

Je ne voyais plus. Ma louve avait fermé les yeux.

Ouvre-les ! hurlai-je.

Elle m'ignora et se replia encore un peu plus sur elle-même.

Kieran grogna et je reconnus ce son particulier : *il m'ordonnait de me transformer.*

Je répondis par un cri... car je n'y arrivais pas. Ma louve ne m'écoutait pas. *Elle m'en empêche !* voulais-je lui dire. *Je...je...*

Il grogna encore, cette fois-ci avec plus de force, et je sentis l'agonie se répandre dans tous mes membres.

Ma louve fut prise de convulsions. Le mélange de l'ordre de Kieran et de mes chaleurs imminentes créait un enfer de tourment pour elle comme pour moi.

Cependant, elle ne me rendit pas le contrôle.

C'était comme si elle ne pouvait même plus sentir ma présence.

Le troisième grognement poussé par l'impatient Alpha la fit hurler et notre agonie partagée faillit me faire perdre connaissance.

Je ne peux pas me transformer.

Je suis piégée.

Et… et mes chaleurs commencent.

KIERAN

— MERDE ! hurlai-je au moment où Cillian et Lorcan débarquaient, le regard meurtrier.

Ils se mirent immédiatement à fouiller les alentours des yeux pour comprendre les cris d'angoisses de Quinnlynn.

Ses hurlements devaient s'entendre dans tout le putain de secteur.

Je m'agenouillai à ses côtés, les doigts plongés dans sa fourrure.

— Il faut que tu te transformes, Quinnlynn.

Son œstrus venait de commencer et je ne pouvais pas l'aider dans cet état. Pas sous sa forme de louve.

Mon grognement ne fonctionnait pas sur elle, car elle était entièrement dissociée de son animal. Je l'avais amenée ici en pensant qu'elle serait heureuse de voir son ancienne maison.

Elle avait eu l'air plutôt enthousiaste à cette idée, à en juger par le sourire haletant avec lequel elle me suivait plus tôt.

Jusqu'à ce qu'il y ait un problème.

Quelque chose l'avait poussée à se battre avec sa louve

jusqu'à ce qu'elles soient toutes les deux complètement séparées.

Je pouvais sentir cette fracture en elle, ainsi que sa souffrance. Mon grognement n'avait fait qu'empirer sa douleur parce que sa louve ne semblait pas savoir *comment* se transformer. Comme si elle était trop déconnectée de sa forme humaine pour réussir à la sentir.

Un nouveau cri déchirant quitta son museau, qui me glaça le cœur.

— *Merde*, répétai-je.

J'étais furieux contre elle de s'être mise dans une telle situation, mais je m'en voulais aussi d'avoir empiré les choses.

Je passai la main sur sa silhouette tremblante, en essayant de trouver un moyen de l'aider. Je fis la seule chose que je pouvais faire : *ronronner*.

Sa louve se calma un peu, maintenant que je ne grognais plus.

Cependant, dès qu'elle fut frappée d'un nouveau spasme, elle se remit à geindre.

— Je ne peux pas te nouer comme ça, ma petite. Ça ne fonctionnera pas.

Nous pouvions avoir des relations sexuelles sous forme de loups, mais cela ne l'aiderait pas pour ses chaleurs. Elle avait besoin de mon nœud que je ne pouvais pas utiliser de manière aussi efficace sous forme animale.

En fait, ça serait efficace, mais ce ne serait pas bon pour elle.

— Je refuse de te prendre comme ça, alors que tu es en état de dissociation.

Cela risquait d'empirer sa situation. Elle m'accuserait ensuite d'avoir voulu la briser, mais ce n'était pas le cas. Vraiment pas.

Est-ce que je veux la punir ? Oui.

Mais certainement pas comme ça.

Jamais comme ça.

Elle poussa un nouveau hurlement encore plus strident.

— D'autres loups arrivent, m'avertit Cillian. Comment voulez-vous gérer la situation ?

— Dites-leur d'aller tous se faire foutre. Ça ne concerne que ma compagne et moi.

Ils penseraient probablement que j'étais en train de la punir, et estimeraient que j'avais bien raison, mais je n'avais pas envie de leur faire face maintenant.

Et puis je ne voulais surtout pas que qui que ce soit tire du plaisir à voir souffrir ma fiancée.

Son départ avait rendu de nombreux loups furieux, ce qui avait été mis en évidence pendant notre traversée de la ville.

Pourtant, elle n'avait pas semblé le remarquer.

J'en étais reconnaissant maintenant. Elle n'avait pas besoin de souffrir plus, c'était déjà suffisamment dur pour elle.

Je passai à nouveau les mains au-dessus d'elle et intensifiai mon ronronnement, tout en évaluant mes options.

Elle s'était montrée hostile à mes interventions tout à l'heure, mais je n'étais pas sûr qu'elle ait le choix maintenant.

Je ne pouvais pas la laisser souffrir ainsi, alors que j'avais la capacité de la soulager.

Sa louve laissa échapper un nouveau cri et trembla de tout son corps, probablement à cause d'une nouvelle crampe qui réclamait la présence d'un nœud. Je pouvais sentir l'intensité de son besoin m'envelopper et me supplier de venir à son secours, de *l'aider*.

Mais je savais les dégâts que cela pouvait causer.

— Tu es entièrement dissociée, murmurai-je, les doigts

repliés autour de sa nuque. Je ne peux pas te prendre comme ça.

Je n'étais même pas certain que son côté humain pouvait m'entendre, mais je continuais à me répéter au cas où elle le pouvait.

Je la pris alors dans mes bras au moment où les premiers membres de la meute commencèrent à arriver.

Je retourne dans mon antre, dis-je à Cillian. *Ne sois pas trop loin, si j'ai besoin de toi.*

Bien, sire.

Je ne pris pas la peine de transmettre mes intentions à Lorcan. Cela faisait tellement longtemps que nous étions ensemble, il avait probablement anticipé mes plans. Par ailleurs, nous étions cousins, ce qui signifiait que nous avions souvent la même approche des situations.

Quinnlynn émit un petit cri de mécontentement au moment où je mobilisai mon pouvoir pour nous fondre dans l'ombre.

Une fois dans la chambre, elle sauta de mes bras pour se diriger immédiatement vers le lit, malgré ses pattes pleines de boue. Elle se mit à gratter les draps.

— Je t'ai déjà dit que je n'allais pas te prendre dans cet état, dis-je en les regardant former un trou au milieu du tissu noir. Et maintenant, tu me dois une nouvelle paire de draps en soie.

Elle m'ignora, trop occupée à nous créer un endroit parfait pour baiser.

Ou plutôt, *un nid* pour notre accouplement.

Je m'appuyai contre un poteau du lit et la laissai faire un moment, car cela semblait l'apaiser. Après plusieurs minutes passées à déchirer et réinstaller mes draps avec ses griffes et ses dents, elle s'assit avec un petit cri de triomphe.

Immédiatement suivi par un gémissement qui me brisa le cœur.

Elle ne produisait pas de sécrétions quand elle était sous forme de louve.

Pourtant, son besoin était évident.

Lorsque son regard croisa le mien, je pus y voir son air suppliant.

— La seule manière dont je puisse t'aider pour le moment est de te forcer à retomber dans un coma de guérison, l'informai-je doucement. Et ce sera terriblement douloureux si je n'atténue pas tes sens à nouveau.

Elle me regarda en clignant des yeux. Je n'arrivais pas à savoir si sa part humaine m'écoutait ni même si elle était là.

Elle n'était plus que louve.

— Putain, tant pis, marmonnai-je pour moi-même. Tu pourras me détester plus tard.

C'était la seule manière dont je pouvais la soulager et j'avais promis de l'aider à traverser ses chaleurs.

Évidemment, j'avais pensé pouvoir l'aider *autrement*.

Sa louve me présenta immédiatement son arrière-train au moment où je me redressai, pour m'inviter à la monter.

Au lieu de ça, je passai la main le long de sa colonne et lui donnai une petite tape sur le derrière.

— Pas encore.

Elle grogna.

Je faillis grogner en retour, mais je ne voulais pas provoquer chez elle un nouveau tourbillon de douleur.

Je posai alors la main contre sa fourrure et libérai une poussée d'énergie de guérison. Elle réagit en geignant au moment où sa croupe se détendit et qu'elle s'effondra sur le lit.

— Ouais, tu apprécies cela maintenant, mais il y a des chances pour que tu me hurles dessus à l'instant où tu reprendras ta forme humaine.

Elle étira ses pattes avant et arrière tout en émettant un

gargouillis qui semblait exprimer du plaisir plutôt que du désaccord.

J'augmentai le flot d'énergie tout en m'étirant à côté d'elle. Un doux ronronnement s'échappait de ma poitrine.

— C'est ça, ma petite. Laisse-moi t'aider à te détendre.

Elle roula alors vers moi, plaquant sa douce fourrure contre mon torse.

J'envoyai encore un peu plus de vitalité dans mes doigts, tout en la berçant dans un état de calme qui lui permit enfin de s'endormir à mes côtés.

Lorsque je fus certain qu'elle était en phase de guérison, j'anesthésiai ses sensations à nouveau.

— J'espère que ça te permettra de ne pas avoir trop mal. Je n'aurais jamais choisi de te forcer à traverser tes chaleurs dans ces conditions, Quinnlynn.

J'aurais tout à fait pu me contenter de dire que c'était sa faute. Après tout, elle s'était mise toute seule dans cette situation.

Cela dit, ce genre d'accusation n'aiderait personne et ne résoudrait rien.

Je préférais utiliser mon énergie pour résoudre le problème, plutôt que pour l'empirer.

— Essaye de te reposer, princesse, dis-je en déposant un baiser sur le sommet de sa tête. Je vais chercher le moyen de réparer les dégâts. Ensuite, on discutera de l'avenir.

Si j'arrivais à l'aider à se retransformer.

Mon grognement aurait dû résoudre le problème immédiatement, mais apparemment, la relation avec sa louve était encore plus abîmée que je ne le craignais.

Quelle folie ! me dis-je en repensant aux cent dernières années.

J'admirais cette ténacité, mais elle avait causé des

dommages irréparables à son corps ainsi qu'à notre secteur.

Je voulais qu'elle réponde de ses actes, et aussi qu'elle s'explique.

Bientôt, songeai-je en la caressant. Je continuais à pousser mon flux de guérison en elle à travers mes doigts. *Dès que j'aurai terminé de te guérir.*

Si j'en étais capable.

Je n'avais pas l'habitude de soigner les dissociations.

Cela dit, pour Quinnlynn, j'étais prêt à essayer.

— Pour toi, je ferai à peu près n'importe quoi, lui confiai-je à voix basse en enroulant mon corps autour du sien. C'est juste que tu ne le sais pas encore.

Peut-être s'en rendrait-elle compte un jour.

Peut-être qu'un jour, elle arrêterait de fuir...

QUINN

Froid.

Chaud.

Un univers de feu et de glace.

Voilà qui était approprié étant donné mon héritage, mais c'était tellement *douloureux*.

Je sentais un volcan exploser sous ma peau juste avant d'être engloutie par une vague de glace.

Kieran… Il… il est en train de faire quelque chose.

Me guérir peut-être.

Ou est-ce une forme de torture ?

Ma conscience s'éveillait petit à petit, tous mes sens envahis par l'odeur mentholée de son après-rasage.

Puis j'entendis ce grondement sourd qui me faisait soupirer d'aise. *Un ronronnement d'Alpha. Encore.* J'essayais de me pelotonner contre sa poitrine, mais mes membres ne m'écoutaient pas, comme si mon corps ne m'appartenait pas.

Je me sentais prisonnière de ce tourbillon de températures extrêmes. *Lave. Glace. Brasier. Blizzard.*

Je frissonnai, mais seulement de l'intérieur. À l'extérieur, je n'étais que fourrure et pattes.

— Veux-tu essayer de te transformer pour moi, ma petite ? demanda Kieran de sa voix grave qui provoqua une vague de *besoin* au creux de mon ventre.

Alpha.

Mon Alpha.

Prends-moi.

Oh lunes, j'ai besoin que tu me noues.

Mon esprit était assailli de visions de Kieran en train de me sauter. Mes fantasmes se mêlaient à la réalité. *Est-ce réel ? Non, je le sentirais si c'était réel.*

Tout ce que je sentais, c'était ce grondement apaisant contre mon dos.

Tout ce que je goûtais, c'était sa magie.

Tout ce que j'entendais, c'était sa voix qui me suppliait de me transformer.

Je ne voyais rien, car ma louve refusait toujours de me laisser ouvrir les yeux. C'était elle qui dirigeait, et elle m'avait réduite à une petite flaque de vide au fond de ma conscience.

Est-ce ce que tu as ressenti pendant toutes ces années ? pensai-je nonchalamment. *Prisonnière au fond de moi ?*

J'avais passé trop de temps sans me transformer, trop de temps à repousser mon côté louve et à nier mes instincts d'Oméga. Elle me punissait maintenant en me forçant à passer mon œstrus dans cette caverne surchauffée.

Je poussai un gémissement qui sembla résonner dans chaque recoin de mon esprit.

— Chut, entendis-je Kieran murmurer. Je suis là, Quinnlynn.

M'entendait-il ?

Ou ma louve avait-elle laissé échapper mon gémissement ?

— Dors, me souffla-t-il. Nous verrons si tu te sens capable de te transformer d'ici quelques heures.

Dormir ? Mais je… je…

Les ténèbres m'enveloppèrent soudain, m'aspirant dans un trou noir sans fin.

Puis, je me trouvai à nouveau au milieu des flammes.

Je poussai un cri avant d'être submergée par les pouvoirs de guérison de Kieran. Mes lèvres s'entrouvrirent pour laisser échapper un gémissement que moi seule pouvais entendre. Mon cœur cognait contre ma poitrine.

Ses lèvres étaient de nouveau contre mon oreille, chuchotant des paroles que je ne comprenais pas.

Cependant, son ronronnement continuait à m'ancrer.

Ce doux son constituait une lueur d'espoir, un réconfort auquel j'aspirais plus que la vie elle-même. J'inspirai profondément pour m'en imprégner. Je le laissai m'envelopper telle une couverture protectrice et recouvrir la moindre parcelle de mon être.

Une nouvelle fois, les ténèbres se levèrent.

Suivi d'une vague de feu, puis de glace.

Une véritable spirale de folie.

Une spirale qui menaçait de détruire le cœur même de mon être. Je me sentais isolée. Seule. *Brisée.*

Sauf qu'il y a ce ronronnement.

— Reviens-moi, ma petite, murmura Kieran. J'ai besoin que tu reprennes forme humaine.

Mon corps ne bougea pas, ma louve gardait toujours le contrôle. Cela donnait l'impression que nous étions deux êtres séparés enfermés dans un corps animal.

J'étais sa conscience.

Elle était mon existence.

S'il te plaît, lui chuchotai-je. *S'il te plaît, laisse-moi me transformer. Je te promets de ne plus t'étouffer comme je l'ai fait.*

Elle m'ignora.

Un nouveau nuage noir m'engloutit.

Ce cycle se poursuivit pendant des heures.

Des jours.

Peut-être même des semaines.

Cependant, je sentais constamment la présence de Kieran à mes côtés, comme si son ronronnement me poursuivait jusque dans les nimbes les plus profondes.

Il me réveilla en grognant.

Ma louve répondit par un gémissement.

— Il faut que tu te transformes, dit-il d'un ton dominant. Redonne le contrôle à ton humain.

Mon animal grommela en guise de réponse, puis poussa un cri lorsqu'il lança un nouveau grognement.

J'essayais de lui obéir, de me saisir de son ordre pour me forcer à reprendre forme humaine, mais je n'arrivais pas à l'atteindre. Je n'arrivais pas à atteindre ma louve. J'étais incapable de reprendre le contrôle. Elle tenait les rênes et refusait de me laisser entrer.

Je me perdis à nouveau dans les méandres de chaud et de froid, tandis que mon corps réclamait Kieran de toutes ses forces, mon fiancé, mon compagnon.

Tout me paraissait futile à cet instant. Profondément incontrôlable. Profondément *débile.*

J'avais un objectif. Je savais que j'en avais un. J'étais partie pour une bonne raison, mais j'étais désormais incapable de m'en souvenir. Je ne ressentais plus que de la colère, de la peur et un sentiment de perte qui me dévastait.

Je suis désolée, murmurai-je. *Je suis tellement désolée.*

Je parlais à ma louve.

Et peut-être aussi à Kieran.

À *tout le monde.*

J'ai échoué, pensai-je sans comprendre.

Je ne pouvais pas dire à quelle tâche j'avais échoué,

mais je me sentais nulle. J'avais l'impression d'avoir déçu tout le monde. De m'être déçue moi-même, mon *esprit*.

Un nouvel éclair de chaleur traversa mon corps, et provoqua de violentes crampes dans mon ventre. Le flux de Kieran vint rapidement les apaiser, mais la douleur qu'elles avaient provoquée me donnait envie de pleurer.

C'est pire que la pire des punitions que j'aurais pu imaginer.

Pourtant, c'est ce que je méritais.

Je méritais chaque minute d'agonie que je vivais.

Non pas à cause de ce que j'avais fait à Kieran – ce qui me vaudrait d'autres formes de punition – mais à cause de ce que j'avais fait à ma louve, ma moitié. Ma vraie partenaire de vie. *Ma putain d'âme !*

— *Quinnlynn !*

La voix de Kieran vint percer le brouillard qui régnait dans mon esprit, m'obligeant à tourner mon attention vers lui.

— Cesse donc de te morfondre et *bats-toi*.

J'avais envie de froncer les sourcils. *Me battre ? Me battre pour quoi ?*

— Exige de ta louve qu'elle t'obéisse.

Ou peut-être était-ce une réponse.

M'a-t-il déjà revendiquée ? Peut-il entendre mes pensées ?

Non.

Non, je pourrais sentir sa revendication et lui parler.

— *Maintenant*, grogna-t-il.

Ma louve gémit face à sa colère, visiblement blessée. Mon cœur était frappé d'un sentiment de rejet dont la source ne pouvait venir que de ma louve.

Elle se sentait rejetée.

Elle lui avait plusieurs fois présenté sa croupe qu'il avait refusée à chaque fois.

Je n'en avais pas pris conscience, ni du fait que mes

yeux étaient désormais ouverts, mais elle le suppliait de la nouer et il lui disait systématiquement non.

Pourquoi ? pensai-je dans mon délire. *Pourquoi nous rejettes-tu ?*

Il tapota de la main la base de ma queue.

— Redonne le contrôle à ton humain et je te donnerai ce dont tu as besoin.

Ma louve répondit par un grognement.

Kieran grogna immédiatement en retour, avec une telle autorité que l'essence même de mon être se mit à trembler sous le poids de sa puissance.

—J'ai essayé la manière douce, ma petite. Tu te fais du mal à toi-même, et ça, je ne le permettrai pas. *Transforme-toi.*

Un cri s'échappa de ma gorge tandis que ma louve essayait sans succès d'obéir à son ordre ; elle ne savait pas comment y arriver.

Je ne savais pas comment y arriver.

Nous étions perdues.

Séparées.

Complètement dissociées.

Kieran l'empoigna par la peau du cou et me força à le regarder dans les yeux en grognant à nouveau.

Arrête ! voulais-je le supplier. *Je t'en prie, arrête !*

Je pouvais pourtant voir la douleur qui se reflétait dans ses yeux, ses narines écartées tandis que ma louve pleurait en réaction à son ordre.

Cependant, ce qu'il perçut dans mes yeux lui fit pousser un profond soupir avant de poser son front contre le mien.

— Tu me tues, Quinnlynn. J'ai vraiment besoin que tu te battes, bébé. *Bats-toi.*

Mes entrailles se contractèrent de nouveau. Sa présence, *son odeur,* semblaient droguer mon esprit et me faire gémir intérieurement. *Je veux. J'ai besoin. Ton nœud. S'il te plaît.*

— Non, répondit-il, une pointe de reproche dans la voix. Je ne vais pas te baiser comme ça. Dompte ta putain de louve, Quinnlynn.

Le monde se couvrit à nouveau de ténèbres, et mon esprit se noya dans une avalanche de besoins intenses et de terribles vagues d'angoisse.

Plus de glace.

Plus d'énergie guérissante.

Plus de Kieran.

Je gémis. *Pourquoi ? Pourquoi tu me fais ça ?*

Bien sûr, je le méritais, mais cela plongeait ma louve dans une spirale de confusion et de tristesse, un sentiment de désespoir qui nous submergeait toutes les deux. Elle ne comprenait pas le refus de l'Alpha de nous satisfaire. Nous avions besoin de lui. C'était son travail. Notre *but*.

Un nouveau souffle de flammes se répandit en moi, comme si le monde s'allumait de l'intérieur. J'avais réprimé mon cycle depuis tellement longtemps que je ne me rappelais plus à quel point cela était douloureux. Et le fait d'être enfermée dans mon esprit, dans cet espace sombre, rendait les choses encore bien pires.

Mon animal vibra sous le choc, incapable de supporter ce besoin extrême qui se faisait sentir en nous. Nous avions besoin de notre Alpha. Nous avions besoin de Kieran, mais il nous rejetait, nous laissait nous consumer.

Seule.

Dans le noir.

Sauf que… je n'étais pas seule. Ma louve était là. Ma moitié. Nous étions ensemble dans cet enfer, enfermées dans ces flambées d'énergie brûlantes, fondant sous la chaleur de notre *besoin* partagé.

Je grondais intérieurement, désirant ressentir la

présence apaisante de mon compagnon tout en recherchant le réconfort au fond de moi. *Il faut que nous travaillions ensemble*, dis-je à ma louve. *Nous ne pouvons pas nous infliger ça.*

La réalité refit surface, ou du moins une part de réalité, car l'odeur de Kieran me suffoqua soudain. *Menthe. Masculinité. Domination d'Alpha.*

Je sentais la chaleur de sa peau contre ma fourrure.

Je pouvais presque goûter la présence de son nœud.

Sauf qu'il ne faisait rien d'autre que me caresser.

Et grogner.

Il *convoquait* mes chaleurs. Mes sécrétions. Mon *désir*.

Un gémissement se coinça dans ma gorge. Sa présence n'avait plus rien d'apaisant, elle était insoutenable. Ma louve avait envie de se blottir contre lui et de le supplier de se transformer pour nous baiser, Mais il nous retenait fermement avec un bras et une jambe, nous clouant contre le matelas, retenues sous ses formes viriles.

C'est une torture! voulais-je lui hurler. *Je pensais que tu voulais nous aider!*

Il m'avait pourtant promis de ne jamais me punir comme ça.

Peut-être que j'étais là face au vrai Kieran. Le diable qui se cachait derrière un masque de bienveillance. Le méchant qu'il m'avait expliqué être.

Je savais qu'il était capable de cruauté.

Cependant, là, ce n'était plus de la cruauté, c'était du sadisme.

Ma louve grogna pour exprimer son approbation. Elle était également furieuse que notre fiancé nous traite ainsi, qu'il nous torture avec son délicieux parfum tout en nous refusant son nœud.

Nous devions le faire payer, le faire souffrir comme il nous faisait souffrir. Nous devions le déclarer indigne de s'accoupler avec nous, car aucun Alpha digne de ce nom ne ferait subir cela à une Oméga.

J'étais de plus en plus furieuse et mon animal semblait parfaitement en accord avec moi. *Il nous a trahis. Il nous a fait du mal. Il ne nous mérite pas. Il doit payer.*

Il grondait de plus en plus fort en entendant les grognements de ma louve.

Il nous donne des ordres.

Il nous punit.

Il nous fait du mal.

Malgré tout, il était beaucoup plus fort que nous. Il nous maintenait sans effort, sans verser la moindre goutte de sueur.

Je le déteste.

J'ai envie de lui arracher les yeux.

De le faire saigner.

Chaque parcelle de mon corps hurlait de douleur. J'avais besoin de son nœud, mais je n'en voulais pas. Plus maintenant. Pas après ce qu'il nous avait fait à ma louve et à moi.

Peut-être pensait-il que je le méritais, mais aucun crime ne méritait de subir une telle angoisse. Un tel désir brûlant. Un tel niveau d'insatisfaction. De telles provocations suivies d'une absence d'action.

Mauvais. Vil. Barbare.

Ce comportement doit être réprimandé.

En agissant ainsi, il n'est pas meilleur que moi.

Un hurlement sortit de ma gueule tandis que ma louve me rendait le contrôle. Elle me laissait reprendre les rênes pour pouvoir exprimer la fureur que nous ressentions. Elle voulait que je crie, que je hurle. Elle voulait que je réprimande notre Alpha, que je lui lance des paroles blessantes. Que je le ramène à la *raison*.

Parce que nous avions besoin de lui et qu'il continuait à se refuser à nous.

Les raisons qu'il se donnait pour agir ainsi n'avaient aucune importance.

La seule chose qui comptait désormais était notre besoin de guérir, de nous sentir entières, d'être *complètes*.

Je frissonnai au moment où ma transformation se répandit dans mes membres, changeant la fourrure en une peau recouverte d'une fine couche de sueur. Ce moment créait en moi une forme de tourment magnifique ; la victoire de ma transformation accompagnée de la douloureuse contorsion de chacun de mes os.

Trop longtemps, pensai-je en haletant. *Ça fait trop longtemps que je n'ai pas fait ça.*

Ma dernière transformation il y a quelques jours, où je ne savais plus quand exactement, n'avait pas suffi. Mon esprit animal avait besoin de beaucoup plus. Il fallait que je me transforme tous les jours, toutes les heures. Je ne savais pas exactement, mais je lui donnerais ce dont elle avait besoin pour guérir complètement.

Plus jamais, promis-je. *Je ne t'étoufferai plus jamais.*

Une part de ma louve sembla comprendre ma promesse, je sentis son poil hérissé se détendre tandis qu'elle se mettait à ronronner sous ma peau.

Pendant cette courte seconde, je me sentis complète. Heureuse. En paix.

Puis, je pris une inspiration et me rappelai pourquoi j'avais repris forme humaine.

Kieran O'Callaghan.

— *Toi*, grognai-je d'une voix rauque.

Je me tournai vers lui en enfonçant mes ongles dans ses épaules nues, suffisamment pour transpercer sa peau.

Son regard sombre croisa le mien et l'intensité de son

expression me coupa le souffle et sembla effacer toute pensée de mon esprit.

Qu'est-ce que… ? Qu'étais-je sur le point de lui dire ?

Je clignai des yeux en essayant de briser le sort sous lequel sa présence semblait m'enfermer, mais il restait solidement accroché à mon cœur et à mon esprit, j'étais son otage.

Ma poitrine se mit à brûler, me rappelant subtilement le besoin de respirer.

Ça brûle, pensai-je. *Feu. Agonie. Enfer !*

Je grognai en me rappelant ma profonde colère, avant que celle-ci ne disparaisse à nouveau au moment où j'inhalai son délicieux parfum.

Oh…

La présence de Kieran me refroidit presque immédiatement, je sentais son énergie parcourir chaque parcelle de mon corps nu et réclamer mon corps.

Son ronronnement vibra dans ma poitrine, tandis que ses paumes vinrent se poser sur mes joues.

— Bon retour parmi nous, Quinnlynn.

KIERAN

Huit putains de jours

Après ça, voir mon Oméga lever les yeux vers moi – *sous sa forme humaine* – était une immense victoire.

Il m'avait fallu cinq jours pour comprendre ce dont elle avait réellement besoin : se guérir elle-même. En l'aidant, je lui faisais plus de mal que de bien, cela lui donnait un espace où se cacher. Un champ énergétique qui la calmait suffisamment pour survivre aux chaleurs qui assaillaient sa forme fragile.

Les choses avaient commencé à changer au moment où je lui avais retiré mon pouvoir.

Les cris poussés par sa louve à ce moment-là me hanteraient jusqu'à la tombe, mais ça avait fonctionné. C'était le plus important. Mon Oméga ne faisait à nouveau plus qu'*une*. Reconnectée à son animal.

Elle me fixait maintenant avec une colère noire qui enflammait tous mes sens.

Encore, pensai-je. *Continue, j'adore.*

— Bon retour ? répéta-t-elle d'une voix enrouée. De retour de l'enfer, tu veux dire ?

J'ignorai le ton accusateur de ses paroles et tendis le

bras vers la bouteille d'eau posée sur la table de nuit. Elle enfonça de nouveau ses ongles dans mes épaules, mais j'en fis abstraction et portai la bouteille à sa bouche. Je passai mon autre main derrière sa nuque pour relever légèrement sa tête et l'aider à boire.

— Avale, ordonnai-je.

Elle me répondit d'un regard furieux.

Je poussai un grognement qui l'obligea à entrouvrir les lèvres en gémissant. Elle était toujours en plein œstrus. Elle commença par crachoter au moment où l'eau coula sur sa langue, puis elle se mit à boire, comme si sa vie en dépendait.

Elle vida si rapidement le contenu de la bouteille que je lui en tendis une deuxième.

Elle engloutit celle-ci aussi et ses yeux se révulsèrent.

Lorsque je lui en proposai une troisième, elle frissonna et ferma les yeux. Je la posai à côté de moi et passai le pouce le long de sa lèvre inférieure.

— Tu as faim ? demandai-je d'un ton un peu trop ardent.

Je venais de passer une semaine au lit avec une Oméga en chaleur.

Une Oméga censée m'appartenir.

Une Oméga que je ne pouvais pas *baiser*.

Une Oméga dont je devais maintenant prendre soin pour m'assurer qu'elle ne retourne pas à son état de dissociation.

Elle poussa un soupir en écartant les narines, puis une grande inspiration.

— Ce n'est pas une réponse, ma petite. Es-tu prête à manger quelque chose ?

Cela faisait huit longs jours qu'elle n'avait rien avalé. Son métabolisme de métamorphe, ainsi que mon pouvoir de guérison, lui avaient permis de rester en forme, du moins pendant les premiers jours, jusqu'à ce que je me rende compte que je devais me retirer pour la laisser guérir seule.

À l'instant où elle s'était transformée, je lui avais envoyé une vague d'énergie de guérison, qu'elle semblait savourer pour le moment. Elle murmura le mot « glace » dans un sourire indolent.

— Glace ? répétai-je en fronçant les sourcils.

Elle se pencha vers moi, le nez dans mon cou.

— Mmmmm, Alpha.

— Oui. *Ton* Alpha.

Elle commença à hocher la tête puis s'arrêta pour la secouer.

— Non, pas mon Alpha.

Mon visage se crispa encore plus.

— Qu'est-ce que tu viens de dire ?

— Tu m'as fait du mal, murmura-t-elle, comme si elle ne m'entendait pas.

Elle plissa le front avant d'ouvrir des yeux sombres qui me lançaient des éclairs.

— Tu *nous* as fait du mal.

Ses ongles s'enfoncèrent de nouveau dans mes épaules et elle poussa un hurlement de rage qui semblait venir directement de sa louve.

Au moins vous êtes de nouveau sur la même longueur d'onde, pensai-je, alors que ses paumes venaient se poser sur mes joues.

Elle émit un nouveau cri animal et se mit à s'agiter dans tous les sens sous mon poids.

Ongles.

Mains.

Dents.

— *Ça suffit !*

Je saisis ses poignets et les plaquai contre l'oreiller de

chaque côté de sa tête en me servant du bas de mon corps pour immobiliser ses hanches et ses jambes.

— *Tu nous as rejetées*, cracha-t-elle comme du venin entre ses dents.

Je pouvais voir sa louve me fixer à travers ses yeux.

— Je ne pense pas que tu sois en position de me parler de rejet, ma petite coquine. Ce n'est pas moi qui suis *parti*.

— Tu avais dit que tu ne me punirais pas de cette manière, répliqua-t-elle.

À son ton, je me demandais si elle m'écoutait ne serait-ce qu'un peu. Elle enchaîna :

— Tu as *menti*. Tu nous as fait du mal.

— Je t'ai permis de guérir, répondis-je sèchement.

Je voulais qu'elle entende la domination dans ma voix parce que putain, j'avais besoin qu'elle *m'écoute* enfin !

— Tu t'étais complètement dissociée de ta louve, Quinnlynn.

Elle renifla en écartant les narines, mais ne dit rien.

J'espérais que c'était là un signe qu'elle comprenait enfin.

— En te forçant à supporter seule ton œstrus, je t'ai fait revenir. Cela t'a obligée à *ressentir* de manière unie et pas séparée. Parce que l'agonie de traverser des chaleurs sans aide est quelque chose que vous compreniez toutes les deux.

Un éclair brilla dans ses yeux couleur d'obsidienne, comme si sa louve captait la vérité contenue dans mes paroles. Elle ne comprenait peut-être pas mes mots, mais sa partie humaine oui.

Je m'installai plus fermement entre ses cuisses écartées, relâchant un peu mon étreinte sur ses poignets.

— Tu es de nouveau entière. Tu es *toi*, soufflai-je en caressant sa joue du bout de mon nez. Tu es en sécurité. Tu m'appartiens, et tes chaleurs ne sont pas terminées.

Elle frissonna, toujours sans rien dire. *Parce qu'elle m'écoute enfin.*

— Je suis encore en train de te protéger de la douleur, mais à la minute où je te libérerai de mon énergie, tu vas retomber dans l'agonie. Tu as un choix à faire, Quinnlynn.

Je déposai un baiser sur sa gorge palpitante avant de me redresser pour voir son regard.

— Je vais te nouer, l'informai-je.

Il n'y avait aucun débat sur la question. Elle m'avait choisi plus de cent ans auparavant, même si je l'avais informée des conséquences.

Notre destin n'avait pas changé parce qu'elle s'était enfuie. Elle était à moi depuis l'instant où elle avait bu mon sang.

J'avais passé un siècle à lui courir après, et j'avais finalement gagné notre partie de cache-cache.

Il était temps pour moi de la goûter, de la nouer, de la baiser à loisir. Je voulais l'entendre me *supplier* de la revendiquer.

Cela dit, je voulais lui permettre de décider *comment* j'allais la prendre.

— Tu… tu vas me nouer ?

Sa voix était à peine audible, mais mon ouïe particulièrement fine me permit de l'entendre sans problème. Je plissai le regard.

— Évidemment. Tu es ma compagne désignée. Je pense que j'ai attendu suffisamment longtemps, Quinnlynn. C'en est fini de ce petit jeu. J'ai gagné, tu m'appartiens.

Je lui avais prouvé suffisamment de fois que j'étais un compagnon digne d'elle.

— Je t'appartiens, dit-elle tout bas.

Je me penchai jusqu'à frôler son nez avec le mien.

— *Tu es à moi.*

— Tu ne nous as pas rejetées !

C'était une affirmation et non une question.

— Tu nous as réunies.

Les mots qu'elle choisit m'informèrent que sa louve était tout près, sous la surface. Elle était encore très fragile, son âme de métamorphe blessée par des décennies d'instincts ignorés.

C'est pourquoi je confirmai ses dires.

— Je ne te rejetterai jamais, Quinnlynn. J'ai passé un siècle entier à te chercher parce que tu m'appartiens.

Ce mot sonnait sur ma langue comme un sceau. Un sceau que j'avais envie d'imprimer sur chaque parcelle de son être jusqu'à ce qu'elle se soumette.

Jusqu'à ce qu'elle me revendique à son tour avec la même férocité, me corrigeai-je.

— Nous avons prononcé des vœux, princesse. J'ai sûrement beaucoup de défauts, mais je suis un homme d'honneur.

Sa louve sembla s'effacer de son regard, ne laissant plus que la femme. *Ma* femme.

Elle leva les yeux vers moi avec un mélange de curiosité et d'émerveillement, comme si elle cherchait des réponses sur mon visage. Des indices, des solutions à une question que je ne connaissais pas.

Mon Oméga possédait tant de secrets et de vérités cachées que je désirais à tout prix découvrir.

Pourquoi t'es-tu enfuie ?

Pour aller où ?

Qu'as-tu fait pendant toutes ces années ?

Comptes-tu t'échapper de nouveau ?

Je n'allais pas la laisser faire ça. Je comptais bien utiliser mon pouvoir sur elle, telle une laisse invisible autour de son cou.

Elle n'allait pas m'échapper une nouvelle fois.

Pourtant, ça ne m'empêchait pas de me demander si elle essayerait. Une part de moi espérait qu'elle le ferait pour que je puisse lui donner une vraie leçon. L'autre part voulait plutôt qu'elle reste de son plein gré. Qu'elle *choisisse* de rester avec moi pour les bonnes raisons, pas pour de vulgaires raisons politiques.

— Tu es en train d'inhiber mes chaleurs, dit-elle.

Je pouvais voir sa louve apparaître et disparaître de son regard. Ce n'était pas la réponse que j'attendais, mais je voyais bien qu'elle avait beaucoup de mal à rester concentrée sur la conversation.

— Je ne suis pas en train d'inhiber tes chaleurs, murmurai-je. Je te rends simplement moins sensible à l'énorme impact de ton œstrus.

— C'est pour ça que j'ai froid.

Je fronçai les sourcils.

— Tu as froid ? dis-je, inquiet. Tu n'es pas censée avoir froid.

Je diminuai immédiatement mon flux d'énergie et je vis ses narines et ses pupilles se dilater tandis qu'elle recommençait à sentir la force de son œstrus.

— *Kieran*.

Je réglai à nouveau ma puissance pour essayer de la stabiliser, mais elle se cambra contre moi et ses cuisses se resserrèrent autour de mes hanches.

Elle prononça encore une fois mon nom, qui résonna jusque dans mon sexe.

— *Aide-moi*, plaida-t-elle. *Supprim…*

— Je désensibilise, la corrigeai-je à nouveau en lui envoyant une nouvelle vague d'énergie.

Elle frissonna sous moi et ses cuisses se détendirent un peu.

— Merci, souffla-t-elle, secouée d'un nouveau frisson.

— On ne peut pas continuer comme ça très longtemps,

Quinnlynn. Tu luttes contre tes instincts naturels, ce qui est précisément ce qui t'a dissociée de ta louve.

Elle déglutit tout en hochant la tête.

— Je sais.

— Alors, fais ton choix. Je peux te nouer dans ton état actuel et te permettre de retomber en douceur dans tes chaleurs, où je peux te libérer entièrement de mon énergie et te baiser comme une bête.

Ma patience avait tout de même des limites.

J'avais déjà été plus que généreux envers elle.

C'était le message que je lui faisais passer à travers mon regard. Il y avait des choses que je ne négocierais plus. Elle avait bu mon sang de son plein gré. Elle m'appartenait donc.

Ma louve. Ma compagne. Ma reine.

— Je te promets de rester à tes côtés, dis-je en relâchant ses poignets pour poser mes mains autour de son cou, mais il faut que tu me dises ce que tu préfères, Quinnlynn. La manière rapide ou la manière lente.

Je la sentis déglutir sous mes doigts. Ses longs cils noirs s'agitèrent au-dessus de ses pommettes translucides.

Je ne voulais pas précipiter sa décision, alors je continuai à caresser son cou tandis que ma puissance l'empêchait de se noyer dans un océan de désir. Ce n'était pas naturel, mais je ne pouvais pas la faire souffrir. Pas après avoir vu son tourment de ces derniers jours, alors qu'elle luttait avec sa louve.

Cependant, je n'hésiterais pas à la faire plonger dans ses chaleurs si elle recommençait à se dissocier de son animal. Heureusement, elle avait plus l'air de chercher comment vivre au mieux ses instincts plutôt que de les repousser.

Le nez contre sa joue, j'inhalai son odeur sucrée. Je lui avais fait prendre plusieurs bains au cours de la semaine passée, dont un au moment où je lui avais retiré mon énergie de guérison. Elle n'avait pas semblé remarquer, mais peut-être un jour s'en souviendrait-elle et m'en serait-elle reconnaissante.

Ou peut-être allait-elle oublier tout ce qui s'était passé pendant ses chaleurs.

Quoi qu'il en soit, moi je le savais.

J'avais pris soin de ma fiancée, et c'était le plus important.

Ses paupières s'entrouvrirent pour révéler à nouveau le regard de sa louve. L'animal me fixait à travers ses extraordinaires yeux sombres.

Elle ne disait toujours rien.

Elle préféra venir se coller contre mes épaules.

Je lui accordai l'espace qu'elle semblait réclamer et roulai sur le dos. Elle prit une profonde inspiration, comme pour se calmer, et je vis sa poitrine se soulever et redescendre en rythme.

Instinctivement, j'intensifiai mon ronronnement, submergé par mon besoin de la protéger. Personne d'autre au monde ne provoquait chez moi un tel besoin, même pas mes amis proches ou ma famille.

Seulement Quinnlynn.

Elle s'était emparée de mon cœur à l'instant où elle avait bu mon sang. Même si je la connaissais à peine à l'époque – *merde, je ne la connais pas beaucoup plus aujourd'hui* – elle faisait désormais partie de mon âme. Un joyau merveilleux qui méritait mes soins et mon attention.

Une faiblesse, reconnut mon côté cynique.

Cependant, Quinnlynn s'était révélée être une des Omégas les plus fortes que je connaissais.

La plus sournoise aussi.

Intelligente.

Cachant une multitude de secrets.

Nombre de ses secrets semblaient déborder de son regard d'encre tandis qu'elle se redressait sur les coudes pour me regarder du dessus. Elle entrouvrit sa bouche sensuelle pour révéler sa langue qui vint lécher ses lèvres.

Je dus me maîtriser physiquement pour ne pas m'avancer vers elle et reprendre le contrôle.

Je voulais vraiment la laisser *choisir*.

— Quinnlynn ? soufflai-je, d'une voix encore plus grave qu'avant.

Elle marmonna quelque chose d'incompréhensible en réponse tout en laissant ses yeux parcourir mon corps nu, de mon torse jusqu'à mon nœud palpitant.

Je passai un bras derrière ma tête et savourai son admiration non dissimulée.

Elle posa une main sur mes abdominaux, toute son attention concentrée sur ce contact. Je vis ses pupilles se dilater, sa louve ayant clairement pris les rênes.

Je ne fis aucun commentaire, préférant l'observer tandis qu'elle m'explorait de sa main.

Elle commença par remonter le long de mes pectoraux, griffant au passage mon téton. Celui-ci se dressa en réponse, ce qui lui fit lécher à nouveau ses lèvres. Elle se pencha ensuite pour renifler mon cou dans un geste plus animal qu'humain.

Une femelle qui sentait son mâle.

Je penchai la tête sur le côté pour lui donner plus d'accès, tout en laissant monter un ronronnement de ma poitrine pour répondre à son évidente approbation.

Elle plongea son visage dans mon cou, replaçant ses paumes sur ma poitrine avant de les glisser à nouveau vers mon ventre.

Elle passa les doigts le long de tous mes muscles tendus.

Lentement.

Soigneusement.

Comme si elle cherchait à mémoriser mon corps.

— Si c'est là ton idée des préliminaires, ma chérie, ça me va, dis-je d'une voix qui vibrait de mon ronronnement.

Elle m'ignora tout en continuant à me parcourir.

Elle fit danser ses doigts le long de ma hanche, glissant son pouce dans le creux au-dessus de l'os. Je sentis alors les muscles de mes cuisses se tendre d'impatience. Il y avait tellement longtemps qu'aucune femme ne m'avait touché ainsi. D'ailleurs, je ne me rappelais pas avoir été caressé de cette manière.

En général, c'était moi qui menais la danse.

Dans le passé, je ne jouais pas avec les femelles, je les sautais. Mais pour Quinnlynn, j'étais prêt à jouer. Je pouvais jouer toute la nuit, toute la semaine… tout le putain de mois, si c'était ce qu'elle voulait.

Surtout si elle continuait à frémir ainsi contre moi.

Elle prit une profonde inspiration, poussant ses seins contre mes côtes. Elle vint ensuite goûter ma peau, ce qui réveilla le loup en moi. Celui-ci sentait que c'était un geste de son animal, trop instinctif et sauvage pour être entièrement humain.

Il avait envie de lui sauter dessus, de la plaquer sur le dos et de la maintenir pendant que je dévorais ses sécrétions de ma langue.

Putain, comme le parfum de son excitation était puissant ! Ses doux effluves envahissaient l'air autour de nous et me noyaient dans un océan de besoin.

Son besoin.

Cependant, ses mouvements étaient lents et mesurés, son exploration non terminée.

Je ne voulais pas la frustrer.

Ni maintenant ni à l'avenir.

J'attendis alors que sa main descende vers mon

entrejambe. *Tellement douce et timide*, pensai-je au moment où ses doigts frôlèrent l'os de mon bassin.

Ils glissèrent pourtant rapidement vers la base de mon sexe.

Vers mon *nœud*.

Je n'essayai même pas de retenir le grognement d'approbation qui montait dans ma poitrine.

— *Putain*, Quinnlynn !

Cette caresse menaçait de me faire perdre tout contrôle, ce dont elle ne sembla pas prendre conscience puisqu'elle plongea à nouveau son visage dans mon cou tout en enroulant ses doigts autour de ma queue.

Je sentis un incendie se déclencher dans mes tripes. Après un siècle de célibat forcé, mon besoin de la sauter se faisait violemment sentir.

Je m'étais montré patient.

J'avais attendu.

Je m'étais persuadé que cela en vaudrait la peine.

Lorsqu'elle se mit à lécher doucement mon cou pour descendre vers mes pectoraux, je compris que j'avais eu raison. L'intensité qui émanait d'elle, ce désir incendiaire, cela donnait soudain un sens à mes années de lutte, de chasse, de *sacrifice*.

Ses lèvres passèrent doucement sur mes pectoraux, laissant sa langue suivre le même chemin que ses doigts. C'était de toute évidence sa louve qui exigeait d'elle qu'elle explore son compagnon et le découvre.

Toutefois, Quinnlynn n'avait pas disparu, elle était clairement présente, je le vis dans son regard lorsqu'elle leva les yeux vers moi.

Ses iris reflétaient le même désir sombre et profond que celui qui vibrait en moi, nos deux animaux en parfaite harmonie au sein de cette passion partagée.

Il y avait aussi un peu d'hésitation en elle. Une curiosité qui avait besoin d'être apaisée.

— Je t'ai un jour demandé si tu voulais essayer mon nœud avant notre nuit de noces, lui rappelai-je. Tu avais choisi d'attendre, mais j'ai l'impression que tu es prête à l'essayer désormais, n'est-ce pas ?

Sa réponse fut d'encercler mon nombril de sa langue.

— Je n'arrive pas à savoir si tu cherches à gagner du temps ou si tu apprécies réellement ces préliminaires, avouai-je.

Elle resserra légèrement son étreinte sur mon nœud, ce qui me fit grogner.

— Cela dit, n'hésite pas à continuer. Je finirai bien par avoir ma réponse.

Puis, je la nouerais.

Encore et encore.

Jusqu'à ce qu'elle me supplie d'arrêter, et même là, je continuerais peut-être.

Je savais à quel point une Oméga en chaleur était insatiable.

Heureusement pour Quinnlynn, je l'étais tout autant.

QUINN

Ça ne va jamais rentrer, pensai-je en serrant à nouveau le nœud de Kieran entre mes doigts.

C'était ma louve qui avait initié ce jeu, car elle voulait explorer et goûter notre compagnon.

Maintenant, je ne savais plus très bien quoi dire ou faire.

Parce qu'il m'avait libérée de son énergie, mon corps s'était immédiatement enflammé et je n'étais plus que halètement et désir.

Il m'avait mise devant un choix.

Un choix que je n'avais pas encore réellement fait.

Le besoin de ma louve se faisait clairement sentir. Elle voulait à tout prix connaître notre compagnon, explorer les contours de sa silhouette masculine et goûter sa semence.

Cela faisait tellement longtemps que son sang coulait en moi que mon âme se sentait intimement liée à lui. Pourtant, il restait un étranger. Un être en qui je n'étais même pas sûre de pouvoir placer ma confiance.

Mais si tel est le cas, pourquoi me laisse-t-il le choix ? Pourquoi ne pas simplement me mettre face à mon destin et me revendiquer ?

Je frissonnai, étourdie par toutes ces interrogations.

Je savais qu'à l'instant où j'arrêterais mon petit jeu, il allait s'accoupler avec moi une bonne fois pour toutes. Il allait me revendiquer et accéder ainsi à tous mes secrets. Il allait me *posséder*. Ce qui lui donnerait accès au Sanctuaire Oméga. Cela ferait de lui le véritable roi du Secteur Sanglant.

Entre nous, c'était inévitable depuis le début. Je l'avais choisi pour ça, mais j'avais commis une terrible erreur dans mon choix.

Je l'avais sélectionné parce qu'il ne semblait pas intéressé par le Secteur Sanglant. À mes yeux, cela faisait de lui une moindre menace puisqu'il ne désirait clairement pas devenir roi.

Cependant, il s'était révélé être la pire des menaces.

Parce que ma louve le désirait.

Maintenant que je l'avais laissée sortir, c'est elle qui menait la danse.

Une danse qui nous conduisait tout droit vers l'énorme sexe de Kieran.

Tous les Alphas étaient bien membrés, au point que n'importe qui d'autre avait l'air minuscule à côté d'eux.

Malgré le fait que nous étions frêles de nature, les Omégas étaient faites pour recevoir le nœud des Alphas ainsi que leurs brutalités.

Cependant, en sentant l'excitation de Kieran palpiter dans ma main, tout ce que je savais instinctivement était remis en question. Kieran avait probablement senti mon inquiétude, car il vint passer doucement la main sur ma joue.

— Tu observes ma queue comme si c'était le premier nœud que tu voyais.

— C'est le cas, admis-je d'une voix rauque. D'aussi près, en tout cas…

Je déglutis, incapable d'aller plus loin.

Heureusement, il sembla comprendre. Je n'avais jamais couché avec un Alpha. J'étais presque certaine de le lui avoir dit, mais peut-être avais-je seulement précisé ce qu'il savait déjà : je n'avais pas connu d'Alpha depuis nos fiançailles.

Quoi qu'il en soit, il s'agissait de ma première fois.

Avec un Alpha, en tout cas.

J'avais couché quelques fois avec un mâle Oméga dans ma jeunesse. Par la suite, il avait été revendiqué par une femelle Alpha du Secteur Lunaire, à son grand bonheur. Comme la plupart des Alphas, elle n'était pas partageuse.

— Quinnlynn, dit-il en saisissant mon menton pour m'obliger à le regarder. Es-tu vierge ?

Je secouai la tête et il me relâcha.

— Mais tu n'as jamais été avec un Alpha.

C'était une affirmation et non une question. Il savait.

Je ressentis pourtant le besoin d'expliquer :

— Seulement avec un autre Oméga.

Il me regarda en arquant les sourcils. Probablement parce qu'il pouvait deviner de qui il s'agissait. Les Omégas étaient rares. Les mâles Omégas encore plus. J'avais grandi avec l'un des seuls mâles Omégas existants.

— Je vois, dit-il en caressant ma mâchoire. Dis-moi, ma petite, veux-tu une approche lente ou préfères-tu être tellement enivrée de désir que tu ne ressentiras rien d'autre que du plaisir ?

Il me rappelait le choix qu'il m'avait déjà présenté, en le formulant différemment. Je pouvais rester dans cet état d'engourdissement et me laisser glisser en douceur dans mes chaleurs, ou je pouvais tomber tête la première dans le brasier infernal qui m'attendait.

Mon attention se tourna de nouveau vers son impressionnante virilité.

Tout ça sera bientôt en moi.

Je n'arrivais pas à comprendre comment c'était possible.

Est-ce que ça rentrerait même dans ma bouche ?

J'arrivais à peine à l'envelopper de ma main ; il était tellement long et épais, tellement *palpitant*. Une goutte de liquide séminal brillait sur son gland, détournant mes pensées.

Goûte-le ! exigea ma louve. Non pas par des paroles, mais par un désir pressant.

Impossible de l'ignorer.

En réalité, c'est aussi ce que je voulais. Je voulais le goûter, je voulais sentir la manière dont il allait se glisser en moi. Je voulais…

— Une approche lente.

Peut-être était-ce ma louve qui parlait à cet instant, mais cela n'avait aucune importance. Nous fonctionnions désormais ensemble, non plus l'une contre l'autre.

— Allons-y pour une approche lente, murmura Kieran d'une voix profonde.

Son ronronnement me poussait à me lancer.

Goûte.

Lèche.

Suce.

Des instincts naturels.

Des actes dans lesquels j'avais envie de plonger.

Des désirs que je ne pouvais plus ignorer.

J'écartai les lèvres et penchai son gland vers ma bouche. *Ça va rentrer*, décidai-je soudain plus affamée que jamais. *Il faut que ça rentre.*

Parce que j'avais besoin de cette expérience. *De lui. De nous.*

Le goût du liquide explosa sur ma langue, me

provoquant un gémissement tandis que je poussais sa queue profondément dans ma bouche.

— *Putain !* jura Kieran en plongeant les doigts dans mes cheveux.

Cela dit, il ne fit rien pour m'éloigner, au contraire, il me poussait à aller plus loin.

J'essayai jusqu'à m'en étouffer, ce qui me fit monter les larmes aux yeux.

Il se retira pour ne laisser que son gland dans ma bouche.

— Il faut que tu détendes ta gorge, dit-il d'une voix gutturale et sensuelle qui avait un effet hypnotique sur moi.

Puis, son nœud se remit à palpiter dans ma main et un peu plus de liquide séminal apparut.

Je le léchai instinctivement, ce qui le fit frissonner.

— Putain, tu vas me tuer, princesse, dit-il dans un grognement. Suce-moi encore, mais détends-toi. N'essaye pas de forcer les choses, laisse-les venir naturellement.

Il ne me laissa pas le temps de répondre, sa paume me força à le prendre.

— Détends-toi, répéta-t-il. C'est ça, ma petite. Exactement comme ça.

Il laissa tomber sa tête en arrière, je sentis ses muscles se tendre tandis que je l'avalais au plus profond de ma gorge.

— Maintenant, prends mon nœud dans ta main.

J'obéis et sa délicieuse essence s'échappa encore de son gland. Je suçai un peu plus fort pour l'avaler.

Il poussa un juron en irlandais, son accent plus présent que d'habitude.

— *Encore.*

Voilà un ordre auquel je n'eus aucun problème à obéir. Il me récompensa d'un peu plus de son essence au goût salé et d'un grognement sauvage qui interpella ma louve.

Elle m'encourageait à aller plus loin.

À faire glisser mes lèvres de haut en bas, à sucer, à avaler, à recommencer. Le tout en continuant à caresser son nœud, savourant la manière dont il palpitait sous mes doigts.

— C'est ta manière de me remercier, ma chérie ? demanda-t-il avec un fort accent irlandais. Où es-tu en train de t'excuser ?

Son nœud vibrait presque sous mes doigts et son sexe dégoulinait de liquide clair comme s'il atteignait déjà l'orgasme, mais je savais bien qu'il n'en était rien. Son regard sombre était encore trop avisé lorsqu'il releva la tête pour pencher les yeux vers moi.

— Ou peut-être penses-tu que cela te sauvera de mon nœud, dit-il, le regard plein d'intelligence. Serait-ce une distraction, Quinnlynn ? Une manière de repousser l'inévitable ? Est-ce là ton objectif ? Parce que si c'est le cas, je suis sur le point de t'enseigner une leçon que tu n'oublieras pas de sitôt.

Je frissonnai. *A-t-il raison ? Suis-je en train d'essayer de retarder le moment où il va me nouer ?*

Peut-être.

Cela dit, je ressentais seulement le besoin de le sentir.

De le goûter.

De le *connaître*.

De répondre à ce désir pour ma louve.

Elle voulait le faire *nôtre*, lui prouver que nous étions une compagne digne. Alors peut-être était-ce effectivement un acte de gratitude ou une manière de m'excuser pour tout ce que je lui avais fait.

Je n'en étais pas certaine.

Tout ce que je ressentais, c'était un profond désir de le faire jouir. De réellement lui donner du plaisir. D'*avaler* sa semence. De pénétrer cette intimité avec lui.

De m'accoupler.

Mon ventre se contracta soudain face à cette réalité et mon besoin de boire Kieran se fit vorace.

Il me fait redescendre en douceur, pensai-je en sentant mes chaleurs venir caresser mon entrejambe. *Il me permet de ressentir petit à petit les notions délirantes associées à mon œstrus. Il m'enlève toute réflexion.*

Cela dit, je n'en avais rien à faire.

J'avais besoin de ça. Besoin de *lui*.

Ma louve s'était sentie tellement rejetée. *Nous* nous étions senties rejetées. Même si je comprenais que je l'avais mérité, je ne supportais plus l'idée d'être tenue à distance par cet Alpha. *Mon* Alpha.

Putain, c'est n'importe quoi.

Je suis partie pour une raison.

Mais à cet instant… à cet instant, tout ce que je veux… ce que je veux, c'est ça.

Je levai les yeux vers mon promis et lui laissai voir le désir qui remplissait mon regard. *J'ai faim, Alpha. Donne-moi à manger. Donne-moi ce dont j'ai besoin, s'il te plaît.*

— Putain, dit-il en resserrant les doigts autour de mes cheveux. Continue à me regarder comme ça, Quinnlynn. Ne t'avise pas d'arrêter.

Je n'avais pas l'intention d'arrêter quoi que ce soit.

J'en voulais encore. Non, il m'en *fallait* encore. Je décidai de le lui montrer en l'avalant de nouveau jusqu'à m'étouffer.

Il laissa de nouveau échapper un chapelet de jurons irlandais, son regard brûlant toujours fixé sur le mien.

— Garde les yeux sur moi, princesse, m'avertit-il. Je veux te regarder dans les yeux pendant que je jouis dans ta jolie gorge. Un siècle entier de tourment, Quinnlynn. Un siècle entier d'*attente*.

Cela sonnait plus comme une menace que comme un

aveu. Il était sur le point de me détruire, de me noyer dans son agonie et je savais, à la manière dont il me tenait les cheveux, qu'il voulait me voir tout avaler.

Parfait, pensai-je le regard levé vers lui. *Vas-y, je suis prête.*

C'est exactement ce que je voulais.

Je le voulais *lui.*

Si nous décidions de faire cela, autant le faire bien.

Ma louve poussa un grognement pour montrer son accord, dont le son monta dans ma poitrine jusqu'à rouler sur ma langue.

Kieran écarta les narines et ses lèvres remontèrent en un sourire malfaisant.

— Tu ne peux rien faire pour m'arrêter, petite louve, dit-il en poussant un grognement qui alluma instantanément un incendie au fond de moi. C'est moi l'Alpha ici.

Mon animal intérieur se mit presque à ronronner d'excitation. *Alors, vas-y*, semblait-elle dire. *Arrête donc de jouer et laisse-moi te goûter vraiment.*

Peut-être était-ce mes propres paroles. Mes désirs. Mon *besoin.*

Je n'arrivais plus à savoir. Tout en moi se mélangeait et se tordait.

J'avais chaud sans ressentir l'inconfort de tout à l'heure. *Grâce à Kieran.*

Il était encore en train d'atténuer mes sensations pour me permettre de vivre l'instant présent.

Qu'allait-il se passer lorsqu'il allait enfin se laisser exploser ? Allait-il perdre le contrôle ? Allais-je alors me noyer dans un tourbillon de désir ?

Il se retira un instant de ma bouche, son regard retenant toujours le mien.

— Prends une grande inspiration, ma chérie, tu vas en avoir besoin.

J'inspirai par le nez, tout en sentant ma louve haleter d'impatience en moi.

— Regarde-moi et serre mon nœud.

Ma main obéit avant que mon esprit ne comprenne ses paroles.

Il s'enfonça alors profondément, jusqu'à toucher le fond de ma gorge. Son grognement résonna dans chaque parcelle de mon corps.

Oh, lunes…

Mes cuisses se recouvrirent de sécrétions tandis que mon ventre vibrait d'un profond besoin d'être satisfait.

Sauf que la semence que je désirais coulait dans ma gorge, et non dans mes entrailles.

J'avalai instinctivement ce liquide à la saveur unique et décadente. *Un délice. Un concentré d'Alpha. Mon Alpha.*

Ma gorge se contractait autour de lui. L'intensité de ce moment me faisait monter les larmes aux yeux, presque autant que mon désir de continuer à le fixer du regard. Je voulais observer ce puissant mâle au moment où il allait se laisser jouir sous moi.

Cela m'électrisait, donnait un nouveau sens à ma vie. Cela revitalisait mon esprit.

Il relâcha son étreinte sur mes cheveux pour laisser tomber sa main contre ma nuque en grognant mon nom. D'autres sécrétions s'échappèrent d'entre mes cuisses tant mon corps était en train de s'enflammer.

Cela dit, il n'avait pas fini de jouir.

Il me noyait dans sa semence, un flot incessant dans ma gorge.

Il ne plaisantait pas quand il m'avait dit de prendre une grande inspiration.

Je sentais mes poumons qui commençaient à brûler tandis que je faisais de mon mieux pour continuer à avaler, les yeux mouillés d'une avalanche de larmes.

Son regard planté dans le mien me forçait à garder les yeux ouverts, mais je commençais à ne plus y voir clair.

J'essayai de reculer pour reprendre ma respiration, mais il s'enfonça encore un peu plus en appuyant contre ma nuque.

J'empoignai ses cuisses et enfonçai les ongles dans sa peau.

Il m'attrapa le poignet et replaça mes doigts sur son nœud.

— Serre-le une dernière fois, m'ordonna-t-il.

J'avais plutôt envie de le mordre, mais mon corps n'était plus qu'une marionnette.

Encore plus de son foutre dans ma gorge.

J'avalai parce que je n'avais pas d'autre choix.

J'avalai parce que j'en avais *envie*.

J'avalai parce que cela provoquait chez lui un grondement sourd.

J'avalai parce que c'était Kieran. Mon compagnon. Mon avenir.

J'avalai parce qu'il m'en fallait plus.

— Putain, c'est tellement bon ! murmura-t-il en se retirant.

Le monde sembla basculer tandis que je tombais sur le dos au milieu du matelas. Il vint se positionner au-dessus de moi.

Je pris une grande inspiration, qui sembla faire hurler mes poumons. C'était presque douloureux de respirer. Ou peut-être était-ce ma chute brutale contre les draps.

Non, c'est parce que j'ai failli mourir étouffée par son sperme, pensai-je, encore étourdie.

— Nous travaillerons sur tes capacités respiratoires, murmura Kieran contre ma bouche. Mais pour une première, tu t'en es très bien sortie, Quinnlynn. Je te remercie.

Il ne m'embrassa pas, ce dont je lui fus presque reconnaissante tant je ressentais encore le besoin de reprendre mon souffle. Cependant, une part de mon esprit enregistra ce manque tandis que ses lèvres descendaient sur mon cou, puis vers ma poitrine.

— Cela fait une éternité que j'attends de pouvoir te vénérer.

La révérence de son ton attira mon regard vers lui. Il tenait sa tête juste au-dessus de mes seins, ses lèvres à quelques centimètres de l'un de mes tétons.

— Maintenant tu vas apprendre ce que signifie m'appartenir.

KIERAN

Les joues mouillées de larmes de Quinnlynn prirent une séduisante teinte rosée tandis qu'elle haletait toujours sous moi.

J'avais testé ses limites, pour voir jusqu'où je pouvais la pousser avant qu'elle se rebiffe, et ma chère petite coquine ne m'avait pas du tout déçu.

Putain, j'étais encore bien dur et plus que prêt à la nouer.

Mais avant cela, j'avais envie de la goûter.

J'avais envie de sillonner tout son corps avec ma langue, de la torturer d'une multitude de petits orgasmes jusqu'à ce qu'elle me supplie de la nouer.

Il serait facile de la libérer de mon énergie qui continuait à l'apaiser. J'avais envie de défi. J'avais envie de la dominer. J'avais envie de la *revendiquer*.

Il était pourtant clair que je ne pouvais pas la mordre correctement. Pas encore. Pas avant d'être complètement sûr qu'elle et sa louve étaient entièrement guéries.

J'allais donc la marquer autrement.

La posséder corps et âme.

La faire mienne de toutes les façons possibles, et peut-être qu'ensuite sa louve serait prête.

Je refermai les lèvres sur sa chair rosée, labourant son mamelon de ma langue tout en gardant le regard fixé sur ses yeux humides.

Mes mains parcouraient sa peau, déterminées à la caresser, à la découvrir, à la *conquérir*. Comme elle l'avait fait avec moi.

La démonstration qu'elle m'avait faite avec sa bouche était clairement un acte de possession.

Un acte dans lequel elle avait excellé.

Ses gestes étaient bruts et spontanés, ce qui avait confirmé ses dires. Elle n'avait jamais été avec un Alpha. J'étais très heureux d'être son premier.

J'aurais presque aimé qu'elle puisse aussi être ma première.

Hélas, j'avais déjà aidé de nombreuses Omégas à traverser leurs chaleurs. Pas après avoir rencontré Quinnlynn, bien sûr, mais avant elle. Bien avant elle. À un moment de ma vie où je ne pensais jamais prendre une compagne. Je n'avais qu'à prendre une pilule pour rester stérile durant les chaleurs de ma partenaire et je pouvais baiser en toute liberté sans risque de grossesse.

Mais cette terrible petite coquine avait tout changé.

Avec la proposition inattendue qu'elle m'avait faite, toutes mes aspirations avaient changé d'un seul coup.

L'idée de faire un enfant à Quinnlynn m'attirait. Bien sûr, je ne le ferais pas au cours de ses premières chaleurs, j'avais déjà pris ce qu'il fallait pour éviter cela, mais à long terme, j'en avais envie. J'avais envie de voir son ventre s'arrondir. D'attendre avec elle notre enfant. *Notre héritier.*

Tout cela par une simple relation de cause à effet, cette audacieuse femelle m'avait choisi.

Puis elle m'avait quitté.

Je passai à son autre sein, laissant mes dents mordiller sa chair tendre et souple, juste au point qu'elle en ressente le picotement avant de la soulager de ma langue.

Elle poussa un gémissement en écartant les cuisses sous mes hanches.

— *Kieran*.

— Oh, ma chérie, ce n'est que le début.

Je saisis la pointe durcie entre mes dents et pinçai avant de l'aspirer en suçant.

Quinnlynn poussa un cri et ses mains vinrent se planter sur mes épaules.

— Je… je…

— Tu quoi ? demandai-je en souriant contre son téton. Tu en veux encore ?

— Oui, souffla-t-elle en cambrant le dos vers moi, répandant ses sécrétions sur mes cuisses.

— Mmmh, une invitation…

Je mordillai encore une fois le petit bourgeon rose sous ma langue, puis commençai à cheminer lentement vers son entrejambe trempé.

— Une invitation que j'accepte avec joie, prononçai-je une fois ma bouche contre son clitoris.

Pourquoi attendre encore ?

Ma compagne réclamait du plaisir.

Et mon loup mourrait d'envie de la lécher.

Je posai les mains sur ses cuisses pour les écarter encore plus, puis je m'abandonnai à mon désir de la *goûter*.

Un long gémissement quitta ses lèvres quand je passai la langue le long de sa fente humide jusqu'à la glisser en elle. Elle cria mon nom. Elle retrouvait petit à petit les sensations de ses chaleurs tandis que je lui retirais progressivement mon énergie guérissante.

Elle voulait y aller lentement.

J'allais lui donner ce qu'elle demandait.

Quand j'en aurais fini ici, elle me supplierait d'arrêter, tout en exigeant que je la noue sur-le-champ.

Quel délicieux casse-tête cela allait être ! J'avais hâte que nous vivions cela ensemble.

Cela dit, il fallait d'abord que je l'apaise un peu, que je la récompense pour le plaisir qu'elle venait de m'accorder.

Ça n'allait pas être très difficile tant son corps était en attente et prêt à exploser. Il ne lui fallait qu'un petit coup de pouce.

Seulement je n'étais pas du genre à faire les choses à moitié.

Avec Quinnlynn, je voulais tout donner.

Je le lui prouvai en prenant son petit bouton sensible entre mes lèvres tout en poussant un grognement.

Elle réagit par un hurlement pour accompagner l'orgasme qui la submergea immédiatement. *Une vague intense.* Je pouvais le voir dans ses yeux, dans la manière dont ses joues rougissaient, dont son corps se recouvrait d'une couche de sueur luisante. Je l'entendais dans ses cris de plaisir.

Cela ne m'arrêta pas.

Je continuai à sucer, à lécher, à *torturer* son clitoris.

Cela la poussa vers un deuxième orgasme au cours duquel elle répéta mon nom sans fin d'une voix suraiguë.

— Magnifique, la félicitai-je en irlandais. Absolument magnifique !

Secouée d'un violent frisson, elle posa une main sur ma tête. Ses doigts s'emmêlèrent dans mes cheveux tandis qu'elle essayait d'éloigner mon visage de sa chair sensible.

Je m'accrochai à elle avec les dents, pour la forcer à en accepter *encore*. Comme elle me l'avait réclamé.

Je glissai une main le long de sa jambe jusqu'à plonger dans ses sécrétions. Ses cuisses se contractèrent et j'entendis des paroles de protestation s'échapper de ses lèvres, des paroles qui se terminèrent en un grognement lorsque je plantai deux doigts en elle.

— Chut. C'est pour ton bien ma petite.

J'avais besoin qu'elle soit détendue et bien humide pour pouvoir recevoir ma queue.

Si je la pénétrais maintenant, j'allais lui faire mal, et c'était tout ce que je voulais éviter. Elle avait choisi de glisser doucement dans ses chaleurs, j'avais bien l'intention de lui offrir exactement ça.

Je la lapai avec soin tout en libérant un nouveau flux de mon pouvoir. Je la ramenais lentement vers son œstrus avec mes petits coups de langue experts.

Je la sentais vibrer sous moi, encore tremblante face aux assauts de plaisir que je lui faisais subir et à l'intensité de ses chaleurs.

— Tu brûles, bébé ? demandai-je à voix basse, contre sa chair humide.

— *Oui*, siffla-t-elle au moment où ses jambes se tendirent et qu'un nouvel orgasme la traversa tel un raz-de-marée.

Je ne pus m'empêcher de sourire. J'avais depuis un moment remplacé mon ronronnement par un grognement régulier, qui avait pour but de mettre ma fiancée dans un état de frénésie sexuelle. Lorsque j'en aurais fini avec elle, elle regretterait de m'avoir quitté. Nous aurions pu passer le siècle dernier à profiter ainsi l'un de l'autre.

Au lieu de ça, j'étais obligé de déverser en elle cent ans de désir accumulé.

Putain, heureusement qu'elle est en chaleur, pensai-je. Les choses que j'avais envie de lui faire ne pouvaient pas être faites en dehors d'un cycle normal.

Ou plutôt, elles pouvaient être faites, mais ce serait extrêmement fatigant en dehors de l'œstrus.

Au moins, pendant ses chaleurs, elle pouvait suivre le

rythme. Putain ! C'était même moi qui allais devoir tenir *son* rythme !

Voilà un défi que j'étais content de relever.

Aussi longtemps que ça durera, pensai-je en ajoutant un troisième doigt. Quinnlynn m'avait révélé que ses chaleurs duraient normalement une trentaine de jours. Mais la situation n'avait rien de normal. C'était un œstrus forcé après des décennies passées à repousser les instincts de son corps.

Il pouvait se terminer demain.

Comme il pouvait durer encore six mois.

C'était une autre raison pour laquelle il était risqué de la revendiquer. *Et si cela provoque une nouvelle dissociation chez elle ?* Cette question me trottait dans la tête et, sans réponse claire, je me retenais de la mordre, malgré le fait que j'en avais très envie.

Je la convaincrai de rester en lui faisant vivre une expérience inoubliable.

Je l'obligerai à me choisir.

Et je la garderai en laisse jusqu'à être sûr qu'elle ne s'enfuira plus.

— Kieran…

Mon nom sonnait comme un juron tandis que ses doigts tiraient sur mes cheveux.

— Je ne peux plus. Je n'en peux plus… arrête. Ça suffit.

Mes lèvres formèrent un sourire contre son sexe palpitant.

— Encore un.

— *Je ne peux pas.*

— Fais-moi confiance, ma chérie. Tu peux.

Je le lui prouvai en activant mes doigts et ma langue, sans tenir compte de ses mains qui m'arrachaient presque les cheveux.

Cela prit un peu de temps.

Et beaucoup de grognements.

Mais je réussis à la faire basculer dans un nouvel orgasme qui la laissa haletante. Elle criait et me suppliait d'arrêter.

— *Nœud*, souffla-t-elle. Je... je ne peux pas... j'ai besoin... *Putain*, Kieran. Je te hais.

Elle secoua la tête, les yeux fermés tandis qu'elle luttait contre l'état de transe dans lequel la plongeait le désir.

— Non, je... j'ai envie de toi, mais... mais je hais... *Kieran*.

Mon grognement vint recouvrir ses plaintes pendant que je retirais d'elle mon énergie, ne laissant que quelques fils entre elle et moi pour ne pas qu'elle bascule.

— S'il te plaît, implora-t-elle. S'il te plaît, Alpha, *noue-moi*.

Je déposai un baiser sur son sexe tremblant, ce qui provoqua un cri de protestation suivi d'un gémissement de pur désir. Le mélange parfait.

— Tu es magnifique ! murmurai-je. Ma parfaite petite coquine.

Je glissai mes doigts hors de sa fente et elle poussa un soupir de déception.

Je la fis taire en portant mes doigts à sa bouche.

— Suce Quinnlynn, soufflai-je en venant me placer sur sa silhouette pantelante. Je veux sentir ta langue.

Elle s'exécuta avec enthousiasme, son esprit et son cœur presque entièrement perdus dans le besoin qui vibrait dans ses veines. C'était parce qu'elles perdaient une bonne part de leurs capacités cognitives que les Omégas avaient besoin d'être protégées pendant leurs chaleurs. Elles étaient entièrement consumées par le besoin de baiser et elles mettaient toute leur énergie dans leur désir de *s'accoupler*.

En réaction, certains Alphas entraient en rut et devenaient incapables de satisfaire la femelle, leur besoin de procréer étant trop intense. Je sentais cet instinct me titiller la conscience, exiger que je saute sur l'occasion pour culbuter mon Oméga jusqu'à ce que nous soyons tous les deux satisfaits et épuisés.

Mais je luttai contre ce désir.

Il s'agissait d'elle.

De prendre soin de ma Quinnlynn.

Ma fiancée.

Je pressai mes hanches contre elle, mon nœud venant se placer juste au niveau de son entrejambe brûlant. Elle se cambra vers moi et ses jambes s'enroulèrent autour de ma taille dans un geste d'accueil impatient.

Jusqu'à ce que la pointe de mon sexe vienne caresser son clitoris.

Un son rauque s'échappa de sa gorge et je sentis trembler sa bouche autour de mes doigts.

— Sensible ? demandai-je en me frottant contre elle.

Ses épais cils papillonnèrent pour révéler deux lacs sombres autour de ses pupilles. Elle semblait être unie à sa louve – pour le moment – toutes deux aussi furieuses qu'excitées.

Je me frottai encore une fois contre elle. J'aimais la manière dont cela la faisait à la fois grogner et gémir.

— Sensible et prête à me recevoir.

Ce n'était plus une question, mais une affirmation. Je le voyais sur son visage, je le sentais dans mon bassin.

Tellement humide. Tellement gonflée. Tellement parfaite. Tellement mienne.

— Tu vas en pleurer, la prévins-je.

Je savais bien à quel point cette expérience allait être intense pour elle.

— Puis, tu vas me demander de ne jamais m'arrêter.

Son regard s'éclaircit juste suffisamment pour me signifier qu'elle comprenait.

C'est pourquoi je continuais à lui envoyer quelques derniers filaments d'énergie. Je la voulais au moins un peu consciente pour notre première fois, ce qui me poussait à la garder stable.

Je retirai mes doigts de sa bouche et caressai sa joue.

— Ne ferme pas les yeux. Je veux voir ta réaction au moment où je te nouerai. C'est bien compris ?

C'était un autre moyen de la garder présente, de m'assurer qu'elle se souviendrait de ce moment.

Elle frissonna et ses narines s'écartèrent tandis qu'elle se pressait contre moi, dans un mouvement plein de sensualité.

— Demande-moi de te baiser, ma petite. Je veux t'entendre me le demander.

Techniquement, elle me l'avait déjà demandé, mais après tout ce que j'avais traversé pour retrouver cette petite coquine, je voulais l'entendre le dire à nouveau. Je voulais entendre l'impatience dans sa voix. L'exigence. Le *besoin*.

Parce qu'elle m'appartenait.

Je l'avais retrouvée.

Elle était là, sous moi.

Toute humide contre ma queue.

Se tortillant de désir pour *mon* nœud.

— Kieran, dit-elle dans un souffle, les doigts toujours dans mes cheveux. Je… je… *s'il te plaît.*

— Ce n'est pas une vraie demande, Quinnlynn. Je veux t'entendre prononcer les mots.

Je frottai son nez contre le mien avant de le glisser le long de sa joue jusqu'à son oreille.

—Je veux t'entendre *supplier.*

Son corps fut pris d'un violent tremblement qui semblait naître de son entrejambe. Il résonna en moi, me donnant envie de plonger en elle jusqu'à lui faire tout oublier.

Cependant, je ne bougerais pas avant qu'elle admette à nouveau qu'elle avait besoin de moi.

Pas avant d'avoir entendu ces mots sortir de ses magnifiques lèvres.

— Dis-le, insistai-je. Dis-le et ta récompense sera mon nœud.

Elle resserra ses doigts autour de mes cheveux et posa son autre main sur mon épaule avant de plonger les ongles dans ma peau. Ça, c'était sa louve qui exigeait qu'elle fasse couler mon sang parce que je les faisais attendre, prolongeant leur tourment.

— Mmmh, bonne petite louve. Dis-moi ce que tu veux.

— Ton nœud, dit-elle en se pressant à nouveau contre moi. Je veux… ton… nœud.

Je posai mes lèvres entrouvertes contre son cou.

— Que veux-tu que je te fasse avec mon nœud, ma petite ? Veux-tu le sentir à nouveau dans ta bouche et entre tes mains ?

— *Kïeran !*

— Dis-moi, exigeai-je. Avoue ce que tu désires et je te le donnerai.

Elle grogna, la femelle louve en elle me montrant les griffes et les dents. *Littéralement*, car à ce moment-là elle plongea à nouveau les ongles dans mon dos et referma sa mâchoire sur mon épaule.

Je laissai échapper un ronronnement face à cette belle réaction sauvage, je sentais bien que sa louve en était à l'origine.

Mais c'est Quinnlynn que j'entendis grogner.

Quinnlynn qui se recula, mon sang coulant sur ses lèvres.

Quinnlynn qui me fixa droit dans les yeux en disant:

— Baise-moi, Kieran.

Je répondis avec mes hanches plutôt qu'avec ma bouche et ma queue la pénétra immédiatement, d'un coup sec.

Elle s'arc-bouta avec un cri qui vint résonner jusque dans mon aine et réveiller mon rut, mais je m'immobilisai en elle pour lui donner le temps de s'adapter.

Un nouveau tremblement fébrile fit vibrer sa peau et sa petite chatte étroite se resserra violemment autour de ma queue. Je fus submergé par le désir instinctif de plonger la tête dans son cou, mais je résistai, refusant de la quitter du regard. Surtout après lui avoir dit de garder les yeux ouverts, ce qu'elle semblait faire instinctivement, même lorsque j'avais brisé ce contact quelques secondes pour lui chuchoter à l'oreille.

Ses joues devinrent écarlates.

Ses lèvres s'écartèrent. Ses pupilles se dilatèrent.

Sa respiration devint à nouveau pantelante.

Cependant, je pus voir le moment où elle se détendit, l'instant où la sensation de choc se transforma en ravissement. Elle se déplaça légèrement et gémit de plaisir.

— Accroche-toi à moi. Et ne ferme pas les yeux. Je veux te voir basculer. Je veux que tu te souviennes de ce moment avant que tu ne sois happée par l'inconscience. Avant que tes chaleurs ne te plongent dans une folie dévorante.

Elle enfonça à nouveau les ongles dans ma peau et me lança avec un air de défi :

— Noue-moi.

Mes lèvres se recourbèrent.

— Avec plaisir !

QUINN

LE REGARD sombre de Kieran me retenait captive tandis qu'il se mettait à bouger. Son corps maîtrisait le mien avec une torsion adroite de ses hanches qui me laissait étourdie et inconsolable.

Un incendie se déchaînait en moi.

J'étais en train de me consumer.

J'étais en train de *mourir*.

J'avais trop besoin de son nœud.

Cependant, il semblait vouloir à tout prix faire durer cette torture. Je ne pouvais même pas le détester entièrement pour cela, pas alors que chaque coup dispensé par son épaisse queue faisait monter d'un cran l'intensité.

Il se saisit de mes hanches, me positionnant de manière à pouvoir s'enfoncer encore un peu plus en moi. Je gémis de plaisir autant que de douleur, tant ce mouvement approfondissait encore mon besoin de lui.

Son nom s'échappa de mes lèvres, tandis que le trop-plein de sensations recouvrait mon regard d'un voile noir.

— Garde les yeux ouverts, me rappela-t-il.

L'autorité dans sa voix me poussa à resserrer les muscles autour de lui.

Ce mâle était l'archétype de l'Alpha.

L'archétype du loup.

Un métamorphe d'une parfaite sauvagerie, emballé dans un colis de toute beauté.

Putain, j'étais sur le point de perdre la raison.

Pourtant, une part de moi continuait à s'accrocher, à rester présente pour chaque coup de boutoir, pour ressentir la moindre miette de la puissance de Kieran, vivre la surabondance de pur désir qui s'épanouissait entre nous.

Son regard fixé sur le mien, je sentais sa faim me dévorer telle une force de la nature qui pénétrait jusqu'à mon âme. Je pouvais presque sentir le goût de son désir pour moi sur ma langue, son besoin ténébreux de me *revendiquer.*

C'était là le mâle qui m'était resté fidèle pendant plus de cent ans.

Le mâle qui m'avait poursuivie à travers le globe.

Le mâle qui m'avait enfin rattrapée et m'avait enchaînée.

Il n'essaya pourtant pas de me mordre. Il ne se pencha même pas pour m'embrasser. Il se contentait de faire de lents et puissants va-et-vient en moi.

Quand vas-tu me mordre ? voulais-je demander. *Quand vas-tu me revendiquer ?*

Seulement ces mots n'eurent pas l'occasion de dépasser mes lèvres, car dans l'instant qui suivit, il me fit quelque chose qui provoqua une explosion d'étoiles devant mes yeux.

Une subtile torsion.

Un mouvement maîtrisé.

Une sensation aiguë.

Tout contre mon clitoris.

— Kieran, laissai-je échapper dans un grognement.

Il grogna en écho, mais son grondement me détruisit littéralement. Cela déclencha un ouragan de palpitations au creux de mon ventre qui refusait de se calmer. Le désir enserrait ce qui me restait de conscience, exigeant de lui qu'il termine ce qu'il avait commencé. Qu'il m'achève.

— S'il te plaît.

Je ne pouvais même pas dire ce que je voulais vraiment. Son nœud ? Ses dents ? Ses baisers ? Sa langue ? Ses mains ? Son être tout entier ?

Il me fit signe de me calmer.

Cela poussa ma louve à se jeter en avant pour protester, mais un autre grognement de mon Alpha me fit geindre sous son poids et me réduisit à une version inconsistante de moi-même.

J'avais envie de pleurer.

De hurler.

De gémir.

Tout ça à la fois.

Au lieu de ça, une ribambelle de mots sans le moindre sens s'échappa de mes lèvres. Quelque chose au sujet de Kieran, son nœud, mon besoin. *Encore.*

— Je suis là, Quinnlynn, m'assura-t-il.

Il porta une main à ma gorge qu'il serra légèrement tandis que son autre main restait contre ma hanche.

— Continue à me regarder. Voilà, c'est bien, bonne fille. Exactement comme ça, ma petite.

Mes veines n'étaient plus qu'un flot enflammé dont la source semblait venir de mon bas-ventre. Chaque petit mouvement de ses hanches ne faisait qu'alimenter cet incendie, ce qui me plongeait dans un brasier si brûlant que j'avais du mal à respirer.

Je suis en train de mourir. Il me tue avec son putain de nœud.

— Chut, souffla-t-il. Reste avec moi, princesse. Les yeux sur moi.

J'avais envie de le fusiller du regard, mais c'était impossible. J'étais trop occupée à gémir et à me presser contre lui *pour le supplier de m'ancrer*.

Tout mon être n'était plus qu'un entrelacs de nerfs, des nerfs qui étaient sur le point d'exploser s'il n'allait pas au bout. *Mords-moi. Noue-moi. Rends-moi entière.*

Il serra les doigts, me ramenant soudain à lui. Je ne pouvais plus respirer. Il appuyait sur ma trachée. J'entrouvris les lèvres pour le lui dire, mais la cruauté que je lus sur son visage m'informa qu'il savait très bien ce qu'il faisait.

Non. Ce n'était pas de la cruauté.

De la passion.

Mais avec lui, c'était du pareil au même. Un sombre mélange de sadisme profond associé à une intelligence supérieure, avec un soupçon d'agressivité d'Alpha.

Mon compagnon.

Non, mon fiancé.

Je me sentais de nouveau étourdie, perdue au milieu de ses harassants coups de reins, de son besoin sauvage, de ses instincts de *rut*.

Mais quand je regardais ses yeux… Ils étaient comme deux diamants noirs qui brillaient du désir de me garder prisonnière. *Reste avec moi. Reste ici. Apprécie ce moment*, semblait hurler sa voix dans ma tête. Ou peut-être avait-il réellement parlé. Je n'entendais plus rien d'autre que les grondements primitifs de ma louve. De son loup. De *nos loups*.

Une danse tribale.

Un accouplement fondé sur une harmonie issue de la nuit des temps.

Nos âmes se mélangeaient, nos animaux dansaient, nos corps se fondaient.

Sauf qu'il me fixait encore d'au-dessus. Il n'était pas en train de me mordre. Je secouai la tête pour m'éclaircir les idées, confuse, mais fus immédiatement entraînée à nouveau sous le joug de sa présence enivrante par un grognement sourd qui vint encore troubler ma vision.

Il n'exigea pas une nouvelle fois que je garde les yeux sur lui.

Peut-être parce que je ne les avais pas fermés.

Peut-être n'étais-je plus capable de l'entendre.

À cet instant, un spasme agita mon bas-ventre qui me ramena instantanément à notre étreinte. Son doux grondement d'approbation me traversa soudain, venant abattre ces murs de brouillard qui menaçait de me recouvrir entièrement.

Son regard sombre captura le mien, m'obligeant à voir son plaisir tandis que son nœud jaillissait de sa base et venait sceller nos deux corps dans une merveilleuse agonie.

Mes lèvres s'écartèrent, mais aucun cri n'en sortit. Pas parce qu'il m'étranglait encore, mais parce que je ne savais plus produire le moindre son. C'était un moment trop intense, trop passionné, trop *incroyable* pour le traduire.

Je n'étais plus que légèreté.

Sensibilité.

Tremblement.

Folie.

Mon clitoris palpitait, cette partie sensible de ma chair encore douloureuse suite à ses bons soins de tout à l'heure, mais vibrant d'un battement euphorique que je ne pouvais ignorer.

Je finis par réussir à émettre un son animal qui ressemblait à un grognement mêlé à une demande de clémence. Parce que c'en était trop, et pourtant ce n'était pas assez.

Il m'en fallait plus.

J'avais envie d'aspirer sa queue.

De le garder en moi. De le revendiquer. De faire de lui *mon* Alpha.

Je labourai une nouvelle fois son dos de mes ongles, saisie d'un violent besoin de le mordre.

Je me penchai alors en avant et plongeai mes canines dans sa gorge. Il poussa un grognement et ma louve se réjouit. *Boire. Se satisfaire. Copuler.*

Les derniers vestiges de réalité semblèrent se fondre aux confins de mon esprit et le monde disparut dans une spirale de décadence absolue.

Il fallait qu'il me baise.

Qu'il me noue.

Encore et encore.

Il fallait que je goûte son foutre. Que je lèche tout. Que je le possède de ma bouche. *Boire son sang.*

Je le griffai à nouveau, pour en demander plus.

Quelque chose manquait. Je n'arrivais pas à mettre le doigt dessus. Je ne pouvais même pas dire s'il s'agissait réellement d'un besoin. Mon corps n'était plus qu'une boule de nerfs et de désir plongé dans un océan de luxure.

Ma louve prit les devants, dirigeant mes actions, ses désirs encore plus sauvages que les miens.

Oui, oui, pensai-je au moment où nous mordîmes à nouveau Kieran. Cette fois-ci sur les pectoraux. Nous étions à cheval sur lui, disposées à prendre tout ce que nous voulions. Il me regarda d'un air amusé, son regard sombre brillait toujours.

Je ne savais pas exactement comment j'avais fini dans cette position ou quand j'avais commencé ce petit jeu, mais j'en profitais pleinement. J'aimais la sensation de mes dents dans sa poitrine, le goût de son sang sur ma langue.

Sauf qu'en un clignement de paupières, je me retrouvai de nouveau sous lui, une bouteille d'eau pressée contre mes lèvres.

Le temps m'échappe, constatai-je en avalant goulûment. Il avait fait quelque chose à cette eau, l'avait aromatisée avec quelque chose. J'en voulais encore. Encore tellement plus.

Je fermai les yeux et bus gorgée après gorgée.

Je les rouvris pour constater que sa queue était dans ma bouche, mes mains autour de son nœud.

Encore du temps envolé, pensai-je dans mon délire.

J'étais épuisée et en même temps profondément revigorée.

Je n'arrivais pourtant pas à ignorer cette vague idée qu'il manquait quelque chose. J'avais envie de lui poser la question, mais j'étais trop occupée à aspirer son essence pour parler. *Lunes, il a un goût délicieux. Un goût d'Alpha. Mon Alpha. Mon loup. Le mâle que j'ai choisi.*

Des paroles dangereuses.

Impossible pourtant de les ignorer, alors que j'étais sous lui. *Attendez une seconde…* j'avais encore bougé. J'étais désormais à quatre pattes, les ongles enfoncés dans les draps tandis qu'il me prenait par-derrière. Des bruits à peine reconnaissables s'échappaient de mes lèvres. C'était encore ma louve qui menait la danse et elle en réclamait encore par ses petits jappements aigus, intensifiés par Kieran dont le grondement rappelait à ma louve qui commandait.

Lui.

L'Alpha.

Kieran.

Mon compagnon.

Mais pas… Je secouai la tête et m'étirai au milieu des oreillers en clignant des yeux. *Quoi… ?*

Le soleil était levé et ses rayons dorés venaient baigner la chambre de Kieran d'une lumière chaude. Ses lèvres étaient posées sur ma nuque, sa queue ancrée en moi par-derrière, bougeant lentement pour me garder rassasiée, tandis que nous restions dans cette position d'intimité rassurante.

Je poussai un soupir en pressant ma croupe contre lui pour en réclamer plus.

Il allait et venait en moi avec des mouvements longs et langoureux tout en passant ses dents le long de mon cou, jusqu'à mon oreille.

— C'est bientôt la fin de tes chaleurs, murmura-t-il. Je le sens.

Je frissonnai, toujours habitée de cette sensation de manque. *C'est trop tôt*, pensai-je. *Elles se terminent trop tôt.*

— Oui, dit-il. Elles n'ont duré que quelques jours.

Ai-je parlé à voix haute ?

— Oui, répondit-il encore en déposant un baiser sur mon cou.

Son sexe se mouvait toujours en moi sur un rythme lent et maîtrisé. Mes bras se couvrirent de chair de poule tandis que ses va-et-vient provoquaient une vague de chaleur dans mon bas-ventre. Une chaleur qui se répandit dans tout mon être jusqu'à ce que j'aie la sensation de brûler entièrement.

Il n'accéléra pourtant pas le rythme.

Il continua ses mouvements lents, s'enfonçant jusqu'au bout avant de se retirer presque entièrement. Une de mes jambes entourait sa hanche, les gardant ainsi largement écartées.

— Je veux que tu te caresses, m'ordonna-t-il. Fais-toi jouir sur ma queue.

Ma main se déplaça comme celle d'une marionnette et mes doigts trouvèrent rapidement mon point sensible. Lorsque je me mis à le caresser, il ne fallut pas longtemps pour que j'explose.

— Recommence, exigea-t-il alors que mon corps tremblait encore des suites de mon dernier orgasme.

Je répondis par un gémissement tout en m'exécutant alors que mon corps s'arquait vers lui et que mon bouton devenu trop sensible protestait sous mes doigts.

Il suffit de quelques mouvements pour rallumer l'incendie, mon œstrus encore présent au fond de moi.

Elles n'ont duré que quelques jours. Ses paroles résonnaient dans mon esprit. *Comment est-ce possible ?* Mon cycle durait généralement trente jours.

Et… et cela faisait…peut-être huit jours que j'étais inconsciente ?

Oh… Les muscles de mes jambes se tendirent au moment où une nouvelle vague de plaisir me submergea, mon corps parcouru d'une extase qui força Kieran à s'enfoncer au plus profond de moi, son nœud venant baigner mes entrailles de sa semence.

Oui, oui, haletai-je. *Mon Alpha. En moi. Qui m'embrase. Qui me saute.*

Je fermai les yeux pour me repaître de cette euphorie mais lorsque je les rouvris, je ne vis que la nuit étoilée et un espace vide à côté de moi.

Un espace vide et *froid.*

Je fronçai les sourcils et roulai sur le dos pour atteindre l'autre oreiller. Le tissu soyeux était froid sous mes doigts, ce qui me confirma que Kieran était parti depuis un moment.

Pourtant, son odeur flottait encore autour de moi.

Parce que je suis dans sa chambre.

Les preuves de notre petite sauterie parsemaient

également les draps, ce qui me fit grimacer. *Il y a tout de même quelque chose qui cloche.* Même l'odeur qui m'entourait n'était pas celle que j'attendais.

Qu'est-ce qu'il manque ?

Je posai la main sur mon ventre, immédiatement consciente que je n'étais pas enceinte. Les Omégas savaient instinctivement lorsqu'elles portaient un enfant et grâce aux capacités de guérison de Kieran, j'étais encore plus en phase avec mon corps.

Est-ce là ce qu'il manque ?

Je passais doucement le pouce sur mon ventre plat, les yeux fixés au plafond.

Non. Ce n'est pas ça.

Je n'avais pas encore de désir d'enfant. C'était autre chose. Quelque chose d'important.

Ma louve s'agitait en moi, ce qui faisait dresser les poils de mes bras.

— Ah, tu es réveillée, murmura Kieran en se matérialisant au pied du lit, un plateau à la main. Juste à temps pour le repas.

Mes narines tressaillirent à l'odeur appétissante de chair fraîche.

Cependant, je sentais toujours que quelque chose n'allait pas.

Je n'arrivais pas à me débarrasser de ce sentiment.

Même lorsqu'il déposa devant moi une assiette de saumon fumé et de fromage. Kieran la posa à côté de moi avant de prendre une bouteille d'eau.

— Bois ça.

Je me redressai et m'appuyai contre la tête de lit, le corps endolori par chaque mouvement.

Kieran m'observa avec soin.

— Tu as mal ?

Je hochai la tête, puis grimaçai en réalisant à quel point

j'avais mal partout. Je semblais perdue dans cet état post-coïtal au cours duquel le cerveau fonctionnait au ralenti.

Peut-être est-ce pour cela que j'ai le sentiment que quelque chose ne va pas, pensai-je en vidant la bouteille d'eau. *J'ai juste du mal à réfléchir correctement.*

Ces derniers jours… semaines… n'étaient que brouillard.

Je me rappelais avoir été unie à ma louve après avoir vécu un temps d'agonie indescriptible.

Je me rappelais pourquoi Kieran avait fait cela ; pour forcer mon animal et moi à joindre nos forces.

Je me rappelais les tortures qu'il m'avait infligées avec sa bouche… après que j'avais avalé des litres de son foutre. *Putain.*

Je me rappelais qu'il m'avait baisée.

Encore et encore.

Pourtant, les détails m'échappaient.

Je me frottai le front tout en essayant de boire encore. L'eau avait un goût différent de la dernière fois que j'avais bu.

Je regardai la bouteille pour lire l'étiquette, confuse.

— Qu'est-ce qu'il y a ? demanda Kieran.

— Le goût est différent, dis-je d'une voix enrouée.

J'ai l'impression d'avoir avalé des poignées de cailloux.

— C'est parce que ce n'est que de l'eau. Dans l'autre bouteille, j'avais ajouté de mon sperme, expliqua Kieran.

— Oh, sursautai-je en sentant mes joues rougir.

J'avais englouti le contenu de cette bouteille à une telle vitesse.

Il me regarda avec un léger sourire, clairement amusé par mes facéties.

C'étaient mes chaleurs qui m'avaient poussée à réagir comme ça.

À vrai dire, j'avais encore l'impression de subir les

restes de mon œstrus, car le simple fait de regarder Kieran me donnait envie de lui sauter dessus, de finir ce que nous avions commencé, de le faire…

Attends une seconde… mes yeux s'écarquillèrent. *Voilà ce qui ne va pas.*

— Tu ne m'as pas mordue.

Merde, c'est quoi ce bordel ?

— Tu ne m'as pas *revendiquée.*

Mes paroles furent suivies d'un grognement de ma louve, particulièrement énervée.

Voilà ce qui l'avait tant perturbée. Voilà pourquoi les odeurs n'étaient pas ce qu'elles auraient dû être. Voilà pourquoi je n'avais pas nidifié, un fait que je ne réalisais que maintenant. Voilà pourquoi rien ne semblait à sa place.

— Pourquoi ? Pourquoi ne m'as-tu pas mordue ? demandai-je, l'estomac noué.

Sauf que…

Sauf que je connaissais la réponse.

C'était une évidence.

— Pour me punir, soufflai-je. Tu… tu m'avais promis de ne pas me punir en utilisant mes chaleurs et pourtant tu as décidé de te venger en n'allant pas au bout de notre accouplement ?

Ma voix était montée dans les aigus, et des milliers de questions et d'accusations envahissaient désormais mon esprit.

Plus rien n'avait de sens.

Une part de moi essayait de s'exprimer, de me rappeler quelque chose d'important, mais le chaos qui émanait de ma louve m'empêchait de ressentir autre chose que de la *colère.* Un sentiment de trahison. J'étais *blessée.*

— Quinnlynn…

— Non, je comprends. Tu m'as aidée à traverser mes

chaleurs. Tu as pu tirer ton coup au passage et maintenant, il est temps de me punir en me rejetant.

Parce que je m'étais enfuie. Parce que je l'avais trahi.

Maintenant il voulait que je sache ce que ça faisait d'être l'objet d'une telle trahison.

Il m'avait utilisée pour mes chaleurs de la même manière que je l'avais utilisé pour les pouvoirs qui coulaient dans son sang.

Seulement j'avais employé ces pouvoirs pour faire le bien.

Lui en avait seulement profité pour se taper une bonne baise.

Il avait joué avec mon corps et mes émotions. Il avait joué avec *ma louve* dans le seul but de satisfaire ses besoins. Ce n'était pas ce que j'avais fait. Moi, j'avais tout sacrifié pour une bonne cause. J'avais renoncé à mon propre bonheur pour sauver des personnes en détresse. J'avais rempli mes obligations envers la couronne.

Tout ce qu'il avait fait de son côté, c'était de me sauter.

Il s'était servi de moi.

Il m'avait *nouée*.

Pour me punir.

Cela signifiait qu'il m'avait menti. Il avait dit qu'il ne me punirait pas pendant mes chaleurs. Cependant, le fait de ne pas me revendiquer était une punition qui résonnait jusque dans mon âme.

Ma louve gémit à l'intérieur de moi, perdue loin de sa revendication.

Cela ne fit qu'augmenter ma colère. Mon sang bouillonnait en moi au point que j'avais du mal à entendre ce qu'il me disait. Le bruit du battement dans mes tempes était trop fort. Mon cœur cognait contre ma poitrine comme sur un tambour, des coups irréguliers et douloureux.

Ce n'est pas une punition acceptable.

Tout notre accouplement en est souillé.

Mes chaleurs sont souillées. Gâchées. Elles ne sont plus sûres.

Je le déteste.

Comment a-t-il pu me faire ça à moi ? À ma louve ? Estime-t-il vraiment que je mérite une telle agonie ?

Je ressentis une crampe au ventre, liée à la fin de mes chaleurs déclinantes. Je n'étais même pas techniquement au bout de celles-ci, juste suffisamment cohérente pour comprendre à quel point tout cela était *mal*.

Il nous a rejetées. Une nouvelle fois.

La dernière fois, il avait affirmé que c'était pour mon bien.

Mais il était maintenant évident qu'il ne m'avait remise sur pied que pour me briser de ses mains. C'était bien ce que je suspectais depuis le début.

Je ne vais pas le laisser gagner.

Il ne peut pas...

— *Quinnlynn*, dit-il sèchement.

La colère dans sa voix trancha à travers le brouillard de mes pensées. Cela dit, je n'avais aucune envie de *l'écouter*. Je ne voulais plus rien avoir à faire avec lui !

Je lui jetai la bouteille vide à la figure.

— Va-t'en !

Ses grands yeux sombres me fixaient, écarquillés.

— Pardon ?

— Sors d'ici, insistai-je, submergée par la rage. Laisse-moi tranquille ! Je te *hais* !

Une part de moi essayait toujours de maîtriser la colère pour me ramener à la raison, mais ma louve était en pleurs, seule et brisée par le rejet de notre compagnon. Je me devais de la protéger. De la *venger*. Je l'avais trop longtemps laissée de côté, maintenant je voulais être là pour elle.

Kieran se mit à rire, un son dépourvu de tout humour, mais je ne pus m'empêcher de voir rouge, peu importait ses intentions.

Je poussai un hurlement de fureur et d'agonie tout en me jetant sur lui, toutes griffes sorties.

Je fus immédiatement balancée sur le lit avec un grognement de mon Alpha qui ne cachait plus son courroux.

— *Calme-toi.*

— Va te faire foutre !

J'étais comme folle, comme si je perdais le contact avec la réalité tout en laissant ma louve réclamer sa dose de sang en guise de rétribution.

Il nous a trompées.

Il nous a punies.

Il nous a rejetées.

Ces paroles tournaient en boucle dans ma tête, noyant sa voix au point que je n'entendais plus que son grognement.

Féroce. Autoritaire. *Cruel.*

Je geignis, la colère contenue dans ce grondement m'obligeant à me soumettre malgré ma propre fureur brûlante.

Je le hais. J'ai envie de l'anéantir. Je veux…

— Je ne t'ai pas revendiquée, car je ne voulais pas risquer que tu te dissocies à nouveau de ta louve, dit-il d'une voix tout aussi exaspérée que forte.

Ses mots calmèrent aussitôt mon esprit.

Je clignai des yeux.

Tout devint silencieux.

C'était comme s'il venait de m'envoyer un seau de glace. J'étais gelée sur place, ma colère ayant fondu d'un coup.

Quoi ?

— Mais de rien pour t'avoir fait traverser cet enfer, *Oméga*, ajouta-t-il avant de me relâcher brutalement. *Putain !*

Il recula de plusieurs pas, les mains dans ses cheveux, tandis qu'il me fixait d'un regard noir.

Il secoua alors la tête en laissant échapper des paroles dans sa langue ancestrale que je ne compris pas. Cela me rappela pourtant l'âge avancé de l'Alpha qui se tenait devant moi, tout comme le halo d'énergie qui l'entourait me rappelait sa puissance.

— Kieran…

Il leva la main pour me faire taire.

Il disparut ensuite dans l'ombre, me laissant seule dans sa chambre, l'assiette de poisson encore à mes côtés.

KIERAN

Je te hais.

Ces mots tempêtaient dans mon esprit et venaient agiter mon loup.

Espèce de petite gamine irrévérencieuse, grognai-je intérieurement.

Même si je comprenais qu'elle était encore sous l'influence de la fin de ses chaleurs, ce qui la rendait particulièrement sensible, je n'arrivais pas à me débarrasser de ce sentiment d'irritation.

Elle me manquait continuellement de respect depuis le début de nos fiançailles. Elle avait commencé par s'enfuir. Puis elle avait systématiquement remis en question mes motivations, et maintenant, elle se permettait d'être en colère contre moi parce que je ne l'avais pas revendiquée, alors que tout dans son comportement m'indiquait depuis le début qu'elle ne voulait même pas s'accoupler avec moi.

Eh bien, peut-être que je n'en avais plus envie non plus.

Je savais bien que c'était un mensonge.

Je le sentais au plus profond de mon âme.

Cela dit, ça n'enlevait rien à la colère qui bouillonnait en moi.

J'avais encore une fois essayé de *l'aider*. Pourtant, elle m'accusait de la *rejeter*.

Comme si je n'avais pas eu terriblement envie de la mordre.

Bon sang ! Cela m'avait demandé une force de caractère énorme pour ne pas la revendiquer au cours des douze derniers jours. J'avais une envie folle d'accéder à ses pensées, de connaître ses secrets, de savoir enfin ce qu'elle ressentait réellement.

Cependant, si c'était pour n'entendre que des paroles de haine, peut-être ferais-je mieux de m'abstenir. Je passai les doigts dans mes cheveux, m'agrippant à quelques mèches. Je m'étais fondu dans l'ombre pour sortir de la chambre au plus vite, avant de dire quelque chose que je regretterais plus tard.

Mon loup avait besoin d'être libéré.

D'un moment pour grogner loin de sa promise.

D'un peu d'air frais.

Peut-être même d'une petite course.

Je retirai ma chemise que je laissai tomber sur le sol, sans me préoccuper de la ramasser. Mon loup haletait d'impatience, prêt à être libéré, à courir à travers les sous-bois et à oublier tout le poids qui pesait sur mes épaules.

Juste cinq minutes.

Sire.

L'appel télépathique de Cillian interrompit mes mouvements et ma main marqua une pause, posée sur ma braguette.

— Apparemment, je n'ai même pas droit à cinq putains de secondes, marmonnai-je.

Oui ? Je savais qu'il ne m'aurait pas dérangé si ce n'était pas important.

L'Oméga Riley vous demande de l'appeler dès que possible. Il semblerait qu'elle souhaite vous tenir au courant des derniers événements.

Je l'appellerai après être revenu de ma course, répondis-je en continuant à me déshabiller.

Ce n'est pas tout, murmura Cillian, ce qui me fit arrêter à nouveau.

Oui ?

La rumeur s'est répandue concernant le retour de Quinnlynn. Plusieurs des princes Alpha réclament une preuve de sa revendication.

Je grognai en entendant ce mot, *revendication,* la source même de mes affres.

Le prince Cael a temporairement apaisé les masses en affirmant que vous aviez sûrement planifié une cérémonie de couronnement officielle pour bientôt.

C'est trop gentil de sa part, marmonnai-je tandis que mes poings se serraient contre mes cuisses.

Tout cela était inévitable.

Quinnlynn avait disparu peu de temps après l'annonce formelle de notre bal de couronnement. C'était l'occasion parfaite puisque le secteur s'était mis en branle pour préparer cet énorme événement.

Elle avait profité du chaos pour se glisser de l'autre côté de nos frontières sans être repérée.

C'était du moins ce que je supposais.

Pas cette fois-ci, pensai-je, mon esprit tirant automatiquement sur sa laisse. *Tu es peut-être une gamine capricieuse, mais tu es à moi.*

Sire ? réagit Cillian, qui entendait probablement mes commentaires intérieurs.

Sans en tenir compte, je répondis simplement, *J'exècre la politique, Cillian.*

Je basculai la tête en arrière pour admirer le ciel étoilé, qui brillait d'aurores boréales colorées.

Malgré cette vision de toute beauté, je poussai un long soupir.

Je n'avais jamais voulu de cette vie.

C'est pour *elle* que j'avais fait tout cela. Cette femelle qui me *haïssait*. Celle qui était partie sans un regard en arrière, me laissant seul pour diriger son putain de secteur pendant cent ans. C'est elle qui m'avait obligé à lui courir après à travers le globe pour des raisons que je ne comprenais toujours pas.

Merde !

Si elle n'était pas venue me faire sa vicieuse petite proposition, je serais encore prince de mon propre secteur. Satisfait de mon trône sans envergure. En paix avec mes choix de vie.

C'est en tout cas ce que je me plaisais à penser.

La vérité était pourtant qu'elle avait débarqué dans ma vie avec une offre que je ne pouvais pas refuser : un pouvoir illimité et une étroite petite chatte d'Oméga à baiser pour le restant de mes jours.

L'occasion de produire un héritier. Mon héritier.

Comment aurais-je pu refuser une offre aussi intrigante ?

Cependant, c'était une offre qui s'accompagnait de responsabilités.

J'étais un meneur né. Cela ne me posait pas réellement de problème de protéger le Secteur Sanglant ainsi que les loups et les humains qui y vivaient.

Cependant, le Secteur Sanglant était bien plus qu'un simple territoire. C'était le cœur du V-Clan. Le roi de tous les secteurs.

Cela m'obligeait à entrer dans le jeu politique pour que tous les autres princes restent satisfaits.

Un seul faux pas et ils essayeraient tous de me voler le trône qui me revenait. *Ainsi que ma femelle.*

La bataille qui faisait rage pour ce royaume et le droit de nouer l'héritière de cette grande dynastie s'était peut-être interrompue un temps au moment où Quinnlynn m'avait choisi, mais elle était toujours bien présente.

J'avais déjoué plusieurs tentatives d'assassinat au fil des années et j'avais largement démontré ma qualité en tant que monarque.

Cependant, si ma fiancée ne proclamait pas cette valeur à tous les princes dans un cadre formel, lors de notre cérémonie de couronnement, je ne recevrais jamais réellement le respect dû à un roi.

Sa fuite et son absence prolongée avaient sérieusement miné mon pouvoir et ma position.

Quel prince Alpha perd un tel joyau ?

Comment ai-je pu, moi, le prince Kieran O'Callaghan, permettre que cela arrive ?

J'avais entendu d'innombrables accusations et commentaires, subi des centaines de conversations et laissé souvent les insultes me passer au-dessus de la tête.

J'avais choisi de prendre le comportement de Quinnlynn comme un défi. Un défi dont le but était de tester ma force d'Alpha.

J'avais aussi ressenti la trahison, mais je n'avais jamais laissé les autres le voir. Je leur avais assuré qu'il s'agissait d'un jeu ; un jeu que je venais de remporter. Désormais, il voulait voir mon prix. *Ma reine.*

Cael avait donc raison, il fallait que nous organisions la cérémonie de couronnement. Cela faisait trop longtemps que le Secteur Sanglant n'avait pas eu un couple de monarques digne de ce nom. Il était temps pour Quinnlynn et moi de prendre notre place sur le trône. *Ensemble.*

Si je peux me permettre une suggestion… souffla Cillian avec la politesse qui le caractérisait.

J'attrapai ma chemise sur le sol pour la renfiler. Il était évident que mon projet de course était tombé à l'eau. *Où es-tu ?* demandai-je, en ignorant temporairement sa proposition.

Dans la tanière de Lorcan, en train de vérifier des communications, Sire.

Plutôt que de répondre, je me fondis dans l'ombre jusqu'à l'endroit indiqué et me mis à observer les écrans par-dessus l'épaule de mon cousin. Lorcan avait un penchant pour la technologie que je trouvais plutôt amusant.

C'était mon plus proche parent vivant et il était d'une puissance exceptionnelle. Un Élite qui devrait en réalité être prince de secteur. Cela dit, il avait toujours préféré le rôle d'homme de main à celui de dirigeant.

J'étudiai les messages qu'ils étaient en train de passer en revue et remarquai les communications entre l'Alpha Lykos et l'Alpha Cael.

— Ces messages ne semblent pas m'être adressés, dis-je, un peu amusé. Tu n'es tout de même pas en train d'espionner nos voisins, cher cousin ?

Lorcan poussa un grognement, il était connu pour être du genre silencieux. Même s'il me ressemblait beaucoup physiquement, avec ses traits sombres, sa peau mate et le même genre de carrure, nos personnalités étaient plutôt opposées.

Ce qui faisait de moi un très bon dirigeant et de lui, un excellent Élite.

Cillian, quant à lui, était l'atout diplomatique de notre trio. Nous n'avions aucun lien familial, mais nous avions grandi ensemble, ce qui pour moi revenait au même. Lui aussi avait les cheveux et la peau sombre, il pouvait donc facilement passer pour un parent.

Cela dit, les liens du sang importaient moins que

l'honneur et le respect, ce dont Cillian avait toujours fait preuve envers moi.

— Apparemment, Cael et Lykos ont décidé d'ouvrir des voies d'échanges commerciaux entre leurs territoires, expliqua nonchalamment Cillian. Nous faisons simplement notre travail en surveillant cet accord et en nous assurant qu'il reste juste envers les autres secteurs.

— Hummm, soufflai-je, tout en sachant très bien pourquoi ils examinaient ces messages.

Ils voulaient voir quel type d'alliance étaient en train de former ces deux princes.

Les alliances pouvaient être dangereuses lorsqu'elles avaient pour but de s'unir contre un ennemi commun.

Ici, il était possible que l'ennemi en question, ce soit moi.

Plusieurs princes ne m'estimaient pas digne de ma position. La plupart d'entre eux s'étaient contentés de m'envoyer quelques assassins, mais le retour de Quinnlynn changeait tout.

Je savais très bien que mes concurrents l'avaient recherchée comme moi durant toutes ces années, espérant être le prince qui la ramènerait à la maison et la ferait changer d'avis concernant son compagnon. Soit en la persuadant en douceur, soit en la forçant à accepter son destin.

Bien que la plupart des Alphas du V-Clan attachent de l'importance au consentement, certains ne s'en souciaient guère.

C'est ce qui avait rendu notre lien si ténu ; la possibilité qu'un autre Alpha brise nos fiançailles en la nouant de force.

Cette perspective m'avait inquiété dès sa disparition, car je pensais au départ qu'elle avait été enlevée.

Lorsque j'avais compris qu'elle était partie de son

propre gré, j'avais continué à m'inquiéter qu'un autre Alpha puisse la retrouver avant moi.

Du moins jusqu'à ce qu'elle se révèle extrêmement difficile à rattraper, même pour moi.

À ce moment-là, il était devenu clair que les autres n'avaient aucune chance de mettre la main sur elle. Ma petite coquine était trop maligne pour eux. Une Oméga rusée qui avait la capacité de se cacher mieux que personne.

Tout cela avait constitué un risque énorme, ce qui expliquait pourquoi je devais la punir, mais j'avais toujours été de ceux qui pensaient que plus grand était le risque, plus grande était la récompense.

Quinnlynn avait déjà confirmé cette opinion et j'avais tout juste commencé à profiter de ma récompense au cours des derniers jours.

Cependant, la partie était finie. Il était hors de question qu'elle s'échappe à nouveau, ou les conséquences seraient terribles pour elle.

Je ne me laisserais pas ridiculiser une deuxième fois.

La première fois, j'avais pu expliquer que c'était une Oméga qui testait son compagnon. Tout le monde ne m'avait pas cru, évidemment, mais j'avais juste balayé toute autre explication.

Si elle disparaissait à nouveau, cela indiquerait clairement un problème plus profond. Je ne pourrais pas l'expliquer aussi facilement et de toute façon, je ne le tolérerais pas.

Merde ! La plupart des Alphas ne l'auraient pas accepté la première fois.

Cela dit, je n'étais pas comme la plupart des Alphas, ce que mon indocile compagne devrait apprendre à apprécier beaucoup plus qu'elle ne semblait le faire.

— Voulez-vous lire les messages des autres princes de secteur ? demanda Cillian.

— C'est inutile. Je sais ce qu'ils disent tous ; ils veulent voir la princesse Quinnlynn. Cael a raison. Il faut que nous organisions rapidement le bal de couronnement, mais tu avais mentionné une suggestion ?

— Oui. Je vous recommande d'organiser un nouveau dîner de fiançailles.

Je lui jetai un regard interrogateur.

— Oh ?

Cela faisait déjà partie de mes plans, mais certainement pour des raisons différentes de Cillian. J'étais donc curieux de savoir comment il était arrivé à cette conclusion.

— Cela aidera à unifier le secteur avant l'arrivée de visiteurs extérieurs.

— Es-tu en train de dire que nous ne sommes pas suffisamment unis ?

Je me demandais quel était son point de vue sur l'humeur générale parmi mes loups. Je m'étais un peu coupé du monde ces dernières semaines pour m'occuper de Quinnlynn. Peut-être était-ce une erreur.

— Au contraire, la loyauté envers vous n'a jamais été aussi solide, dit-il en montrant les écrans. Aucune discussion ou rumeur concernant les chaleurs de Quinnlynn. Dans l'esprit de tous les princes Alphas, vous et votre future femme êtes occupés à vous refamiliariser.

Nous refamiliariser, pensai-je, moqueur. *C'est bien ton genre de trouver un mot aussi formel pour parler de sexe, Cillian.*

Il ne répondit pas à mon commentaire mental, mais je savais qu'il l'avait entendu.

— Seule une poignée de loups était présente lorsque l'œstrus de Quinnlynn a commencé, mais l'odeur s'est répandue. Cela dit, il n'y a pas la moindre mention de l'état de Quinnlynn.

— Ce qui signifie qu'aucun de mes loups n'a trahi notre confiance, traduisis-je en hochant la tête. Pourtant, tu penses tout de même qu'il est nécessaire de faire ce dîner.

— Exact, Sire. Parce que vous le leur devez. Ils ont besoin de voir leur future reine.

Il s'interrompit, mais son expression montrait qu'il avait autre chose à dire.

— N'essaye pas de me ménager, Cillian. Dis-moi ce que tu as en tête.

— Elle est *redevable* envers son secteur, sire. Il faut qu'elle affronte son peuple et regagne leur confiance.

Je souris, mais mon cœur restait amer. Il s'agissait plus d'un réflexe qu'autre chose.

Cela dit, les paroles de Cillian me confirmaient que nous étions sur la même longueur d'onde, comme d'habitude.

Je penchai légèrement la tête pour reconnaître la sagesse de son discours.

— Le respect se gagne.

C'est quelque chose que je savais mieux que personne.

— Ma promise a beaucoup de travail devant elle, ajoutai-je.

Quelque chose qu'elle n'avait pas encore compris, selon moi.

Ça viendrait.

La pauvre Quinnlynn pensait que j'avais voulu la punir en refusant de la mordre.

Hélas, sa punition serait bien plus sévère.

Même si je pouvais aider à l'organiser, ce n'est pas moi qui allais la lui infliger.

— Je te prie d'annoncer au secteur que je vais organiser un festin de fiançailles d'ici sept jours. Cela devrait laisser suffisamment de temps à notre chère princesse pour se remettre.

— Allez-vous organiser cet événement dans notre nouvelle salle de réception ?

— Je pense que ce serait parfaitement adapté. Cela lui donnera une idée des améliorations que j'ai apportées. Peut-être saura-t-elle les apprécier.

Cela dit, j'en doutais, étant donné qu'elle n'avait pas montré la moindre reconnaissance pour tout ce que j'avais fait. Peut-être aimerait-elle au moins le nom que je lui avais donné : la salle MacNamara.

L'histoire de sa famille était gravée dans les murs de verre, une histoire écrite par les loups du Secteur Sanglant. Il s'agissait surtout de précieux souvenirs de ses parents, ce qui faisait de ce bâtiment une sorte de mémorial.

Cependant, son nom n'y figurait que très peu.

Peut-être qu'en découvrant ce détail, elle comprendrait mieux l'impact qu'avait eu sa disparition sur son peuple.

C'était une autre forme de punition qui pouvait paraître cruelle. Pourtant, elle devait faire face aux conséquences de ses actes. C'était son peuple qui allait lui manifester la souffrance liée à son abandon.

Cillian soutint mon regard pendant un long moment. Il réfléchissait probablement aux mêmes choses que moi.

— Je vais annoncer le festin de fiançailles, Sire. Je ferai aussi venir un tailleur, puisque j'imagine que Quinnlynn aura besoin d'une nouvelle robe.

Je réfléchis à sa proposition.

— Non, pas besoin d'un tailleur. Je demanderai à Ivana de l'aider.

Cela serait pour elle une autre leçon, ce que Cillian comprit immédiatement, car je vis son sourcil se soulever.

Ou peut-être était-ce la mention de la petite Oméga aux cheveux blancs qui suscita son intérêt.

— Pensez-vous que cela soit sage ? demanda-t-il d'une voix prudente.

— Évidemment, autrement je n'en aurais pas parlé.

L'incertitude se lisait sur son visage, mais il ne dit plus rien.

— J'en parlerai à Ivana avant de le dire à Quinnlynn, ajoutai-je. À moins que tu ne veuilles t'en charger ?

Son visage s'assombrit et je vis sa mâchoire se serrer. Son silence en disait long.

— Non ? dis-je en arquant les sourcils.

Il ne dit toujours rien, confirmant son refus. *Lâche*, pensai-je.

— Donc on est d'accord, je vais lui en parler.

Il me fixa un long moment avant de changer de sujet.

— Et pour la cérémonie de couronnement ?

Un de ces jours, nous allons parler d'Ivana, pensai-je à son attention.

Pas aujourd'hui, Kieran, répondit-il sans émotion.

Kieran, pas Sire, m'amusai-je. *Sujet sensible*.

Il me regarda en plissant les yeux.

J'avais toujours aimé provoquer mon vieil ami, mais pour le moment, j'avais besoin qu'il soit de mon côté. Je cessai donc de le taquiner pour me concentrer sur la question du couronnement.

— Essayons de fixer une date pour dans trois semaines. Ajoute une note pour expliquer que cela dépendra de la disponibilité de Quinnlynn. Montre-toi… suggestif.

— Suggestif, Sire ?

Nous étions revenus à *Sire*.

Cillian ne restait jamais longtemps en colère.

Sauf quand je le provoquais vraiment.

Mais il avait raison, ce n'était pas le moment.

— Oui, suggestif. Quinnlynn n'a pas traversé un œstrus normal.

Voilà qui était plutôt évident puisque j'étais ici dans

l'antre de Lorcan et non en train de nouer consciencieusement mon Oméga.

Il hocha la tête en comprenant.

— Il était trop court.

— Ce qui signifie qu'il est probable que ses chaleurs recommencent, ajoutai-je sur le ton de l'avertissement. Sous-entends dans le message que son cycle est prévu pour bientôt.

Cillian m'observa de ses yeux sombres et pensifs.

— Devrais-je suggérer que vos « retrouvailles » provoquent des irrégularités ?

Les Omégas du V-Clan n'avaient leurs chaleurs qu'une fois par an, alors je compris son besoin de préciser. Il voulait que l'excuse soit crédible.

L'œstrus survenait généralement pendant les mois d'été, ce qui nous donnait une raison d'hiberner avec elles pendant les journées les plus longues.

— Ne donne pas d'explication. Laisse-les donc penser ce qu'ils veulent.

— Comme vous voulez, Sire.

— Au pire, cela nous donnera une excuse pour reculer la cérémonie, si cela s'avère nécessaire, dis-je pour expliquer ma logique, au cas où ce n'était pas évident.

Je connaissais ses sentiments face à un potentiel nouveau délai pour la cérémonie et ses pupilles dilatées me le confirmèrent. Il ne pouvait y avoir qu'une autre raison, en dehors des chaleurs, pour justifier cela, ce serait qu'elle disparaisse *à nouveau*.

Heureusement pour nous tous, j'étais bien décidé à ce que ça n'arrive pas. J'avais appris ma leçon, il était temps que ma compagne en fasse autant.

— Cela nous permettra de surveiller les rumeurs, répondit Cillian au bout de quelques secondes. Nous avons établi une liste de ceux qui étaient présents lors de votre sortie, mais comme je l'ai précisé, l'odeur s'est répandue.

Je hochai la tête.

— Qui s'occupe de cette liste ? Qui a vu Quinnlynn commencer ses chaleurs ?

À l'époque, j'étais tellement concentré sur elle que je n'avais pas essayé d'identifier les odeurs autour de nous.

Cillian me montra une liste de sept loups. Un seul nom se détacha.

— Myon était en ville ?

Ou dans les parages. Suffisamment près pour se balader dans la banlieue de Reykjavik.

— Depuis quand est-il revenu ?

C'était un Alpha qui avait servi de garde à la famille de Quinnlynn. Je ne l'avais pas retenu parmi mes Élites – ni aucun autre garde de la famille royale – car je ne le connaissais pas. D'ailleurs, je ne lui faisais pas confiance.

Si Quinnlynn était restée, elle aurait peut-être gardé quelques-uns d'entre eux à son service.

Sa fuite avait peut-être provoqué chez certains d'entre eux de la colère ou de la déception.

Myon était le chef de la garde, alors il avait des raisons d'être amer. Il avait choisi de prendre un poste de garde loin de la grande ville, préférant vivre isolé plutôt que de rester dans le coin au moment du changement de régime.

D'autres avaient préféré rester pour prouver leur valeur. Plusieurs d'entre eux avaient depuis été promus.

Pas Myon, évidemment.

— Il est revenu récemment. Il a toujours exprimé le souhait de revoir Quinnlynn, de s'assurer qu'elle allait bien, expliqua Cillian. Jusqu'à maintenant, j'ai refusé ses demandes.

— C'est bien. Continue à les surveiller, lui et les autres.

Je demanderais plus tard à Quinnlynn si elle voulait le voir. Nous aviserions ensuite.

— Absolument. Si l'un d'entre eux devait se montrer indiscret, nous le saurons en interceptant les réactions.

— Très bien, acquiesçai-je. Voilà qui va occuper Lorcan.

Mon cousin émit un petit rire dédaigneux et ses cheveux noirs retombèrent en vague sur ses oreilles tandis qu'il penchait la tête en arrière pour me regarder. Il ne dit rien, mais son regard d'encre exprimait tout à fait ce qu'il pensait de ma « blague ».

Je ne m'ennuie jamais, semblait-il dire avec le stoïcisme qui le caractérisait.

Oh, il était capable de parler. J'avais déjà entendu sa voix. Il préférait simplement le silence.

— Tiens-moi au courant si tu vois ou entends quoi que ce soit d'inhabituel, dis-je sur un ton sérieux.

Il poussa un nouveau grognement, sa manière de dire : *comme toujours*. Il ne me donnait pas du *Sire* comme Cillian.

Cela dit, Cillian ne m'appelait ainsi que parce qu'il insistait pour suivre les usages du V-Clan.

C'est quand il m'appelait Kieran que je savais que je l'avais énervé. Autrement, c'était toujours *Sire*.

— Autre chose ? demandai-je, tandis que Lorcan retournait à ses écrans.

— L'Oméga Riley, murmura Cillian.

— C'est vrai, dis-je en jetant un coup d'œil à ma montre. Je l'appellerai quand je reviendrai de ma course.

J'avais encore beaucoup d'énergie à dépenser avant de retourner voir ma compagne.

Elle avait à manger et un toit. J'avais laissé ma laisse sur elle. Elle pouvait rester seule pendant quelques heures.

Peut-être que ça l'aiderait à se calmer et à devenir plus raisonnable.

Ou peut-être que ça empirera les choses.

Quoi qu'il en soit, je verrais bien à mon retour.

Tu peux me défier autant que tu veux, Quinnlynn. Je gagne toujours à la fin. Ce qui signifie que toi, ma chère petite coquine, tu plieras. Je te le garantis.

QUINN

Je faisais les cent pas dans la chambre de Kieran, la robe de chambre en soie que j'avais trouvée dans sa salle de bain flottait derrière moi en frôlant mes cuisses.

Les dernières traces de mes chaleurs s'attardaient encore en moi, mon bas-ventre frémissait de ce besoin qui rendait ma louve folle.

Il nous a laissées, pensai-je. *Il nous a laissées alors qu'on avait encore besoin de lui.*

Cela dit, je ne pouvais pas lui en vouloir.

J'avais agi de manière complètement irrationnelle. *Idiote.*

Les poings sur les hanches, je m'exaspérais de ma propre stupidité. *Bon sang, qu'est-ce qui ne va pas chez moi ? Je ne voulais même pas qu'il me revendique.*

Pourtant, je m'étais sentie mal à l'aise, trompée… *rejetée* par son refus de me marquer.

Ce qui était parfaitement absurde. J'aurais dû être ravie d'avoir réussi à traverser mon œstrus sans tomber entre ses griffes. C'est probablement ce que je ressentirais si je n'étais pas envahie par le sentiment de rejet de ma louve.

Elle n'avait pas pu comprendre les explications de Kieran et sa disparition ne faisait qu'ajouter à son sentiment de rejet.

Cependant, elle ressentait mon propre calme face à cette situation, ce qui aidait à la garder plus ou moins confinée dans son coin. Si je n'avais pas été apaisée par ses paroles, mon animal serait probablement tombé dans un tel désespoir qu'elle aurait sûrement détruit la moitié de cette chambre. Je pouvais sentir son besoin de se défouler, de foutre le bordel.

Je ne pouvais pas lui en vouloir, j'aurais probablement réagi de la même manière si Kieran était parti sans explication.

Pourtant, ce n'était pas le cas.

Il était parti après m'avoir lâché ces quelques mots qui faisaient l'effet d'une bombe.

Je ne t'ai pas revendiquée, car je ne voulais pas risquer que tu te dissocies à nouveau de ta louve.

Ce n'était pas pour des raisons égoïstes. Au contraire, c'était très respectable.

Tout cela ne faisait qu'ajouter à la confusion, car il venait encore de me prouver sa valeur d'Alpha. En face, j'avais réagi comme la plus horrible des compagnes Omégas.

Je lui avais manqué de respect encore et encore. Il m'avait aidé à traverser mes chaleurs de la manière la plus magnanime qui soit, cherchant à me procurer du plaisir, s'assurant que j'étais en sécurité, m'aidant à me reconnecter à mon animal, et je l'avais remercié en lui hurlant dessus.

Je serrai les dents et laissai ma tête retomber en arrière pour fixer le plafond.

Rien de tout ça ne me plaisait. Ce lien fracturé. Ma présence ici. Ce besoin insoutenable.

La distance qui grandit entre nous.

Je fermais les yeux en grimaçant. Mon cœur semblait perdu.

J'avais passé tant d'années à consacrer ma vie à une cause qui surpassait tout le reste, y compris mon propre bonheur, mais Kieran m'avait ouvert une nouvelle porte au cours de ces dernières semaines, quelque chose qui me manquait sans que je le sache.

Désormais, je n'étais pas sûre de vouloir réellement repartir.

Putain, je n'étais même plus sûre de *pouvoir* le faire !

Je tirai un coup sec sur la laisse invisible qui m'empêchait de me fondre dans l'ombre et soupirai. *Ouais, je ne peux définitivement pas repartir pour le moment, et encore moins me téléporter ailleurs.*

Ma louve grogna, irritée de ressentir cette contrainte. Plutôt que de la retenir, je laissai le sourd grondement passer mes lèvres et entendis aussitôt un grognement bien plus grave en réponse.

— Déjà prête à repartir, ma chérie ? demanda Kieran d'un ton suave.

Sa présence soudaine dans mon dos me fit cligner des yeux avant de me retourner, prête à lui fournir une explication.

Pourtant, une odeur sucrée et écœurante vint me frapper les narines avant que je dise quoi que ce soit. *Femelle, Oméga sans compagnon.* J'écarquillai les yeux.

— Putain, mais tu étais où ?

Il souleva des sourcils offensés.

— Pardon ?

C'était la deuxième fois aujourd'hui qu'il me disait ce mot sur le même ton incrédule. J'ignorai le subtil avertissement qu'il contenait et continuai :

— Tu m'as très bien entendue. Où étais-tu, bordel, Kieran ?

Ma louve grondait au fond de moi, prête à le mettre en miettes ainsi que cette potentielle concurrente.

Il était à *nous*.

Sauf que dans les faits, il n'était pas à nous.

Il ne m'avait pas revendiquée.

C'était quelque chose que je comprenais, mais pas mon animal, la profondeur de son désespoir m'étourdissait.

J'avais envie de lui arracher les membres.

Non… j'ai envie de… de l'embrasser.

De le supplier.

De m'agenouiller devant lui.

De lui dire toute la vérité.

Qu'on ne fasse plus qu'un.

Tant de désirs contradictoires, et cette *putain d'odeur* qui n'aidait vraiment pas. Je saisis les pans de sa chemise et la déchirai pour révéler son torse. Mes griffes avaient fait leur apparition et laissé une traînée de sang derrière elles.

— *Quinnlynn !* cria-t-il sèchement, la fureur dans sa voix au moins égale à la mienne.

— *Où étais-tu ?* sifflai-je encore une fois, complètement submergée par le besoin de ma louve d'examiner chaque parcelle de son être pour m'assurer que personne ne l'avait touché. Ce parfum m'enlevait toute capacité à y voir clair.

Vérifie.

Renifle.

Revendique.

Mes mains glissèrent vers son jean, griffes rentrées, alors que mon nez se posait contre sa poitrine. J'inspirai profondément tout en fermant les yeux d'euphorie. *Mentholé. Masculin. Mien.*

Cette Oméga ne l'avait pas touchée là, sa peau était fraîche.

Cependant, ce n'était pas le plus important.

Je baissai sa braguette tandis que je l'entendais à nouveau prononcer mon nom.

Cependant, je ne l'écoutais pas. Je n'écoutais que mon instinct. *Mon animal.*

Je descendis sur mes genoux, laissant mon nez glisser le long de son abdomen, pour sentir, renifler et *s'assurer* que l'odeur était la bonne. Jusqu'à ce que j'atteigne son entrejambe qui portait encore *mon* arôme. L'odeur de mes sécrétions. Ma marque d'Oméga.

Parce qu'il m'appartenait.

Mon mâle.

Mon Alpha.

Mon nœud.

Il palpitait juste à côté de mes lèvres, mon nez tout proche de sa peau alors que je respirais son odeur familière. Ma louve se mit à ronronner, son instinct plus fort que le mien. *Je veux. J'ai besoin. Lécher.*

Je portai les lèvres jusqu'à la pointe de son sexe durci et le pris dans ma bouche tout en terminant de faire descendre son pantalon.

Ma louve ressentait le besoin de le remercier, de lui dire combien elle appréciait son retour, combien elle était heureuse de constater qu'il n'avait pas cédé aux avances d'une autre Oméga.

Concurrente, semblait-elle dire. *Devons prouver notre valeur. Devons satisfaire notre Alpha. Devons montrer notre gratitude.*

Ou peut-être était-ce ma propre voix. Mes pensées. Mes *désirs*. Je ne savais pas vraiment, mais je l'avalai tout entier, en levant les yeux vers son regard de braise.

Il n'avait pas l'air particulièrement content. Il avait l'air en colère. Furieux, même.

Devons faire mieux, pensai-je en enveloppant son nœud de mes mains pour le masser comme il me l'avait appris.

— Est-ce là ta manière de t'excuser ? demanda-t-il, faisant ainsi écho à la première fois où j'avais fait cela.

Seulement cette fois-ci, il n'avait pas l'air amusé du tout.

Il avait l'air énervé.

Peut-être à cause des marques de griffures que j'avais laissées sur sa poitrine et du sang qui coulait sur sa peau.

Kieran passa les mains derrière ma nuque.

— Parce qu'il va falloir faire beaucoup mieux que ça, *princesse*.

Mon animal intérieur se mit à grogner. Un son qui monta dans ma gorge pour vibrer autour de sa queue.

Il me regarda en plissant les yeux, mais ne répondit pas à mon feulement. Il continua seulement à observer tandis que je ramenais lentement mes dents le long de son manche, pour revenir jusqu'à son gland.

Suis-je en train de m'excuser ? Non, pensai-je. *Je suis en train de le revendiquer.*

Je décidai de le lui démontrer en l'enfonçant encore plus loin dans ma bouche, mon besoin de respirer s'effaçant derrière mon désir de lui plaire. De le posséder. De le *maîtriser*.

Tout en le remerciant de m'être revenu. De *nous* être revenu. *Sans nouvelle marque. Sans nouvelles odeurs. Entièrement à nous.*

Mis à part le subtil parfum de femelle qui subsistait encore et dont l'odeur me poussait à agir avec encore plus de vigueur. Je vis ses narines s'écarter en réaction.

Ses doigts se resserrèrent, son abdomen se crispa.

Pourtant, son visage restait décidément fermé.

Je veux changer ça, décidai-je. *Je veux lui faire perdre le contrôle. L'obliger à se laisser complètement aller. Lui montrer que je suis meilleure que cette autre Oméga, quelle qu'elle soit.*

Le simple fait de penser à elle provoqua un nouveau grondement en moi.

Il resserra les doigts autour de ma nuque.

— Tu veux essayer de me distraire pour que je ne te punisse pas ? Alors, arrête de grogner et fais ton putain de boulot.

Je fus prise de court par la rudesse de ses paroles et le ton sombre qu'il avait employé. Je n'étais pas en train d'essayer de le distraire, mais bien de le *revendiquer*.

— Quoi ? Trop cruel pour toi ? m'interrogea-t-il en se servant de sa main pour me tirer en arrière.

Je luttai contre son mouvement et m'accrochai à sa queue en suçant plus fort.

Lorsque je vis que ça ne suffirait pas, je plantai mes ongles dans ses hanches et refis couler le sang.

— *Quinnlynn !*

Quoi ? tentai-je de répondre avec un regard noir. *Que vas-tu faire, Alpha ? M'enlever ton nœud ? Aller t'accoupler avec une autre Oméga ? Tout ça n'était-il qu'un mensonge ? Une manière de me calmer avant de m'assener la punition ultime ? Parce que je le refuse.*

Il ne pouvait pas m'entendre.

Cela dit, je savais qu'il comprendrait que je le défiais par mes actes.

J'effleurai sa peau sensible de mes dents, l'avertissant de ne pas m'arrêter, de me laisser finir ce que j'avais commencé. *J'exigeais* qu'il accepte mon offre.

Était-ce complètement fou ? Oui.

Était-ce un geste un peu désespéré ? Probablement.

Était-ce quelque chose qui allait à l'encontre de tous mes buts ? Absolument.

Pourtant, ça me paraissait évident. J'en avais besoin. *Il* en avait besoin. D'accepter tout ça. De *nous* accepter.

Son loup prit le dessus dans son regard, et ses iris se transformèrent en deux pierres d'obsidienne.

Mon animal soutint fièrement son regard, ses émotions pures et sans retenue. Je ne sais pas ce qu'il vit dans mes yeux, mais il cessa d'essayer de me repousser.

Je l'aspirai dans ma bouche, les poumons brûlant du manque d'air, mais je refusais de céder. Il fallait qu'il comprenne, qu'il *sache* que j'étais digne d'être là. Digne de *lui*.

Il m'observa pendant un long moment, passant paresseusement le pouce sur ma gorge tandis que je luttais contre le besoin de reprendre mon souffle.

Je ne reculerai pas.

C'est moi ta fiancée.

Tu ne prendras pas une autre Oméga.

— D'accord, ma petite, dit-il d'une voix un peu moins sévère. Mais je vais te noyer dans mon foutre.

Il dirigea son regard sombre vers mes épaules.

— Retire ta robe de chambre.

Je secouai les épaules pour faire tomber la soie légère le long de mon corps, puis m'agrippai à ses cuisses.

Les larmes me montaient aux yeux, le manque d'oxygène me faisait tourner la tête.

Cela dit, j'étais déterminée à ne pas lâcher, à *gagner* cette étrange bataille que j'avais déclarée avec ma bouche.

— Respire, Quinnlynn, exigea-t-il, en glissant les doigts dans mes cheveux.

Il plissa le regard pour me confirmer que sa patience s'étiolait, mais il n'écarta pas ma tête. Cependant, je savais que si je ne m'exécutais pas, il allait m'obliger à le faire.

De plus, son expression montrait clairement que je n'allais pas *aimer* sa méthode.

Je fis de nouveau glisser mes dents le long de son sexe, comme un avertissement que je pouvais mordre.

Il réagit en arquant les sourcils.

Je léchai la pointe de sa queue du bout de la langue et

pris une grande inspiration tout en gardant son gland dans ma bouche. Aussitôt mon souffle repris, je recommençai, tout en massant son nœud de la main.

Il m'observait d'un regard froid, mais le léger changement de couleur au niveau de ses joues m'informait que sa colère commençait à se dissiper.

Très bien, pensai-je.

En réalité, je ne pouvais pas vraiment dire pourquoi cela me satisfaisait ni pourquoi je ressentais ce besoin, mais j'ignorai tout cela et me concentrai sur son plaisir.

Je regardai ses muscles se tendre.

Je sentis le goût de son excitation.

Je le sentis palpiter dans ma bouche, s'allonger encore et encore, *s'échauffer* contre ma langue.

Oui. Oui.

Son nœud vibrait sous mes doigts, ce qui me poussa à le masser encore plus fermement. L'expérience de mes chaleurs me revenait et j'améliorais à chaque instant les techniques que j'avais alors apprises.

Il emmêla ses doigts dans mes cheveux, son loup encore bien présent dans son regard.

— Je ne vais pas me retenir, me prévint-il. Je suis en colère, Quinnlynn, mais c'est toi qui as choisi de faire ça. Maintenant, je vais te couvrir de ma semence et m'assurer que tu comprends à qui tu appartiens.

Sa voix était devenue encore plus grave et son accent irlandais ressortait encore une fois.

J'adore ça.

J'adorais penser que c'était moi qui lui avais fait ça.

J'adorais l'entendre parler de son désir de me revendiquer.

Parce que c'était mon but, m'assurer qu'il comprenait ma valeur.

Ce n'est pas ton but, murmura une voix en moi.

Je l'ignorai et me concentrai sur Kieran et la manière dont chaque parcelle de son corps semblait tendue dans sa lutte pour ne pas me céder. Cela me donnait un sentiment de pouvoir, tout comme ses pupilles qui se dilataient.

Il essayait de me résister.

Il était en train de perdre.

Parce que c'est moi qui suis aux manettes, réalisai-je. *C'est ma bouche qui te dirige en ce moment. Tout ce que tu ressens, Alpha, c'est grâce à moi.*

Il susurra mon nom, cette fois-ci avec une pointe de révérence.

Ou peut-être l'avais-je imaginé.

Pourtant, la manière dont ses doigts balayèrent mon cou sembla accentuer cet effet.

Seulement, la seconde d'après, il agrippa solidement ma nuque.

— Inspire, exigea-t-il.

Le changement de ton dans sa voix m'électrifia.

Un Alpha en colère. Un mâle puissant. Un compagnon affamé.

Je pris une grande inspiration, consciente de son explosion proche, puis l'avalai à nouveau entièrement.

Il me maintint en place, un grondement sourd s'échappant de sa poitrine.

— Maintenant, tu vas avaler jusqu'à ce que j'en décide autrement, ma petite. Ensuite, je t'attacherai au lit et je te garderai là jusqu'à ce que tu cesses de vouloir te fondre dans l'ombre pour m'échapper.

Quoi ?

Je n'avais évidemment pas le temps de lui demander ce qu'il voulait dire, ou même de réfléchir à ces paroles, parce que l'instant suivant, il explosa au fond de ma gorge.

— Continue à me masser le nœud, ma petite coquine, dit-il entre ses dents, sa voix submergée par le plaisir de son orgasme. Cependant, il continuait à me tenir fermement la nuque, le pouce contre mon pouls, tandis qu'il déversait ses vagues de foutre chaud en moi.

Il ferma les yeux, me privant d'observer son plaisir tandis qu'il basculait la tête en arrière.

Je poussai un grognement, énervée par ce geste d'exclusion.

Il m'ignora et choisit de s'abandonner à son orgasme et de faire comme si je n'étais pas celle qui *avalait jusqu'à la dernière goutte.*

Je relâchai son nœud et agrippai ses hanches, mes ongles s'enfonçant encore une fois jusqu'au sang.

Son loup laissa échapper un cri animal qui aurait fait immédiatement tomber au sol n'importe quel être inférieur.

Je n'étais pas de ceux-là. J'étais sa putain de fiancée et je ne me laisserais pas mépriser ou ignorer et encore moins *me faire mettre de côté au profit d'une autre.*

Je labourai ses cuisses de mes ongles, provoquant la fureur dans son regard.

Sa main quitta ma nuque pour venir empoigner mes cheveux et me tirer la tête en arrière alors qu'il continuait à éjaculer. Son autre main se porta à son nœud qu'il pressa fermement, provoquant un jet puissant de son essence qui vint se répandre sur tout mon visage.

Je gémis en sentant l'air pénétrer dans mes poumons brûlants.

Mais il n'en avait pas terminé.

Il continua son geste, laissant dégouliner sa semence le long de mon cou, de ma poitrine puis de nouveau sur mon visage.

Il s'enfonça ensuite dans ma bouche pour finir de se décharger dans ma gorge.

Lorsqu'il eut terminé, j'étais pantelante, enragée, confuse et tellement excitée par la situation que je n'arrivais même pas à penser, si ce n'est ce seul mot qui remplissait mon esprit : *besoin*.

Je griffai de nouveau ses cuisses et plongeai vers lui. Ce n'est que son grognement guttural qui m'obligea à m'arrêter et à prendre une violente inspiration. Ce son me traversa de part en part, provoquant une vague de sécrétions fraîches qui s'écoula entre mes cuisses.

Je poussai un gémissement, tant je sentais le besoin monter en moi au point d'en avoir mal.

Il grogna à nouveau.

Ce grondement puissant me poussa à rouler sur le dos dans une attitude de soumission totale.

— *Alpha*.

Ce mot s'échappa de mes lèvres telle une supplication, en même temps que mes yeux se remplissaient de larmes.

Il ne me libéra pourtant pas pour autant. Il grogna à nouveau, me punissant ainsi de la pire des manières.

— Kieran.

Son nom résonnait de mon agonie tandis que je me roulais en boule par terre, mes entrailles enflammées par son hurlement d'accouplement.

Parce que c'était bien là le but de ce grondement ; préparer une Oméga à recevoir son nœud. Pourtant, il n'en avait pas fait usage pendant mes chaleurs. Il avait choisi de me préparer à travers ses caresses, sa langue et ses *paroles*.

Pas comme si j'étais un vulgaire sextoy qui n'était là que pour son plaisir.

Mais c'est ce qu'il vient de faire dans ma gorge, réalisai-je. *Il m'a ignorée. J'aurais pu être n'importe quelle Oméga. Quelqu'un d'autre que sa compagne. Quelqu'un d'autre que la future reine.*

— Mets-toi à quatre pattes et je vais te donner ce qu'il te faut, ordonna-t-il d'un ton brusque qui m'atteignit tel un coup de fouet.

Je secouai la tête.

Pas comme ça.

Il avait promis de ne pas me punir comme ça. Cela ne s'appliquait-il qu'à mes chaleurs ?

Je ne comprenais pas. Je n'arrivais pas à réfléchir. La seule chose que je pouvais faire en écoutant son grognement, c'était de me replier encore un peu plus sur moi-même et de pleurer.

— Pourquoi ? chuchotai-je. Pourquoi tu… ?

Ma question se perdit dans un gémissement au moment où une crampe me saisit violemment le bas-ventre.

— Pourquoi je quoi ? cracha Kieran. Pourquoi je te rappelle ta place ? Peut-être parce que tu viens d'essayer de te *fondre* et de *t'échapper* encore une fois alors que j'ai passé les trois dernières semaines à tenter de te guérir.

Quoi ?

— Je n'ai pas…

Je fus surprise, bien que soulagée par la sensation de ses bras qui passaient autour de moi pour me soulever du sol.

Seulement il ne me portait pas contre lui pour me soulager.

Il grogna *à nouveau* et me jeta sur le lit.

— À quatre pattes, Oméga. *Maintenant.*

Je tremblais, je n'arrivais pas à comprendre son changement d'attitude.

— Pas… pas comme ça, s'il te plaît, suppliai-je.

Peut-être cela dévoilait-il ma faiblesse. Je méritais sa colère. J'avais eu la chance de l'éviter jusque-là.

Mais après les derniers jours que nous avions passés ensemble, je n'étais pas sûre de pouvoir faire face à sa rage. Pas maintenant. Pas ce soir.

— S'il te plaît, murmurai-je encore une fois. Je ne

voulais pas… je n'allais pas me fondre dans l'ombre. Je voulais juste savoir…

— Savoir quoi ? demanda-t-il, plus furieux que jamais. Savoir si tu t'étais montrée suffisamment convaincante pour que je te relâche après tes chaleurs écourtées ? C'est ça que tu voulais *savoir*, Quinnlynn ?

— Si je pouvais encore me fondre dans l'ombre ! dis-je dans un cri, écrasée sous son grognement d'Alpha.

Chacun de ses mots dégageait une telle puissance que j'avais l'impression d'être sur le point de me briser.

Peut-être était-ce déjà le cas.

Je me sentais inconsolable.

Si seule.

Tellement excitée.

Et pourtant tellement utilisée et dévalorisée. Je ressentais exactement l'inverse de ce que je voulais tirer de son retour.

Je voulais qu'il voie en moi une compagne puissante et digne de lui.

Il m'avait pourtant plongée dans cet état pathétique où je pouvais à peine voir à travers les larmes qui me voilaient les yeux.

— Je ne cherchais pas à m'enfuir, dis-je d'une voix rauque qui reflétait mon épuisement. Je pensais simplement à mon incapacité de m'éloigner de tout ça… de… de *toi*. J'ai juste pensé à me fondre dans l'ombre. Alors j'ai essayé pour… pour voir si j'en étais capable.

Je me roulai en boule sur le lit, terrifiée à l'idée de ce qui allait suivre.

Après un siècle à me défendre moi-même, à survivre à des conditions de vie inimaginables, j'avais finalement été brisée par le seul mâle qui n'aurait jamais dû me faire de mal. *Mon compagnon et fiancé.*

Je savais que je l'avais blessé.

J'étais partie sans explication.

Il s'assurait maintenant que je comprenais sa souffrance.

Je le mérite, pensai-je en frissonnant. *Je mérite sa colère, sa punition, son rejet.*

Je n'avais pas été une bonne compagne. D'ailleurs, je n'étais toujours pas ce qu'il attendait. Je l'avais *attaqué* et griffé jusqu'au sang simplement parce qu'il portait sur lui l'odeur d'une Oméga.

Une Oméga qui ne l'avait pas touché.

Alors qu'il m'avait déjà parlé de son abstinence.

Bien sûr, ça aurait pu être un mensonge. Une manière de me bercer d'illusions avant de tout m'enlever.

Méritais-je mieux ?

Non.

Parce que Kieran ne savait toujours pas pourquoi j'étais partie. S'il l'apprenait, peut-être ne me détesterait-il pas.

Cependant je n'étais toujours pas sûre de pouvoir lui faire confiance.

Ou peut-être avais-je trop peur d'essayer.

Ce qui fait de moi une bien piètre compagne.

La confiance est essentielle au sein d'un couple.

Cependant, nos fiançailles même étaient basées sur un mensonge.

Nous étions maudits dès le départ.

Je comprends pourquoi il me déteste.

Même maintenant, je ne me comportais pas comme une bonne compagne. Il m'avait donné un ordre que j'avais ignoré. Je me *refusais* à lui.

Ce n'était pas comme ça que les choses fonctionnaient. Il avait fait venir mes sécrétions à travers son grognement et m'avait dit quelle position adopter.

L'ordre qu'il m'avait lancé plus tôt m'étrillait le cœur et

l'esprit, forçant mon corps à se déplier. Je lui devais au moins cela, ma soumission.

Je m'étais servi de lui. Je m'étais fiancée à lui et l'avais laissé tout gérer en mon absence. Je lui avais pris son pouvoir pour aider à protéger les autres tout en cherchant la vérité.

C'était son tour de m'utiliser.

Je me plaçai à quatre pattes, comme il me l'avait demandé.

J'inclinai la tête et murmurai dans un souffle :

— Je me soumets.

KIERAN

Lᴀ ᴠᴏɪx comme le corps de Quinnlynn m'informèrent que j'étais allé trop loin.

Lorsqu'elle s'était jetée sur moi toutes griffes dehors, exigeant des réponses alors que j'avais senti sa tentative d'évasion, j'avais perdu la raison.

Après tout ce que j'avais fait pour elle, elle avait choisi de me remercier en me déchiquetant de ses griffes et de reprendre le dessus sur moi en me suçant ?

J'étais furieux.

Si j'ajoutais tout ça à la manière dont elle m'avait traité jusqu'à maintenant, je ne pouvais qu'arriver à la conclusion que mon Oméga avait besoin d'une sérieuse leçon de respect hiérarchique.

Mais ça…

La voir à quatre pattes devant moi, tremblante, tête baissée et les yeux mouillés de larmes qui coulaient sans bruit sur les draps, ce n'était pas du tout ce que je voulais.

De plus, son explication selon laquelle elle avait juste voulu vérifier sans but précis si elle pouvait se fondre dans l'ombre, m'avait frappé au cœur.

J'avais immédiatement pensé qu'elle voulait s'enfuir.

Une hypothèse que j'aurais dû remettre en cause quand j'avais vu qu'elle ne portait qu'une robe de chambre.

Peut-être comptait-elle s'enfuir sous forme de louve, ce qui aurait expliqué la robe de chambre, mais sa réaction me montrait bien qu'elle n'était pas entièrement remise de ses chaleurs.

Il aurait été stupide et dangereux d'essayer de s'échapper dans cet état, et après avoir poursuivi Quinnlynn pendant un siècle, je savais qu'elle n'était pas du genre à partir sans avoir réfléchi aux moindres détails.

Elle avait un esprit trop stratégique pour partir dans ces conditions.

Je le savais.

Pourtant, j'avais réagi agressivement, sans réfléchir et ma conclusion était plus le résultat d'un siècle de frustration que d'un raisonnement logique.

Merde !

Je posai doucement ma main sur son dos et fut choqué de voir son mouvement de recul.

Elle n'avait pas réagi comme ça ces derniers jours. Elle me désirait visiblement. Elle me faisait confiance. Je lui apportais *du plaisir*.

Plus maintenant.

À cet instant, elle avait peur de moi.

Ça, je ne le supportais pas.

Je retirai ma main pour pouvoir finir de retirer mes vêtements.

Elle avait détruit ma chemise, laissé des traces de sang séché sur ma peau et baissé n'importe comment mon pantalon sur mes chevilles.

Je pensais qu'elle cherchait désespérément à me distraire, à me faire oublier cette tentative de fuite, mais maintenant que je m'étais calmé suffisamment pour réfléchir, je voyais bien ce qui avait réellement motivé ses actes : le besoin de possession.

Où étais-tu ? m'avait-elle interrogé avec agressivité.

Je pensais qu'elle se donnait un rôle pour me distraire, ce qui m'avait particulièrement enragé, car comment osait-elle se servir de nos fiançailles de cette manière ? Mais maintenant, je voyais bien que ce n'était pas un jeu, elle pensait réellement ce qu'elle m'avait dit.

Tout son petit numéro n'avait eu pour but que de démontrer sa valeur en tant que compagne à mes yeux.

Et moi, j'avais réagi en l'humiliant de la manière la plus vile possible.

Je m'agenouillai sur le lit à côté d'elle, ce qui lui donna la chair de poule. Pas celle que j'aurais voulue pourtant, celle qui dénote la peur.

Plutôt que de parler, je déposai un baiser sur son épaule et me mis à ronronner.

Elle frissonna et plia les coudes comme si ses bras ne pouvaient plus soutenir son poids.

— Tu me tortures, souffla-t-elle. Je... je sais que je le mérite... mais...

Je l'interrompis tout en gardant mes lèvres au-dessus de son épaule, une main posée sur sa nuque.

— Chut, jamais je ne te torturerais, Quinnlynn.

La soumettre à force de la baiser, oui.

Lui faire du mal intentionnellement, non.

Je ronronnai plus fort et m'allongeai à côté d'elle, gardant une main sur son cou.

— Viens là, dis-je avec dans la voix la domination dont je savais qu'elle avait besoin. Je te promets de ne plus grogner.

Elle ne bougea pas et bégaya :

— Je ne... je ne comprends pas.

— Je suis en train de m'excuser, admis-je à voix basse.

Je me suis trompé sur tes intentions et j'ai mal réagi. Ta louve se sentait menacée, mais moi je pensais que tu essayais seulement de me détourner de ta tentative d'évasion.

— Je n'essayais pas de m'enfuir, murmura-t-elle.

— Je sais. Je suis désolé, Quinnlynn. Tu ne méritais rien de tout ça, dis-je en resserrant légèrement mes doigts autour de sa nuque en guise de soutien.

— Mais si, je le méritais. Je… je t'ai utilisé pour tes pouvoirs. Je t'ai abandonné. Je suis une très mauvaise compagne.

Je fronçai les sourcils.

— Tu m'as utilisé pour mes pouvoirs ?

Était-ce donc la raison pour laquelle elle m'avait choisi toutes ces années auparavant ? Pour avoir accès à mes capacités de guérison ?

— Comment étais-tu au courant de mon pouvoir de guérison ?

— Je… je ne l'étais pas vraiment. J'avais quelques indices, mais j'ai beaucoup appris.

Tous ses membres tremblaient et l'odeur sucrée de ses sécrétions me rappelait ce que mes grognements lui avaient fait subir.

Elle ne pourrait pas rester comme ça très longtemps.

— Quinnlynn…

— Pardon, m'interrompit-elle dans un sanglot. Pardon d'être partie comme ça, mais je ne pouvais pas faire autrement. Il fallait que je suive cette piste, Kieran. Ton pouvoir de guérison… il m'a *aidée*… mais il m'a aussi détournée de mon chemin. Je me suis perdue, j'ai perdu la notion du temps.

Elle parlait presque comme si elle avait trop bu. Son état d'excitation avancé lui soutirait des remarques qui semblaient importantes, mais qui n'avaient pas de sens à mes yeux.

— *Je t'en prie,* supplia-t-elle en posant le front contre le lit. Je t'en prie, cesse de me torturer. Je te demande pardon, Alpha, je…

— Je ne te torture pas, Quinnlynn.

Pourtant, le contraire était évident. Je voyais bien qu'elle souffrait terriblement à cause de mon comportement cruel.

Je ne pourrais pas la nouer comme je pensais le faire au départ. Cela serait trop insensible et risquait d'abîmer encore un peu plus notre lien, mais je ne pouvais pas non plus la laisser souffrir ainsi.

— Mets-toi sur le dos. Je veux voir tes yeux.

Voilà ce dont nous avions besoin, cette connexion.

Cependant, elle ne bougea pas.

Elle se raidit, presque comme si elle ne m'avait pas entendu ou peut-être m'avait-elle mal compris.

— Quinnlynn, chuchotai-je en laissant glisser mes doigts le long de sa colonne. Allonge-toi à côté de moi. Je veux te regarder, ma petite. S'il te plaît ?

Je ponctuai ma demande de mon ronronnement et elle fut secouée d'un frisson presque violent.

— Kieran ?

La méfiance dans sa voix me mit un coup. J'avais brisé le fragile lien entre nous en interprétant mal ses intentions.

— Je pensais que tu essayais encore de t'enfuir, dis-je doucement en passant les doigts dans ses cheveux emmêlés. Je pensais que tu te servais de ta louve pour m'empêcher de te corriger.

Je ne disais pas ça pour m'excuser, mais seulement pour qu'elle comprenne.

— C'était mal, je suis désolé.

Ces paroles me brûlèrent la langue tant je n'étais pas

de ceux qui s'excusaient. Pourtant, ça faisait déjà deux fois que je le faisais avec elle.

— Je suis désolé, répétai-je.

J'étais prêt à le dire autant de fois que nécessaire pour rassurer Quinnlynn.

J'étais prêt à m'excuser encore et encore si elle acceptait de me regarder à nouveau dans les yeux.

Cela dit, la troisième était peut-être la bonne puisqu'elle releva lentement la tête.

Mon cœur se brisa à cette vision.

Son visage était couvert de larmes et de foutre, un véritable chaos de colère passionnée et de peur.

— Oh, Quinnlynn, dis-je en attrapant de nouveau sa nuque pour l'attirer à moi en intensifiant mon ronronnement.

Elle frémit en réponse, son visage humide contre mon cou.

Je passai mes bras autour d'elle et lui transmis ma force. Je m'attendais à ce qu'elle lutte, pas à ce qu'elle s'effondre.

Cependant, j'aurais dû m'en douter. Elle était encore en train de subir les derniers effets de ses chaleurs. Cela la rendait vulnérable, sa louve presque entièrement aux commandes. Après tout ce qu'elle avait traversé, il était évident que mes grognements avaient fait voler en éclats ses murailles de protection.

J'embrassai le sommet de sa tête et la serrai dans mes bras tandis qu'elle sanglotait. Mon ronronnement lui apportait plus de réconfort que ne pourrait jamais le faire mon nœud.

Peut-être était-ce exagéré. J'avais émis un grondement si intense qu'elle avait probablement besoin que je la saute quand même, mais je ne pouvais pas le faire dans ces conditions.

Je devais d'abord la rassurer et la protéger. J'avais abîmé notre lien et il fallait que je le répare.

Cillian, appelai-je en ouvrant une communication télépathique avec lui.

Oui, Sire ?

J'ai besoin que quelqu'un vienne discrètement faire couler un bain dans mes quartiers. Peux-tu demander à Vin ou Shiv de se fondre jusqu'ici ? Je ne veux pas être dérangé, mais pour le moment je ne peux pas laisser Quinnlynn.

Il ne dit rien pendant un instant. *Est-ce qu'elle va bien ?*

Ça va aller, dis-je comme pour me convaincre. *Elle a mal réagi à l'odeur d'Ivana sur moi, et les événements se sont un peu emballés après ça.*

Je vois. Ces deux mots étaient lourds d'accusations. Je pouvais l'entendre penser : *Je vous l'avais dit.*

Cillian.

Sire.

J'ai besoin de ton aide s'il te plaît. Il faut que ce soit Vin ou Shiv.

Il s'agissait de deux mâles Bêtas. Je ne voulais surtout pas prendre le risque que Quinnlynn sente l'odeur d'une autre femelle autour de nous, surtout pas celle d'une Oméga ou d'un viril Alpha.

S'il te plaît ? Voilà un terme nouveau pour vous.

Cillian, répétai-je avec une pointe d'agacement.

Je m'en occupe, Sire. Pour elle. Pas pour vous.

Je faillis lui répondre par un grognement, mais je savais qu'au fond, je méritais sa réaction. Il m'avait fait part de ses hésitations concernant mon idée de demander à Ivana pour la robe de Quinnlynn.

Merci, Cillian, murmurai-je en choisissant plutôt de me montrer reconnaissant.

Un remerciement ? Je pouvais sentir sa stupeur. *Vous avez vraiment merdé, n'est-ce pas ?*

Je serrai la mâchoire. *Cillian*. Cette fois-ci, j'ajoutai la note d'avertissement nécessaire dans ma voix.

Cet enfoiré se permit de répondre par un rire. Cela dit, il n'ajouta rien, ce qui m'informa qu'il avait commencé à s'occuper de mes demandes.

Quelques minutes plus tard, je sentis la présence d'un Bêta dans ma suite.

Quinnlynn remuait un peu, mais je reposai sa tête sur mon épaule et lui susurrai des paroles dans mon dialecte ancien. Elle ne pouvait pas comprendre, c'était une langue qui avait disparu depuis bien longtemps. Cillian et Lorcan étaient encore capables de la parler, mais c'étaient presque les seuls.

Nous appartenions à une tribu très ancienne.

Une tribu dont j'étais le prince avant d'accepter la proposition de fiançailles de Quinnlynn.

J'avais conduit mon peuple vers le Secteur Sanglant, au départ de manière temporaire. Cependant, notre ancien territoire irlandais avait été détruit au début de la grande Infection.

Les humains avaient pensé pouvoir combattre les zombies à coup de bombes.

Ça n'avait pas fonctionné.

Ils s'étaient vite retrouvés à court de munitions, ce qui ne leur laissait qu'une solution : trouver un traitement.

C'était ce qu'ils auraient dû faire depuis le début, mais les dirigeants du monde avaient perdu un temps précieux à s'accuser les uns les autres.

Lorsque les survivants s'étaient enfin réunis pour se pencher du côté de la recherche scientifique, ils avaient déjà perdu une bonne partie de leurs équipes.

La plupart des chercheurs restants étaient des êtres surnaturels, dont je faisais partie, et nous cherchions plutôt à arrêter la mutation du virus qu'à trouver un traitement à ce stade.

C'est ainsi que le Secteur Sanglant était devenu ma résidence permanente, ce qui semblait désormais être un coup du destin.

Maintenant que j'avais goûté Quinnlynn, je ne pourrais plus jamais partir. Cela dit, je n'en avais jamais réellement eu l'intention. Je pensais plutôt gérer en même temps ces deux secteurs du V-Clan.

Je suppose que c'est ce que je faisais, maintenant qu'ils étaient réunis au sein des mêmes frontières plutôt que sur deux îles séparées.

Sire. La voix de Cillian me tira de mes pensées. *Le bain est prêt.*

Merci.

Je ne sais pas encore si je devrais craindre ce changement chez vous ou m'en amuser.

Le craindre, dis-je sans hésitation. *Il s'accompagne d'effets secondaires de violente possessivité.*

Je n'ai pas le moindre intérêt pour votre fiancée, Sire.

Hmmmmm, laissai-je échapper, sceptique, avant de le congédier d'un léger grognement.

Je savais que Cillian ne nous trahirait jamais, Quinnlynn ou moi. Il était d'une loyauté sans faille. Tout comme Lorcan.

Cependant, il était clair que je ne leur exprimais pas suffisamment ma gratitude. Peut-être allais-je essayer de les remercier régulièrement ces prochaines semaines pour voir combien de temps cela prendrait pour qu'ils me demandent d'arrêter.

En attendant, je voulais prendre le temps de gagner le pardon de mon Oméga.

Ça commençait par un bain.

KIERAN

Q<small>UINNLYNN</small> <small>S'ÉTAIT</small> <small>ENDORMIE</small> contre moi dans le bain, son corps frêle visiblement épuisé par le traumatisme émotionnel de ces dernières heures.

Son œstrus particulièrement intense l'avait déjà affaiblie, sans compter les complications avec sa louve. Elle avait besoin d'une bonne nuit de sommeil.

Seulement elle remua un peu au moment où je l'enveloppai dans une serviette. Ses cils sombres s'écartèrent pour révéler son regard méfiant. Même ses rêves ne semblaient pas lui permettre d'échapper à notre réalité.

Je caressai doucement sa joue en déposant un baiser sur son front. Je la posai ensuite sur une banquette pour me permettre de mieux nous sécher tous les deux.

Je n'avais pas eu trop de mal à lui donner le bain, aidé par l'eau pour la déplacer facilement, la savonner et la rincer. J'avais aussi lavé ses longs cheveux et utilisé un peigne pour les démêler.

Le bain, particulièrement sale, était à présent en train de se vider.

Par conséquent, j'avais terminé par un rapide rinçage.

Rien de tout cela ne l'avait réveillée.

Pourtant, dès que le tissu chaud toucha sa peau, elle ouvrit les yeux.

Elle me regarda passer la serviette sur mes membres et mon torse, ses yeux se perdant vers mon sexe. Il était dur, ce qui était systématique quand je me trouvais près d'elle. Cela dit, je n'étais pas forcément excité. Le besoin de prendre soin d'elle surpassait tout le reste à cet instant.

Je terminai de la sécher et posai la serviette à côté d'elle. La méfiance ne quittait pas son regard et son malaise évident pesait lourdement sur mon cœur.

Cependant, lorsque je la repris dans mes bras, elle blottit immédiatement sa tête contre ma poitrine, sa louve cherchant clairement le son rassurant de mon ronronnement.

Je le lui donnai sans attendre, le son sourd et régulier s'élevant entre nous pendant que je la portais jusqu'à la chambre pour la poser sur mon lit.

Quelqu'un était venu changer les draps, mais avait laissé le linge de lit sali dans un panier, au cas où Quinnlynn voudrait s'en servir pour nidifier.

Elle ne sembla même pas le remarquer.

Elle était trop occupée à s'agripper à moi tandis que je nous installais dans les draps propres.

Je roulai sur elle pour lui procurer ma force d'Alpha et imprégner son esprit de mon pouvoir de guérison. Elle sursauta, puis soupira, manifestement si soulagée que je ne pus m'empêcher de recommencer.

— Merci, souffla-t-elle en collant son nez contre ma poitrine.

Je lui transmis encore plus d'énergie, mais je ne sentais pas réellement où elle en avait le plus besoin. C'était étrange, car elle semblait l'absorber avidement.

Ses mains se portèrent à mes épaules et ses lèvres

survolaient ma peau tandis qu'elle essayait de m'attirer encore plus près d'elle. Je calai mes hanches entre ses jambes et déversai ma vitalité en elle, tout en repensant à ce qu'elle m'avait dit avant notre bain.

Je t'ai utilisé pour tes pouvoirs.

Il fallait que je suive cette piste, Kieran. Ton pouvoir de guérison m'a aidée.

Aidé à quoi ? Quelle piste ?

Elle absorbait désormais mon énergie comme une éponge, son corps en remplissait des réserves cachées et semblait la mettre de côté pour plus tard. Je faillis m'interrompre, conscient que ce n'était pas forcément bon signe, mais j'étais incapable d'arrêter *de donner*. Je voulais qu'elle se remplisse de moi, de notre lien de fiançailles, de mon *essence*.

— Quinnlynn, chuchotai-je contre ses cheveux. Pourquoi avais-tu besoin de mon pouvoir ?

— Pour les Omégas, répondit-elle d'une voix endormie, comme si elle n'était pas entièrement consciente de son environnement.

Quelqu'un de bien ne profiterait pas de cette situation.

Cependant, j'avais trop besoin de réponses.

Elle me devait bien ça.

— Quelles Omégas ?

— Mes Omégas, murmura-t-elle, ce qui me fit froncer des sourcils interrogateurs. J'ai essayé de les sauver toutes, mais j'ai échoué. Je ne suis pas toi. Je n'ai pas un tel pouvoir. C'est toi qui peux faire cela.

— Tu veux dire à Bariloche ? demandai-je en me redressant pour la regarder.

Elle cligna des yeux dans ma direction, ses yeux embrumés s'éclaircirent.

Je lui envoyai une nouvelle vague d'énergie pour la

replonger dans son état de rêverie. Elle poussa un soupir heureux et me fixa, des étoiles dans les yeux.

C'est bien mieux que la peur et la méfiance, décidai-je.

— Tu t'es servi de mon pouvoir pour aider les Omégas du Secteur Bariloche. C'est pour ça que tu étais là-bas ?

Ses cils papillonnèrent et elle soupira de nouveau, perdue dans les limbes de mon énergie.

— C'est pour ça que je suis restée. Pour les aider, mais j'aurais pu en aider tant d'autres. Ce pouvoir… ce pouvoir pourrait assurer la sécurité… de toutes les Omégas.

— Toutes les Omégas du Secteur Bariloche ?

Elle se mit à secouer la tête, affichant une grimace.

— Plus encore. Le Sanct…

Elle s'interrompit et fronça les sourcils.

— Hmmm, non. Tu pourrais être lui.

Elle resserra les doigts autour de mes épaules et ouvrit des yeux qui reflétaient de nouveau une forme de méfiance.

— Qu'es-tu en train de me faire ?

— Je te réconforte. Je t'aide à te sentir bien.

— Pour me soutirer des informations ?

Elle me repoussa légèrement et son visage sembla retrouver sa conscience.

— Tu… tu es en train de m'enivrer de… de ton *pouvoir*.

— Juste un peu, admis-je en prenant sa joue dans ma paume. Cela dit, ton âme semble en avoir grandement besoin, même si tu n'es pas blessée physiquement. Pourquoi as-tu si faim de mon énergie ?

Peut-être qu'il aurait mieux valu demander : *Comment peux-tu encore avoir si faim de mon énergie ?* Car je lui en avais donné plus que ce qu'il lui fallait ces dernières semaines, or je sentais qu'une force invisible l'aspirait instantanément.

Elle écarta les narines, ses paumes poussant plus fort contre mon torse.

Je ne luttai pas contre elle. Je choisis de la laisser gagner cette partie, pour compenser le fiasco de tout à l'heure.

— Très bien, ma petite.

Je roulai sur le dos, m'allongeai à côté d'elle et retirai mon pouvoir en même temps. Je posai la tête sur l'oreiller et me tournai vers elle. J'attendais de voir ce qu'elle allait faire.

Peut-être allait-elle me donner les réponses que j'attendais.

Cependant, ce que je voulais surtout, c'était retrouver ma fougueuse petite compagne.

Si cela signifiait rester allongé là en attendant qu'elle se repose, c'est exactement ce que j'allais faire.

Sa respiration s'accéléra tandis qu'elle essayait de se guérir elle-même, les mains encore suspendues au-dessus d'elle comme si mes épaules étaient encore sous ses paumes.

Elle se tourna lentement vers moi et cligna des yeux.

— Tu t'es arrêté.

— En effet, dis-je en arquant le sourcil.

— Pourquoi ?

— Parce que tu me l'as demandé, répondis-je légèrement contrarié.

— Je ne m'attendais pas à ce que tu m'écoutes.

J'émis un rire moqueur.

— Je ne vais pas t'obliger à accepter que je te réconforte, Quinnlynn.

Bien sûr, je continuais à ronronner pour elle, mais ça, ça venait plus de mon loup que de moi. D'ailleurs, elle ne m'avait pas demandé d'arrêter de ronronner.

— Mais tu n'as pas obtenu tes réponses.

— Non, c'est vrai, acquiesçai-je en étudiant son regard encore débordant de secret. Cela dit, ton esprit me révélera ce que je veux savoir lorsque nous nous accouplerons. J'ai attendu plus de cent ans, je peux bien attendre quelques semaines de plus.

Elle s'immobilisa. Je venais clairement de toucher un point sensible.

Que caches-tu donc que tu ne veux pas que je découvre ? Quelque chose en rapport avec la raison pour laquelle tu m'as choisi ? Es-tu inquiète de ma réaction à cette information ?

Je roulai sur le côté et posai ma tête sur ma main pour la fixer de dessus sans la toucher. Elle semblait à peine respirer.

Oui, j'ai définitivement touché un point sensible.

— Qu'as-tu si peur que je découvre ? demandai-je en l'observant intensément.

— Plus de cent ans ? répéta-t-elle en ignorant ma question. Tu… tu as attendu plus de cent ans pour… pour connaître mes secrets ?

— J'ai attendu plus de cent ans pour beaucoup de choses, Quinnlynn. Il est vrai que tes secrets en font partie.

Je vis les poils de ses bras se dresser, la peur semblant se répandre en elle à toute vitesse.

— Tu… tu es…

Je soulevai un sourcil.

— Je suis quoi ? Ton fiancé ? Ton compagnon ?

Elle déglutit et son visage pâlit. Elle ne répondit rien.

— Quinnlynn, dis-je sans pouvoir retenir un soupir. Cela fait plus de cent ans que nous sommes promis l'un à l'autre. Je t'ai prévenu dès le départ de ce que cela signifiait et que tu pourrais regretter un jour cette décision. Je t'ai même donné une occasion de changer d'avis que tu as choisi d'ignorer. Tu t'es ensuite enfuie et je t'ai maintenant retrouvée.

Elle me fixait toujours sans rien dire.

— Nous allons enfin aller au bout de notre accouplement, conclus-je. Les invitations ont déjà été envoyées pour notre dîner de fiançailles qui sera célébré dans une semaine.

— Une semaine ? répéta-t-elle, surprise.

— Oui. J'ai demandé à Ivana de t'aider à trouver une robe. Elle viendra dans deux jours pour s'en occuper.

— Ivana ?

— L'Oméga dont tu as senti l'odeur sur moi tout à l'heure.

Cette remarque lui fit monter le rouge aux joues.

— Tu veux m'envoyer faire du shopping avec l'une de tes putes ?

— Ivana n'est pas une pute, Quinnlynn. C'est une Oméga restée sans compagnon par choix. De toute façon, je n'ai pas de « putes » comme tu dis !

Je me penchai vers elle en plissant le regard avant de préciser :

— Je t'ai déjà dit combien de femmes j'avais nouées en ton absence : *aucune*, tu te souviens ?

Sa mâchoire se serra, m'informant qu'elle se rappelait parfaitement ce détail, mais qu'elle était trop têtue pour l'admettre.

— Laisse-moi deviner, elle fait partie des *nombreuses* propositions que tu as reçues ?

— Non. C'est d'ailleurs la raison pour laquelle je l'ai choisie pour t'aider, dis-je en prenant tendrement son menton dans ma main. *Tu* es ma compagne et je commence à me sentir insulté que tu remettes sans arrêt en doute ma fidélité envers toi. Sais-tu combien ça a été difficile pour moi de passer un siècle sans le réconfort d'une femme dans mon lit ?

— Pauvre petit chou, répondit-elle d'un ton pince-sans-rire. Ça doit être aussi terrible que de passer des chaleurs sans pouvoir être nouée.

Elle recommençait à me manquer de respect.

— Sauf que c'est le choix que tu as fait, contrairement à moi, dis-je, refusant de m'apitoyer sur son sort. De toute façon, ce que je veux dire, c'est que je te suis resté fidèle, alors que je n'y étais pas obligé. Et depuis ton retour, tu sembles me traiter de menteur.

— Parce que tu m'as menti, réagit-elle sèchement.

— À quel sujet ? dis-je en sentant monter la colère. J'ai été honnête avec toi, Quinnlynn. Je ne pense pas que tu puisses en dire autant.

— Pourquoi ? s'écria-t-elle sans prendre en compte ma remarque. Tu m'as dit depuis le début que j'allais regretter mon choix, mais j'ai ignoré les signes montrant qui tu étais vraiment et je me suis tout de même lancée.

Maintenant, c'était à mon tour de ne plus comprendre.

— Putain, mais de quoi tu parles ?

— Tu sais très bien de quoi je parle. Cela fait un siècle que tu attends mes secrets ! Tu as bien failli me les arracher en utilisant un pouvoir auquel tu sais que je ne peux pas résister.

Elle se redressa en s'éloignant de moi, la peur et la colère visibles sur son visage fin.

— Je ne te les révélerai jamais de mon plein gré. Pas après ce que tu as fait à mes parents.

Je la regardai, bouche bée.

— Tes parents ?

Je n'avais pas la moindre idée de ce dont elle parlait.

— Lunes, comment ai-je pu être aussi aveugle ? s'exclama-t-elle en portant les mains à sa tête et en ramenant les genoux vers sa poitrine. Je… je pensais… tu n'étais pas intéressé. C'est parce que tu savais que je viendrais à toi ?

— Quinnlynn, dis-je en m'asseyant près d'elle contre la tête de lit.

Elle ne m'écoutait déjà plus, trop occupée à s'interroger à voix haute.

— Comment as-tu su ? Ton plan était-il de passer à l'attaque et de les prendre par surprise ? lança-t-elle en se massant les tempes. Je ne… je ne…

Je réactivai mon ronronnement, qui s'était éteint après qu'elle avait insulté mon intégrité. Je sentais bien qu'elle en avait particulièrement besoin. Il était évident que son état mental était plus que fragile.

— Parle-moi donc de tes parents, dis-je d'une voix douce, certes, mais qui exigeait une réponse. Dis-moi ce que tu penses que je leur ai fait ?

Ses mains quittèrent son visage et elle me fixa d'un regard meurtrier.

— Comme si tu ne le savais pas.

Non, vraiment, je n'en sais rien, faillis-je répondre. Je décidai pourtant d'insister.

— Si je le sais déjà, ça ne changera rien de le dire, n'est-ce pas ?

— Tu vas m'obliger à le dire ?

— Oui, Quinnlynn, en effet.

Parce qu'autrement, je ne saurai jamais de quoi diable tu es en train de parler.

— Tu es véritablement un monstre, murmura-t-elle sur un ton qui faillit m'anéantir.

Il fallait pourtant que je sache ce qu'elle me reprochait, car cela était clairement en lien avec sa fuite.

— Vraiment ? Suis-je réellement un monstre, Quinnlynn ? demandai-je d'une voix calme.

— Tu veux que je dise tout haut que tu as tué mes parents pour ton seul plaisir pervers et dégoûtant. Alors oui, Kieran, je te considère comme un monstre.

Mes sourcils s'arquèrent d'un seul coup.

— J'ai *tué* tes parents ?

Dans quel monde tordu et cauchemardesque aurais-je pu faire cela ?

— Ils sont morts dans un accident d'avion, ajoutai-je.

Elle leva les yeux au ciel.

— Bien sûr. Sauf que ma mère m'a envoyé un message cette nuit-là, dit-elle en portant la main à son cou dénudé. Lorsqu'elle m'a envoyé ceci…

Ses yeux s'écarquillèrent tandis que ses doigts parcouraient sa gorge et sa poitrine à la recherche de quelque chose.

— Quinnlynn ? interrogeai-je, mon ronronnement s'amplifiant automatiquement.

— Où est-il ? Où est mon pendentif ?

Elle se mit à fouiller frénétiquement les draps.

— Qu'en as-tu fait ? Où l'as-tu caché ?

Elle se mit à déchirer les couvertures, m'obligeant à lui prendre les bras.

Elle se retourna alors contre moi, ses gesticulations violentes frôlant la psychose.

Parce qu'elle s'imagine que j'ai tué ses parents.

— Quinnlynn ! criai-je d'un ton sec tandis qu'elle luttait de toutes ses forces sous mon poids.

Je ne voulais pas risquer de la blesser, alors je saisis ses poignets et les plaquai contre le lit. Je me servis de mes hanches pour l'empêcher de me mitrailler de coups de pied.

— Calme-toi !

— Je ne me calmerai pas ! Tu as assassiné mes parents !

— Mais bon sang, pourquoi les aurais-je tués ?

— Où est mon pendentif ?

Elle hurla sa question en ignorant la mienne.

— Dans la boîte à bijoux posée sur la commode, sifflai-je. Je te l'ai retiré après que tu t'es transformée à nouveau l'autre jour.

Je n'avais pas voulu risquer de l'abîmer pendant notre marathon au lit.

— J'ai… j'ai été tellement aveugle, murmura-t-elle, sans m'entendre. Tu m'as prévenue depuis le début, m'as dit que j'allais le regretter…

— Pas parce que j'ai tué tes parents, Quinnlynn. Ils sont morts dans un crash d'avion. Un *accident*.

— Menteur, murmura-t-elle. Ma mère m'a envoyé une communication concernant la manière dont tu avais saboté leur avion.

— Dont *j'ai* saboté leur avion ? répétai-je incrédule.

— Un prince Alpha, dit-elle en me fixant. *Toi.*

— Ce n'est pas moi.

— Quoi ? dit-elle en fronçant les sourcils. Mais… mais tu viens de dire que cela fait cent ans que tu attends de découvrir mes secrets. Ceux transmis par mes parents.

Une part de sa confusion sembla s'évaporer au moment où elle prononça les accusations qui suivirent.

— Je ne te révélerai jamais rien. Plutôt mourir.

Encore une fois, je la fixai, bouche bée. Pourtant, un ronronnement sourd continuait à s'échapper de ma poitrine, car c'était la seule chose qui semblait l'empêcher de sombrer entièrement.

— Quel secret aurais-je bien pu vouloir arracher à tes parents ?

— Au sujet de…

Elle ne termina pas sa phrase, regardant dans le vide, comme si elle réfléchissait à quelque chose.

— Tu sais.

— Non, Quinnlynn, je ne sais pas. Parce que je n'ai pas tué tes parents.

Je rassemblai ses poignets dans une de mes mains pour poser l'autre sur sa joue et la forcer à lever les yeux vers moi avant de préciser :

— Ils sont morts dans un accident étrange, ma petite. Ils n'ont pas été assassinés.

Elle se mit à secouer la tête, le regard assombri par de lourds souvenirs.

— Ce n'était pas un accident.

— C'est ce que t'a appris la communication de ta mère ce jour-là ?

— Oui. Ils m'ont dit que ce n'était pas un accident.

— Que c'est un prince Alpha qui les a tués, dis-je en me rappelant ses dires de tout à l'heure.

Elle hocha la tête.

— Elle n'a pas spécifiquement mentionné mon nom.

— Non, répondit-elle en clignant encore une fois des yeux comme pour s'éclaircir les idées. Mais cela fait cent ans que tu attends mes secrets.

— Oui. De savoir pourquoi tu m'as choisi comme compagnon.

Cependant, cela avait de moins en moins de sens à mes yeux. Si ses parents lui avaient révélé que quelqu'un avait saboté leur avion pour les tuer, et qu'elle savait qu'il s'agissait d'un prince Alpha, alors pourquoi m'avait-elle choisi ?

Parce que je ne me suis pas battu pour obtenir sa main, compris-je soudain. *Je n'ai pas participé à la guerre pour devenir roi du Secteur Sanglant.*

Cela avait fait de moi un choix *sûr*.

De plus, elle voulait obtenir mon énergie, mon pouvoir pour en faire quelque chose. Je ne savais d'ailleurs toujours pas comment elle avait obtenu des informations à ce sujet.

Elle était partie…

— Pour suivre une piste, soufflai-je.

— Quoi ?

— C'est pour ça que tu es partie. Tu suivais une piste concernant le meurtrier de tes parents.

Son expression s'éclaircit immédiatement, mais elle ne répondit pas. Ce n'était pas nécessaire. Je comprenais désormais.

Il fallait que je suive cette piste, Kieran. Ton pouvoir de guérison… il m'a aidée… mais il m'a aussi détournée de mon chemin. Je me suis perdue, j'ai perdu la notion du temps.

— En quoi mon pouvoir t'a-t-il aidé ? Comment l'as-tu utilisé ?

La réponse me vint en même temps que je posai la question.

— Les Omégas.

Dans le Secteur Bariloche, elle avait utilisé mon don pour les guérir.

Cela dit, à l'écouter, elle m'avait choisi comme compagnon pour obtenir ce pouvoir.

Peut-être voulait-elle dire qu'il s'agissait là d'un bénéfice qu'elle avait choisi d'utiliser après m'avoir quitté, et donc qu'elle m'avait utilisé pour mon pouvoir.

Non, il y a autre chose au fond. Une pièce manquante à cette histoire, un secret qu'elle ne m'a pas encore dévoilé.

Je le voyais en ce moment même dans son regard, tout comme dans l'odeur de peur qui émanait d'elle.

Elle n'était pas prête à m'en parler.

Cette fois-ci, je n'avais aucune intention de la pousser à se confier.

Elle venait tout juste de me révéler un secret important concernant ses parents, une information que je devais maintenant corroborer. Cela dit, je ne voyais pas très bien pourquoi elle mentirait au sujet de la mort de ses parents, mais je comprenais pourquoi elle n'avait pas rendu cette information publique.

— Tu n'en as parlé à personne parce que tu ne sais pas qui est l'assassin, dis-je, réfléchissant à voix haute. Pourquoi tu ne m'en as pas parlé, Quinnlynn ? Je suis ton compagnon. J'aurais pu t'aider à découvrir la vérité.

— Ou bien t'assurer que personne n'en entendrait jamais parler, murmura-t-elle en laissant échapper une odeur de terreur.

J'entrouvris les lèvres, frappé au cœur par la vérité que révélaient ces paroles.

Elle n'a pas confiance en moi. Évidemment, elle ne m'avait jamais donné l'occasion de lui prouver ni mon innocence ni ma valeur.

C'était là le cœur du problème : un profond manque de foi l'un envers l'autre. Ma méfiance envers elle était née de ses actions, tandis que la sienne envers moi n'était qu'une réponse naturelle à sa situation d'alors.

Dans les deux cas, cela était excusable.

Le plus important maintenant était de comprendre comment aller de l'avant.

Ma chère petite coquine venait de me donner un moyen de gagner son cœur.

Si j'arrivais à retrouver le meurtrier de ses parents, elle pourrait enfin me faire confiance.

Hélas, je ne savais absolument pas par où commencer. Ses parents étaient morts plus de cent ans auparavant et leur avion reposait depuis tout ce temps au fond de l'océan Arctique.

Je commencerais à faire des recherches dès demain.

Il fallait d'abord que j'aide ma fiancée à sortir de cet étrange état d'esprit.

— Je n'ai pas tué tes parents, ma petite, répétai-je en relâchant ses poignets. Le seul secret que je voulais connaître concernait les raisons pour lesquelles tu avais choisi de te fiancer à moi.

Elle déglutit, une expression toujours mal à l'aise sur le visage et l'odeur de la peur flottant encore entre nous. Elle restait parfaitement immobile sous moi, comme trop terrifiée pour bouger.

— J'ai su depuis le début que tu avais des motivations cachées, Quinnlynn, et je n'aime pas tellement être trahi, mais je commence à soupçonner que tes raisons étaient peut-être plus nobles que je ne le pensais, alors peut-être ferai-je preuve de clémence envers toi. Cependant, je ne peux pas en dire autant du secteur. C'est la raison pour laquelle nous allons organiser ce dîner de fiançailles.

Je me replaçai à côté d'elle dans le lit.

Elle ne bougeait toujours pas, à peine semblait-elle respirer.

— Je vais décaler ta sortie avec Ivana de deux jours, sauf si tu te sens prête plus tôt.

Cela semblait peu probable étant donné l'état de choc dans lequel elle se trouvait.

Face à son silence qui se prolongeait, je me mis simplement à ronronner. Je lui envoyai une légère vague d'énergie de guérison.

Elle venait de me révéler quelque chose de très important à ses yeux et elle ne savait clairement pas quoi penser de cette situation. Plutôt que de la pousser à aller plus loin, je choisis de la soutenir par ma force et d'attendre qu'elle fasse le prochain pas.

Je serai là, ma petite. Quel que soit le temps que ça prendra.

QUINN

J'ÉTAIS comme à l'intérieur d'un nuage.

Flottant.

Dérivant.

Refaisant parfois surface.

Je roulai dans une couverture chaude, puissante et douillette.

Je me pelotonnai dans ce son rassurant, cette ancre qui me donnait un semblant de stabilité dans cette étrange version de la réalité.

Une réalité dans laquelle Kieran O'Callaghan ronronne encore et encore.

Cela ressemblait plus à un rêve. Un rêve dont je n'avais aucune envie de me réveiller.

Je me remettais alors à flotter, le courant m'entraînant vers un monde de sommeil où les rêves se mêlaient aux cauchemars.

Une brise fraîche vint m'envelopper, portant à mon oreille des notes venues de mon passé. *Des mots. Une sonnette d'alarme. Une douleur aiguë dans ma poitrine.*

Je tentai de passer la main là où j'avais mal, mais j'étais coincée. Incapable de bouger. *Perdue.*

Ceci est une marque de puissance, mo stoirín. Il t'appartient désormais. Porte-le pour nous. Porte-le pour toi. Porte-le lorsque tu élimineras celui qui nous a trahis.

La voix de ma mère résonnait dans mon esprit tandis que j'apercevais son image que j'avais conjurée des centaines de fois depuis son départ.

Une communication urgente.

Un message qui m'était parvenu par une nuit froide et sombre.

Pas de soleil aujourd'hui. Aucune lumière. Nous sommes en janvier. Papa et maman devraient bientôt rentrer.

— *Quinn.*

Je roule sur moi-même pour échapper à cette voix, déterminée à rester plongée dans le sommeil.

— *Quinnlynn.*

Le ton de mon père me pousse à ouvrir les yeux.

— *Hmmm, soufflé-je, encore à moitié endormie.*

— *Nous avons besoin de toi, chuchote mon père d'une voix où résonne l'urgence.*

— *Quoi ?*

— *Regarde-nous, mo stoirín, supplie ma mère. S'il te plaît.*

Je marmonnai vaguement une réponse, le souvenir m'échappant à nouveau au moment où je me tournai pour me retrouver face à un mur d'une brûlante masculinité. *Il ronronne.* Je plonge mon nez contre sa poitrine et inspire profondément. *Menthe. Homme. Mien.*

Pourtant ce rêve… *ce souvenir…* ne me quittait pas.

— Qu'est-ce qui ne va pas ? demandai-je en essayant de me concentrer sur l'image qui avait désormais disparu.

Seulement de la peau. *Ce n'est pas normal.* Je me tournai à nouveau pour me retrouver face à un mur de verre.

— Maman ? murmurai-je.

Son image était si claire dans mon esprit, et pourtant… elle n'était pas là.

Le collier.

Je portai la main à mon cou, refermant immédiatement les doigts autour du précieux pendentif.

— Maman, soufflai-je en repensant à la manière dont ce collier était apparu.

Un enchantement.

Une transmission différée.

Un avertissement de la part de mes parents qui était apparu plusieurs *jours* après leur mort.

J'étais plongée en plein deuil, l'esprit embrumé, mais leurs paroles ne me quittaient pas.

Ne fais confiance à aucun des princes Alphas. Pas avant d'avoir découvert la vérité, mo stoirín.

J'étais maintenant en train de répéter ces paroles tout haut, la voix éraillée, après mon sommeil agité.

— Quelqu'un a jeté un sort à l'avion, dis-je en clignant des yeux. Mes parents n'ont pas eu le choix. C'était soit eux, soit…

…Mettre en danger le Sanctuaire.

Parce que l'avion aurait conduit le traître en plein cœur du monde Oméga.

La seule manière de s'assurer que le coupable ne pourrait pas suivre cette piste était de détruire entièrement le lien. Cela avait nécessité la puissance de mes deux parents réunis.

— C'est eux qui ont poussé l'avion à s'écraser, murmurai-je en laissant échapper une larme. À cause de *lui*.

Alors peut-être étaient-ils plus des martyrs que des victimes de meurtre, mais pour moi, ça ne faisait aucune différence.

Ils étaient morts à cause de quelqu'un en qui ils avaient confiance.

Un prince Alpha.

Pas Kieran, pensai-je en me rappelant sa conduite de la nuit dernière. Où était-ce plus tôt dans la journée ? Hier ? Impossible de me souvenir. Le temps n'avait plus de sens ici. Mes chaleurs avaient complètement déformé mes pensées et mon esprit.

Un seul aspect était resté constant : le mâle derrière moi.

Ainsi que son ronronnement.

Je roulai à nouveau vers lui, respirant son odeur comme si c'était la source de la vie. Il passa les bras autour de moi, sa chaleur m'enveloppa d'une manière irrésistible. Je me blottis contre lui, décidée à nous unir indéfiniment.

Quelle différence flagrante par rapport au moment où il m'avait retrouvée.

Par rapport au moment où je m'étais enfuie, il y a des années.

Cependant, je me sentais bien. Je me sentais bien avec *lui*.

J'avais passé ma vie entière à me battre seule. Peut-être était-ce le moment de le laisser s'approcher de moi. De le laisser *m'aider*.

Il veut découvrir nos secrets, me rappela une petite part de moi.

Oui, mais il s'en est expliqué.

Il a pu mentir.

Je ne pense pas que ce soit le cas.

Il s'agissait d'une conversation entre deux côtés de ma conscience. L'un d'eux voulait profondément l'accueillir en tant que partenaire et l'autre était terrifié à l'idée de faire confiance à qui que ce soit.

Je frissonnai, puis fus saisi d'un sursaut au moment où

il envoya une nouvelle vague de son essence de guérison dans mes veines. *Oui, oui.* Je laissai échapper un soupir, mon âme satisfaite au milieu de l'énergie de Kieran.

Il était peut-être en train de se servir de cela pour me garder dans un état de calme artificiel, mais je n'arrivais pas réellement à m'en soucier.

Sauf qu'il ne disait rien.

Il ne *réclamait* rien.

Il me laissait simplement me repaître de sa présence.

Je ne le mérite pas, pensai-je à moitié endormie. *Je n'ai pas été juste envers lui.*

Cette pensée assombrit mon humeur.

Je finis par ouvrir les yeux, la lumière du jour inondait la pièce par la grande fenêtre.

Je grimaçai et me tournai de l'autre côté pour me retrouver face à une cuisse et non plus un torse. J'essayai de comprendre.

— Kieran ?

— Il faut que tu manges quelque chose, ma petite.

Son ronronnement attira mon regard vers le haut. Il était toujours nu, mais assis à côté de moi, un plateau sur les genoux.

— Me laisseras-tu te nourrir ?

Il prit une fraise sur le plateau qu'il approcha de mes lèvres. Ma louve en salivait presque.

Je voulais me jeter dessus, sauf que mon corps était trop ramolli pour exécuter un tel mouvement. Je me tortillais plutôt de manière pathétique avant de retomber sur mon oreiller.

Il me regarda en soulevant un sourcil.

— Dois-je prendre cela pour un oui ?

J'ouvris la bouche pour le lui confirmer.

Il porta alors le fruit à mes lèvres en affichant un léger sourire.

Il me donna ensuite de l'eau avant de continuer à me nourrir.

Jusqu'à ce que je sois suffisamment requinquée pour m'asseoir à côté de lui.

Tout ce qui s'était passé ces dernières... *heures ? Jours ?* était un peu flou, mais je me rappelais l'essentiel. Je me rappelais avoir parlé de la mort de mes parents à Kieran, je me rappelais aussi sa punition initiale qu'il n'avait jamais terminée.

Je me rappelais la manière dont il m'avait simplement proposé de me réconforter pendant ce qui semblait être des semaines.

Il avait pris soin de moi.

Il s'était comporté comme un parfait compagnon.

Il avait fait preuve d'une patience extrême.

Tout ça, c'est peut-être pour avoir accès au Sanctuaire, me rappelai-je. Je n'avais pas conservé ce secret aussi longtemps pour finir par le révéler au premier prince Alpha venu, après seulement quelques semaines passées ensemble.

Cela dit, je pouvais admettre que j'avais *envie* de lui en parler. De partager la vérité avec lui. D'avoir enfin un compagnon.

La plus grande partie de l'énergie qu'il m'avait transmise avait directement servi à maintenir les enchantements qui entouraient le Sanctuaire. J'en étais la première source et ma magie protégeait l'endroit pour empêcher qu'il soit découvert et placé sur une quelconque carte.

Cependant, j'avais dépensé tellement d'énergie à aider les Omégas que je m'étais épuisée au point d'être presque entièrement séparée de ma louve.

Je n'étais pas naïve, je savais que Kieran était la seule raison pour laquelle je ne m'étais pas entièrement dissociée de mon animal. Si j'avais essayé de me transformer pendant que j'étais encore à Bariloche, je serais probablement retournée à l'état sauvage. Je n'aurais pas eu l'énergie nécessaire pour contrôler ma bête et j'aurais complètement perdu le contrôle.

Ce qui signifie que j'aurais également perdu le Sanctuaire.

J'avais pris trop de poids sur mes épaules, essayé de sauver trop de personnes au détriment de ma famille, de ma dynastie et de moi-même.

Kieran ne m'avait pas seulement sauvée, il nous avait toutes sauvées. Et il n'en savait rien.

Je devrais peut-être lui dire, pensai-je en levant les yeux vers lui tandis qu'il me tendait un morceau de viande. *Il est peut-être temps que je lui fasse confiance.*

Il pressa une bouteille d'eau contre mes lèvres en regardant intensément ma bouche.

— Ivana sera là dans quelques heures pour t'emmener faire les magasins. J'ai repoussé ce moment autant que possible, mais notre dîner de fiançailles a lieu demain et tu vas avoir besoin d'une robe.

— De… demain ? Je pensais que…

Ne m'avait-il pas dit qu'il se tenait dans une semaine ?

— Oui. Nous sommes dans ce lit depuis… longtemps.

Il déposa l'eau et le plateau à côté de lui, révélant ainsi qu'il n'était pas réellement nu, mais portait un caleçon noir moulant.

— Même si mon ego est flatté par les commentaires de Cillian concernant notre *refamiliarisation,* il est temps que le reste du secteur te voie.

Refamiliarisation ? répétai-je intérieurement.

— Tes loups ont besoin de toi, princesse. Ils ont besoin de constater que leur future reine est bien rentrée.

Le suis-je vraiment ? Suis-je bien rentrée à la maison ?

Il était clair que ma louve se sentait bien chez elle, surtout lorsque Kieran était à nos côtés.

Pourtant, ces paroles me remplissaient d'un léger malaise.

La mention de notre dîner de fiançailles me rappelait les célébrations de couronnement que j'avais ratées il y a cent ans.

Si Kieran avait reprogrammé le dîner, il avait certainement aussi prévu une nouvelle cérémonie de couronnement.

Ce qui signifiait que les princes Alphas n'allaient pas tarder à arriver.

Et parmi eux, le coupable ; celui qui avait assassiné mes parents.

— Quand aura lieu le couronnement ? murmurai-je.

Je me demandais combien de temps il me restait pour me préparer mentalement à cette cérémonie et à la visite de tous les princes Alphas.

— D'ici deux semaines, répliqua-t-il tout en m'observant attentivement. Et je compte bien te garder à mes côtés tout ce temps, alors ne pense même pas à te fondre dans l'ombre.

Je déglutis et baissai les yeux vers mes mains qui se plaquèrent contre mes cuisses. J'étais assise, nue à côté de lui, ce qui aurait dû me donner un sentiment d'infériorité, mais ce furent surtout ses paroles qui me blessèrent.

Pourtant, je les méritais.

Je m'étais déjà échappée une fois, et il y avait de bonnes chances pour que je sois tentée de réessayer.

Sauf qu'il sait maintenant. Il connaît la vérité sur la mort de mes parents.

— L'un de ces Alphas a tué mes parents, soufflai-je doucement. Et tu les as tous invités à venir dans le Secteur Sanglant.

— En effet, acquiesça-t-il en faisant glisser son bras autour de ma nuque pour ramener mon attention sur lui. Et nous allons nous servir de cette occasion pour en apprendre plus sur eux, voir si l'un d'entre eux se montre suspect.

— On va faire ça ? répliquai-je, étonnée.

— Absolument, dit-il à voix basse. Tu as parlé d'un enchantement posé sur l'avion de tes parents dans ton sommeil. Est-ce ce qui a causé l'accident ?

Son ton était légèrement nerveux, ce qui m'interpella.

Je ne me rappelais pas ce que j'avais pu révéler dans mon état de ces derniers jours. La réalité s'était mélangée aux rêves comme aux cauchemars.

Si je lui mentais maintenant, cela irait à l'encontre de mon désir de lui faire confiance. Cela constituerait aussi une forme de déshonneur alors qu'il n'avait rien fait d'autre que me respecter ces dernières semaines.

Qu'est-ce que tu risques à dire la vérité ? Peut-être pas tout, mais suffisamment pour qu'il puisse te prouver sa valeur ?

Même si c'était lui le coupable, cela signifierait qu'il savait de toute façon déjà tout. S'il était innocent, il était peut-être sincère en affirmant qu'il voulait m'aider à résoudre cette énigme.

— Quelqu'un a posé un enchantement sur leur avion, expliquai-je lentement.

Je venais de décider d'avoir ne serait-ce qu'un peu de foi en lui. *Une sorte de gage de paix,* pensai-je avant de continuer.

— La seule manière de briser ce sort était de faire en sorte que l'avion s'écrase.

— Pourquoi ne pas simplement le faire atterrir ?

Cette simple question m'informa qu'il n'était pas coupable. Seul quelqu'un qui ne comprenait pas le but de cette manœuvre pouvait poser une telle question.

— Parce que le but même de cet enchantement était de faire atterrir l'avion, lui dis-je. Le prince Alpha voulait localiser mes parents. Cela aurait été chose faite s'il avait réussi à les faire atterrir et mes parents ne pouvaient pas se permettre d'être découverts.

Il ne leur restait pas suffisamment de carburant pour atterrir ailleurs. Ils étaient au milieu d'un océan semé de glaciers à des kilomètres à la ronde. Cela aurait été trop révélateur s'ils avaient atterri au Groenland.

Ils avaient donc continué à s'approcher du cercle arctique, loin de leur destination première.

Pendant ce temps, ils avaient réussi à créer un message enchanté qui m'était parvenu plus tard avec le pendentif que je portais désormais autour du cou.

— Parce que l'endroit vers lequel ils se dirigeaient était en rapport avec leur secret, déclara doucement Kieran.

Je déglutis tout en hochant la tête.

Il m'observa un moment, de son regard sombre et intense.

— Tu sais que je finirai par connaître ces secrets, Quinnlynn.

Je sais, pensai-je sans pouvoir le dire. *Tu sauras tout dès que notre accouplement sera terminé, non seulement à cause de ce que contient mon esprit, mais aussi à cause de la magie de ma famille.*

— Cela dit, je ne t'obligerai pas à m'en parler aujourd'hui, dit-il en passant le pouce sur mon cou avant de déposer un tendre baiser sur mes lèvres.

La douceur dont il faisait preuve me surprenait, en plus du fait que j'étais presque certaine qu'il s'agissait de notre premier baiser.

Il se redressa pourtant avant que quoi que ce soit d'autre ne se produise.

— Ivana sera bientôt là. Il faut que tu prennes une douche et que tu t'habilles chaudement. Il fait froid dehors.

— Elle va venir ici ? Dans tes appartements ?

Je sentis immédiatement mes poils se hérisser.

Il me regardait en souriant.

— Même si j'adore faire ressortir ton côté possessif, non. Elle t'attendra dans le salon en bas avec Cillian.

— Cillian ? dis-je en fronçant les sourcils. Mais elle est célibataire.

— En effet, mais il me semble que nous avons déjà discuté de tout cela, Quinnlynn.

— C'est vrai… tu m'as dit que c'était un choix de sa part ?

— Ça l'est.

— Et c'est… c'est autorisé ?

Il haussa les épaules.

— Je ne vais sûrement pas obliger une Oméga à prendre un compagnon. J'ai donc choisi de prendre un rôle de protecteur envers elle pour repousser tout prétendant indésirable. C'est probablement pour cela qu'elle est toujours célibataire, personne n'a essayé de lui faire la cour.

— Parce qu'elle ne veut pas de compagnon ou parce qu'elle voudrait que ce soit toi son compagnon ? demandai-je en sentant ma louve s'agiter en moi.

Elle brûlait d'envie de grogner pour marquer son territoire. *Notre mâle. Pas à elle. Elle n'a rien à faire ici. Je la tuerai.*

Kieran poussa un soupir las avant de passer lentement la main dans ses cheveux.

— Il faudra que tu lui poses la question. Tout ce que je sais, c'est qu'elle a décidé de ne pas s'accoupler. Un point c'est tout.

— Et ce n'est pas parce qu'elle veut être avec toi ? demandai-je en sentant mes ongles se transformer en griffes.

— Même si c'était le cas, ça ne changerait rien, répondit-il. Mon cœur est pris, Quinnlynn.

— Cela ne me dit pas si elle a déjà manqué de respect à ma revendication, notai-je.

— Elle n'a jamais exprimé le moindre intérêt. Pas envers moi en tout cas.

Ses lèvres se soulevèrent en un demi-sourire.

— Ce n'est pas à moi de te parler de tout ça, ma petite. Maintenant, range tes griffes et va donc te doucher avant que ce soit moi qui te donne un bain.

Il se pencha en avant et prit mon menton entre ses doigts.

— Parce que ce ne sera pas dans l'eau que je te baignerai.

Tout mon corps frémit en entendant la promesse contenue dans ses paroles, et une giclée de sécrétion s'écoula entre mes cuisses.

— À la douche, grogna-t-il. *Maintenant.*

Je sortis précipitamment du lit, décidée à lui obéir, surtout parce que je ne répondais de rien si je restais à côté de lui.

L'idée d'un petit bain de sperme ne me déplaisait pas.

Je serais alors recouverte de son odeur, ce qui serait parfait pour rejoindre Ivana.

Et puis quoi encore ? Tu vas te balader dans le secteur recouverte de son sperme ? Aller essayer des robes dans cet état ?

Pourquoi pas ?

Je m'arrêtai à l'entrée de la salle de bain et me retournai pour observer Kieran.

Il plissa le regard.

Il se glissa alors lentement hors du lit et se dirigea vers moi, son grognement plein d'avertissements et de promesses.

Je restai clouée sur place, ma louve refusant de s'éloigner de son compagnon en chasse.

Il m'attrapa par la taille et me souleva sans marquer de pause, mais plutôt que de me ramener vers le lit, il me transporta jusqu'à la douche.

Il me déposa dedans.

Il alluma le jet d'eau et s'éloigna sans dire un mot.

Je regardais son dos en faisant la moue.

— Ce n'est pas ce que tu m'avais promis.

— Non, c'est vrai, mais je ne récompense pas la désobéissance, ma petite.

Il jeta par-dessus son épaule musclée un regard de braise.

— Et il semblerait que l'idée d'être trempée de mon essence te plaise un peu trop pour constituer une punition acceptable.

Il disparut sur ces paroles, me laissant tremblante sous le jet d'eau tiède.

L'eau se réchauffa rapidement.

Cela eut pourtant peu d'effet sur les frissons de déception qui me parcouraient.

Ma louve était prête à s'amuser.

Moi aussi.

Je ne récompense pas la désobéissance, ma petite.

Alors que fais-tu quand une louve se comporte bien ? pensai-je, le regard toujours fixé sur l'encadrement de la porte. *Je le découvrirai peut-être plus tard.*

Ou peut-être en apprendrais-je plus sur ses préférences en matière de punition.

Parce que j'avais plus d'un siècle de « désobéissance » à rattraper.

Je doutais fort que Kieran m'ait déjà pardonné tout ça.

QUINN

L'Oméga Ivana était superbe.

Il est donc évident que je la détestai avant même de lui avoir parlé.

— Mon prince, salua-t-elle en s'inclinant jusqu'à ce que ses longs cheveux blancs touchent le sol.

Ses mouvements étaient élégants et son teint de porcelaine leur donnait un côté encore plus majestueux.

Elle était mon exacte opposée, sa pâleur contrastant avec mon teint mat.

Elle avait des yeux d'un bleu très clair, des sourcils et des cils aussi blancs que ses cheveux et des lèvres rose pâle.

Elle avait l'air parfaitement à sa place au milieu de cette pièce aux meubles luxueux. Il s'agissait d'un espace salon garni de plusieurs fauteuils sur lequel s'ouvraient deux ascenseurs immaculés encadrés de marbre clair.

Nous venions de sortir de l'un de ces écrins plaqués d'or. Kieran avait préféré me faire descendre de ses appartements par un moyen de déplacement plus traditionnel que de nous fondre dans l'ombre.

— Bonjour, Ivana, répondit-il poliment tout en posant la main au creux de mon dos. Je ne pense pas que tu as eu le plaisir de rencontrer notre future reine. Voici Quinnlynn.

Ivana ne répondit pas immédiatement, essayant de lever un peu les yeux pour m'apercevoir.

— Princesse MacNamara.

Le ton neutre et le titre formel qu'elle choisit d'utiliser me surprirent désagréablement.

Je jetai un coup d'œil vers Kieran, mais il était trop occupé à regarder Cillian les yeux plissés, les deux hommes visiblement en pleine conversation silencieuse.

De la télépathie, pensai-je en me rappelant cette capacité particulière de Cillian. Je n'avais jamais rencontré un loup du V-Clan capable de faire cela, mais il était issu d'une ancienne lignée. Exactement comme Kieran. Ils étaient tous les deux presque aussi puissants, ce qui rendait leur amitié plutôt intrigante à mes yeux.

La plupart des Alphas refusaient de s'incliner devant un autre.

Cependant, Cillian se pliait de toute évidence aux volontés de Kieran. Il était d'ailleurs en train de pencher légèrement la tête en avant pour acquiescer à ce qui venait de lui être dit.

Kieran tourna le regard vers moi, affichant un léger sourire.

— Cillian sera ton garde pour aujourd'hui. Essaye de ne pas t'enfuir, il n'est pas d'humeur à te courir après.

Je fronçai les sourcils.

— Où veux-tu que je m'enfuie ? Je te rappelle que nous sommes sur une île.

Et à cause de sa laisse qui m'enchaînait toujours, impossible de me fondre dans l'ombre.

Il haussa les épaules.

— Je te connais, tu ne manques pas d'imagination dans certains domaines.

Cela ressemblait presque à un compliment, mais je soupçonnais qu'il cherchait plutôt à m'insulter.

— Je ne pense pas vraiment à partir en courant pour le moment. J'y repenserai peut-être plus tard.

— Hmmm, souffla-t-il en passant la main derrière ma nuque.

Il se plaça alors devant moi, dos à Ivana et Cillian, pour se pencher à mon oreille.

— Peut-être que je me joindrai à toi pour une petite course *plus tard* sous forme de loup.

Ses paroles étaient douces, mais ses doigts serraient mon cou sans ménagement.

— Mais seulement si tu es sage, ajouta-t-il.

J'entendis à nouveau ses paroles de tout à l'heure dans mon esprit. *Je ne récompense pas la désobéissance, ma petite.*

Apparemment, il avait prévu de me récompenser par une sortie dans la nature si je me comportais bien. *Il veut m'emmener courir*, pensai-je en plissant les yeux.

— Je ne suis pas un chien, Kieran.

— Non, tu es simplement ma farouche petite fiancée, murmura-t-il en blottissant son nez contre ma gorge. Je ne serai pas loin. Cillian m'appellera si tu as besoin de moi.

Ces dernières paroles semblaient contenir une menace que je choisis d'ignorer. Je n'avais pas la moindre intention de *m'échapper*. Pourtant, je comprenais pourquoi il restait méfiant.

Je le méritais.

Tout comme je méritais probablement le regard glacial qu'Ivana posait sur moi en ce moment.

Peut-être était-ce seulement un regard de jalousie.

Kieran était certainement un Alpha de choix que de nombreuses Omégas devaient désirer, mais il m'appartenait. Le fait même de le regarder comme un potentiel compagnon constituait une insulte envers moi : leur future reine.

Je posai les mains sur ses hanches pour m'éloigner un peu de lui et levai les yeux vers son regard curieux.

— Je n'irai nulle part, lui affirmai-je d'un ton marqué par la possessivité.

J'avais besoin que cette Oméga comprenne que cet Alpha était à moi. Même si une telle affirmation était peut-être temporaire – avait de *fortes chances* de l'être – j'avais besoin de le dire.

— C'est faux ma chérie. Tu vas aller faire les magasins.

Ce n'était évidemment pas ce que je voulais dire et il le savait, mais j'entrai dans son jeu.

— Exactement. Ensuite, je reviendrai pour notre course.

Il souleva un sourcil.

Je fis de même en réponse.

— Alors tu as prévu d'être sage.

— J'ai prévu de régner, le corrigeai-je avec audace.

Je suis une princesse. Je ne m'incline pas. Je ne suis pas sage pour quelqu'un d'autre. Je dirige.

Le coin de ses lèvres se recourba.

— Je vois, dit-il en posant son front contre le mien. Alors va donc trouver une robe digne d'une reine.

Il se fondit dans l'ombre avant que je puisse lui répondre, me laissant les bras dans le vide, face à une Ivana au regard interrogateur.

Je ne détectais en réalité aucune jalousie dans ses profonds iris bleus ni son agacement de tout à l'heure ou du mépris. Seulement… de l'intérêt.

Hum d'accord… Pas ce à quoi je m'attendais.

Elle semblait avoir changé d'avis sur moi, son regard

passant de mes bottes à mon jean avant de revenir à mon visage.

Je soulevai à nouveau un sourcil, cette fois-ci, en signe de défi.

— Eh bien, lançai-je. Suis-je à la hauteur de tes espérances, Ivana ?

Elle m'examina encore un moment avant de répondre :

— Pas vraiment.

Puis elle se retourna dans un grand geste ample, ses longs cheveux flottant derrière elle telle une cape, et se mit à traverser la pièce en faisant claquer ses bottes à talons contre le sol en pierre d'obsidienne.

— Pardon ? m'exclamai-je, peu habituée à être traitée ainsi, surtout par une autre Oméga.

Mon seul but sur cette terre était de les protéger. De les *aider.*

Bien sûr, Ivana n'en savait rien. Elle semblait être relativement en sécurité sous la protection de Kieran, mais toutes les Omégas n'avaient pas cette chance.

Ivana s'immobilisa pour se retourner vers moi. Toute son attitude respirait la confiance en elle.

— Vous m'avez demandé, je vous réponds, répliqua-t-elle en haussant les épaules. Si vous ne voulez pas de réponse honnête, ne posez pas de questions.

Sur ce, elle se remit en route.

Je restai bouche bée face à tant de franchise et de grossièreté. Pourtant je ne pouvais nier qu'elle m'impressionnait.

— Je sens que l'après-midi va être longue, marmonna Cillian.

— Je t'ai entendu, répliqua Ivana sans se retourner.

— Je n'essayais pas de me cacher, dit-il avant de se tourner vers moi. Après vous, princesse.

Plutôt que de lui répondre, je me mis à avancer pour rejoindre Ivana.

— Et qu'est-ce que tu espérais au juste ? demandai-je sincèrement curieuse.

— Pour commencer, j'espère une princesse qui ne s'enfuira pas en courant à la première difficulté, rétorqua-t-elle sans hésiter. Vous êtes encore là, alors j'imagine que c'est un bon point.

— Je ne me suis pas *enfuie* à la première difficulté.

— Oh ?

Elle s'immobilisa devant une lourde double porte en bois et me regarda d'un œil incrédule.

— Alors comme ça, vous n'avez pas disparu en pleine apocalypse zombie ?

— Ce n'était pas l'apocalypse zombie, intervint Cillian.

Elle fit un geste d'agacement à son égard.

— Oui, oui, la *Grande Infection* si tu préfères, mais il y a bien des zombies. Et elle s'est carapatée en nous laissant nous défendre seuls, conclut-elle en me pointant du doigt.

Surprise, je répondis :

— Ce n'est pas vrai. Je suis partie plusieurs années avant le début de la Grande Infection.

— Et vous n'êtes pas revenue, précisa Ivana. Oui, *princesse*, je suis au courant de l'historique de votre vie.

Elle poussa les portes et s'engagea dans un grand couloir que je ne reconnus pas. De nombreuses fenêtres laissaient entrer la lumière du jour, ce qui me rappela le grand mur de verre de la chambre de Kieran.

Plutôt que de me laisser distraire par cela, je revins à Ivana.

— Je t'en prie, dis-m'en plus sur *l'historique de ma vie*.

J'étais honnêtement curieuse de connaître les rumeurs à mon sujet. Ivana ne devait pas avoir plus de vingt-cinq ans, ce qui signifiait qu'elle n'était même pas née quand je m'étais *enfuie*.

— Quelles histoires t'a-t-on racontées à mon sujet ?

— Est-ce réellement important ? demanda-t-elle tout en continuant à avancer avec une assurance qui m'indiquait qu'elle devait souvent venir ici.

Nous reviendrons plus tard sur les raisons pour lesquelles elle est si à l'aise dans la maison de mon fiancé, pensai-je en observant cette femme aux cheveux clairs.

— C'est important parce que je le demande. Et tu m'as promis la vérité, alors je t'écoute.

— Je ne vous ai rien promis du tout, répliqua-t-elle.

— Ivana, prévint Cillian.

— Quoi ? dit-elle en se tournant vers lui, le regard intransigeant. Je suis là pour rendre service à Kieran, parce qu'il m'a demandé d'aider sa fiancée à trouver une robe. Il ne m'a jamais dit que je devais être gentille avec elle.

— Très bien, alors c'est moi qui te demande d'être gentille, dit Cillian sur un ton qui suggérait qu'elle avait intérêt à obéir.

L'Oméga réagit en souriant.

— Une demande que je *refuse* avec respect.

Son regard se rétrécit et je sentis son énergie d'Alpha réchauffer l'air autour de nous.

— *Ivana.*

— Que vas-tu faire ? Me grogner dessus ? lança-t-elle en soulevant son délicat sourcil.

Il serra la mâchoire.

— Ouais, c'est bien ce que je pensais.

Elle me jeta un regard que je ne pus déchiffrer et se dirigea vers la sortie.

— Venez, princesse. Les magasins ferment dans deux heures et je doute qu'aucun d'entre eux n'accepte de rester ouvert plus tard pour vous.

Encore une fois, j'étais éberluée.

Cillian, quant à lui, semblait prêt à assassiner cette insolente Oméga.

Il était clair que ces deux-là se connaissaient bien, ce qui me poussa à me demander si la petite conversation privée qui avait eu lieu entre Kieran et Cillian était plutôt au sujet d'Ivana que de moi.

Je suivis la fougueuse Oméga dans l'immense vestibule, et jusqu'à la porte d'entrée, elle aussi constituée de verre. Nous nous retrouvâmes dans la rue, en face du port. Nous étions en plein centre de Reykjavik. Je l'avais déjà deviné d'après ce que je voyais depuis la chambre, mais cela faisait du bien de pouvoir m'orienter un peu au sol.

Je pris une grande inspiration pour me remplir des odeurs familières de ce lieu.

Malheureusement, le claquement des talons d'Ivana sur le trottoir m'informa qu'elle ne comptait pas m'attendre et elle ne se dirigeait pas vers l'eau.

Je soupirai et recommençai à la suivre, mes propres bottes plates n'émettant aucun bruit contre le sol. Cillian aussi était silencieux et sa large silhouette rôdait à nos côtés avec une grâce létale qui défiait la raison.

Exactement comme Kieran, me dis-je en repensant à la démarche patibulaire de mon fiancé. *C'est presque étrange qu'ils ne se soient pas encore entretués.*

Tous les Alphas ne sont pas belliqueux, princesse, répondit Cillian en me faisant sursauter.

Ces paroles avaient été prononcées à voix haute, mais *dans ma tête.*

Il sourit en voyant mon évident malaise. *Si vous ne souhaitez pas converser ainsi, puis-je vous suggérer de baisser votre ton mental ?*

Comment est-ce qu'on fait ça ? demandai-je, incrédule.

En modulant votre voix, suggéra-t-il.

Je lui lançai un regard sceptique. *Ou bien tu pourrais éviter de m'écouter.*

C'est ce que je fais en général, admit-il, *mais il y a des mots et des noms qui éveillent automatiquement mon attention, dont le mien et celui de Kieran.*

Alors tu dois entendre beaucoup de pensées, rétorquai-je.

En effet. Son regard sombre se releva vers Ivana, à quelques pas devant nous. *Mais j'ai appris à faire le tri.*

Peut-être pourrais-tu choisir de ne pas entendre les miennes.

Seulement lorsque vous êtes avec Kieran. Le reste du temps, je suis responsable de votre protection.

Ma protection, répliquai-je en ricanant. *Tu es plutôt là pour m'empêcher de m'enfuir à nouveau, n'est-ce pas ?*

Mon rôle est de vous protéger. Kieran est responsable de tout le reste. Son regard presque noir croisa le mien. *C'est son travail de s'assurer que vous ne repartez pas, pas le mien.*

Tout en marchant, je réfléchissais à ses paroles. Je me sentais soudain plus à l'aise.

Kieran ne lui avait pas demandé de m'empêcher de m'enfuir, mais seulement de me protéger.

Mais pourquoi ? Pourquoi aurais-je besoin d'un garde du corps ici ?

Cillian ne répondit pas, il leva seulement les yeux vers le trottoir opposé.

Je suivis son regard et mon sourire disparut. Plusieurs humains et loups s'étaient immobilisés sur notre passage, ou peut-être étaient-ils sortis de leur maison et de leurs immeubles, mais aucun d'eux ne faisait le moindre geste pour nous approcher.

Je déglutis, envahie par une sensation de malaise.

Ils étaient tous en train de chuchoter entre eux.

En me regardant.

Deux métamorphes se détachèrent de la foule, dont l'un que je reconnus immédiatement. *Myon.* Mon cœur fit un bond dans ma poitrine et mes pas se dirigèrent presque automatiquement vers lui.

Seulement son regard noir m'arrêta.

L'expression de dégoût qui s'affichait sur son visage pâle me surprit à tel point que je faillis trébucher.

Myon était un Élite de mon père. Un peu comme Cillian et Lorcan pour Kieran. Il m'avait toujours traitée comme sa fille, me choyant et me protégeant à distance.

Cependant, son regard amer m'informa que les choses avaient définitivement changé entre nous. Il ne voyait plus en moi sa *petite princesse* – tel qu'il avait l'habitude de m'appeler affectueusement – mais autre chose. Ou plutôt *quelqu'un d'autre*.

En parcourant la rue du regard, je compris rapidement qu'il n'était pas le seul à me voir ainsi. Presque toutes les personnes présentes semblaient partager son évident dédain.

Je baissai les yeux et mes épaules retombèrent tandis que ma seule envie était de pouvoir me fondre dans l'ombre. Ce que Kieran ne me permettrait pas. Il voulait que je parcoure ces rues telle une mortelle, sans possibilité de disparaître.

Voilà ma punition, compris-je, frappée par une vive douleur au cœur. *Il veut que je ressente la colère de mon peuple, que je voie à quel point ils sont déçus que je les aie abandonnés.*

Cillian ne répondit rien, mais c'était inutile. Mes commentaires ne lui étaient pas adressés de toute façon. Je réfléchissais pour moi-même.

Je m'attendais au pire de la part de Kieran, une forme de torture sexuelle ou une déclaration publique de rupture de nos fiançailles. Je m'attendais peut-être à ce qu'il me noue de force, ou même qu'il me fasse porter son héritier jusqu'à l'accouchement avant de se débarrasser de moi à jamais.

Maintenir la lignée royale sans avoir à s'unir à moi officiellement, pensai-je sombrement.

Mais non.

Il avait choisi une punition bien plus appropriée, une punition qui allait véritablement m'enseigner une leçon.

Seulement aucun d'entre eux, y compris Kieran, ne connaissait les véritables raisons de mon départ. *Changeraient-ils d'avis s'ils savaient ? Ou seraient-ils furieux contre moi de leur avoir caché des vérités d'une telle importance ?*

Le Sanctuaire était un secret qui remontait à très loin, connu seulement des gens de ma famille.

Cela dit, le monde avait radicalement changé au cours du dernier siècle. Peut-être était-il temps de partager ce secret. Peut-être était-il temps... de tout raconter à Kieran.

Puis-je lui faire confiance ? me demandai-je tout en suivant Ivana qui tournait à l'angle d'une rue. *Puis-je... ?*

Je perdis le fil de ma pensée, momentanément distraite par la scène qui s'offrait à mon regard.

Plusieurs meutes de loups étaient rassemblées là, se tenant en silence tandis que nous les dépassions.

Personne ne nous saluait.

Ils ne faisaient que me fixer du regard.

Non, même pas. Ils me *fusillaient* du regard.

— Tu fais le sale boulot de notre Prince, Ivana ? l'interrogea une voix féminine d'un ton mielleux.

— Tu es juste jalouse qu'il ne t'ait pas demandé à toi, Miranda, répondit Ivana sur le même ton. Bien sûr, il ne demande jamais rien, n'est-ce pas ?

La femme aux cheveux bruns – *Miranda* – plissa son regard sombre.

— Tu dis n'importe quoi.

— J'ai mes sources, répliqua Ivana avec un sourire. D'ailleurs, je sais aussi qu'il n'acceptera jamais ton offre ni toutes les autres qu'il a reçues.

Elle lança un regard insistant au groupe qui entourait Miranda.

Des Omégas, m'informa ma louve en reniflant. *Des Omégas. Fertiles. Sans compagnon.*

Ce sont les femelles qui ont voulu mettre le grappin sur mon fiancé, réalisai-je soudain, énervée. *Les insolentes louves qui ont osé s'approcher de ce qui m'appartient de droit.*

C'était une véritable gifle à ma position de future reine. Une insulte envers mon trône.

Pourtant, malgré mon désir de les remettre à leur place et de leur rappeler ma supériorité, je ne le fis pas. Je m'étais moi-même mise dans cette situation. Je le comprenais désormais, ainsi que le dédain de mes concitoyens envers moi. Je ne pouvais qu'accepter leur haine.

Parfois, diriger signifiait faire des sacrifices pour le bien de notre monde.

Je le savais mieux que personne. J'avais tant sacrifié pour aider les plus faibles, ceux qui avaient *besoin* de moi encore plus que mon propre peuple.

Le Secteur Sanglant avait Kieran pour s'occuper de lui.

Les Omégas dont j'étais partie m'occuper n'avaient que moi. Tout comme mes parents. J'étais la seule à pouvoir découvrir ce qui leur était réellement arrivé.

Un jour, mon peuple comprendrait. Dès que je pourrais leur dire la vérité.

D'ici là, j'acceptais leur jugement. J'acceptais leur colère. J'acceptais même leur manque de respect.

Cillian me jetait un regard curieux, les sourcils arqués.

Sors de ma tête, lui ordonnai-je.

Trop tard, princesse, murmura-t-il alors que nous nous arrêtions devant une vitrine. *Cela dit, je n'ai pas l'habitude de partager ce que j'entends, à moins que cela ne représente une menace.*

Oh. Je ne savais pas très bien quoi lui répondre puisque je n'étais pas sûre de ce qu'il avait entendu.

Même si je pense en effet que vous représentez une menace pour Kieran, c'est le genre de menace qu'il mérite, ajouta-t-il en ouvrant la porte. *Votre secret ne craint rien avec moi, princesse.*

— Ivana, appela-t-il à voix haute, interrompant ainsi sa conversation avec les autres Omégas.

Je n'avais pas pu écouter ce qu'elles disaient, toute mon attention s'étant portée sur ma discussion avec Cillian.

— Oui, Ivana, répondit la fameuse Miranda. Fais donc ce que te demande l'Alpha et il finira peut-être par te nouer. Oh, mais attends donc… Ça n'a pas été très efficace jusqu'à maintenant, n'est-ce pas ?

— À peu près aussi efficace que de supplier le prince Kieran de te nouer, répliqua Ivana du tac au tac. Moi au moins, je ne cherche pas à séduire des mâles déjà en couple.

— Il n'est pas encore officiellement en couple, protesta Miranda en me fixant de son regard sombre. N'est-ce pas, *princesse ?*

Je la regardai un long moment, sans vraiment savoir quoi dire. Jamais des Omégas ne m'avaient parlé comme ça.

Malheureusement, la situation actuelle n'avait rien de typique. J'avais abandonné mes loups et ils n'étaient pas près de me le pardonner.

Je n'avais retrouvé ma position de pouvoir qu'à cause du sang de ma lignée.

Et parce que Kieran m'avait retrouvée et forcée à revenir.

Rien de tout cela n'allait pousser ces métamorphes à m'aimer ou à me faire confiance. Plusieurs d'entre eux – à commencer par les Omégas qui se tenaient devant moi – ne m'étaient pas familiers. Bien que le nom et la destinée de ma famille soient renommés à travers tout le monde du V-Clan, ces louves ne me *connaissaient* pas réellement. Très peu de gens me connaissaient.

Alors, même si Miranda et les autres avaient clairement manqué de respect envers moi en essayant de séduire mon compagnon, je n'avais aucune envie de faire preuve de dureté envers elles. Pas dans ces circonstances. Pas après les avoir abandonnées.

Peu importait que je l'aie fait pour de bonnes raisons. Tant que je ne pouvais pas le leur expliquer, elles ne pouvaient pas le comprendre.

Il fallait donc que je gagne leur pardon et leur respect autrement.

— Non, répondis-je enfin, réfléchissant à mes paroles au fur et à mesure que je les prononçais. Non, il n'est pas encore officiellement en couple.

Elle souleva des sourcils surpris face à mon calme. Sa réaction particulièrement expressive me fit sourire.

— Mais il le sera bientôt, ajoutai-je. Je deviendrai alors votre reine et il sera *mon* roi.

Sur ces paroles, je me retournai vers Cillian qui tenait toujours la porte pour nous.

C'est alors qu'Ivana posa la main sur mon épaule.

Je tournai vers elle un regard interrogateur.

Elle me fixait avec un intérêt renouvelé.

— Je pense que je me suis trompée. Vous commencez à être à la hauteur de mes espérances.

Elle afficha un grand sourire et pénétra dans la boutique.

KIERAN

Sire.

Je m'interrompis dans l'email que j'étais en train d'écrire à Riley et me reposai sur le dossier de ma chaise avant de répondre mentalement à mon Élite. *Oui, Cillian ?*

Myon nous a suivis. Je viens de le voir rôder autour de la boutique.

Le père de Quinnlynn avait laissé derrière lui de nombreuses notes qui suggéraient toutes qu'il était aussi proche de Myon que je l'étais de Cillian et Lorcan. J'avais de toute façon repéré cette proximité dès l'instant où j'avais rencontré ce vieux métamorphe.

Myon n'avait pas caché sa défiance envers moi dès le départ. Par ailleurs, sa désapprobation face à mes fiançailles avec Quinnlynn était visible dans sa manière de s'adresser à moi. Son mépris n'était pas dû à la jalousie, mais plutôt à un sentiment de protection paternel qui ressortait dans son rejet de notre union.

C'était l'une des nombreuses raisons pour lesquelles j'avais choisi de ne pas le garder parmi ma garde personnelle.

Je ne pouvais pas me permettre d'avoir à mes côtés

quelqu'un en qui je ne pouvais pas avoir une totale confiance.

Il ne s'est pas montré particulièrement chaleureux quand il l'a vue, continua Cillian. *Il l'a fixée d'un regard réprobateur.*

Hmmm, ça me rappelle des souvenirs.

Ce n'est pas tout.

Comme d'habitude, soupirai-je intérieurement.

Il ignora mon commentaire et poursuivit, *Miranda s'est présentée.*

Je réfléchissais un moment avant de répondre, *Comment Quinnlynn a-t-elle réagi ?*

Comme une reine, murmura-t-il, visiblement fier. *Elle a expliqué très clairement qu'elle avait l'intention de faire de vous son roi.*

Vraiment ? répondis-je intrigué. *Et tu la crois ?*

Oui.

Tu as entendu quelque chose ? demandai-je, encore plus curieux.

Beaucoup de choses, Sire. Beaucoup de choses.

Et tu ne vas rien partager avec moi, n'est-ce pas ?

Non, Sire.

Parce que tu m'en veux encore de t'avoir envoyé avec elles ? Tu me punis de te forcer à passer une soirée avec ta promise ?

Ivana n'est pas ma promise, répondit-il sans hésiter. *Et la raison pour laquelle je ne partagerai pas ces informations c'est parce que j'ai promis à Quinnlynn de ne pas le faire. Vous aimez les défis, Sire. C'est ce qui vous pousse en avant, n'est-ce pas ?*

Je fermai les yeux en repensant à la *demande de fiançailles* de Quinnlynn. C'était clairement le souvenir auquel il cherchait à me renvoyer et ça fonctionnait. *Cillian, soit tu te fous de ma gueule, soit tu cherches vraiment à mettre ma patience à l'épreuve.*

Peut-être un peu des deux, admit-il, *mais votre Oméga a besoin de vous, Sire. Essayez donc de garder un peu de cette patience pour elle.*

Je fronçai les sourcils. *Vous êtes sur le chemin du retour ?*

Oui, nous arrivons. Tous les loups que nous croisons dans la rue tournent le dos à Quinnlynn.

Merde.

Je refermai ma tablette et me levai.

Vous saviez que ce serait le cas, Sire.

C'était vrai, mais je n'étais pas pour autant content d'avoir eu raison. Sans la possibilité de se fondre dans l'ombre, Quinnlynn était obligée de leur faire face. *J'arrive.*

Laissez-la terminer ce chemin, dit Cillian avant que je puisse me téléporter. *Elle garde la tête haute et prend tout cela avec une attitude royale. Ne venez pas gâcher ce moment en la faisant passer pour faible aux yeux de son peuple.*

Je déglutis, mes poings se serrant. *Tu m'as dit tout ça pour me punir, n'est-ce pas ?* Il savait très bien à quel point cela me donnerait envie de la rejoindre, de la prendre dans mes bras et de faire disparaître toutes ses douleurs en ronronnant pour elle.

Non, Sire. Je vous fais simplement un rapport complet tel que vous me l'avez demandé.

Je reniflai avec mépris. *A basthaird mór.*

Le terme même que j'ai utilisé il y a quelques heures pour vous décrire.

Tu m'as traité de gobdaw. En gros, un idiot prétentieux.

C'est presque pareil, répondit-il. *Cela dit, vous insultez ma mère en me traitant de bâtard.*

Je secouai la tête. *Je hais ces petits jeux.*

Moi aussi, Sire. Moi aussi.

Ça ne l'empêchait pas de jouer avec mes nerfs en ce moment même.

Nous sommes presque arrivés, m'informa-t-il. *Elle n'a pas dit un mot.*

À quoi pense-t-elle ?

Demandez-lui quand vous la verrez, me suggéra-t-il en réponse.

Évidemment, il n'allait pas m'aider. Il savait qu'en réalité je ne voulais pas qu'il me le dise. Je préférais qu'elle s'ouvre d'elle-même à moi.

Je me téléportai en bas pour les attendre à côté de la porte d'entrée.

Plusieurs loups se tenaient devant l'immeuble, tous dos au trottoir. La rumeur de sa présence à l'extérieur avait dû se répandre, et bon sang, j'aurais pu jurer que la moitié du secteur était sorti pour manifester leur déception envers leur reine.

Cillian avait raison, je savais que cela allait arriver.

Seulement, je ne m'attendais pas à ce que ça me dérange à ce point.

Peut-être était-ce parce que je savais maintenant qu'elle s'était principalement enfuie pour en apprendre plus sur la mort de ses parents. C'était une noble cause, j'aurais seulement aimé qu'elle m'en parle avant de disparaître. Cela dit, la confiance ne se décrétait pas, elle se gagnait et Quinnlynn était en train d'en faire l'expérience avec son propre peuple à l'instant même.

Je l'observai, fondu dans l'ombre tandis qu'elle descendait le long du trottoir. Je ne voyais pas Ivana. *Qu'est-il arrivé à Ivana ?* demandai-je.

Quinnlynn l'a remerciée pour son aide et lui a dit qu'elle pouvait rentrer sans elle.

Comment Ivana a-t-elle pris cela ?

Elle a hoché la tête et répondu : « Comme le ferait une reine », puis elle est partie.

Alors elles se sont bien entendues ? insistai-je.

On dirait bien.

Parfait. J'avais espéré que ce soit le cas. Ivana avait un fort caractère. C'était une Oméga qui exprimait ses exigences et n'en attendait pas moins des autres en retour. Elle ressemblait beaucoup à ma fiancée.

Comme Quinnlynn, Ivana avait choisi son compagnon.

Seulement, contrairement à Quinnlynn, celui-ci l'avait repoussée.

Parce que c'est un putain d'âne bâté qui ne s'autorise pas à être heureux.

Allez vous faire foutre, répondit Cillian qui écoutait visiblement mes pensées.

C'est ça le problème quand on écoute aux portes, mon vieux !

Il ne répondit pas et apparut au même moment de l'autre côté de la vitre. J'étais encore dissimulé dans l'ombre, mais il pouvait sentir ma présence. Quinnlynn en serait également capable si elle essayait, mais je suspectais qu'elle était trop occupée à gérer ses émotions pour me chercher.

Trois métamorphes bloquaient son accès à l'immeuble, leur visage de marbre au moment où elle s'immobilisa derrière eux.

Je dus faire un sérieux effort pour me retenir de grogner et d'exiger qu'ils laissent passer ma promise, mais c'était à elle de gérer cette situation.

Cillian avait raison, je devais la laisser finir ce chemin par elle-même.

Elle les regarda pendant un moment, ce qui me laissa le temps d'observer son visage. En dehors d'une légère grimace sur les lèvres, elle semblait bien peu troublée par cette manifestation d'opposition. Cependant, cette subtile tension autour de sa bouche me confirmait qu'elle était bien plus touchée que ce qu'elle laissait voir.

Je m'enveloppai un peu plus dans l'ombre pour m'assurer de rester caché. Mon instinct me poussait tellement à intervenir que je doutais de ma capacité à me contrôler.

Soudain, Quinnlynn sourit et afficha une expression que je ne lui avais jamais vue depuis son retour. J'en eus littéralement le souffle coupé.

— Ça fait plaisir de voir que vous vous soutenez les uns les autres.

Sa voix était douce, mais suffisamment appuyée pour que je l'entende, avec mon sens de l'ouïe surdéveloppé.

— J'aurais préféré que cette démonstration d'unité ne soit pas à mes dépens, mais je comprends votre colère et votre frustration. Je l'accepte et rien de tout cela ne m'empêchera de vous aimer, vous êtes mon peuple.

Elle se retourna pour faire face aux loups qui étaient de l'autre côté de la rue, me faisant ainsi dos.

— Le Secteur Sanglant est mon foyer et je sais que mes actions ont été perçues comme indignes, mais je suis de retour et j'ai bien l'intention de reprendre ma place sur le trône avec Kieran O'Callaghan à mes côtés.

— Vous vous pensez encore digne de lui après ce que vous avez fait ?

Je plissai le regard en cherchant parmi la foule d'où venait cette question. Une voix féminine qui venait de l'autre côté de la rue et qui n'avait rien de doux.

— Peut-être que nous ne voulons pas de vous sur le trône, ajouta une seconde voix de femme. Peut-être que nous préférerions que Kieran se trouve une meilleure compagne que vous.

— C'est elle l'héritière du trône, répliqua une voix masculine. La lignée royale doit continuer.

Plusieurs réactions de mépris se firent entendre.

— Elle peut très bien nous fournir un héritier et retourner se cacher loin d'ici.

C'était la deuxième voix féminine que j'avais entendue.

Florence. Je ne réussis à l'identifier que parce qu'elle s'était retournée pour montrer son visage après avoir parlé.

Plusieurs autres firent de même, leurs visages durs et pleins de colère tandis qu'ils se laissaient aller à des commentaires malveillants.

— Nous ne voulons pas de vous ici.

— Vous pouvez repartir.

— Vous nous avez abandonnés.

— Je ne vous appellerai pas ma reine.

— Vos parents auraient honte de vous.

— Vous avez sali le nom des MacNamara.

— Retournez d'où vous venez. Vous n'êtes plus la bienvenue ici.

Quinnlynn ne broncha pas, les épaules droites face à chaque parole blessante qui flottait vers elle dans l'air nocturne.

Les trois mâles qui bloquaient l'entrée de mon immeuble finirent par se déplacer, mais seulement pour lui faire face et non pour la laisser entrer.

— Vous êtes une honte, lança l'un d'eux. Vous ne faites pas honneur à vos gènes.

— Kieran devrait vous engrosser avant de vous tuer.

Je ne peux pas laisser les choses continuer comme ça, prévins-je Cillian.

Celui-ci m'ignora et se dirigea doucement vers le Bêta qui venait de nous insulter ma compagne et moi. Il attrapa ce connard par la gorge et le plaqua contre la porte.

— Tu oses déshonorer et blasphémer ainsi ton futur couple royal ? Réclamer *la mort* de ta reine par la main même du roi ?

Quinnlynn posa une main sur l'épaule de Cillian.

— C'est bon, murmura-t-elle d'une voix pourtant plus faible que tout à l'heure. Tout ce qu'ils ont dit est vrai.

— Non. Tout ce qu'ils ont dit me fait douter de la

manière dont j'ai géré ce secteur jusqu'à aujourd'hui, corrigeai-je en apparaissant à ses côtés.

Je n'arrivais plus à garder mes distances ou à observer leur cruauté envers elle.

Plusieurs des loups présents manifestèrent leur surprise.

D'autres s'inclinèrent immédiatement.

Quelques-uns affichèrent une moue honteuse, dont le Bêta que Cillian avait cloué à la porte.

— La force du Secteur Sanglant, c'est son unité, ajoutai-je, mais également le respect mutuel et notre capacité à pardonner.

Je regardai dans les yeux chacun des loups présents pour leur permettre de bien ressentir ma honte et ma déception face à leur comportement.

Présenter leur dos à Quinnlynn était une chose.

Mais ça ? La bombarder de déclarations cruelles ? Ça, je ne le permettrais pas.

— Pour nous, le soutien et le respect sont essentiels, leur rappelai-je à tous. Il est vrai que princesse Quinnlynn a altéré notre foi en elle, mais elle est revenue et j'ai bien l'intention de reconstruire notre lien. Nous avons échangé des vœux et je crois sincèrement qu'elle va les respecter.

Je tendis la main vers ma compagne, croisant enfin son regard.

— Ai-je raison de te faire confiance ? demandai-je tout bas, pour que seule Quinnlynn m'entende.

De toute façon, tout mon petit discours lui était en réalité destiné.

Je voulais que les loups sachent que j'avais l'intention de lui donner une deuxième chance et que je les appelais à faire de même.

Je soupçonnais toujours que les raisons de sa fuite allaient au-delà de ce que j'avais appris concernant ses parents.

Cela rendait ses actions nobles.

Une fois qu'elle aurait partagé son histoire, ceux qui étaient là aujourd'hui lui demanderaient pardon, et non l'inverse.

Ses yeux sombres brillaient d'émotion tandis qu'elle semblait évaluer mes paroles et ma posture.

Je ne cherchais pas à la rabaisser ni à jouer de mon pouvoir. Il s'agissait pour moi de me tenir à ses côtés, de faire équipe avec elle, de partager nos forces et de renouveler nos promesses l'un envers l'autre.

Si elle me comprenait ne serait-ce qu'un peu, elle saurait le reconnaître.

Pour soumettre quelqu'un, il fallait le mettre à genoux. Ce n'est pas ce que je lui avais demandé. Je lui avais plutôt demandé sa confiance.

Elle me l'accorda en acceptant la main que je lui tendais.

— Oui, souffla-t-elle. Nous pouvons nous faire confiance.

L'émotion dans son regard s'approfondit encore, ce qui me montra combien ce moment constituait un tournant dans notre histoire.

Un si petit instant qui constituait pourtant un énorme pas en avant.

Je l'attirai à moi et me mis automatiquement à ronronner tout en déposant un baiser sur sa tête. Elle frissonna. Son état d'épuisement était palpable et j'essayai de la soulager par ma force.

Elle s'était montrée si forte en marchant le long de ces rues, en acceptant le rejet de son peuple et en recevant ces commentaires acérés. Puis elle avait pris ma main devant tout le monde. Je sentis une explosion de fierté dans ma poitrine, mon loup parfaitement satisfait de la compagne qu'il avait choisie.

— As-tu trouvé une robe ? lui chuchotai-je à l'oreille, conscient que nous n'étions pas seuls.

Je veux qu'ils nous voient. Je veux qu'ils nous connaissent. Je veux qu'ils nous comprennent.

— Oui, répondit-elle en se blottissant contre mon torse.

Elle lâcha ma main pour passer le bras autour de ma taille avant de continuer :

— Le tailleur doit faire quelques ajustements. Peut-être qu'elle va me revenir couverte de sang ou déchirée en morceaux.

— Ce n'est pas le genre de Cameron, promis-je pour la rassurer. Il connaît l'importance de la fête de demain.

Quinnlynn ne répondit pas et prit une grande inspiration pour permettre à mon énergie de venir renflouer la sienne.

Je passai un bras derrière son dos pour la soutenir. Mon autre main vint se placer derrière sa nuque et exercer une légère pression pour la rassurer.

C'était un geste de possession et je tenais à ce que tout le monde le voie.

Car j'avais bien l'intention de m'unir à cette femme.

La meute devant nous ne l'estimait peut-être pas digne de moi, mais moi si.

C'était le plus important.

Je relevai le regard vers les loups qui nous entouraient pour m'assurer qu'ils aient tous été témoins de mon geste d'affection. Je n'étais pas en train d'essayer de maîtriser Quinnlynn ou de démontrer mon pouvoir sur elle. Je voulais montrer notre pouvoir à *tous les deux*.

En levant les yeux, je pus voir que la foule reconnaissait cela.

Nous sommes votre couple royal, vos dirigeants, votre avenir. Nous sommes unis. J'ai pardonné à ma compagne et vous en ferez autant.

— Réfléchissez donc à ce que je viens de vous dire, lançai-je à nos interlocuteurs d'une voix chargée d'autorité. Nous nous verrons demain.

Je lançai un regard à Cillian qui tenait toujours le Bêta par le cou, sans relâcher son étreinte. *Tu peux faire de lui un exemple si tu veux,* murmurai-je à mon Élite à travers notre connexion mentale. *Mais ne le tue pas. Il mérite de pouvoir se rattraper.*

Il a insulté votre honneur en suggérant que vous pourriez tuer votre propre fiancée après avoir eu son enfant. Il mérite de mourir, rétorqua Cillian.

Alors, fais-le souffrir, mais enseigne-lui une leçon dont il se souviendra, d'accord ? Je n'attendis pas la réponse de Cillian et choisis de ramener ma promise dans ma chambre en nous fondant dans l'ombre.

Elle ne bougea pas, le visage toujours enfoui contre ma poitrine au moment où nous apparûmes à côté de mon lit.

Je ronronnai plus fort pour lui donner le temps de s'adapter et d'accepter ma force en privé. Elle frissonna en retour et ses bras se resserrèrent autour de moi tandis qu'elle absorbait mon énergie. Ce n'était pas comme quand je la guérissais, mais plutôt un échange de pouvoir qui nous gardait ancrés l'un à l'autre.

Un échange qui n'allait faire que s'intensifier lorsque nous nous unirions officiellement.

Cela dit, nous parlerions de cela un autre jour.

Pour le moment, ma compagne avait besoin de mon soutien et elle l'avait bien mérité après la manière dont elle s'était conduite ce soir.

— Tu as toujours envie qu'on aille courir ? demandai-je doucement.

KIERAN

QUINNLYNN ne me répondit pas immédiatement, les bras toujours accrochés autour de moi, comme si j'étais sa bouée de sauvetage. Elle finit par pencher la tête en arrière, me permettant d'admirer ses beaux yeux. Elle leva vers moi un regard où se mêlaient la confusion, l'émerveillement et le *besoin*.

Cette dernière émotion émanait de sa louve, l'animal en elle me fixant avec appétit à travers ses pupilles sombres.

Ma bête intérieure poussa un grognement d'approbation, prête à jouer dès que notre compagne le réclamait.

Cela dit, la part humaine de Quinnlynn était encore clairement aux commandes.

— Pourquoi ? m'interrogea-t-elle.

Je fronçai les sourcils.

— Pourquoi je veux que nous allions courir ?

Avait-elle oublié notre conversation de tout à l'heure ?

— Non, je veux dire, pourquoi es-tu intervenu ? demanda-t-elle en étudiant mon visage de près. Je mérite leur colère, Kieran. Je les ai abandonnés. Ils ont gagné le droit de me châtier.

Je réfléchis un long moment avant de répondre.

— Il y a quelques semaines, j'aurais été d'accord avec toi. Cependant, même si je ne connais toujours pas les raisons de ta disparition, je soupçonne aujourd'hui qu'elles étaient plus nobles que je ne le pensais au départ.

Elle déglutit, cherchant mon regard du sien.

— Ils ont tout de même le droit d'exprimer leur colère.

— Oui, acquiesçai-je. Seulement je sais qu'ils ne se le pardonneront jamais s'ils découvrent qu'ils t'ont ridiculisée sans raison. Ce serait un déchirement pour eux, Quinnlynn.

— Seulement si je peux leur révéler la vérité un jour.

— Pourquoi ne le pourrais-tu pas ? réfléchis-je à haute voix, tout en caressant doucement sa nuque de mon pouce. Ne méritent-ils pas de connaître la vérité concernant tes parents ?

— Pour pouvoir le leur dire, il faut d'abord que je trouve qui les a tués. Cela demanderait aussi peut-être d'admettre les raisons qui sont à l'origine de cette situation. La raison pour laquelle leur jet a été ensorcelé. Je ne sais pas si je peux faire cela.

— Parce que tu n'as pas confiance en ton secteur ?

— Parce qu'il s'agit d'un secret de famille qui a été conservé depuis des générations, murmura-t-elle en fermant momentanément les yeux.

Je vis à son expression qu'elle n'était pas encore prête à me confier ce fameux secret. Cela signifiait qu'elle ne me considérait pas encore comme faisant partie de sa famille.

— C'est la principale raison pour laquelle tu es partie. Parce que tu ne voulais pas que je découvre ce secret.

— J'ai déjà admis cela, répliqua-t-elle.

Je hochai la tête.

— En effet, lorsque j'essayais de te réconforter et que

tu m'as accusé d'essayer de te plonger dans un état de soumission afin de te soutirer des informations.

Elle déglutit, comme pour gagner du temps en réfléchissant à sa réponse.

— Je ne pense pas que tu aies assassiné mes parents.

— C'est une bonne chose, parce qu'en effet, ce n'est pas moi.

— Mais je ne suis pas prête à te parler du reste pour le moment, ajouta-t-elle d'un air méfiant.

— Hmmm.

Je supposai qu'il s'agissait déjà d'un progrès. Elle ne refusait pas entièrement de m'en parler, mais affirmait simplement ne pas être prête… *pour le moment.* Voilà trois mots qui avaient leur importance, puisqu'ils suggéraient qu'elle réfléchissait à se confier à moi à l'avenir.

J'aurais pu la mordre et apprendre tous ses secrets dès maintenant, mais je préférais gagner sa confiance.

Parce que c'est un défi, pensai-je en souriant. *Elle sait que j'adore ça.*

— Me diras-tu un jour qui t'a fourni des informations sur moi ? demandai-je, sincèrement curieux. Parce que je me suis demandé dès le début de notre relation qui t'avait confié ces secrets me concernant.

Elle resta silencieuse un long moment avant de hocher la tête lentement.

— Oui. Si tu me laisses le temps d'intégrer tout ça, je te donnerai les réponses que tu attends.

— Tu me proposes un accord ? reformulai-je. Un accord qui m'oblige à te faire confiance pour ne pas t'échapper à nouveau ?

— Pas vraiment. Tu m'as déjà enchaînée, Kieran. Je ne te demande pas de me libérer. Je te demande juste un peu plus de temps.

— En effet, acquiesçai-je.

Elle ne m'avait pas demandé de la relâcher, elle réclamait seulement que je ne l'oblige pas à me parler.

Et aussi que je ne la morde pas, pensai-je. Nous savions tous les deux que je pouvais la revendiquer à n'importe quel moment. Elle était désormais entièrement guérie. Il suffisait que je plante mes crocs dans sa jolie petite gorge, et elle m'appartiendrait à tous les niveaux.

Cependant, cela ne serait pas aussi agréable que de l'écouter me supplier de la revendiquer.

Je voulais l'entendre me dire la vérité plutôt que d'aller la chercher dans son esprit.

Je voulais que Quinnlynn – *sa part humaine* – me confesse ses désirs par des mots et pas seulement à travers son corps.

Oui, c'est vraiment ce que je préfère, affirmai-je intérieurement.

— Très bien, ma petite. J'accepte ce défi.

Je vis une étincelle pétiller dans son regard. Une forme d'enthousiasme teintée d'excitation.

— Vraiment ?

— Absolument, répliquai-je en resserrant mon bras autour de sa taille élancée. Tu en vaux la peine, Quinnlynn.

— À cause de ma lignée ? devina-t-elle.

Je secouai la tête.

— Non ma chérie, à cause de *toi*.

Je frôlai délicatement ses lèvres des miennes, ressentant le désir étrange de l'embrasser.

Je n'embrassais jamais les femelles.

Cela n'était pas nécessaire au processus d'accouplement.

Pourtant, Quinnlynn me donnait envie de tellement plus. Elle me donnait envie d'explorer et de goûter le moindre détail de son anatomie. Elle me donnait envie de m'incliner devant elle et de la révérer tout en profitant de sa propre soumission tandis que je lui enseignais mes propres préférences. Un véritable casse-tête qui me laissait affamé et plutôt déstabilisé.

Pourtant, sa présence me servait d'ancre.

— Tu es extrêmement courageuse. Et honorable.

J'avais prononcé ces mots tout bas, avec toute la fierté qui me réchauffait la poitrine.

Je posai la main sur sa joue, pour plonger mon regard dans le sien pendant que je lui parlais.

Elle réagit en appuyant sa joue rosissante contre ma paume.

— Aujourd'hui, tu as fait face à la colère de notre secteur comme une véritable reine. Tu n'as pas reculé une seule fois face à leur douleur et à leur déception. Tu as plutôt choisi de l'accueillir et même de la comprendre. Je ne connais pas beaucoup de personnes aussi fortes que toi, Quinnlynn.

— J'ai fait ce que je devais faire, chuchota-t-elle.

— Tu as accepté ta punition avec grâce et dignité.

Je laissai glisser mon pouce le long de sa mâchoire, laissant ces mots flotter entre nous. Je suis fier de toi, ma reine.

Ses joues rougirent encore un peu plus tandis que son regard fouillait le mien à la recherche de réponses à des questions qu'elle n'osait pas me poser à voix haute.

D'ailleurs, je n'avais pas encore répondu à celle qu'elle m'avait posée : *Pourquoi es-tu intervenu ?*

— Pour répondre à ta question de tout à l'heure, je suis intervenu parce qu'il était temps que tous ces loups se calment. Je ne crois pas au retour en arrière, on ne peut qu'avancer. Ils ont exprimé leur trouble, tu as accepté leurs remarques, désormais il faut nous concentrer sur demain. Sur notre avenir.

Le regard qu'elle leva vers moi était encore plus chargé de questions tandis qu'elle secouait légèrement la tête.

— Tu n'es vraiment pas tel que je m'imaginais, Kieran O'Callaghan.

— Alors peut-être me donneras-tu enfin une chance de te montrer qui je suis réellement, Quinnlynn MacNamara.

— Peut-être, répondit-elle d'une voix douce tout en continuant à m'examiner. Une part de moi pense encore que ta gentillesse pourrait être un piège, une manière de m'endormir avant de m'assener ta véritable punition.

— Et que pourrait bien contenir cette fameuse punition ? demandai-je, curieux de connaître ses pensées les plus sombres. Je t'ai déjà dit que je t'étais resté fidèle et que je n'avais aucune intention de prendre une autre Oméga.

— Ça pourrait être un mensonge.

— C'est vrai, admis-je. Cela dit, je pense que mes actions prouvent la véracité de mes dires, Quinnlynn.

Elle commença à hocher la tête, mais s'arrêta.

— Ce n'est pas facile de faire confiance.

— Oui, je suppose que tu as raison.

Je n'étais moi-même pas tout à fait prêt à lui redonner ma confiance.

— Mais te sens-tu capable d'essayer ? demandai-je.

Elle hésita une seconde avant de répondre :

— Oui.

— Tu n'as pas l'air bien sûre de toi.

— J'ai envie d'essayer, dit-elle avec un regard sincère, mais ça fait longtemps que je n'ai pas pu faire confiance à qui que ce soit en dehors de Kyra.

— Kyra ? répétai-je en fronçant les sourcils.

Elle écarquilla immédiatement les yeux, m'informant que le nom lui avait échappé.

— Ma... ma...

— Ton informatrice ? devinai-je.

Elle ne répondit rien, mais ce n'était pas nécessaire. Je pouvais voir dans son regard inquiet qu'elle n'avait pas eu l'intention de me révéler ce nom, car de toute évidence, je le reconnaissais.

— Une Vampire Oméga, dis-je sur un ton pensif. Ce n'est pas étonnant que vous soyez amies. Elle a disparu il y a quelques siècles, ce qui a rendu son Alpha furieux.

Quinnlynn ne disait toujours rien.

— Il est d'ailleurs mort de manière assez horrible, continuai-je. Mais je suppose que tu sais déjà tout ça.

Le rose sur ses joues avait disparu, laissant place à une pâleur qui m'en révélait bien plus que tout ce qu'elle pourrait dire.

— Je vois.

Voilà des informations intéressantes. Je n'avais visiblement plus besoin de me demander *qui* lui avait parlé de moi. Elle venait de me fournir les réponses sans le vouloir.

L'Alpha Fare et moi n'étions pas réellement amis, plutôt des connaissances. Comme avec la plupart des Vampires. Cela dit, il en connaissait suffisamment sur moi pour partager des informations importantes avec sa compagne.

— Kieran…

Mon nom sortit de sa bouche comme un murmure.

— Que t'imagines-tu que je vais faire ? lui demandai-je légèrement amusé. Exiger que tu me conduises au lieu où se cache Kyra pour que je puisse la livrer aux vampires ?

Sa peau était devenue plus pâle que jamais, ce qui semblait impossible tant elle ressemblait déjà à un fantôme.

Je pris son visage entre mes mains.

— Je ne suis pas les règles des autres, mon amour. Seulement les miennes, dis-je avant de presser mes lèvres contre les siennes. Je suppose que ça t'arrange que je ne sois pas un héros dans ces circonstances, hein ?

Je l'attirai à moi pour l'embrasser à nouveau, elle se laissa faire, comme paralysée.

Plutôt que de continuer à parler, je la tins simplement dans mes bras.

Elle venait de me révéler un nouveau secret et je comptais bien lui prouver à travers mes actions qu'elle pouvait me faire confiance. Tout comme j'espérais qu'elle me montre par ses choix que je pouvais avoir foi en elle.

Je ne l'avais pas une seule fois sentie tirer sur sa laisse invisible, même lorsque tout le secteur s'était retourné contre elle.

Cela montrait qu'elle ne pensait pas à s'enfuir. Du moins, pas pour le moment.

Le temps aiderait à renforcer notre confiance l'un dans l'autre.

Ou alors, il l'anéantirait complètement.

Seul l'avenir nous le dirait.

Mais pour le moment...

— La soirée a été longue, murmurai-je à son oreille. Je pense qu'une bonne course nous ferait du bien.

— Une course ? répéta-t-elle d'une voix enrouée.

Je hochai la tête.

— Oui. Nous pourrions aller admirer le lever de soleil ensemble, dis-je en l'embrassant à l'endroit où je sentais son pouls dans son cou. Après tout, demain est un autre jour et je serais heureux de l'accueillir avec toi à mes côtés.

Je me redressai pour pouvoir lire l'expression sur son visage.

Ses joues avaient retrouvé un peu de couleur et mon ronronnement semblait apaiser tous ses troubles.

Ou peut-être était-ce le fait que je ne la pousse pas plus loin qui la calmait.

— Aller courir, soupira-t-elle.

Je la regardais maintenant avec circonspection.

— Oui, Quinnlynn, se transformer en loup pour aller courir.

Son menton se mit à trembler tandis qu'elle hochait la tête.

—Je… j'aimerais ça.

Ma lèvre se souleva en un demi-sourire.

— Ton animal exige que tu acceptes, n'est-ce pas ?

— Oui, dit-elle en s'éclaircissant la gorge. Elle… elle exige pas mal de choses.

Maintenant, je souriais carrément.

— Peut-être que tu pourras m'en parler plus en détail quand nous rentrerons de notre course. Une petite discussion sur l'oreiller ?

Le doux parfum de ses sécrétions emplit l'air, me confirmant qu'elle et sa louve approuvaient ce programme pour la nuit.

— Tu as intérêt à te transformer rapidement ma chérie. Sinon, je ne vais pas pouvoir attendre que nous revenions de notre course.

Un frisson la parcourut.

—Je ne suis pas sûre que je tienne à aller courir dans ce cas.

J'effleurai son menton de mes dents avant de remonter vers son oreille.

— Tu n'as qu'à considérer que courir constitue les préliminaires, chuchotai-je en empoignant les bords de son pull pour le lui retirer, révélant ainsi sa poitrine. Elle n'avait pas pris la peine de mettre des sous-vêtements, ce qui était assez typique pour nos femelles. À cet instant, j'en étais parfaitement heureux.

Mon pull rejoignit le sien par terre.

Je tendis les mains vers son pantalon au même moment

où elle posait les siennes sur le mien. Je sentais l'assurance dans ses mouvements tandis qu'elle soutenait mon regard. *Voilà celle que j'ai choisie pour compagne*, pensai-je. *Ma merveilleuse et audacieuse femelle.*

Elle s'était introduite sur mon territoire pour me proposer des fiançailles en sachant parfaitement bien que j'aurais pu la prendre de force si je le souhaitais. Pourtant elle s'était montrée pleine d'assurance, d'audace, et peut-être d'un peu de naïveté.

Sauf qu'elle avait tout prévu depuis le début.

Elle avait prévu de s'enfuir.

— Tu m'as demandé si c'était ta lignée qui m'intéressait, dis-je en ouvrant sa braguette. Mais c'est tellement plus que ça, Quinnlynn. J'aime ton courage, ton esprit combatif. Je suis impressionné par ta manière de déjouer mes plans et de me piéger.

Elle retira rapidement ses bottes, ses yeux brillants comme deux diamants noirs.

Je m'agenouillai devant elle, mes mains glissèrent le long de ses cuisses pour la débarrasser de son pantalon.

— Ta capacité à te cacher pendant toutes ces années sans que j'arrive à te retrouver, ajoutai-je, la bouche à seulement quelques centimètres de son sexe luisant. Je ne t'ai rattrapée que parce que tu as choisi de ne pas t'enfuir à nouveau.

Ses yeux scintillèrent et elle entrouvrit la bouche pour révéler le bout de sa langue gourmande.

— Tu m'as dit un jour combien j'appréciais un bon défi, Quinnlynn, dis-je en me penchant suffisamment pour souffler ses paroles contre son clitoris. Tu n'avais pas tort.

Je donnai un petit coup de nez contre son monticule rasé et respirai son odeur alléchante.

— Tu es devenu mon défi préféré.

Je déposai un baiser goulu contre sa peau humide.

Ses genoux tremblèrent, mais je la soutins des deux mains tout en la dévorant avec ma langue. Elle s'agrippa à ma tête, un gémissement s'échappa de ses lèvres écartées qui se transforma bientôt en un grognement au moment où je l'attirai au sol pour lui ordonner :

— Transforme-toi.

Je la relâchai pour terminer de retirer mes propres vêtements, sans pour autant la quitter des yeux.

— Tu vois ? murmurai-je en m'approchant à nouveau d'elle. J'aime les défis.

Je me penchai pour mordiller son petit bouton sensible.

— Mais nous savons tous les deux que je peux te forcer à te transformer, Quinnlynn. Alors, fais-moi le plaisir de m'accompagner pour cette course et si tu es sage, je dévorerai cette délicieuse petite chatte à la lueur du soleil levant.

QUINN

Mes cuisses picotaient encore au souvenir de ma course avec Kieran et de la manière dont il m'avait fait hurler pendant presque une heure sans interruption.

Ce qu'il m'avait fait subir avec sa langue était à la limite de la torture.

Puis, il ne m'avait pas nouée.

— Je pense que je te devais bien ça après l'autre jour, précisa-t-il en référence au moment où il m'avait grogné dessus après que je l'avais attaqué.

Bien qu'il n'ait pas tort, ça me laissait brûlante de désir. En réalité, j'avais vraiment envie de son nœud.

Je serrai les cuisses en me tortillant un peu, ce qui provoqua la désapprobation de Cameron.

— Tss, vous n'êtes pas très douée quand il s'agit de ne pas bouger, princesse.

— Désolée, marmonnai-je tandis qu'il défaisait l'arrière de ma robe pour recommencer.

Il s'agissait d'une sorte de corset fermé par un ruban qui montait du bas de mon dos jusqu'à mes omoplates et, chaque fois que je remuais, cela décalait le motif en croisillon.

Je fermai les yeux et tentai de me concentrer sur ma respiration tandis que Cameron faisait son œuvre.

Il s'était déjà occupé de ma coiffure qu'il avait choisi de garder simple, se contentant d'attacher un ruban bleu autour de quelques boucles. Cela donnait beaucoup de volume à mes cheveux et cette touche de couleur aidait à mettre en valeur mon épaisse crinière sombre. Cela me plaisait beaucoup après des décennies à les attacher constamment derrière ma nuque.

J'aurais pu porter une couronne, mais en réalité, cela me convenait mieux. Je voulais me présenter à ce dîner de fiançailles, non pas en tant que future reine, mais en tant que moi-même.

Mes parents n'avaient jamais été du genre à mettre en avant leurs richesses et leur puissance. C'était quelque chose que j'admirais et dont je voulais m'inspirer. Kieran semblait suivre le même chemin, du moins jusqu'à un certain point.

Cet immeuble entier lui appartenait, mais il ne s'agissait pas pour lui de marquer ainsi sa position ou sa supériorité sur le reste de la meute. Il s'agissait d'une question de sécurité.

Kieran était arrivé dans ce secteur en tant que prince Alpha, pas en tant qu'héritier désigné. La seule raison pour laquelle le peuple l'avait accueilli était ses fiançailles avec moi. Je soupçonnais pourtant que la relation entre le secteur et Kieran était désormais bien plus profonde. J'avais bien vu la manière dont chacun s'était incliné devant lui hier soir, leur respect tout aussi évident que leur honte quand il leur avait reproché leur comportement.

Ils le considéraient maintenant comme leur Alpha.

Leur *roi*. Exactement comme je le voulais ; comme je l'avais *prévu*.

J'aurais dû être ravie. Fière. Contente que tout se soit passé comme je le voulais.

Pourtant ce que je ressentais ressemblait plus à… à de la déception.

J'étais déçue de ne pas avoir été là pour assister à tout ça. Déçue de ne pas avoir pu aider. Déçue de ne pas faire partie de ce parcours.

Déçue que cela m'ait pris si longtemps pour rentrer à la maison.

Je déglutis, l'esprit rempli de pensées contradictoires.

Il n'avait pu en être autrement.

J'ai fait ce que je devais faire.

Alors pourquoi je me sens si mal ?

Kyra m'avait fourni de nombreuses informations au fil des années, mais entendre parler de ce qu'il se passait était très différent de le vivre en vrai. Ressentir l'amour et l'adoration que la meute avait développés envers Kieran. Sentir leur colère et leur rejet envers moi.

Rien de tout cela ne ressemblait à ce que j'avais imaginé. Surtout parce que j'avais espéré résoudre le mystère entourant la mort de mes parents des décennies auparavant. Je m'étais laissée tellement absorber par mon désir d'aider les Omégas que j'avais continué sur ce chemin au détriment du reste.

Parce que Kyra m'avait assuré que Kieran s'occupait très bien du secteur.

C'était la vérité. Il avait établi son autorité et avait très bien pris soin du Secteur Sanglant en mon absence.

Cependant, c'était une des raisons pour lesquelles je n'avais pas ressenti le besoin de rentrer rapidement. *Tout le monde va bien. Ils n'ont pas besoin de moi.*

Je voyais bien maintenant à quel point ces deux affirmations avaient été des excuses. Cela faisait tellement longtemps que je fuyais, que j'avais oublié l'importance de revenir un jour.

Maintenant, je devais faire face aux répercussions de ce retard.

Respire Quinn. Respire profondément.

— C'est bon, annonça Cameron derrière moi, les mains posées sur mes épaules. Ouvrez les yeux, princesse. On se tient la tête haute. Faites donc honneur à vos parents.

J'expirai lentement et suivis ses instructions, mon regard croisant le sien dans le miroir placé devant moi.

— Merci.

— Ne me remercie pas, chérie. Travailler avec une telle beauté me suffit comme remerciement.

— Fais attention, Bêta, je pourrais mal interpréter ton affection envers ma promise.

Le ton cassant de Kieran fendit l'air au moment où il apparut juste à côté de nous. Je sentis son énergie envahir la pièce telle une avalanche qui me réchauffa la peau au point de presque me brûler.

Cameron retira immédiatement ses mains.

— Je ne… je ne me permettrais jamais, bégaya-t-il. Je sais bien qu'elle… vous appartient, mon prince.

Il s'inclina profondément, ce qui me permit de voir les yeux de Kieran dans le miroir.

Laisse-le tranquille, lançai-je du regard.

Il ne répondit qu'en soulevant un sourcil, comme s'il me mettait au défi de l'y forcer.

Comme tu veux, Alpha, pensai-je en me tournant vers lui pour admirer son costume entièrement noir. Il lui allait comme un gant et laissait deviner toute la puissance qui se cachait en dessous. Je le parcourus lentement du regard pour lui permettre de constater mon intérêt.

— Tu es très beau, mon prince, dis-je pudiquement.

— Tu trouves ? répliqua-t-il avec une expression qui me disait que cela ne suffirait pas à le distraire.

— Tout à fait, ajoutai-je en faisant glisser mes doigts jusqu'à son col. Le noir te sied à merveille.

— Hmmm, souffla-t-il, les mains toujours dans les poches en penchant le regard vers moi.

Je perçus l'étincelle d'amusement dans son regard d'encre. Il appréciait ce petit jeu.

— Ça me rappelle ton loup, murmurai-je. Peut-être que je le verrai plus tard.

La bête en question prit possession de son regard pendant une demi-seconde, approuvant ma remarque du fond de ses pupilles noires.

— J'aimerais beaucoup le caresser, ajoutai-je en pressant mon corps contre le sien.

Il retira enfin les mains de ses poches pour venir les poser sur mes hanches. Il me décala du miroir et me plaqua contre le mur, ses yeux sombres remplis d'agressivité animale.

Voilà mon Alpha, pensai-je en le laissant m'amener exactement là où il voulait.

Mais plutôt que de se saisir de son droit, il me redressa contre la surface lisse et recula d'un pas pour m'admirer, comme je venais de le faire pour lui, quelques secondes auparavant.

— C'est toi qui as choisi cette robe ? Ou bien est-ce Cameron qui l'a trouvée pour toi ?

Je laissai glisser mes mains jusqu'à sa poitrine avant de répondre :

— C'est l'une des robes qu'il m'a suggérées. Je l'ai choisie parce que le bleu était la couleur préférée de ma mère.

Mes bras retombèrent le long de mon corps, les poings serrés en repensant à mes parents.

C'était la pure vérité.

Ma mère adorait le bleu nuit. Elle disait que cela lui rappelait le ciel islandais par une nuit d'orage. Mon père quant à lui avait toujours préféré les nuances vertes et turquoise des aurores boréales, qui ne pouvaient être aperçues que par temps clair.

Ils étaient aux antipodes l'un de l'autre.

C'est ce qui les avait rendus parfaits l'un pour l'autre.

Kieran leva la main pour jouer avec le ruban dans mes cheveux.

— Et qui a choisi ta coiffure ?

— C'est moi, répondis-je.

— Tu préfères ça à une couronne ?

— Oui. Ce soir, je veux être simplement Quinn.

— Mais tu n'es pas simplement Quinn, répliqua-t-il. Tu es la princesse Quinnlynn MacNamara, future reine du Secteur Sanglant.

— Un titre de reine n'a aucun intérêt sans le respect de mon royaume.

Il m'observa pendant un long moment, comme pour prendre le temps d'évaluer ce que je venais de dire. Puis, il fit quelque chose qui me surprit : il acquiesça d'un hochement de tête.

Ce mâle ne ressemble vraiment en rien à ce que j'avais imaginé, songeai-je. Nous avions passé un mois ensemble avant mon départ, et j'avais été soit aveugle soit trop focalisée sur ma tâche pour me rendre compte de sa vraie nature.

Ou peut-être avais-je repéré toutes ces qualités, ce qui m'avait permis de partir sans trop m'inquiéter de son sort et de celui de mon secteur.

Aujourd'hui pourtant… aujourd'hui j'avais l'impression de le voir pour de vrai.

Et j'aimais énormément ce que j'avais sous les yeux.

— Tu es superbe, Quinnlynn, finit-il par murmurer, et

tu as raison, une couronne n'est rien d'autre qu'un symbole. Tu n'as pas besoin de ça, car ta beauté et ta présence parlent d'elles-mêmes.

Je sentis mes joues rougir à ce compliment.

— Merci.

Il sourit et effleura ma tempe de ses lèvres avant de se retourner pour faire face à Cameron, toujours incliné jusqu'au sol.

— Tu as fait du bon travail, Bêta. Bien sûr, c'est plus facile avec une matière première aussi parfaite, mais tu as satisfait ma promise, donc tu m'as satisfait aussi.

— Une matière première ? dis-je en fronçant les sourcils.

— Toi, répondit Kieran en me regardant. C'est difficile de complimenter son travail quand tu es déjà parfaite telle que tu es. Ce n'est pas une robe et une jolie coiffure qui vont changer ça.

— Oh.

Maintenant, mes joues étaient carrément en feu. Ce compliment était encore plus beau que celui sur ma couronne.

— Tu peux te relever, Cameron, souffla Kieran avec un soupir. Je ne vais pas te punir pour avoir complimenté ma fiancée. Pas après qu'elle a flatté l'ego de mon loup pour te sauver les miches.

Ce commentaire me fit sourire et je le regardai à nouveau. Lui aussi affichait un léger sourire.

— Merci, Cameron, tu peux te retirer.

— Sire, bégaya encore le Bêta.

Il pencha à nouveau la tête avant de disparaître sans un mot.

— J'aime beaucoup ce petit sourire, dit Kieran d'un ton plus doux, maintenant que nous étions seuls. J'aimerais le voir plus souvent.

— Tu ne le verras probablement pas beaucoup ce soir, avouai-je en redirigeant mes pensées vers l'événement qui nous attendait.

— Nos fiançailles te troublent-elles à ce point ? demanda-t-il.

Pourtant, j'entendis à son ton qu'il avait parfaitement compris ce que je voulais dire. Et cela n'avait rien à voir avec nos *fiançailles.*

— Ils me haïssent tous, Kieran, et je ne peux même pas leur en vouloir.

Il s'approcha à nouveau de moi et posa une main sur ma joue.

— Moi non plus, admit-il. Cependant, maintenant nous sommes ensemble pour les guider sur un chemin qui nous conduira tous vers l'avenir.

Comment arrive-t-il toujours à savoir exactement quoi dire ?

— Ça prendra du temps et cette soirée n'est qu'un premier pas, mais c'est un pas important, ajouta-t-il, toujours aussi rassurant. Je serai à tes côtés à chaque instant, Quinnlynn. Nous finirons bien par les convaincre. Je te le promets.

— Comment peux-tu en être aussi certain ? murmurai-je.

— Je n'ai pas survécu tout ce temps par hasard, ma chère fiancée, répliqua-t-il en souriant à nouveau. Après avoir vécu plus d'un millénaire, je pense que j'ai eu le temps d'acquérir une certaine assurance.

J'étudiai son visage, ses pommettes ciselées, ses épais cils, sa mâchoire effilée, et je conclus que ses paroles sonnaient juste. Il avait acquis de l'assurance et aussi bien d'autres choses.

Il a acquis le droit de connaître la vérité, réalisai-je avec un sursaut.

Toutes ses actions, ses décisions, ses soins et sa patience ne pouvaient mener qu'à une seule conclusion.

Il ne cessait de me parler de l'avenir, de guider la meute ensemble et de leur montrer comment avancer.

Mais cela ne concernait pas que le Secteur Sanglant.

Nous avions besoin d'avancer.

Il n'y avait qu'un seul moyen de le faire.

Il fallait que je lui dise toute la vérité.

Non, il fallait que je la lui *montre*.

Les mots ne seraient pas suffisants. Il fallait qu'il voie pour comprendre.

Je l'emmènerai ce soir, après notre dîner, décidai-je. *Il est temps que je lui présente le Sanctuaire.*

KIERAN

Quinnlynn n'était que grâce et élégance alors qu'elle marchait à mes côtés, sa main dans la mienne. Elle avait voulu se rendre à pied à notre dîner de fiançailles, visiblement ravie de se replonger plus concrètement dans la vie du secteur.

J'avais accepté, parce que cela me semblait être la bonne décision.

Beaucoup d'humains étaient sortis pour nous voir, leur curiosité presque palpable. Ils n'étaient pas invités à assister à l'événement de ce soir, surtout pour leur propre sécurité, mais notre petite promenade dans les rues aidait à les inclure, ce qu'ils semblaient apprécier.

Quinnlynn souriait à tout le monde. Elle se promenait en affichant un air insouciant et amical.

Il s'agissait là des mortels qui vivaient sous notre protection, ceux qui nous aidaient à vivre en nous faisant don de leur sang en échange de la sécurité. Cet accord nous permettait à tous de vivre en harmonie. Les loups protégeaient les humains tandis que leur sang nous permettait de prospérer.

Nous aurions aisément pu les dominer et les réduire en

esclavage – une méthode que beaucoup de nos cousins vampires avaient choisi d'utiliser – mais je préférais ce genre de relation paisible entre les êtres surnaturels et les mortels.

Peut-être cela nous paraissait-il plus naturel de vivre ainsi parce que les métamorphes étaient en partie humains. Les vampires étaient… *autre chose.* Ni morts ni vivants. Une sorte d'entre-deux. De toute façon, ils avaient besoin de beaucoup plus de sang que les loups du V-Clan pour survivre.

— Tu t'es vraiment bien occupé du secteur, dit-elle doucement en admirant les nouvelles infrastructures. Merci, Kieran.

—J'ai aimé relever ce défi, dis-je en lui serrant la main.

Elle me jeta un coup d'œil. Ses yeux sombres me rappelaient la profondeur d'une nuit sans étoiles. Ils scintillaient pourtant comme des diamants noirs. *Magnifiques.*

— Le dernier compte-rendu que j'ai lu disait qu'il y avait environ dix mille humains vivant à Reykjavik et un peu moins de cinq mille dans le reste de l'Islande. Est-ce encore exact ?

— Ces chiffres datent de quelques décennies, répondis-je. On s'approche plus des trente mille aujourd'hui. Surtout à cause de la tendance de Cillian à vouloir sauver tous les mortels dans le besoin.

Mon Élite métamorphe se matérialisa à nos côtés en renâclant. J'avais parlé en connaissance de cause, l'ayant senti approcher.

— C'est toi qui m'as demandé de les rassembler des autres zones du monde pour nous assurer que le potentiel de procréation restait élevé. Tu m'as même dit qu'il nous fallait plus de sang pour pouvoir en envoyer vers les autres secteurs du V-Clan.

Nous savions tous les deux pourquoi je lui avais confié cette tâche, et en effet, il s'agissait d'assurer notre prospérité. Cela dit, il aimait réellement aider ceux dans le besoin. Ce qui expliquait la présence d'Ivana dans le Secteur Sanglant, ainsi que son attirance envers lui.

Cependant, son désir permanent d'aider avait empêché Cillian de s'engager avec elle.

— Tu envoies du sang vers les autres secteurs ? demanda Quinnlynn, surprise.

Je hochai la tête et expliquai :

— Certains d'entre eux sont situés dans des climats qui ne conviennent pas aux humains. Ils ne peuvent pas avoir leurs propres troupeaux comme nous.

Quelques mortels froncèrent les sourcils en entendant le terme choisi. Pourtant, c'était plus gentil que de les traiter de *bétail*.

Malheureusement, il était impossible de nier la division entre nos races. Les humains étaient une espèce inférieure et leur sang nous servait de nourriture. Point à la ligne.

— Le Secteur Lunaire ? devina Quinnlynn.

— Entre autres, murmurai-je. Ils ont étendu leur territoire du Svalbard jusqu'à Severnaïa Zemlia qui est parfaitement inhabitable pour des humains.

Tout l'ancien archipel russe était bien trop froid et inhospitalier pour que les humains puissent y survivre.

— Nous leur envoyons la nourriture dont ils ont besoin.

— Est-ce toujours le prince Cael qui dirige ce secteur ? demanda-t-elle à voix basse.

— Prince Cael, Prince Tadhg et Prince Lykos se sont partagé équitablement le territoire. Ils occupent respectivement le Secteur Lunaire, le Secteur Alpha et le Secteur Glacé.

— Qu'est-il arrivé au Secteur de l'Éclipse ?

Elle avait posé la question discrètement, comme si elle connaissait déjà la nature de ma réponse.

— Détruit ! répondis-je sans émotion. Au cours de la guerre provoquée par le début de la Grande Infection.

Elle déglutit et resserra les doigts autour de ma main.

— À cause des humains.

— À cause des humains, répétai-je sur un ton qui poussa quelques mortels à se replier chez eux.

Le Secteur de l'Éclipse était un sujet douloureux pour moi, puisqu'il s'agissait de mon ancien territoire en Irlande.

L'Infection m'avait forcé à choisir un territoire à défendre et j'avais sélectionné le Secteur Sanglant, car il était bien mieux équipé pour survivre. Ce n'était pas par loyauté envers le V-Clan ni même envers le trône. Mon choix était basé sur des raisons pratiques.

— J'ai pu rapatrier tout le monde à temps, expliquai-je à Quinnlynn. Il n'y a heureusement pas eu de victimes.

— Si ce n'est la destruction totale de ton territoire… de ta maison, murmura-t-elle en baissant les yeux.

Je fis un pas sur le côté pour me placer devant elle et porter ma main libre à son menton.

— Ma maison, c'est ici maintenant, Quinnlynn. *Notre* maison. J'ai fait un choix et je ne le regrette pas. Alors, ne t'avise pas de te sentir coupable pour ça, parce que moi, je ne t'en veux pas.

Elle leva vers moi un regard intense.

— Si j'avais été là, tu aurais pu essayer de sauver les deux secteurs.

— Je ne pense pas, répondis-je. Je serais probablement mort si j'étais resté là-bas.

Elle serra la mâchoire, visiblement prête à objecter.

— Les mortels sont peut-être plus faibles que nous, mais leur technologie est particulièrement létale, enchaînai-je sans la laisser répondre. À l'époque, nous n'avions pas les mesures de sécurité qui sont en place aujourd'hui pour détourner de telles attaques.

Cela sembla la faire réfléchir, mais je n'avais pas terminé.

— Cela ne sert à rien de ruminer le passé. Tu m'as demandé ce qui s'était passé pour le Secteur de l'Éclipse, je t'ai répondu. Pas pour que tu te sentes coupable ou pour te punir, juste pour te tenir au courant. Est-ce clair ?

Elle prit un long moment avant de répondre, mais finit par hocher la tête.

— Très clair.

— Parfait, dis-je en relâchant son menton pour caresser sa joue. Beaucoup de choses ont changé pendant ton absence, Quinnlynn, mais pas mon désir de régner à tes côtés. Tu m'as choisi et il est désormais temps de montrer à notre secteur que moi aussi, je t'ai choisie.

Mon insaisissable Oméga.

Ma farouche compagne.

Mon parfait défi.

Ma reine.

Je cédai à mon désir de l'embrasser, seulement quelques secondes. Un frôlement furtif de nos lèvres. Puis, je me redressai pour continuer notre marche, ma reine à mes côtés, silencieuse et contemplative. Je tournai alors les yeux vers Cillian qui cheminait désormais à côté de nous.

Il m'en aurait informé s'il y avait quoi que ce soit d'inquiétant. Non seulement concernant Quinnlynn, mais aussi au sujet des loups qui étaient réunis pour nous attendre.

— Tu as reconstruit la grande salle de réception, murmura-t-elle en embrassant du regard le magnifique bâtiment qui nous faisait face.

— Oui, et je l'ai rebaptisé le MacNamara, l'informai-je. Il est rempli de centaines d'hommages rendus à tes parents.

Au départ, je voulais que ce soit une surprise, et aussi une forme de punition, mais je préférais la prévenir. Cela allait être un choc pour elle de pénétrer dans ce lieu.

— Des hommages ? m'interrogea-t-elle en levant les yeux vers moi.

— De la part de la meute, clarifiai-je.

— Oh, souffla-t-elle avec un léger sourire. Ils auraient vraiment aimé voir ça.

Elle porta instinctivement la main au pendentif qui brillait à son cou.

— Ils ne cherchaient jamais à être le centre de l'attention, mais ils ont toujours respecté nos racines. C'est pour ça qu'ils ont construit le parc près de chez eux. Existe-t-il encore ? me demanda-t-elle en ralentissant le pas.

— Oui, confirmai-je. Une équipe entière est dédiée à entretenir cet espace de loisirs.

— Mais personne pour la maison, dit-elle en se rappelant probablement notre première sortie.

— Non, pas pour la maison. Le secteur a pensé que la famille MacNamara préférerait la voir retourner à la nature.

Une sorte de message envoyé à Quinnlynn pour lui signifier qu'elle était aussi morte à leurs yeux que ses parents.

Son changement d'expression me confirma qu'elle avait bien compris.

— J'ai toujours considéré la nature comme ma maison, me confia-t-elle, mais je pense que je pourrais m'adapter à un immeuble comme le tien. Seulement, ma louve aura besoin de pouvoir régulièrement s'ébattre à la campagne.

— C'est *notre* immeuble, la corrigeai-je en portant sa

main à ma bouche. Et nous pourrons construire une deuxième maison près du domaine de tes parents.

Je lui baisai le poignet avant de lever les yeux vers le groupe qui s'était formé devant nous.

Je voulais qu'ils sachent exactement ce que Quinnlynn représentait pour moi. *Elle m'appartient.*

Quelques-uns des mâles présents baissèrent le regard pour montrer leur respect et leur compréhension.

Les femelles, quant à elles, plissèrent les yeux, plusieurs d'entre elles ne pouvant cacher leur déception.

Parmi elles se trouvait Miranda, une femme particulièrement sûre d'elle qui n'avait jamais semblé comprendre que je n'étais pas intéressé.

Je savais qu'elle allait poser problème à Quinnlynn et j'avais prévu de laisser ma compagne gérer cette situation. Le fait que Miranda ait cherché à me séduire était une insulte directe envers son trône. Si Quinnlynn souhaitait punir cette femelle pour son comportement, je ne m'y opposerais pas.

De la même manière que je punirais – probablement à mort – n'importe quel mâle qui serait suffisamment stupide pour s'approcher de ma femelle.

Lorcan apparut à côté de Quinnlynn, ce qui la fit sursauter. Elle n'était clairement pas sensibilisée à l'aura de mes Élites. Ça viendrait avec le temps. Tout comme elle apprendrait à reconnaître la mienne.

— C'est gentil à toi de te joindre à nous, Lorcan, dis-je d'une voix traînante à mon cousin.

Il m'ignora, le regard fixé sur la foule qui se tenait à quelques mètres de nous.

Cela faisait plus de cent ans que nous vivions ici et il avait encore du mal à faire confiance à qui que ce soit.

Cillian, quant à lui, était bien plus à l'aise, mais je savais qu'il était en train d'examiner les pensées de tous ceux qui nous entouraient, à la recherche de quoi que ce soit de menaçant.

Je me sentis alors suffisamment à l'aise pour lâcher la main de Quinnlynn et venir poser ma paume sur le bas de son dos.

— Bonsoir, lançai-je à ceux qui nous attendaient. Je suppose que votre présence à l'extérieur signifie que le dîner n'a pas encore été servi ?

Quelques-uns des métamorphes sourirent à ma remarque.

Pas Miranda qui répondit pompeusement:

— Nous vous attendions, mon prince.

— Ainsi que ma fiancée, n'est-ce pas ? répliquai-je sans entrer dans son jeu. Après tout, nous sommes là pour célébrer nos fiançailles.

Quinnlynn s'appuya contre moi.

— Nous savons tous qu'ils sont plus là pour toi que pour moi, Kieran, mais j'apprécie tout de même tes paroles. J'ai hâte de voir les hommages rendus à mes parents, le roi et la reine du Secteur Sanglant.

Elle avait prononcé ces derniers mots avec un ton plus dur, en levant des yeux pleins d'audace vers l'Oméga qui cherchait à l'attaquer.

— Oui, à vos parents, rétorqua froidement Miranda. Pas à vous.

Quinnlynn sourit.

— Je ne m'attendais pas à trouver un mémorial à mon nom. Non seulement je suis encore en vie, mais de plus, je n'ai pas encore eu l'occasion de prouver ma valeur. On ne peut pas en dire autant de mes parents. J'apprécie profondément les hommages que vous leur avez rendus. Ils seraient très touchés par ce geste.

— Entrons, alors ! suggérai-je en ignorant Miranda.

Sans attendre les réactions de la foule, je nous guidai

tous les deux vers la porte du grand bâtiment. Tous les murs étaient faits de verre, mais chaque pan était gravé de messages et de souvenirs rappelant le règne des MacNamara. Tout cela racontait la grandeur et le respect face à l'héritage d'amour et d'affection laissé par les parents de Quinnlynn.

Ils avaient dirigé le Secteur Sanglant pendant près de mille ans avant la naissance de Quinnlynn.

Leur mort avait eu un impact considérable, qui se retrouvait dans les histoires inscrites sur ces murs.

Je restai silencieux au côté de Quinnlynn, tandis qu'elle s'arrêtait pour lire chacun d'eux sur notre passage.

Ce ne fut qu'une heure plus tard qu'elle affirma doucement :

— Nous devrions aller manger, mais j'aimerais vraiment revenir pour pouvoir finir de tout lire.

— Tu peux venir ici quand tu veux, Quinnlynn. Ce bâtiment a été érigé en l'honneur de ta famille. De ce fait, on peut dire qu'il t'appartient.

Elle secoua la tête.

— Non, il appartient au secteur. C'est un monument que chacun devrait pouvoir chérir et visiter.

Elle avait raison.

— Ce qui confirme que tu peux y venir quand tu veux.

— Merci, Kieran, dit-elle avec une véritable joie dans ses yeux, où perlait pourtant une larme. Merci d'avoir créé ce lieu.

Je lui rendis son sourire.

— C'était mon devoir de futur roi, chère fiancée. Considère cela comme l'un de mes nombreux cadeaux d'accouplement.

Je l'embrassai avant qu'elle puisse me répondre, submergé par mon désir de la vénérer. L'instinct de presser mes lèvres contre les siennes était si fort que je faillis la pousser contre le mur pour la dévorer de ma langue.

Pas ici, me raisonnai-je. *Mais peut-être... Peut-être plus tard.*

Embrasser une femelle ne servait à rien et cela ne m'avait jamais paru une forme intéressante de préliminaires. Pas lorsque tant d'autres zones du corps pouvaient réagir à ma langue et à ma bouche.

Pourtant, plus je passais de temps avec Quinnlynn, plus j'avais envie de l'embrasser. Pendant des heures, des jours, voire même des semaines.

Ne rien faire d'autre que laisser nos langues s'enrouler dans une danse lascive, une forme de contact qui n'était réservé qu'aux amants les plus intimes. *Et aux couples revendiqués.*

Je la relâchai avant de céder à mes instincts, et perçus une pointe de déception dans son regard.

Nous avions tout de même un dîner à présider.

J'avais aussi prévu de faire un discours.

Cela paraissait juste puisque c'était elle qui avait parlé lors de notre premier dîner de fiançailles. Elle s'était engagée envers moi devant tout le secteur, affirmant clairement qu'elle désirait me choisir comme compagnon.

Ce soir, je ferais de même.

Ils me voyaient désormais comme leur chef, et je voulais leur faire comprendre que j'avais ramené leur future reine à la maison.

Et que j'avais bien l'intention de la garder ici.

Pour toujours.

QUINN

Le dîner ne fit que confirmer ma décision de partager le secret du Sanctuaire avec Kieran.

J'étais très impressionnée par le repas et la manière dont les tables avaient été arrangées ; c'était parfaitement fascinant. Tous les loups du secteur avaient été installés autour de trois longues tables rectangulaires et Kieran et moi étions assis au milieu de la table centrale, partageant les plats avec tous ceux qui nous entouraient, comme dans un immense repas de famille.

Nous étions placés dos à la table derrière nous, ce qui montrait le niveau de confiance parmi les loups tandis que nous mangions tranquillement en discutant avec les uns et les autres.

C'était une expérience très naturelle qui me remplit d'humilité. C'était l'exemple parfait d'une meute qui avait accepté et intégré ses dirigeants.

Comme nous ne faisions aucune démonstration de supériorité ou de puissance, nous étions avec eux comme faisant partie des leurs. C'est exactement ce que je désirais.

Cela dit, mon admiration pour Kieran allait au-delà de

l'organisation des tables ou de cette démonstration de confiance. J'étais subjuguée par la manière dont la meute l'accueillait.

Ils semblaient tous se tourner vers lui pour recevoir ses conseils, leur respect et leur adoration étaient palpables.

Nous étions en train de terminer notre dessert et je pouvais encore voir plusieurs d'entre eux qui le fixaient, tel un dieu qui méritait d'être adoré.

Pourtant, cela ne les empêchait pas de discuter avec lui ouvertement, de lui poser des questions et de le traiter comme un frère, un égal, un véritable ami.

Ils l'aiment.

Quoi de plus normal. Cela faisait plus de cent ans qu'il prenait soin d'eux. Il avait rebâti et fortifié le secteur face aux événements apocalyptiques. Il leur avait offert la sécurité et développé un système de distribution de sang qui permettait à tous les loups du V-Clan de prospérer. Il avait conquis le cœur de mon peuple.

Le niveau d'incertitude et de doute qui régnait au moment de notre premier dîner de fiançailles avait complètement disparu.

Du moins envers Kieran.

Quant à moi, j'avais beaucoup de travail à faire. Cela dit je m'y attendais et je l'acceptais.

Quelques loups échangèrent des paroles polies avec moi, parmi lesquels Ivana. Elle avait choisi de s'asseoir en face de moi et son agréable franchise rendait le repas un peu plus léger.

Pourtant, je pouvais sentir le dédain dans le regard de plusieurs métamorphes autour de moi. En particulier cette Miranda.

Je l'ignorai. Elle n'en valait pas la peine. Aucune de ces Omégas jalouses n'en valait la peine.

Kieran était mon Alpha.

Elles pouvaient aller se chercher leur propre prince.

Je saisis mon verre de vin, sentant la fraîcheur du pied en cristal entre mes doigts, et portai la boisson à mes lèvres. Le liquide rouge était composé d'un mélange de raisins fermentés et de sang donné par les mortels, ce qui créait un breuvage enivrant que je n'avais plus goûté depuis bien trop longtemps.

Kieran se tourna vers moi pendant que j'avalais, avec un regard entendu. Il savait certainement qu'il s'agissait de mon premier verre de sang depuis très longtemps. J'avais plus survécu que vécu ces dernières années, et ma dissociation avec ma louve en était la preuve.

Il prit la bouteille pour remplir mon verre sans me demander, puis il se leva, son propre verre à la main.

Je fronçai les sourcils, ne sachant pas s'il s'attendait à ce que je me joigne à lui, mais il posa une main sur mon épaule, m'invitant à rester assise, et l'écho des couverts tapotant contre les verres emplit la pièce.

Il attendit que le bruit retombe, sans cesser de sourire.

Qu'est-ce qu'il est beau ! m'émerveillai-je en admirant ses fossettes. *Incroyablement beau !*

— Bonsoir à tous, lança-t-il à la foule désormais silencieuse. Merci à tous d'être venus ce soir. Surtout ceux qui sont venus depuis nos avant-postes et les zones éloignées de notre secteur.

Il tourna alors le regard vers Myon et les loups assis autour de lui.

Celui-ci hocha la tête en recevant cette reconnaissance, puis posa son regard bleu perçant sur moi.

Le mépris que j'avais perçu sur son visage hier s'était transformé en quelque chose d'un peu moins haineux, mais je sentais bien qu'il n'était toujours pas heureux de me revoir.

Seulement, il grimaça discrètement au moment où son

regard se posa sur ma gorge où reposait le pendentif familial, un rappel certainement douloureux pour lui.

Je suis désolée, avais-je envie de lui dire. *Je sais que tu les aimais autant que moi.* Mon père et lui étaient meilleurs amis. Cela expliquait certainement sa déception face à mes choix.

Je ne lui avais jamais parlé de ce qui s'était réellement produit.

Alors lui aussi pensait que je m'étais enfuie.

Un acte qu'il ne pouvait que dédaigner.

Ce n'est pas ce que ton père t'a enseigné, dirait-il probablement.

Mais c'est seulement parce qu'il ne connaissait pas la vérité. *Personne ne la connaît.*

— Comme vous le savez tous, le but de cette soirée est de célébrer mes fiançailles avec Quinnlynn MacNamara.

Il sourit en penchant le regard vers moi.

— *Encore une fois.*

Cette remarque fut suivie de quelques rires, ainsi que de plusieurs reniflements irrités.

J'ignorai ces réactions en choisissant de concentrer toute mon attention sur Kieran. Il était le futur roi et il avait plus que gagné mon respect.

— Cependant, cet événement représente beaucoup plus que notre future union. Il s'agit d'accueillir le retour de notre princesse.

Il pressa doucement mon épaule avant de redonner toute son attention à la foule.

Il y avait au moins mille loups présents dans cette immense salle et tout le monde arrivait à l'entendre seulement grâce à notre ouïe exceptionnelle. Sans cela, il lui aurait fallu un micro.

— Je sais que beaucoup d'entre vous se demandent où elle était et comment je l'ai retrouvée, et comme vous le savez tous, je n'ai pas l'habitude de cacher des informations à mon secteur. Voilà donc la vérité.

Mon cœur cessa un instant de battre. *Quoi ?*

— J'ai trouvé Quinnlynn dans le Secteur Bariloche où elle aidait des Omégas prisonnières à guérir, alors qu'elles avaient été brutalisées au sein du trafic d'esclaves de l'Alpha Carlos.

Il ne me laissa pas le temps de réagir avant d'enchaîner.

— Quinnlynn était presque morte après avoir transmis toute son énergie à une Oméga du X-Clan mourante.

Je déglutis en sentant tous les regards dans la salle me fixer encore plus intensément qu'avant.

Mais ce qui me fit le plus réagir furent les exclamations de surprise.

— Quinnlynn aurait pu fuir à nouveau, mais elle a choisi de rester. Elle a choisi d'aider, de guérir, de protéger. Car c'est là ce que font les grands dirigeants. Ils tendent la main à ceux dans le besoin, souvent à leurs propres dépens.

Sa main glissa de mon épaule à ma nuque.

— Je suis sûr que beaucoup d'entre vous ont entendu parler du démantèlement du Secteur Bariloche. Ce que vous ne savez pas, c'est que soixante-douze Omégas ont été sauvées ce jour-là. La plupart d'entre elles ne devaient leur survie qu'à la présence de notre future reine.

Soixante-douze. Elles auraient dû être au moins quatre-vingt-trois. Qu'est-il arrivé aux onze autres ?

— Elle n'était peut-être pas là pour nous au moment où nous pensions avoir besoin d'elle, mais elle m'a fait confiance en tant que futur compagnon pour diriger ce secteur pendant qu'elle se mettait au service de ceux qui en avaient le plus besoin.

Il passa sur ma gorge un doigt à la fois plein de révérence et de possessivité.

Je frissonnai tant sa présence me donnait le sentiment d'être aimée, mais aussi possédée. *Parce qu'il est mon Alpha.*

— Alors pour ceux d'entre vous qui se demandent encore comment j'ai pu pardonner aussi facilement son abandon, peut-être comprendrez-vous mieux désormais mon choix. Je ne saurais imaginer une compagne plus forte et plus digne de ce royaume que Quinnlynn MacNamara.

Il leva son verre avant de chercher de nouveau mon regard. J'eus le souffle coupé tant sa fierté d'être ici à mes côtés était palpable.

— Bienvenue chez toi, Quinnlynn. Je suis impatient de voir ton ascension au rang de reine.

Il porta alors son verre à ses lèvres pour remplir sa bouche du précieux breuvage avant de se pencher pour le faire directement couler dans la mienne.

J'avalai lentement. L'intimité de ce geste était telle que j'oubliai un instant que nous étions en public.

Jusqu'au moment où la salle explosa en un tonnerre d'applaudissements.

— À notre future reine, lança Cillian.

Plusieurs autres dans la salle firent écho à sa déclaration tandis que Kieran glissait sa langue dans ma bouche pour venir sensuellement s'enrouler autour de la mienne.

Ce fut court.

Une introduction.

Un geste plein de promesses indécentes.

Tout était terminé avant que j'aie l'occasion de mémoriser cette sensation.

La pulsion de l'agripper et de l'embrasser encore envahit mes membres et me poussa à me lever.

Il me saisit avant que je puisse lui sauter dessus, bouche la première et nous fondit dans l'ombre pour nous projeter de l'autre côté de la salle au moment même où la musique démarrait.

J'expirai lourdement, déroutée par le changement soudain et stupéfaite par sa parfaite synchronisation. Soit il avait répété ce moment, soit il avait demandé aux musiciens de commencer à jouer au moment où il se fondrait dans l'ombre.

Dans tous les cas, l'effet était réussi.

J'avais l'impression d'être dans un rêve alors qu'il me faisait tournoyer sur la piste de danse avec des gestes experts qui me donnaient l'impression que ses mains étaient partout sur moi à la fois.

Une seconde, il me faisait plonger vers le sol.

Celle d'après, j'étais en train de tourbillonner autour de lui, ma tête tournant aussi vite que mes pieds.

Je soufflai son nom, puis je sentis ses lèvres contre les miennes, me coupant toute envie de parler.

Il s'agit de nos sentiments. De démontrer au secteur que nous sommes unis. De prouver notre compatibilité et l'évidence de notre future union.

Nous avions déjà dansé comme cela cent ans plus tôt.

Pourtant, tout était bien plus intense aujourd'hui. *Plus réel.* Maintenant, je n'avais plus aucune intention de partir. Kieran me fit tourner à nouveau, tout en laissant échapper un doux ronronnement qui me laissa toute flageolante.

— Mmmh, souffla-t-il à mon oreille. Maintenant que je sais que la danse est un bon moyen de séduction avec toi, il faudra que j'utilise un peu plus cette technique.

Il s'éloigna d'un pas avant que je puisse lui répondre, son œil brillant de promesses indicibles tandis qu'il s'inclinait devant moi dans un geste de profond respect.

Plusieurs loups poussèrent un hurlement d'approbation. Je me sentis rougir devant leur appréciation et la manière dont je venais de littéralement fondre devant eux sur la piste de danse.

Au moins, ils ne me lançaient plus des regards noirs.

Pour la plupart d'entre eux en tout cas.

Quelques-uns semblaient clairement me mépriser encore, et à leur tête se trouvait l'Oméga Miranda.

Je continuai de les ignorer, choisissant plutôt de me tourner vers le reste de la foule.

Lorsque mon regard croisa celui de Myon, il me gratifia d'un petit sourire.

Je le lui rendis.

En quittant la piste de danse, Kieran me conduisit d'abord vers lui, comme cela avait été le cas lors de notre première fête de fiançailles. Nous avions commencé par demander l'approbation de Myon avant d'aller à la rencontre de tous les autres métamorphes présents.

Je suspectais que plusieurs d'entre eux avaient boycotté le dîner pour des raisons évidentes. D'autres n'avaient peut-être pas pu quitter leur poste.

Bien que Kieran ait remercié les quelques loups qui avaient cheminé jusqu'à la capitale pour cette soirée, je savais aussi qu'il n'avait pas permis à tout le monde de laisser les frontières du territoire sans surveillance.

La protection du secteur était bien trop importante. Nous prendrions plus tard le temps d'aller personnellement à la rencontre de ceux qui n'avaient pas pu venir et d'écouter leurs doléances.

Kieran espérait sûrement que cette soirée ainsi que son petit discours allaient apaiser suffisamment les esprits avant que nous rencontrions les plus réticents.

— Myon, salua Kieran. Merci d'être venu.

Mon ancien garde hocha la tête.

— Je n'aurais pas voulu rater ça.

Ses yeux clairs fixèrent les miens, emplis d'une pointe de tristesse.

— J'aurais aimé que tu me parles de tout ça, Quinnlynn.

Je déglutis, ne sachant pas exactement ce qu'il voulait dire.

— J'ai fait ce que j'avais à faire.

Il me fixa pendant un moment, puis sortit une petite boîte de sa poche.

— Cela appartenait à ta mère. Je pense qu'il est temps qu'elles te reviennent.

Il baissa le regard vers mon cou.

— Elles sont assorties, ajouta-t-il.

Je fronçai les sourcils en prenant la boîte.

— Assorties ? répétai-je en soulevant le couvercle.

Je poussai un petit cri de surprise en découvrant les boucles d'oreilles à l'intérieur. En effet, ces petits croissants de lune en diamants noirs étaient parfaitement assortis.

— Je ne… je ne comprends pas. Comment as-tu… ? Quand as-tu… ?

— Je pense que ce que ma fiancée voudrait savoir – et moi aussi – c'est *pourquoi* vous n'avez pas rendu ses bijoux plus tôt. Après tout, j'imagine que cela fait un moment qu'ils sont en votre possession.

Le ton de Kieran provoqua un frisson le long de ma colonne.

Ou peut-être était-ce la puissance qui émanait des diamants.

Je pouvais la sentir vibrer à la surface de ma peau tandis que je passais le doigt sur ces pierres familières.

— Je pense les avoir reçus de la même manière que vous, Quinnlynn, répliqua Myon, le regard fixé sur moi avant de passer sur Kieran. J'avais prévu de les lui rendre au cours de la cérémonie de couronnement. Je pense que c'est ce qu'aurait voulu sa mère, mais cette cérémonie n'a jamais eu lieu.

Kieran plissa les yeux, clairement mécontent de cette réponse.

— Vous saviez que j'avais le collier. Pourquoi ne pas avoir mentionné les boucles d'oreilles ?

— J'ai été évincé de la garde royale avant de pouvoir m'en occuper, dit-il avec un haussement d'épaules. J'ai donc attendu son retour, puisque ces bijoux appartiennent à la famille MacNamara dont vous ne faites pas encore partie.

Kieran laissa échapper un grondement sourd.

— Vous doutez encore de ma valeur, après tout ce temps.

— Je douterai toujours de vous. C'est mon travail.

— Plus maintenant, rétorqua Kieran.

Myon s'avança d'un pas, ses cheveux flottant en vagues sur ses épaules.

— Mon histoire et mon lien avec sa famille surpassent de loin la vôtre, O'Callaghan.

Kieran le toisa de haut, peu ému de cette flagrante démonstration d'agressivité.

— Je ne vis pas dans le passé, Myon. Je vis dans le présent et mon avenir est ici avec Quinnlynn. *En tant que compagnon.*

Il posa fermement la main en bas de mon dos, puis nous éloigna de Myon avant que l'Alpha puisse répondre.

Cillian se plaça discrètement entre nous, pour empêcher Myon de nous suivre.

Je jetai un coup d'œil par-dessus mon épaule, mon regard sombre croisant celui de Myon. Coincées dans ma gorge se trouvaient des paroles de remerciement pour les boucles d'oreilles qu'il venait de me rendre.

Mais je ne pouvais pas les prononcer.

Pas après son manque de respect flagrant envers Kieran.

Je détournai lentement mon attention du meilleur ami de mon père, et vis Kieran qui m'observait sans la moindre trace d'émotion sur son visage.

— Tu as raison, dis-je à voix basse. Nos destins sont liés et je préfère vivre dans le présent avec toi plutôt que de rester dans le passé.

Rester dans le passé aurait voulu dire continuer à cacher la vérité à Kieran. Cela impliquait de continuer à être moquée pour mes choix et ma fuite, de vivre une vie de solitude, de souffrance et de vide.

Et ce pour quoi ?

Pour ne jamais réussir à retrouver le meurtrier de mes parents ?

Pour continuer à dépenser toutes mes ressources dans le but de préserver le Sanctuaire par moi-même ?

J'avais passé cent ans à essayer d'y arriver seule. Pour quel résultat ?

Certes, j'avais sauvé de nombreuses Omégas.

Mais n'aurais-je pas pu en sauver bien davantage avec Kieran à mes côtés ?

Je tournai la tête vers Miranda et le groupe d'Omégas sans compagnon qui l'entourait. Elles bénéficiaient toutes de la protection de Kieran. Il les avait gardées sans les noyer sous son pouvoir.

Pendant ce temps, mon âme continuait de s'épuiser en essayant de maintenir le bouclier qui entourait le Sanctuaire.

Combien de temps encore pourrais-je tenir ? La fatigue allait-elle finir par me dissocier à nouveau de ma louve, pour de bon cette fois ?

Je n'avais pas réalisé à quel point j'étais près de ma propre perte jusqu'à ce que Kieran me retrouve.

Et je l'avais remercié en le haïssant. En le craignant et en cherchant à lui échapper de nouveau.

Je me plaçai fermement devant mon compagnon. Il me regarda sans émotion, ses yeux fixés sur les miens tandis que je m'agenouillais devant lui.

— Tu es le futur que j'ai choisi. Le compagnon que je choisis, dis-je, consciente de tous les regards qui observaient ce geste de soumission au futur roi du Secteur Sanglant.

Il me fixa de haut pendant un long moment, son visage toujours aussi illisible. Puis, il leva les yeux vers la foule en attente.

— Souvenez-vous de ce moment, lança-t-il. C'est la première et dernière fois que vous verrez votre future reine à genoux. Son destin est de régner, non pas de s'incliner.

Il me tendit une main que j'acceptai immédiatement.

Seulement il ne m'aida pas à me relever.

Il souleva ma main jusqu'à ses lèvres et y déposa un baiser aux yeux de tous.

— Je dois maintenant m'occuper de ma fiancée, murmura-t-il. Les festivités se poursuivront avec le couronnement. À ce stade, nous serons officiellement unis.

Une cacophonie de hurlements s'éleva dans la pièce, qui ne s'éteignit que lorsque Kieran nous fondit dans l'ombre jusqu'à sa chambre, clairement décidé à mettre un terme à la soirée.

Cela dit, je n'étais pas prête à ce qu'il me revendique.

Pas encore.

— J'ai besoin que tu me laisses te fondre dans l'ombre avec moi, murmurai-je tandis qu'il me remettait sur pied.

— Comment ça ? dit-il en fronçant les sourcils.

— Il faut que je puisse t'emmener avec moi. C'est la seule manière de te le montrer.

— De me montrer quoi ? demanda-t-il, visiblement confus.

— Le Sanctuaire, soufflai-je.

Ses pupilles se dilatèrent, seule indication qu'il reconnaissait le terme. Peut-être parce que je l'avais prononcé auparavant. Peut-être parce qu'il l'avait lu dans les documents familiaux. Je n'en savais rien, mais je n'avais pas le temps de déchiffrer son regard.

Il fallait qu'il *voie*.

Et pour cela, il fallait qu'il me laisse me fondre dans l'ombre, ce qui était loin d'être évident étant donné notre situation. Cependant, s'il était réellement l'Alpha que je croyais, il accepterait ma demande.

Non pas parce que j'avais gagné sa confiance, mais parce qu'il était celui qui était destiné à protéger l'héritage laissé par ma lignée.

Le cœur même de mon monde.

Le véritable joyau de notre race.

— Je t'en prie, Kieran. C'est le seul moyen. Je veux que tu comprennes, que tu connaisses la vérité, mais pour cela, il faut que tu la voies.

Ses traits se durcirent.

— Quinnlynn…

— S'il te plaît, dis-je en serrant sa main dans la mienne. J'ai besoin que tu me retires mes chaînes.

KIERAN

Je l'observai un moment, mon instinct me poussant à lui faire confiance tandis que mon esprit me hurlait toutes les raisons de ne pas le faire.

Pourquoi maintenant ? Pourquoi ici ? Pourquoi ce soir ?

— Pourquoi ne me dirais-tu pas plutôt où je dois nous transporter ?

Quinnlynn secoua la tête.

— Ce n'est pas aussi simple.

— Évidemment, dis-je sans pouvoir masquer le sarcasme dans ma voix.

Elle aurait pu me demander de lui faire confiance à n'importe quel moment, mais elle avait choisi ce soir. Juste après notre dîner de fiançailles.

C'est-à-dire le soir même où elle avait disparu cent ans plus tôt.

Me pensait-elle aussi naïf ? Croyait-elle vraiment que quelques commentaires flatteurs allaient suffire à me rendre confiant ?

Je la regardai d'un œil dégoûté à l'idée qu'elle ait choisi de me trahir à nouveau.

— Je suis sérieuse, Kieran, dit-elle en refermant les

doigts sur la petite boîte de Myon, comme si cela la stabilisait.

Son autre main se détachait peu à peu de la mienne alors que je venais juste de la relever.

— Ce n'est pas aussi simple, parce qu'il faut que quelqu'un te conduise à cet endroit pour savoir où il est.

— Ça me paraît plus que suspect, princesse, dis-je, toujours sceptique.

Elle grimaça un peu en entendant la colère dans ma voix.

Je ne pouvais pas m'en empêcher.

Pensait-elle vraiment que j'étais suffisamment stupide pour la relâcher maintenant ?

Ou veut-elle réellement me montrer quelque chose ? songeai-je, tiraillé.

Je lâchai sa main pour m'éloigner un peu, j'avais besoin de réfléchir.

Elle me suivit.

— Kieran, j'essaye de t'expliquer pourquoi je suis partie, mais ce serait tellement plus simple de te le montrer.

— Peut-être que je devrais te forcer à me le dire, répliquai-je, sur la défensive.

Elle venait remuer le couteau dans d'anciennes plaies que je n'avais pas du tout envie de rouvrir.

Ce n'est pas ce que j'appelle vivre dans le présent, murmura une voix sombre dans ma tête. Mais la situation était-elle réellement la même ? En tout cas, elle n'avait pas encore gagné ma confiance. Pas entièrement.

Le souvenir de sa disparition m'empêchait encore de la croire.

Pourtant, ce même souvenir m'intriguait. Il faisait écho à mon côté sauvage, à la bête en moi qui la considérait comme nôtre.

L'envie folle de la prendre montait lentement en moi. Je ressentais le besoin de la marquer, de la faire mienne.

D'un autre côté, une part de moi avait envie de lui faire confiance, de lui rendre sa liberté et de voir ce qu'elle en ferait.

Cette part de moi avait *aimé* la pourchasser et n'était pas contre un nouveau défi.

Seulement je savais que ça détruirait notre secteur. Nous avions commencé un processus de guérison ce soir. Un processus qui allait être long, mais auquel je croyais réellement.

Seulement, si elle me trahissait — si elle *nous* trahissait — à nouveau, il y avait des chances pour que je ne réussisse pas à garder le secteur uni.

— Je voudrais vraiment te le montrer, murmura-t-elle, le regard suppliant.

— Pourquoi ferais-je quoi que ce soit pour te faciliter les choses, Quinnlynn ? N'en ai-je pas suffisamment fait pour te prouver que j'étais un compagnon digne de ce nom ?

Putain, je ne peux pas discuter de tout ça maintenant. J'ai vraiment besoin de réfléchir.

Et puis j'ai besoin d'enlever ses vêtements étouffants.

Je me dirigeai vers le dressing. Ça au moins, c'est une décision que je pouvais prendre maintenant.

Je nous avais transportés dans ma chambre avec l'intention de l'embrasser. De lui faire l'amour. *De la mordre.*

Elle avait complètement bousculé mon programme avec sa demande.

Tout ça parce qu'elle voulait que je lui fasse confiance.

Qu'elle aille se faire foutre !

Et moi aussi, parce que je ne suis clairement pas prêt à lui refaire confiance.

Ce qui soulevait une question importante. *Comment puis-je la revendiquer si je ne lui fais pas confiance ?*

Quinnlynn émit un couinement frustré derrière moi.

— La raison même pour laquelle je veux te montrer tout ça, c'est que je te pense digne. Tu es plus que digne.

Elle se mit à grogner.

— Tu... tu ne ressembles en rien à ce que je pensais, pourtant tu es exactement ce qu'il me faut.

Je m'immobilisai devant mon dressing, ces dernières paroles ayant suscité mon intérêt.

— *Tout ce qu'il te faut ?*

Tout ce qu'il te faut pour quoi ? songeai-je.

— Je me suis montrée injuste envers toi. Je... Je ne savais pas à qui faire confiance. Mes parents...

Elle s'éclaircit la gorge.

— Kieran, je t'ai choisi parce que tu ne te battais pas pour obtenir ma main. C'est ce qui m'a fait penser que tu étais peut-être différent. Tu l'es. Je n'avais juste pas compris à quel point jusqu'à maintenant.

Je me retournai vers elle, intrigué par ces paroles.

— Différent ? Dans quel sens ?

— Différent de tous ces Alphas qui n'ont soif que de pouvoir. Toi aussi, tu aimes le pouvoir, mais pas pour les mêmes raisons. En tout cas pour certains d'entre eux. Un en particulier. Et je pense que ce que voulait cette personne, ce n'était pas seulement le pouvoir, c'était... *un accès.*

Je la fixai en plissant les yeux.

— Qu'essayes-tu de me dire, Quinnlynn ? Un accès à quoi ?

Cela dit, je soupçonnais déjà sa réponse : *un accès à ses secrets de famille.*

— Au Sanctuaire, murmura-t-elle.

C'était la deuxième fois qu'elle prononçait ce mot à voix basse, comme s'il s'agissait d'un terme sacré.

— Je voudrais te conduire au Sanctuaire, s'il te plaît.

— Qu'est-ce que c'est ?

— Un lieu qu'il faut voir pour le comprendre, répondit-elle sans réussir à me convaincre. Un lieu… un lieu où je peux te conduire si tu me fais confiance.

Je serrai brièvement la mâchoire. Elle pouvait très bien être en train de me piéger. Le désespoir qui teintait son odeur pouvait aussi bien être causé par son désir de s'enfuir que par celui de me dire la vérité.

Mais l'étincelle que je percevais dans son regard, celle qui me suppliait de laisser le passé derrière nous et de lui faire confiance pour avancer vers l'avenir, suffit à ébranler mon désir de lui dire non.

Je pouvais me contenter de la baiser, de la revendiquer et de fouiller son esprit à loisir pour découvrir la vérité.

Cependant, cela briserait le lien ténu que nous avions réussi à tisser au cours de ces dernières semaines. Je ne voulais pas que notre passé vienne gâcher l'avenir qui se présentait à nous.

Je voulais la croire, lui faire confiance. Je voulais la laisser me montrer cette vérité.

Je n'avais aucune envie de la lui soutirer de force et de fracturer notre connexion déjà fragile.

Elle ne me le pardonnerait jamais, surtout lorsqu'elle était sur le point de s'ouvrir enfin à moi.

Si bien sûr tout ça n'est pas un stratagème, glissa mon côté pessimiste. Mon regard se posa une nouvelle fois sur la petite boîte. Elle semblait contenir un symbole que je n'arrivais pas complètement à saisir. Une marque du passé qui venait entacher l'avenir.

Tout ça était ridicule.

Je me pinçai l'arête du nez et poussai un long soupir. *Concentre-toi.*

— À quel type de climat dois-je me préparer ? demandai-je pour la tester.

Elle expira comme si elle avait retenu son souffle jusqu'à maintenant et je sentis son pouls s'accélérer.

Était-elle soulagée, car elle pensait que j'étais tombé dans son piège ?

Où était-ce simplement la joie de recevoir ma confiance ?

— Tu vas m'enlever cette laisse ?

Elle avait posé la question d'une voix douce, le regard chargé de bien trop d'espérance.

— Je ne sais pas encore, précisai-je. Dis-moi d'abord à quel climat je dois m'attendre.

Arrête d'essayer de gagner du temps et donne-moi une réponse claire, sinon, je saurais que tu mens.

— F… Froid, bégaya-t-elle.

Ce n'était pas exactement la réponse assurée que j'attendais, mais je hochai la tête et disparus dans mon dressing pour trouver des vêtements adaptés.

Quinnlynn pénétra dans le dressing derrière moi, en se mordillant la lèvre inférieure.

Je l'ignorai et retirai ma veste pour la mettre sur un cintre.

Je me débarrassai ensuite de mon gilet et de ma cravate, ainsi que de ma chemise. Lorsque je me retournai, je vis qu'elle essayait visiblement de défaire le nœud du ruban dans son dos.

Après l'avoir laissée se tortiller un moment, ce que je trouvais étrangement mignon, je m'avançai vers elle.

— Retourne-toi donc, ma petite coquine.

— Tu sais, je n'essaye pas de te piéger, marmonna-t-elle tout en obéissant.

Je me penchai pour coller mes lèvres contre son oreille.

— Nous le saurons bientôt, n'est-ce pas ma chérie ?

Je vis ses bras se couvrir de chair de poule, sans savoir si elle réagissait à mes paroles ou au fait que je me tenais si près d'elle.

Je l'aidai à se débarrasser de sa robe.

Je la saisis ensuite par la nuque et l'attirai à moi, sentant que mon loup réclamait que je la revendique, même un minimum.

C'est ce que je fis en plaquant ma bouche contre la sienne.

J'avais passé toute la soirée à rêver de l'embrasser, alors si je devais la perdre à nouveau, je n'allais pas me priver de lui voler ce souvenir pour l'utiliser à ma guise dans le futur.

Elle inspira vivement, sa poitrine nue rencontrant la mienne au moment où je resserrai mon étreinte sur sa nuque. Mon autre main descendit vers ses fesses, la plaquant contre moi sans ménagement.

Puis, j'entrepris de la détruire avec ma langue.

Je prenais plus que je ne donnais.

J'imprimai le plus possible mon âme en elle sans la mordre. Sans la marquer. Je la possédai pourtant si profondément qu'il ne pouvait pas y avoir le moindre doute possible.

Elle m'appartient.

Ma compagne.

Mon Oméga.

Ma future reine.

Je la pénétrai durement de ma langue, afin d'être sûr qu'elle n'oublierait jamais ce moment. J'étais presque en train de la nouer, *avec ma putain de langue !*

— Considère cela comme un gage, murmurai-je sombrement. Si tu me trahis encore, tu le regretteras, Quinnlynn MacNamara.

Je mordillai sa lèvre inférieure, suffisamment fort pour lui faire mal, mais pas jusqu'au sang.

La prochaine fois, j'avais bien l'intention de la faire saigner. Je voulais qu'elle le voie dans mon regard.

— C'est terminé les petits jeux. Est-ce bien clair ?

— Oui.

— Très bien, dis-je en la relâchant. Habille-toi chaudement, il paraît que nous allons quelque part où il fait *froid*.

Je me retournai pour retirer mon pantalon, mais ma queue était si dure que j'avais presque peur de me faire mal. Cela dit, il me suffisait de penser à la possibilité qu'elle me trahisse pour la faire retomber.

Du moins jusqu'à ce que je commence à réfléchir à la manière dont je la rattraperais pour la punir.

À cette idée, j'étais de nouveau en érection en enfilant une paire de jeans.

Cette femme est définitivement le défi le plus séduisant auquel j'ai jamais fait face. Le plus frustrant aussi.

Je chaussai rapidement chaussettes et bottes, avant de choisir un pull.

Elle s'était également habillée et avait même enfilé un manteau. Elle portait désormais les boucles d'oreilles de sa mère, qui, je devais l'admettre, lui allaient à merveille.

— Au moins je sais maintenant que les vêtements que j'ai fait venir pour toi sont à ta taille, dis-je en jetant un coup d'œil vers la partie du dressing que je lui avais réservée. Ce serait vraiment dommage de gâcher tout ça, n'est-ce pas ?

Quinnlynn tendit la main vers une veste en cuir doublée de fourrure.

— Je ne gâche rien du tout, Kieran. Nous serons de retour avant demain matin.

Je lui pris la veste des mains.

— Ne fais donc pas des promesses que tu ne tiendras pas, princesse.

— Je ne te mens pas, prince, répondit-elle en croisant les bras. Cela dit, ta réaction prouve que j'avais raison. Tu es différent. Si tu connaissais mon secret, tu serais avide d'y accéder.

— Ah, vraiment ? répondis-je en l'aidant à mettre sa veste.

— Oui, dit-elle avec une assurance grandissante. Tu vas même t'excuser de ne pas m'avoir crue une fois que nous serons là-bas.

— Tu crois ça ?

— Absolument. Je sais que je n'ai pas encore entièrement regagné ta confiance, mais après cela, il n'existera plus aucun doute possible.

C'était une affirmation audacieuse. Bien sûr, elle pouvait me raconter n'importe quoi, mais j'espérais vraiment que c'était la vérité.

— Très bien, ma petite. Tu as gagné.

Sa bouche s'entrouvrit de surprise.

— Vraiment ?

Je hochai la tête en sortant du dressing.

— Par contre, je suis très sérieux, Quinnlynn. Si tu me trahis à nouveau, je te le ferai payer cher. Alors, réfléchis bien à ce que tu vas faire maintenant.

Je savais que ça détruirait notre secteur et je ne pouvais pas la laisser faire ça.

Je levai progressivement le frein que j'avais mis sur sa capacité à se fondre dans l'ombre tout en lui tournant le dos. C'était surtout pour la tester.

Lorsque j'eus terminé, elle se contenta de se téléporter devant moi, le regard rempli d'une expression que j'avais du mal à définir.

De la joie ? De la gratitude ? Une pointe de malaise ?

C'était un étrange mélange face auquel j'arquai un sourcil perplexe.

— Tu as changé d'avis ? demandai-je.

— Non. C'est juste que ça fait un moment que je n'y suis pas allée. J'espère vraiment que je serai mieux reçue là-bas qu'ici, dit-elle en rougissant un peu.

— Mieux reçue ? dis-je surpris. Nous allons rendre visite à quelqu'un ?

Elle agrippa mon poignet avant de répondre.

— Tu verras.

— Quinnlynn, dis-je en empoignant son bras avec colère. Dis-moi immédiatement qui nous allons voir.

J'avais accepté qu'elle m'emmène voir un endroit, pas forcément un groupe d'inconnus. Je pouvais me débrouiller en toutes circonstances, mais je ne pouvais pas répondre de Quinnlynn.

— Fais-moi confiance, murmura-t-elle alors que l'ombre nous enveloppait déjà.

Cillian, Quinnlynn nous…

Le monde bascula et je fus envahi d'un sentiment étrange tandis qu'un éclair de puissance déchira l'air entre Quinnlynn et moi. Je trébuchai vers l'avant, comme si son bras disparaissait sous ma main.

Son nom s'échappa de mes lèvres avec un grognement tandis que je luttais pour réussir à voir, momentanément aveuglé par l'énergie qui me plaqua au sol, comme si quelqu'un venait de me pousser.

Seulement, il n'y avait personne.

Aucun autre être vivant.

Aucune puissance mystique.

Juste la chambre.

Et moi, étalé sur le sol.

Quant à Quinnlynn…

Je ne la voyais nulle part.

Je clignai plusieurs fois des yeux, en essayant d'éclaircir mon esprit et de comprendre ce qui venait de se passer. Le temps semblait s'être arrêté pendant quelques secondes. *Trompé. Renversé. Refusé.*

Non.

Rejeté.

La puissance de Quinnlynn m'avait traversé, et elle m'avait *rejeté*.

Je serrai les mâchoires.

Quinnlynn venait de désavouer nos fiançailles par un putain d'enchantement. Merde ! Elle s'était à nouveau échappée.

Et cette fois-ci, elle s'était assurée que le secteur tout entier le sente.

La preuve en était mes deux Élites, qui débarquèrent seulement quelques secondes après les faits.

Cillian jeta un coup d'œil à la pièce et jura.

Lorcan plissa les yeux.

Quant à moi, je… je laissai ma bête réagir au rejet public de ma *promise*.

Je poussai un rugissement.

QUINN

Aïe ! Je me roulai en boule sur une surface molle en essayant d'apaiser la douleur dans mes tempes.

J'avais l'impression que je venais de sauter d'une falaise pour atterrir sur un bloc de glace.

Je poussai un gémissement, chaque partie de mon corps était douloureuse. *Qu'est-ce que j'ai fait ? Où suis-je ?*

J'avais le cerveau embrouillé, impossible de rassembler mes souvenirs. Il était question d'ombre.

Ombre. Les ombres. L'ombre.

Se fondre dans l'ombre.

Hmmmm.

Je déglutis, mais ma gorge était aussi sèche qu'un désert.

Pourquoi suis-je sur un nuage ? C'était duveteux et ça sentait bon. Comme chez moi. Je poussai un soupir en respirant cette odeur familière et chaleureuse. Je n'étais pas venue ici depuis si longtemps. Un lieu protégé. Mon nid. Mon refuge.

Sauf que…

Il manque quelque chose.

Non, pas quelque chose. Quelqu'un.

— Kieran, dis-je d'une voix rauque en le cherchant automatiquement des doigts.

— J'ai bien peur qu'il ne soit pas là, prononça une voix familière qui me fit froncer les sourcils.

Quoi ?

— L'enchantement l'a rejeté. Bon sang, il a failli te rejeter aussi, ce qui est plutôt étrange sachant que c'est toi qui l'as créé. Peut-être que la magie t'en veut d'être restée éloignée si longtemps. Putain, en tout cas, moi je t'en veux carrément.

Kyra, pensai-je.

— Tu as même passé du temps dans le Secteur Sanglant avant de revenir ici. Je ne peux pas dire que je ne suis pas un peu vexée, frangine.

Ce surnom me confirma qu'il s'agissait bien d'elle, mais ça n'expliquait pas sa présence ici. Ni la mienne.

Soudain… Les choses commencèrent à reprendre leur place dans mon esprit.

Le dîner de fiançailles. Kieran. La danse. Les boucles d'oreilles. Je l'ai convaincu de me faire confiance. Se fondre dans l'ombre…

J'ouvris subitement les yeux.

Je les refermai immédiatement. Parce que, *bordel !*

— Où ai-je atterri ? demandai-je d'une voix brisée qui reflétait bien mon état.

— À côté d'un phoque. Je crois que le pauvre animal a failli avoir une crise cardiaque.

Je gémis tandis qu'elle rigolait, clairement amusée par mes malheurs.

— Heureusement que Fritz t'a vue. Il a réussi à te sortir de l'eau. Ensuite, j'ai pris le relais en te fondant jusqu'ici dans l'ombre.

Elle posa délicatement une main sur mon front.

— Tu n'es pas encore entièrement guérie, mais presque.

— Et Kieran ?

— Il n'a pas pu traverser la barrière créée par l'enchantement, me répéta-t-elle. J'imagine qu'il est toujours dans le Secteur Sanglant.

— *Merde !*

J'essayai de me redresser, mais elle me poussa légèrement pour que je reste allongée.

— Certainement pas. Il te faut encore au moins un jour ou deux de sommeil.

— Quoi ? dis-je, choquée.

— Ça ne fait qu'environ trois jours que tu es là, et après…

— *Trois jours ?!*

Je tentai à nouveau de m'asseoir, mais cette fois-ci, je saisis ses mains avant qu'elle ne me repousse. Je l'obligeai à me laisser faire.

Cela dit, ma tête se mit à tourner tellement vite que je ne pus que me rallonger en grognant.

— Alors là, c'est bien fait pour toi ! s'exclama-t-elle dans son lourd accent anglais. Putain, mais c'est quoi ton problème ?

— Kieran, soufflai-je en essayant de rouvrir les yeux. Il va me tuer.

— Ah ouais ? Alors j'imagine que c'est une bonne chose que tu sois ici avec moi.

Je voulus secouer la tête, mais impossible de finir mon mouvement.

— Non. Je lui avais promis. Il va penser que…

Je grimaçai. J'avais la gorge tellement sèche que j'arrivais à peine à murmurer.

— Tiens.

Une paille toucha mes lèvres et je me mis à aspirer jusqu'à m'en étouffer.

— Calme-toi, Quinn. C'est pas un nœud.

Je voulus grogner en réaction à sa mauvaise blague, mais je préférais continuer à laisser couler l'eau fraîche dans ma gorge.

Lorsque je fus enfin rassasiée, j'essayai d'ouvrir les yeux à nouveau. Lentement. Un premier coup d'œil me confirma que j'étais dans mon nid, que je n'avais pas vu depuis des dizaines d'années. Pourtant, il était bien entretenu, ce qui m'informa que quelqu'un en avait pris soin pour moi.

Certainement Kyra.

C'est elle qui gérait le Sanctuaire en mon absence.

Nous étions partenaires. *Frangines*, songeai-je. Nous n'étions pas concrètement de la même famille, mais nous avions un même objectif.

Notre but commun était de sauver autant d'Omégas que possible.

Ce rôle m'avait été transmis à la naissance.

Quant à elle, on peut dire que ça lui était tombé dessus après avoir tué son compagnon vampire Alpha.

Cela aurait dû la briser complètement, car le venin Alpha était addictif pour les femelles Omégas. Elles en brûlaient d'envie pendant le nourrissage et leurs chaleurs. Elles recherchaient avidement la morsure des Alphas et l'échange de pouvoir qui se produisait à ce moment.

Cependant, Kyra était à moitié issue du V-Clan.

Cela lui permettait de fonctionner différemment des autres vampires. On pouvait dire qu'elle avait hérité du meilleur de ses deux parents et d'aucune de leur faiblesse.

Elle me tendit à nouveau à boire, cette fois-ci une petite bouteille de jus que je bus avant d'essayer encore une fois de m'asseoir. Elle n'essaya pas de m'en empêcher, me lançant seulement un regard désapprobateur.

Quelle mère poule, pensai-je en retenant un sourire. Parce que Kyra était tout le contraire d'une mère poule. D'ailleurs, c'était la seule Oméga à laquelle personne n'aurait songé à confier ses louveteaux. Elle n'aurait fait que leur apprendre à jurer et à faire des bêtises.

Kyra ne croyait pas aux règles.

Cependant, la loyauté était essentielle pour elle.

— Alors pourquoi ton prince Alpha va-t-il essayer de te tuer ? La dernière fois que j'ai eu de ses nouvelles, il était tellement gaga de toi qu'il refusait de céder à toutes les Omégas qui essayaient de le détourner.

— Tu es au courant de ça ?

— J'en ai même été témoin. J'ai continué à garder un œil sur le Secteur Sanglant, comme tu me l'avais demandé. D'ailleurs, tu le saurais si tu prenais la peine de m'appeler de temps en temps.

Je grimaçai, un peu honteuse.

— J'étais coincée dans le Secteur Bariloche.

— Jusqu'à ce que tu ne le sois plus.

— C'est vrai, acquiesçai-je. Parce que Kieran m'a ramenée en Islande et il m'a retiré mes capacités à me fondre dans l'ombre.

— C'est pour ça que tu es arrivée d'une manière aussi désordonnée ici ?

— Peut-être, dis-je avec un haussement d'épaules. Ou peut-être est-ce parce que j'ai essayé de le ramener avec moi. Tu as dit que c'était l'enchantement qui l'avait rejeté ?

— Ouais, je l'ai très bien senti.

— Pourtant, c'est mon compagnon.

Elle arqua les sourcils en jetant un coup d'œil vers mon cou.

— Il t'a enfin revendiquée ?

— Mon futur compagnon, corrigeai-je.

— Voilà qui explique tout. L'enchantement ne l'a pas laissé entrer parce que techniquement, il ne fait pas partie de la famille ni de la lignée pour le moment. Il faut d'abord qu'il boive ton sang.

— Mais moi, j'ai déjà bu son essence.

— Ça ne fonctionne pas comme ça, Quinn. Il a besoin de ton sang, dit-elle sur un ton de reproche. Tu ne te rappelles pas ce qui s'est passé avec Livi quand elle a été revendiquée ? Son Alpha a réussi à traverser nos barrières parce qu'il l'avait mordue.

— Bien sûr que je m'en souviens. J'avais aidé à le maîtriser.

— Exact. C'est ce qui nous avait poussés à mettre en place toutes les formations de défense. Cela dit, il avait été capable de la suivre et d'arriver ici parce qu'il avait bu son sang.

Je poussai un lourd soupir en réalisant qu'elle avait raison. Je m'étais emballée en voulant montrer le Sanctuaire à Kieran et je n'avais pas pris en compte toutes les fonctions de la barrière magique qui le protégeait. Je pensais que le fait de l'avoir choisi pour compagnon serait suffisant, puisque c'était ma lignée qui avait créé et qui maintenait cet enchantement en place.

Apparemment, je m'étais trompée.

— Il va me tuer.

Pas vraiment. J'en rajoutais sûrement un peu, mais il allait définitivement être très en colère.

Je sentis mon estomac se serrer en y pensant.

Il croit probablement que je l'ai encore une fois trahi.

— Il faut que je retourne là-bas, marmonnai-je.

— Euh… je ne crois pas, non. Tu viens de dire qu'il veut ta mort.

— Parce qu'il va croire que je me suis enfuie une nouvelle fois. Je vais lui expliquer, ça va aller.

J'espère.

Je posai la main sur mon front. J'avais très mal au crâne et je me sentais terriblement nauséeuse. J'avais l'impression que j'allais vomir d'une seconde à l'autre, sans compter les spasmes qui agitaient mes entrailles.

C'est probablement ma louve qui s'agrippe à mon cœur, pensai-je confusément. *Peut-être qu'elle sent la colère de son compagnon.*

Seulement, ce n'était pas ça. Je n'arrivais pas à sentir la moindre trace de Kieran, même pas celle de son énergie de guérison.

Mes yeux s'ouvrirent soudainement – je ne savais pas vraiment quand je les avais refermés – et mes organes se contractèrent à nouveau.

— Je n'arrive pas à le sentir !

J'essayais de retrouver le fil qui me reliait à sa puissance, à sa *force*, mais je ne sentais rien.

— Comment… ?

Avait-il coupé ce lien ?

Est-il blessé ?

Je me mis à chercher mes vêtements autour de moi à tâtons, parce que visiblement, on m'avait enlevé mon pull et mon jean.

— Quinn ?

— Je n'arrive pas à le sentir ! répétai-je, une pointe de panique dans la voix.

Avait-il fait quelque chose pour couper notre connexion ? Avait-il pris une nouvelle compagne ?

Il m'avait promis que je le regretterais si je le trahissais à nouveau.

Voulait-il dire qu'il prévoyait de me renier ? Après tout ce que nous avions partagé ?

Oh lunes…

Je suppose que je le mériterais, seulement, je ne l'avais pas trahi !

— Il faut que j'y aille. Il faut que je me fonde…

Je retombai en arrière en poussant un cri d'agonie tant mes entrailles semblaient soudain voler en éclats.

— Quinn ! hurla Kyra.

Je pouvais à peine l'entendre.

Quelque chose n'allait pas. *Vraiment, vraiment pas.* Je pouvais sentir mon âme se déchirer en moi et ma louve hurler de douleur.

Je n'étais pas en train de guérir.

J'étais en train… j'étais en train de vivre *l'enfer*.

Je me blottis dans mon lit, à la recherche des odeurs qui devaient me guérir. Seulement, elles n'étaient pas là. Parce qu'*il* n'était pas là. Mon Alpha. Mon fiancé. Mon Kieran.

— Il faut que je… que je…

Impossible d'aller au bout de cette pensée. Je fus assaillie par un nouveau spasme, je n'étais plus que gémissements et cris de douleur.

J'entendais des voix dans le lointain.

Kyra. Un mâle. Une autre femelle.

Les noms s'embrouillaient dans mon esprit, qui était envahi de souvenirs au centre desquels se trouvait toujours Kieran.

Il me punit, réalisai-je avec une exclamation de surprise. *Il est en train d'inverser mon processus de guérison. Pour me faire du mal.*

Parce que je lui ai fait du mal.

Je l'avais abandonné.

Seulement je ne l'avais pas abandonné cette fois-ci.

— Kieran, soufflai-je, les yeux remplis de larmes et de visions cauchemardesques.

J'avais l'impression que tout mon corps était en feu, perdu au milieu d'une agonie de solitude.

Il me hait.

Il me rejette.

Il… il s'assure que je sais qu'il en a fini avec moi.

Mais je ne l'avais pas trahi. *Je te le jure, Kieran. J'ai… je voulais t'emmener… avec moi.*

Je me mis à sangloter en voyant que mon corps refusait de se fondre dans l'ombre. Mon esprit était écartelé tandis que j'essayais de distinguer le vrai du faux.

Peut-être était-ce seulement un cauchemar. Peut-être que j'allais bientôt me réveiller au milieu de son odeur familière.

Ou peut-être…

Peut-être que je suis en train de mourir. Aux mains de l'esprit de mon propre compagnon.

Je pensais… je pensais pouvoir t'aimer…

Et maintenant…

Maintenant je vois que… que tu es réellement…

Méchant.

De nouvelles voix résonnèrent. J'entendis Kyra crier. Je ne reconnaissais que vaguement son ton de voix, sa présence, quelque chose de l'ordre du *besoin*.

Je gémis et suppliai d'être réunie avec Kieran. J'avais besoin qu'il comprenne. Qu'il me pardonne.

Qu'il… qu'il *m'accepte*.

Ma louve geignait en moi et ce son s'échappait de mes lèvres. Ou peut-être était-ce celui d'une sorte d'alarme. Je ne voyais rien. Je n'entendais plus réellement ce qui se passait.

J'étais perdue dans un désert de souffrance et de solitude.

Engloutie par les ténèbres.

Seule… dans mon nid… sans mon compagnon.

Je suis désolée, pensai-je à son intention. *Je ne voulais pas te quitter à nouveau. Je voulais… je voulais rester.*

Il ne me croirait jamais. Plus maintenant. Je le comprenais. Je le *ressentais*. Les tourments que je vivais étaient ma punition.

Il avait raison.

J'avais vraiment des regrets.

Pour tout.

Faire confiance. Aimer. *Tomber.*

Ce n'était pas juste, mais la vie n'était pas faite pour être facile ou agréable. La vie était un défi.

Tout comme moi.

Son défi.

Chacun des spasmes qui me torturaient mettait en évidence que c'était un défi qu'il n'avait plus envie de relever.

Cet horrible personnage me laissait souffrir seule dans mon nid. Sans mon compagnon.

Sans sa chaleur.

Sans son affection.

Sans son ronronnement.

Sans son… *nœud.*

KIERAN

Mes pattes galopaient sur la glace. Mon loup ressentait le besoin de repousser nos limites alors que nous traversions le glacier en courant.

C'était dangereux.

Sauvage.

C'est exactement ce dont j'avais besoin.

Du moins, c'est ce que je me disais, mais ce putain de pincement dans ma poitrine refusait de disparaître.

Elle a menti.

Elle nous a trahis.

Elle nous a rejetés.

Cette sensation d'avoir été poussé à terre me revint en mémoire. J'en grognais de frustration. Je ne savais pas exactement comment elle avait réussi cela, et même si une part de moi était impressionnée par cette démonstration de puissance, le reste de mon être n'était que rage.

Je lui avais fait confiance. Je m'étais permis d'espérer.

Et bon sang, elle s'était servie de ça pour disparaître !

J'avais gagné à notre petit jeu de cache-cache. Putain ! Comment osait-elle me pousser à recommencer ?

J'avais prouvé ma valeur, je l'avais guérie. Je l'avais aidé à retrouver sa louve, à éviter la dissociation. Je l'avais *nouée*.

Merde !

J'aurais dû la revendiquer sans lui demander son avis et la forcer à m'appartenir.

Sauf que j'aurais sans cesse entendu l'agonie de sa louve enfermée en elle. J'aurais aussi appris que tout ce qu'elle m'avait révélé n'était que mensonges. Nous aurions passé le restant de nos jours à nous détester.

Mon loup poussa un grognement de protestation, puis il martela la glace encore plus fort en réaction.

À ce stade, je ne faisais plus que suivre. Il y avait des heures que ma bête avait pris le contrôle. J'aurais pu le maîtriser, mais je n'en avais aucune envie. J'étais d'humeur sauvage. Je me sentais profondément vivant et *furieux*.

Quinnlynn MacNamara s'était servie de moi.

Elle s'était fiancée à moi avant de s'enfuir. Je l'avais retrouvée et elle venait de s'enfuir à nouveau. Putain !

Une part sombre de mon cœur était ravie de reprendre la chasse. Cela dit, je m'inquiétais de ce que cette part lui ferait subir si je la rattrapais.

Le secteur tout entier était au courant de sa disparition. Bon sang ! Même les secteurs alentour devaient le savoir.

Son rejet avait été puissant. Son enchantement avait envoyé une onde de choc à travers tout le Secteur Sanglant. *Tout le monde* avait pu sentir son départ.

Quant à moi, j'avais été tellement sonné que je ne savais toujours pas comment réagir.

Mon travail en tant que Prince du Secteur Sanglant était d'apaiser la meute. Comment pouvais-je m'occuper de ça, alors que j'étais moi-même profondément meurtri ?

Je ne pouvais pas me montrer à eux sous ce jour.

Voilà pourquoi je courais.

Depuis *quatre* jours.

J'étais incapable de m'arrêter.

Mes pas m'avaient mené dans les profondeurs des montagnes glacées, où il n'y avait ni nourriture ni vie. Je finirais bien par revenir à la maison en me fondant dans l'ombre.

Je n'étais pas encore prêt.

Pas tant que le désir de mon loup de tout *déchiqueter* chez nous…

Sire.

Je poussai un grognement, énervé d'être interrompu par Cillian. *Ça ne m'intéresse pas. Va te faire voir.*

Une brèche a été repérée dans nos frontières, ajouta-t-il en ignorant ma réaction.

Tu n'as qu'à t'en occuper. Je n'étais absolument pas d'humeur à me plonger dans ses conneries politiques.

Ce n'est pas aussi simple. Il faut que vous…

J'ai besoin de temps, point, l'interrompis-je, conscient que je me comportais comme un connard égoïste, mais incapable de faire autrement. *Débrouille-toi tout seul.*

Si je pouvais l'obliger à sortir de mon esprit, je le ferais.

Hélas, son pouvoir de télépathie était plus fort que mon désir de l'ignorer. *Elle est venue pour te voir, Kieran*, dit-il, et mon nom résonna comme un coup de fouet dans l'air.

Je me mis à ralentir. *Elle ?* Mon loup redressa la truffe, un mélange d'excitation et de colère venant me faire tourner la tête. *Quinnlynn ? Est-elle revenue ?*

Non, Kyra.

Je clignai plusieurs fois des yeux. Je marchais presque maintenant. *Quoi ?*

Nous l'avons mise en sécurité dans la tanière de Lorcan. Il marqua une pause. *Kieran, elle est venue avec une fiole de sang. Le sang de Quinnlynn.*

Je m'immobilisai. *Du sang ?*

Elle a refusé de nous expliquer pourquoi. Elle ne souhaite parler qu'à toi.

Ce qui signifiait qu'ils avaient essayé de la faire parler et qu'elle avait refusé.

Penses-tu qu'elle a utilisé ce sang pour pénétrer dans nos frontières ?

Quinnlynn m'avait déjà parlé de Kyra, suggérant qu'elle était la source de ses informations sur moi, mais elle ne m'en avait pas dit plus.

Elle a seulement dit que le sang était pour vous, mais n'a pas voulu nous expliquer pourquoi.

Je fronçai les sourcils en reprenant forme humaine. *Avez-vous détecté son entrée ?*

Non, je l'ai trouvée dans vos appartements, alors que je vous cherchais.

Je soulevai un sourcil surpris. *Dans mes appartements ?*

Oui, elle faisait les cent pas dans votre chambre.

Ce qui veut dire qu'elle est entrée sans être repérée.

Tout à fait, Sire.

Alors elle pourrait repartir de la même manière ? Si elle était entrée sans que personne ne la voie, je doutais que nous puissions la retenir longtemps.

Honnêtement, Sire, je ne sais pas, dit-il d'une voix méfiante. *Elle se montre relativement coopérative pour le moment.*

Coopérative ? répétai-je sur un ton incrédule.

Mais elle a dit qu'elle ne vous attendrait pas beaucoup plus longtemps et que si elle repartait, vous ne sauriez jamais ce qui est arrivé à Quinnlynn, parce qu'elle comptait bien s'assurer que vous ne la reverriez plus jamais.

Je grognai avant de répondre : *J'arrive.* Peut-être pour tuer l'intruse qui avait l'audace de menacer ma fiancée. Ou peut-être pour lui dire de partir parce que son sort m'était désormais égal.

Bien sûr, je savais ce que j'allais faire.

Parce que malgré ma colère, je savais bien que le sort de Quinnlynn ne m'était pas égal.

Merde.

Je me transportai jusqu'au dressing de Lorcan et attrapai un jean au hasard. Nous faisions la même taille, alors ce n'était pas un problème.

Je sortis à grandes enjambées de sa chambre et me dirigeai vers son bureau.

Il m'accueillit dans l'encadrement de la porte, repérant le pantalon que je lui avais emprunté. Il se recula ensuite pour laisser apparaître la femme assise dans son fauteuil, comme si elle était chez elle.

Je l'examinai d'un coup d'œil rapide.

Des cheveux d'un noir bleuté.

Des yeux verts semblables à ceux d'un chat.

La peau pâle.

Petite.

Vampire.

Elle était pourtant beaucoup plus que ça. Je savais qu'elle avait aussi du sang du V-Clan. Une Oméga métisse. Ce n'était pas forcément rare, mais je pouvais ressentir l'énergie très ancienne qui émanait de sa frêle silhouette.

Cette femme était puissante.

Elle avait effectivement une fiole du sang de Quinnlynn avec elle. Celle-ci était posée sur la table devant elle comme une sorte d'étrange gage de paix. L'odeur de ce sang me frappa comme celle d'une drogue. Mon loup mourait d'envie d'y goûter.

Ou peut-être était-ce mon désir de violence qui m'attirait vers le contenu de cette bouteille.

— Où est-elle ? demandai-je sèchement sans préciser de qui je parlais.

Je ne m'étais pas non plus éclairci la gorge, mais le

grondement rugueux qui accompagnait mes paroles paraissait parfaitement approprié.

— Au Sanctuaire, répondit-elle simplement.

Elle non plus n'avait pas l'air de vouloir tourner autour du pot.

— Dis-moi où il se trouve. Maintenant.

Parce que j'avais une envie folle de serrer les doigts autour du joli petit cou de ma fiancée.

— Je ne peux pas. Il faut d'abord que tu boives ça, dit-elle en désignant de son ongle pointu la petite fiole sur le bureau. Mais je te préviens, je ne suis pas sûre que ça fonctionne.

— Que ça fonctionne pour quoi ? dis-je en fronçant les sourcils.

— Pour réussir à traverser l'enchantement de protection autour de l'île. Normalement, il faut être officiellement en couple, mais j'espère que le fait d'avoir son sang en toi permettra de le tromper.

Elle se leva et s'éloigna du bureau.

— Bois-le et je te conduirai à elle, ajouta-t-elle.

Lorcan s'avança d'un pas et posa une main sur mon épaule. Il voulait me prévenir de refuser, mais ce n'était pas nécessaire.

Il n'y avait pas la moindre chance pour que je laisse cette petite bonne femme aux cheveux bleus m'emmener où que ce soit.

Je lui avais demandé de m'expliquer où je devais aller, pas de m'y conduire comme si j'avais besoin d'une escorte.

— Pourquoi irais-je où que ce soit avec toi ? Je connais bien ta tendance à tuer les Alphas, Kyra. Je n'ai pas prévu d'être ta prochaine victime.

Certains Alpha trouveraient peut-être ridicule d'avoir peur d'une Oméga, mais pas moi. Je n'avais pas survécu aussi longtemps en permettant à mon ego de prendre le pas sur ma logique.

Cette femelle à l'apparence frêle avait déjà prouvé sa dangerosité. C'était une veuve noire aux pouvoirs que personne ne pouvait mesurer.

Elle releva légèrement le coin de ses lèvres.

— Je ne tue que les Alphas qui le méritent, Kieran. As-tu fait quelque chose pour provoquer ma colère ?

— Je ne sais pas. Qu'en penses-tu ?

— Tu commences en effet à me fatiguer un peu.

Elle contourna le bureau d'une démarche féline qui s'accordait parfaitement à son regard de chat.

— Ta fiancée est blessée et elle est sur le point d'être à nouveau en chaleur. Si tu continues à choisir de ne rien faire, alors oui, tu auras mérité ma colère.

Je la toisai, elle était beaucoup plus petite que moi. Elle ne mesurait pas plus d'un mètre cinquante. Pourtant, je sentais son aura mortelle, telle une cape d'énergie sombre et énigmatique.

— Elle est ma meilleure amie, Kieran. Je l'ai laissée dans son nid en train de hurler. Alors si tu ne comptes pas coopérer, dis-le-moi maintenant, parce que quelqu'un doit aller la réconforter, et même si c'est toi qu'elle réclame, je ne peux pas la laisser souffrir seule.

Je plissai les yeux, méfiant.

— Elle m'a rejeté de façon plutôt spectaculaire, alors pardonne-moi si j'ai du mal à te croire quand tu dis qu'elle me *réclame*.

— Il est devenu sourd quand la barrière l'a renvoyé ici ? demanda nonchalamment Kyra en tournant le regard vers Lorcan et Cillian. Parce que je jurerais lui avoir déjà expliqué.

— Je te conseille de réessayer, répliqua Cillian sans émotion.

Elle leva les yeux au ciel avant de les reposer sur moi.

— C'est la barrière magique qui t'a rejeté. Pas Quinnlynn. Et ce putain d'enchantement a failli la tuer elle aussi.

— L'enchantement qu'elle a utilisé pour se fondre dans l'ombre sans moi ?

L'Oméga aux yeux de chat me fixa d'un regard noir.

— Bien sûr que non, connard. L'enchantement qui protège notre île. Il l'a fait dévier de sa trajectoire et elle a atterri sur un iceberg qui l'a ensuite projetée dans l'eau. Peu après s'être réveillée, elle a senti les premiers signes de ses chaleurs. Je suis revenue te chercher parce qu'elle a besoin de toi.

Lorcan et Cillian grognèrent tous les deux en l'entendant m'insulter, mais j'étais trop occupé à essayer de comprendre ce qu'elle disait pour m'arrêter sur les termes utilisés.

— Qu'est-ce que cet enchantement protège exactement ?

— Le Sanctuaire.

Oui ça j'ai bien compris.

— C'est quoi ce putain de Sanctuaire ? demandai-je, lassé de toutes ces énigmes. Explique-moi de quoi il s'agit et je réfléchirai à ta proposition.

— Kieran, grogna Lorcan, brisant son silence.

Je levai une main pour le faire taire, les yeux toujours fixés sur Kyra.

— Quinnlynn m'a assuré qu'il fallait que je le voie pour comprendre, mais je n'ai confiance ni en elle ni en toi pour m'y emmener. Alors, commence par m'expliquer ce qu'est cet endroit.

— Elle ne te l'a jamais dit ? dit-elle avec une pointe de malaise dans la voix.

— De toute évidence, non.

— Mais elle… elle a dit qu'elle voulait s'accoupler avec toi, dit Kyra lentement, le regard de plus en plus confus. Je… je suis là pour l'aider. Je pensais que… À moins que ce ne soient ses chaleurs… ?

Elle recula d'un pas, mais Lorcan se glissa derrière elle, lui coupant le chemin et l'attrapant par les hanches pour l'immobiliser. L'Oméga fut saisie d'un frisson.

Je sentis le pouvoir de mon Élite, qui me confirmait qu'il la tenait.

Je suppose qu'il est possible de l'empêcher de partir, pensai-je. *Exactement comme Quinnlynn.*

Sauf que Quinnlynn s'était servie de la ruse pour m'échapper.

Peut-être. À moins que cette femelle ne dise la vérité.

— Parle-nous du Sanctuaire, exigeai-je.

— Je… je pensais que tu étais au courant. Elle… elle a essayé de t'y emmener. Pourquoi aurait-elle… ?

Kyra cligna des yeux, comme pour essayer de comprendre.

— Cela fait tellement longtemps que je ne l'avais pas vue. Peut-être que j'ai mal compris.

— Elle m'a dit qu'il s'agissait d'un endroit que je devais voir. Puis, elle m'a expliqué qu'elle était la seule à pouvoir nous fondre jusque-là. C'est là que j'ai choisi de lui faire confiance et elle m'a trahi avec cet enchantement de rejet.

Qui pouvait potentiellement être la *barrière* dont Kyra parlait sans cesse. Cela dit je n'étais pas sûr de la croire. Je ne savais vraiment plus quoi croire en ce qui concernait Quinnlynn.

— Pourquoi aurait-elle prévu de l'emmener là-bas si elle ne prévoyait pas de lui dire la vérité ? intervint Cillian.

— Sauf si tout ça n'était qu'une ruse, marmonna Lorcan, exprimant le fond de mes pensées.

Dans n'importe quelle autre circonstance, j'aurais été

estomaqué de le voir sortir du silence deux fois en si peu de temps, mais j'étais trop occupé à garder un œil sur l'Oméga pour m'intéresser à mon cousin.

— Ce n'était pas une ruse, précisa-t-elle. Je l'ai sentie essayer de te prendre avec elle. Juste après ça, Fritz l'a retrouvée flottant dans l'eau glacée. C'est lui qui m'a aidée à la ramener jusqu'à son nid.

— Fritz ? Putain, c'est qui encore celui-là ?

— Un protecteur, murmura-t-elle. Le Sanctuaire…

Sa voix se perdit dans le vide tandis qu'elle levait les yeux vers moi.

— C'est un sanctuaire pour Omégas. La magie de la famille MacNamara protège l'île et crée une barrière tout autour. Seuls les Omégas peuvent la traverser. Ou leur compagnon.

KIERAN

— Une île peuplée d'Omégas du V-Clan ? dis-je, encore un peu perplexe.

Elle secoua la tête.

— Des Omégas de toute race.

Je me tournai alors vers Cillian et Lorcan. L'incrédulité que je lisais sur leur visage faisait écho à la mienne.

Je comprends mieux pourquoi Quinnlynn voulait me montrer plutôt que de m'expliquer.

Parce que ça n'avait aucun sens.

Comment une île pleine d'Omégas pouvait-elle exister sans que personne ne soit au courant ?

La lignée des MacNamara la protège depuis le début.

Son secret de famille.

La raison pour laquelle ses parents ont été tués.

— C'est pour ça qu'un Alpha a assassiné le roi et la reine, murmurai-je tandis que tout se mettait en place dans mon esprit. Mais en quoi cela pouvait-il lui fournir des réponses ? Parce que la barrière magique a été affaiblie ?

— Non, répondit Kyra. Quinnlynn a réussi à la maintenir en place.

— Alors à quoi a servi leur meurtre ?

— On ne peut pas vraiment dire qu'ils ont été assassinés. Cette personne avait placé un enchantement de pistage sur leur jet et le seul moyen de l'empêcher de fonctionner était d'atterrir autre part. Le problème, c'est qu'il n'y avait aucun endroit sûr pour atterrir. Pas sans en révéler beaucoup trop. C'est pour ça qu'ils… qu'ils ont choisi de mourir en s'écrasant en mer.

— Voilà ce que Quinnlynn essayait de m'expliquer, songeai-je à voix haute. Elle m'a dit que le coupable avait ensorcelé l'avion et qu'ils avaient dû le détourner. Elle ne m'avait pas donné les détails.

Je comprenais mieux maintenant.

S'ils n'avaient pas forcé l'avion à s'écraser, ils auraient dévoilé leur destination.

Ils avaient choisi de donner leur vie pour protéger le Sanctuaire.

— C'est pour cela que Quinnlynn est restée si longtemps dans le Secteur Bariloche. C'est pour ça qu'elle avait besoin de mon pouvoir de guérison. C'est pour ça qu'elle s'est enfuie.

Elle cherchait le meurtrier de ses parents tout en prenant soin des Omégas qui avaient besoin d'elle.

— Elle ne pouvait faire confiance à personne, ajouta Kyra. Surtout pas à un prince Alpha.

J'acquiesçai.

— Cependant, elle a tenté de t'emmener dans le Sanctuaire et maintenant, elle a besoin de toi plus que jamais. Non seulement ses chaleurs ont commencé, mais elles sont plus lentes qu'elles ne devraient l'être. Sûrement à cause de toute l'énergie qu'elle dépense pour maintenir le bouclier en place.

Voilà qui expliquait pourquoi elle avait absorbé tant de

ma puissance pendant que je la guérissais. Elle ressemblait à un trou noir qui consommait beaucoup plus d'énergie que généralement nécessaire.

Tout ça à cause de son héritage familial et de la barrière magique que devait porter son âme.

— Je ne sais pas si le fait de boire son sang te permettra de traverser la barrière, mais nous nous devons d'essayer. Le Sanctuaire a besoin d'elle. Bon sang, le Sanctuaire a besoin de *toi*. Je ne l'ai jamais vue aussi faible. On dirait qu'elle utilise toutes ses forces pour maintenir la protection magique.

Ce n'était plus une Oméga débordante de confiance qui me faisait face, mais une amie inquiète.

Quelle facette de cette femme est la vraie ? Quoi qu'il en soit, c'est une excellente actrice.

Il y a bien un moyen de la forcer à prouver sa loyauté, répliqua Cillian.

Je levai les yeux vers lui. *Tu as quelque chose à suggérer ?*

Oui.

— Il est hors de question que nous te laissions partir où que ce soit seule avec Kieran, lança-t-il à Kyra, mettant visiblement son plan en action.

Je le laissai faire.

C'était peut-être moi le chef, mais il était tout aussi puissant et intelligent que moi. S'il voulait négocier, j'étais tout à fait d'accord.

Kyra poussa un grognement.

— Dans ce cas, vous ne m'êtes d'aucune aide.

Elle essaya de se dégager des mains de Lorcan, mais il la maintint en place.

— Il n'a pas dit que Kieran n'irait pas, lui dit Lorcan d'une voix grave et menaçante. Il a dit qu'il n'irait pas *seul* avec toi.

Cette fois-ci, je ne pus m'empêcher d'exprimer ma surprise d'entendre à nouveau la voix de mon cousin.

Mais son regard restait fixé sur l'Oméga qu'il tenait entre ses mains.

— L'un de nous va venir avec vous, enchaîna-t-il.

Cillian hocha la tête.

— Oui, confirma-t-il, pour la protection de Kieran.

Kyra poussa un soupir de mépris.

— Vous n'avez pas entendu ce que je viens de vous dire ? La barrière ne laisse passer que les Omégas et leurs compagnons.

— Tu n'as pas de compagnon, n'est-ce pas ? répondit Cillian du tac au tac. Puisque tu as tué le vampire avec lequel tu étais en couple.

Je souris intérieurement. *Un test de loyauté. C'est bien pensé*, le félicitai-je.

Il voulait que Kyra prouve sa bonne foi en acceptant d'être revendiquée par l'un de mes hommes. Si elle voulait réellement sauver sa meilleure amie, elle accepterait n'importe quoi, même ça.

Non pas qu'ils iraient jusqu'au bout.

Ils voulaient seulement voir comment elle allait réagir.

Oh, bien sûr que nous allons aller au bout, me contredit Cillian. *Tu n'iras nulle part avec cette femelle. Et si par chance elle dit la vérité, il faut absolument que nous accédions à Quinnlynn. C'est la seule solution.*

Je le fusillai du regard. *C'est hors de question. Si elle accepte, nous aurons notre preuve et même s'il se trouve que tout ça n'est pas vrai, je suis capable de me débrouiller seul.*

Pas dans ton état émotionnel actuel, répliqua-t-il. Son ton était sévère et ferme. Il se tourna alors vers Kyra.

— Accouple-toi avec l'un de nous pour que nous puissions aller sur l'île avec vous. De cette manière, si

Kieran n'arrive toujours pas à passer, l'un de nous pourra ramener Quinnlynn ici.

— Vous pensez que je n'ai pas essayé de la ramener ? s'enquit Kyra, agacée. Bien sûr que j'ai essayé, mais la barrière a réagi et Quinnlynn s'est mise à hurler si fort qu'elle a réveillé tout le Sanctuaire.

— Et tu voudrais qu'on te croie sur parole ? répondit Cillian. Je pense que…

— Tu ne nous as pas donné une seule raison de te faire confiance, interrompit Lorcan. Nous t'avons trouvée en train de rôder dans des appartements de Kieran, armée d'un couteau.

— C'était pour ma protection, siffla-t-elle. Je ne suis pas là pour faire du mal à qui que ce soit. J'essaye seulement d'aider Quinn.

— Mais en dehors de tes quelques explications sophistiquées, dont personne ne sait si elles sont vraies, tu ne nous as pas fourni de raison de te croire.

L'accent irlandais de Lorcan était beaucoup moins audible que le mien. Probablement parce qu'il n'utilisait jamais sa voix. Pourtant, cette femelle semblait faire ressortir une version beaucoup plus bavarde de mon cousin.

— C'est donc un ultimatum, conclut-elle.

— Pas du tout, nous te donnons une occasion de prouver ta loyauté, corrigea Cillian.

— En me forçant à m'accoupler à l'un de vous ? pouffa-t-elle sans la moindre trace d'humour. Quelle galanterie !

— Tu penses qu'on a envie de te prendre pour compagne ? Tu as la réputation de tuer tes partenaires Alpha, répliqua Cillian.

Elle plissa le regard, mais il n'avait pas terminé son petit laïus.

— Nous avons tous les deux plus de mille ans, Oméga. Si nous voulions une compagne, nous en aurions déjà une. Notre devoir est de servir Kieran et lui seul. Si cela signifie prendre une sale gamine errante pour compagne afin de pouvoir assurer sa sécurité, alors c'est ce que nous ferons.

— C'est ça être loyal, ajouta Lorcan. Nous sommes prêts à mourir pour lui. En ferais-tu autant pour ta supposée meilleure amie ?

Je grinçai des dents, mais ne dis rien. Je voulais savoir ce qu'elle allait répondre. Ensuite j'interviendrais et leur dirais de nous foutre la paix et de laisser cette Oméga m'emmener vers le fameux Sanctuaire.

Si bien sûr elle faisait preuve de loyauté envers Quinnlynn.

Kyra grogna à l'attention de mes deux Élites.

— Vous ne savez rien de moi.

— Nous en savons suffisamment pour ne pas te faire confiance, tueuse d'Alphas, répliqua Lorcan.

Je ne savais pas ce qui était le plus choquant : le fait que la présence de cette femelle ait miraculeusement délié la langue de mon cousin ou que mes deux meilleurs amis soient prêts à s'accoupler avec une tueuse notoire pour moi.

Bien sûr, je ne laisserais pas les choses aller jusque-là.

Ne fais pas ça, m'avertit Cillian qui écoutait de toute évidence les calculs que j'étais en train de faire. *Notre choix est fait. Laisse-nous faire.*

Vous n'allez pas vous accoupler avec elle pour moi. Bordel, je suis capable de me défendre !

Non, Kieran, lança-t-il avec un regard assassin. *Je ne discuterai pas là-dessus. Soit elle accepte nos conditions, soit elle repart sans toi.*

Il est hors de question que je laisse Quinnlynn souffrir.

Mais bon sang, elle n'est même pas ta compagne, répliqua-t-il durement. *Pas encore et peut-être jamais. J'ai ressenti cette énergie au moment où elle t'a repoussé. Je ne te laisserai pas approcher ce machin tout seul et Lorcan non plus.*

Ce ne sera pas nécessaire, répondit-il en attirant mon attention vers Kyra et Lorcan.

Elle s'était retournée pour lui faire face et ils étaient tous les deux engagés dans une joute verbale au sujet de la loyauté, pour savoir lequel d'entre eux connaissait le vrai sens de ce mot.

— Putain, mais je n'ai pas de temps à perdre avec ça, lança sèchement l'Oméga avec un fort accent anglais. Mais je peux t'assurer que tu vas te prendre une raclée quand je reviendrai, *Alpha.*

Son énergie faisait vibrer l'air tandis qu'elle essayait de se fondre dans l'ombre.

Lorcan la regarda de haut, le visage froid et calculateur.

— Un problème, *Oméga* ?

Elle lui jeta un regard noir.

— Tu veux une preuve de loyauté ? Je vais te montrer ce que c'est la loyauté.

Elle empoigna les longs cheveux de Lorcan et le tira vers elle.

Elle plongea ensuite ses crocs dans son cou.

— Putain ! hurlai-je en avançant vers eux.

Je craignais qu'elle ait l'intention de le déchiqueter.

Cependant, Lorcan poussa un grognement d'avertissement, déployant sa puissance autour d'elle avant de grogner une seconde fois, ce qui la rendit visiblement flageolante.

Il la rattrapa d'un bras et la souleva dans les airs avant de plonger lui-même les dents dans son cou. Ses yeux sombres brillaient d'une soif insatiable tandis qu'il avalait son essence. Leur lien d'accouplement était en train de se former.

Bon Dieu !

— Tu as complètement perdu la tête ? lançai-je.

— Nous sommes tes Élites, intervint Cillian. Notre rôle est de te protéger à tout prix.

— Pas aux dépens de votre propre vie, répondis-je sèchement.

— C'est fait, répondit Lorcan.

Sa voix était marquée par le besoin. Ce rituel d'accouplement appelait généralement à une relation sexuelle, ce qui signifiait que son loup avait terriblement envie de baiser, immédiatement.

Mon cousin relâcha pourtant sa compagne avec une expression aussi neutre que d'habitude.

— Elle dit la vérité, nous informa-t-il après un court silence.

— Sans déconner, souffla-t-elle, la main posée sur la marque de morsure. Au moins je sais maintenant que ton ami ne racontait pas n'importe quoi lorsqu'il a dit que vous ne cherchiez pas de compagne.

Lorcan ignora sa remarque et se tourna à nouveau vers moi.

— Il faut qu'on y aille. Bois le sang maintenant. Si ça ne fonctionne pas, je ramènerai Quinnlynn ici.

J'étais étourdi par tout ce qui venait de se passer et mon loup montra les dents face à l'attitude autoritaire de Lorcan.

Bien sûr, c'était mon cousin, ce qui faisait de lui un être puissant, fort et capable de prendre ses propres décisions.

Mais aller jusqu'à prendre une compagne dans le seul but de me protéger ?

— On reprendra cette discussion plus tard, lui dis-je

tout en me transportant jusqu'à la table pour prendre la fiole remplie du sang de Quinnlynn.

— Oui, comme ça tu pourras me remercier, répondit-il.

J'étais éberlué par son comportement. Tout ça ne lui ressemblait tellement pas que je finissais par me demander si quelqu'un n'avait pas remplacé mon cousin par un clone.

Peut-être qu'il avait été ensorcelé.

Je jetai un coup d'œil à l'Oméga. *Ou peut-être était-il tombé sous son charme.*

Je serrai la mâchoire, mais je n'avais pas tellement le choix. Si elle avait dit la vérité au sujet de Quinnlynn, celle-ci avait vraiment besoin de moi. Je m'étais trompé sur ses intentions.

— Pas d'entourloupe, Oméga, prévins-je en dévissant le bouchon de la fiole.

— Je suis à peu près certaine que tu ne pourrais pas me punir plus que je ne le suis déjà, Alpha, dit-elle la mâchoire serrée.

Lorcan la regarda, ses yeux lançant des éclairs à ce qu'il venait d'entendre dans ses pensées. Cependant, il n'émanait de lui aucune once de culpabilité. Il n'était pas du genre à avoir des regrets. Il se laissait guider par son instinct et faisait ce qu'il avait à faire.

Tout comme moi.

Sans perdre plus de temps, je vidai le contenu de la fiole dans ma bouche.

J'avalai.

Ce qui était fait était fait.

Malheureusement, je ne ressentis aucune différence. Boire son sang ne m'avait pas uni à ma promise.

Il fallait que je la morde.

Cependant, j'espérais encore que ce serait suffisant.

Il faut que ça le soit.

— Conduis-moi jusqu'à Quinnlynn.

— Conduis-nous, ajouta Lorcan.

Kyra marmonna quelque chose dans sa barbe avant de le saisir par la main. Elle me tendit ensuite la deuxième.

— Putain, j'espère que ça va faire *très* mal, souffla-t-elle en nous regardant tous les deux.

KIERAN

Le monde tournoya autour de moi au point de me retourner l'estomac.

Au moins, je suis encore debout.

Mes pieds nus me brûlaient tandis que je tentais de trouver mon équilibre sur la glace. D'ailleurs, tout mon corps ressentait la piqûre de cette atmosphère glaciale.

Lorcan poussa un juron.

— Kyra ? demanda prudemment une voix grave.

— Tout va bien, dit-elle les dents serrées. Il est là pour Quinn.

— Et le deuxième ? interrogea le mâle, inquiet.

Je me tournai alors dans sa direction sans pouvoir réellement le distinguer. Cependant, à en juger par sa taille, j'imaginais qu'il s'agissait de l'Oméga mentionné par Kyra, *Fritz*.

— C'est quelqu'un que je peux gérer moi-même, répliqua-t-elle sèchement.

Je fermai les yeux et pris une profonde inspiration. *Quinnlynn*. Je la sentais absolument partout. Sa puissance. Son parfum. Sa présence.

Elle était ici, sans aucun doute possible.

C'était même plus fort que ça.

Cet endroit lui appartient.

L'énergie de sa famille circulait à travers tous les éléments de cette île. Je pouvais sentir cette vitalité très ancienne qui appuyait sur mon esprit, réclamant son dû.

Mon loup tournait furieusement en moi. Il ressentait les terribles séquelles que cet endroit infligeait à notre future compagne, son âme affaiblie, entièrement exposée.

Cette île la vidait de son énergie.

Entièrement.

Je pouvais sentir les vagues qui venaient s'écraser sur elle pour en exiger toujours plus, mais mon Oméga n'avait plus rien à donner.

— Ça lui arrive souvent de perdre conscience lorsqu'elle revient ici ? songeai-je à voix haute.

Mes yeux étaient désormais suffisamment ouverts pour que je puisse admirer cette muraille majestueuse qui semblait constituer l'avant d'une forteresse.

— Non, mais ça faisait très longtemps qu'elle n'était pas venue, répondit Kyra d'une voix méfiante. Elle est venue ici le jour de vos fiançailles. Après ça, elle est repartie pour suivre une piste et on ne l'a jamais vraiment revue.

Je hochai la tête.

— L'île lui demande de rattraper tout ce temps perdu, devinai-je. Conduis-moi à elle.

Je pouvais ressentir le profond besoin de Quinnlynn de la même manière que je sentais l'enchantement de protection examiner ma présence ici. Il semblait s'accrocher à ma peau comme une substance gluante, n'ayant pas encore décidé s'il me laisserait ou non rester. À la moindre incartade, il était prêt à m'éjecter. Peut-être même à me tuer.

Il fallait que je retrouve Quinnlynn pour la mordre.

Immédiatement.

Autrement, je risquais d'être chassé par l'île.

La seule raison pour laquelle j'étais encore là, c'était la petite quantité de sang que j'avais bu et peut-être la faiblesse de la barrière causée par l'épuisement de Quinnlynn.

Ce qui voulait dire que d'autres pouvaient peut-être également essayer d'entrer de force.

Plus vite je finaliserais notre accouplement, plus vite je pourrais l'aider.

Je n'avais pas l'intention de lui poser la moindre question, de la punir, ni même de dire quoi que ce soit. Je ne voulais que planter mes crocs dans sa gorge et nous relier l'un à l'autre une bonne fois pour toutes.

Dès que cela serait fait, nous pourrions retrouver notre chemin commun vers l'avenir.

— Il faut qu'on marche, me lança Kyra. J'ai peur que le bouclier ne réagisse si tu essayes de te fondre dans l'ombre.

J'étais plutôt d'accord avec elle. Se fondre dans l'ombre me demandait d'utiliser mes forces intérieures, ce qui risquait de perturber les ondes de magie qui nous entouraient. Il fallait que je me fasse le moins menaçant possible, comme si j'étais à ma place ici.

— Je n'ai jamais rien vu de semblable à cet enchantement. Depuis combien de temps existe-t-il ?

— Il est plus vieux que nous, dit Lorcan d'un ton impassible.

Kyra lui lança un regard noir.

— Arrête de fouiller dans ma tête.

— Non. Pas tant que je ne suis pas sûr que nous sommes tous en sécurité ici.

— Vous n'êtes pas en sécurité ici, répliqua-t-elle.

— Exactement !

Elle serra la mâchoire avant de lui tourner le dos.

— Je te l'ai dit, tout va bien Fritz, murmura-t-elle en se dirigeant vers le mur. Tu peux ouvrir la porte.

Un brouillard magique sembla se dissiper, nous permettant de voir la *porte* qu'elle venait de mentionner.

C'était moins une porte qu'une énorme entrée constituée de flammes.

Lorcan l'examinait avec curiosité tandis que je fixais mon attention sur la neige alentour. Elle ne fondait pas.

Intéressant.

Il faudrait que je prenne le temps d'évaluer le fonctionnement de tout cela *après* avoir pris soin de ma fiancée.

Kyra traversa fièrement le portail enflammé, ses cheveux bleutés flottant derrière elle, comme une invitation à la suivre.

Lorcan lui emboîta le pas.

Il m'informa ensuite depuis l'autre côté qu'il n'y avait pas de danger et je traversai à mon tour.

Je sentis encore une fois cette magie scintillante me traverser et laisser un résidu collant sur ma peau. *Pas le moindre faux pas*, me rappelai-je intérieurement.

Un trio d'Omégas s'avança vers nous dans cette grande cour à l'aspect glacé qui ouvrait sur un palais étincelant comme du cristal.

— C'est bon, les informa Kyra. Je ne suis pas en danger. Je suis avec le futur roi du Secteur Sanglant, Jas !

Elle cria ces mots en direction d'une sentinelle perchée sur les murs, son arc directement pointé sur ma tête.

Je fis exprès de lui tourner le dos pour me tourner vers Kyra.

— Est-ce que Quinnlynn est encore loin ?

Kyra montra le palais du doigt.

— Elle est installée dans ses appartements. Il faut compter environ quinze minutes de marche.

— Et en courant ? insistai-je.

— Je ne pense pas que ce soit une bonne idée, intervint Lorcan. Ces Omégas possèdent une armée et il semblerait que nous soyons en train de déroger à leur protocole d'accueil habituel. Ce qui explique toutes les armes pointées sur nous en ce moment.

— Merci d'avoir volé toutes ces informations dans ma tête, *compagnon*, répliqua sarcastiquement Kyra.

— Nous n'avons qu'à marcher rapidement, suggérai-je en ignorant ses commentaires sur les armes.

Pour le moment, ce qui m'inquiétait le plus était plutôt la possibilité que le bouclier me catapulte quelque part au milieu de l'océan Arctique.

Kyra jeta un nouveau regard d'avertissement vers Lorcan et se mit à marcher le long du sentier pavé qui menait jusqu'aux grilles du palais.

La cour qui nous entourait était décorée de sculptures de glace, destinées à imiter des fontaines remplies d'eau et une pelouse. Seulement tout était gelé.

C'était magnifique.

Tout comme le palais qui nous faisait face, dont la façade était recouverte de panneaux de verre décoratifs et de stalactites de glace.

La grille était faite d'un métal synthétique qui s'ouvrit à notre approche.

Le grand escalier à l'entrée était fait de la même pierre blanche que le chemin sur lequel nous marchions.

Nous croisâmes d'autres Omégas, dont la plupart étaient également armées.

Kyra leur fit signe de baisser les armes.

Il était clair qu'elle avait une position élevée dans ce lieu, ce qui n'avait rien de surprenant si elle était la meilleure amie de Quinnlynn. Cela ajoutait un peu de crédit aux rumeurs selon lesquelles Kyra avait saigné son compagnon à mort.

Il était clair qu'on la craignait ici.

Pourtant, Lorcan ne semblait manifester aucun intérêt à la connaître. Il avait plutôt l'air d'être toujours sur le point de l'assassiner.

Deux sentinelles nous accueillirent à la porte du palais et leur odeur me confirma qu'il ne s'agissait pas de louves du V-Clan, mais d'autres choses.

Le W-Clan, peut-être ?

Elles disparurent avant que je puisse réellement évaluer leur provenance.

Je faillis poser la question, mais une soudaine émanation du parfum de Quinnlynn provoqua un grognement de mon loup. *Sécrétions.* Pas de doute possible, elle était à nouveau en chaleur.

Cela n'avait rien de surprenant, puisque son dernier cycle n'avait pas été complet. Je supposais que l'épuisement lié au bouclier magique de cet endroit l'avait de nouveau plongée dans un état de vulnérabilité.

Plus nous avancions, plus c'était mon odorat qui me guidait plutôt que Kyra. Ma bête intérieure pistait sa promise.

La jeune vampire Oméga se contentait de marcher à mes côtés sans chercher à prendre les devants et Lorcan assurait mes arrières.

L'odeur me mena à travers une porte, puis le long d'un grand escalier et d'un couloir, les murs et le plafond recouverts de verre cristallisé.

Nous arrivâmes quelques minutes plus tard dans une partie du palais qui semblait moins peuplée.

Les appartements familiaux, compris-je rapidement au moment où je poussais une lourde double porte.

Je n'avais même plus conscience de la présence de Kyra et Lorcan, entièrement focalisé sur la traque de mon Oméga.

J'entendais ses faibles gémissements tandis que son parfum continuait à me guider.

La seule raison pour laquelle je ne courais pas était la présence palpable de la magie dans l'air qui me rappelait de rester calme, mais j'accélérai tout de même le pas.

Une nouvelle volée de marches nous amena jusqu'à un palier avec trois portes. *Des chambres.*

Celle de Quinnlynn était la dernière et la porte entrouverte révélait un espace richement décoré dont les fenêtres donnaient sur des montagnes enneigées au loin. Il ne faisait aucun doute que nous étions très au nord, sur une île au large du Groenland ou du Canada. Peut-être même de la Russie.

Mais cela n'avait aucune importance.

La seule chose qui m'intéressait, c'était l'Oméga qui était roulée en boule dans un coin du lit, ses longs cheveux sombres étalés autour d'elle tandis qu'elle geignait de douleur.

Mon énergie s'accrocha immédiatement à elle, pour lui transmettre la vitalité dont son âme avait profondément besoin. Elle poussa un hurlement aigu.

— Qu'est-ce que tu fais ? intervint Kyra derrière moi.

Je l'ignorai et laissai mes pieds nus, qui avaient depuis longtemps perdu toute sensation, me porter jusqu'à mon Oméga.

— Kieran, gémit-elle doucement. Je suis désolée.

— Chut, soufflai-je en la rejoignant sur le lit après avoir retiré mon pantalon. Je suis là, ma petite.

Elle secoua violemment la tête.

— Tu me détestes. Je suis en train de délirer.

— Ce n'est pas un délire, dis-je en l'attirant dans mes bras.

Je me mis à ronronner.

— Je ne pourrais jamais te détester, princesse.

Elle sanglotait en posant sa tête contre ma poitrine et ses pleurs me déchiraient le cœur.

Je tenais dans mes bras ma compagne si forte, mais aussi une Oméga brisée par la pression que constituait la protection de cette île. Une Oméga plongée dans la douleur de vivre ses chaleurs loin de son Alpha. Une Oméga qui portait le poids du monde sur ses épaules depuis bien trop longtemps.

Il était temps que nous ne devenions qu'un, que nous dirigions enfin *ensemble*.

Elle avait besoin de mes forces.

Tout comme j'avais besoin de sa vérité.

Ce lieu secret était désormais sous *notre* protection.

— Tu ne seras plus jamais seule, promis-je avec l'assentiment de mon loup.

Je déposai un baiser sur son front avant de dégager quelques mèches de son beau visage.

— Regarde-moi, Quinnlynn, murmurai-je. Tu ne rêves pas. Je suis réel et je suis là. Je vais te revendiquer.

Mon énergie semblait être aspirée en elle comme dans un puits sans fond. La magie qui nous entourait en voulait toujours plus. Plus de *moi*.

Je ne ressentais plus la présence collante de la barrière, mais plutôt une subtile caresse de curiosité. C'était presque comme si l'enchantement était vivant et doué d'émotion.

C'était impossible. La magie ne se développait pas par elle-même.

Cela dit, celle-ci paraissait réellement incarnée, peut-être parce qu'elle était si profondément rattachée à ma compagne. Elle faisait partie d'elle. De *son cœur*.

Je roulai pour me placer sur elle, pressant mes hanches contre les siennes. Elle finit par oser ouvrir les yeux et planta son regard sombre dans le mien.

Elle cligna plusieurs fois, comme si elle sortait d'un long sommeil et avait du mal à ajuster sa vision.

— Tu es là ?

— Je suis là.

— Dans le Sanctuaire ?

Je hochai la tête.

— C'est Kyra qui est venue me chercher.

Je tournai la tête pour l'apercevoir et me rendis compte que Lorcan et elle avaient quitté la pièce.

Cela n'avait pas la moindre importance, parce que Quinnlynn semblait comprendre.

— Le sang. Ça a marché.

— Oui.

Je me plaçai en équilibre sur un bras pour poser mon autre main sur sa joue.

— Il faut que je te revendique maintenant.

Son œil étincela.

— Oui.

— Tu es prête ? demandai-je, heureux de la voir acquiescer.

Je savais tout de même que ça pouvait être dû à ses chaleurs. Cela dit, ça ne changeait rien. Je devais le faire. Elle m'appartenait et il était temps de le faire savoir.

— Je ne serai peut-être jamais entièrement prête, chuchota-t-elle.

Là, je reconnaissais bien ma Quinnlynn.

— Mais c'est ce que je veux. J'en ai *besoin*.

— Pour équilibrer cette puissance, ajoutai-je, pour être sûr que j'avais bien compris.

— Non. Pour nous équilibrer toi et moi. Pour… pour nous faire avancer.

C'était la conversation que nous avions eue l'autre soir, concernant le passé, le présent et les chemins vers l'avenir. Juste avant qu'elle ne me trahisse.

Ou plutôt, juste avant ce que je pensais être une trahison.

Je savais maintenant qu'elle avait voulu m'emmener ici pour me révéler son plus précieux secret de famille. Elle avait fait le choix de me faire confiance et de me laisser pénétrer réellement dans sa vie.

Désormais, elle avait *besoin* que ce processus aille à son terme.

— Alors c'en est fini de ce petit jeu de cache-cache, tu ne veux plus m'utiliser seulement pour mon pouvoir ? Tu veux réellement de moi, de *nous* ?

— Oui, je le veux, dit-elle, le regard désormais complètement lucide.

Elle écarta la tête pour exposer son cou et prononça enfin les paroles que j'attendais depuis si longtemps.

Depuis plus de cent ans.

— Mords-moi Kieran. Revendique-moi.

QUINN

Kieran m'avait enveloppée de son énergie et de sa force, me ramenant peu à peu à la réalité.

Je ne savais pas combien de temps cela durerait, car je sentais une chaleur dévastatrice grandir en moi chaque seconde.

Pourtant, j'étais reconnaissante pour ce bref sursis.

Ça me donnait le temps de comprendre. De croire. De savoir qu'il était vraiment là.

Pas un rêve.

Kieran est là.

Sur moi.

Nu.

Prêt à me revendiquer.

— S'il te plaît, murmurai-je.

Je voulais ressentir sa morsure avant que mon esprit ne se perde à nouveau dans les méandres du désir. Tout était tellement *chaud*. Je n'étais plus que sueur, larmes et *agonie*.

Il m'envoya une nouvelle vague de guérison et je poussai un soupir de satisfaction. Son ronronnement et son odeur envahissaient mes sens, sa présence masculine me faisait l'effet d'un don venu directement des dieux. Je glissais lentement vers un état de pur bonheur.

Pourtant, il m'en fallait plus.

— Mords-moi, répétai-je, ma gorge toujours exposée.

— Je réfléchis juste à l'endroit où je veux te marquer, murmura-t-il, les lèvres contre ma peau, entre ma joue et mon oreille. Je ne sais pas encore si je veux que tout le monde puisse voir ma marque ou si je préfère qu'elle soit dans un endroit que moi seul connaisse.

Il m'embrassa dans le cou.

— Je veux que tout le monde sache que nous sommes unis, Quinnlynn, mais avant tout, je veux que *tu* saches que je t'ai revendiquée. Que nos âmes sont liées. Que tu m'appartiens enfin !

Il mordilla ma peau sensible avant de ramener sa bouche sur la mienne.

Je murmurai son nom, pour être immédiatement interrompue par sa langue qui me dévorait d'un baiser sans fin.

Une explosion d'étoiles devant les yeux.

J'en oubliai de reprendre mon souffle.

Ce mâle me rendait folle. Il me contrôlait entièrement. *Il me revendique sans même me mordre.*

Impossible de lutter contre lui… mais je n'en avais pas la moindre envie.

J'agrippai ses épaules pour m'ancrer à lui tandis qu'il me soumettait avec sa bouche, détruisant la moindre de mes pensées. Il me faisait ressentir avec sa langue ce que j'avais seulement vécu à travers son nœud.

Oh, lunes… Dieu, qu'il embrasse bien. Je comprenais mieux pourquoi il s'était retenu jusque-là. C'était… c'était… *indescriptible.*

Trop rapidement pourtant, ses lèvres quittèrent les

miennes tandis qu'il posait son front contre le mien. Je sentais son souffle contre mes lèvres enflées.

— Putain, Quinnlynn, j'ai l'impression que je pourrais passer ma vie à t'embrasser.

— Alors, fais-le. Fais-le, Kieran, embrasse-moi pour l'éternité.

— Mon premier et dernier baiser, souffla-t-il, me laissant perplexe.

— Premier ? l'interrogeai-je.

— Tu es la seule, Quinnlynn. La seule que j'aie jamais embrassée. La seule que j'aie jamais eu envie d'embrasser.

— Tu n'as jamais embrassé quelqu'un d'autre ? murmurai-je, choquée par son aveu.

— Seulement toi.

Seulement moi ?

Il plaqua à nouveau ses lèvres sur les miennes avant que je puisse répondre et sa langue vida entièrement mon esprit pour ne laisser qu'un tourbillon de passion.

J'enfonçai mes ongles dans ses épaules tandis que mon corps s'enflammait, menaçant de brûler entièrement s'il ne terminait pas ce qu'il avait commencé.

Il poussa un grognement qui m'étreignit l'estomac. Je sentis mon entrejambe dégouliner, mes sécrétions venant enduire son érection.

J'étais plus que prête à la recevoir. Mes chaleurs avaient fait monter mon corps à un niveau intolérable de *besoin*. Je gémis, de nouveau envahie par ce profond besoin de m'accoupler, ce qui provoquait une tempête de sensations en moi.

— S'il te plaît, prononçai-je contre sa bouche, à bout de souffle.

C'était lui mon oxygène, mon seul objectif, ma bouée de sauvetage. Kieran et seulement lui.

Sa paume quitta mon visage pour errer jusqu'à ma

hanche. J'écartai un peu plus les cuisses pour qu'il me caresse, qu'il me baise, qu'il me *comble*.

— Tu veux mon nœud, princesse ?

— Oui, dis-je en me cambrant vers lui.

Inutile de perdre du temps en préliminaires, j'étais déjà parfaitement préparée. J'en avais un besoin insondable.

Ce qui n'empêchait pas Kieran de continuer à me titiller.

Il prit le temps de m'embrasser, *encore*.

Sa main remonta sur mes côtes, maintenant qu'il était entièrement allongé sur moi.

Je pouvais sentir son sexe contre mon clitoris, prêt à marquer au fer rouge ma chair luisante. J'essayais de remuer sous son poids, de bouger pour le convaincre de me pénétrer, mais il n'avait aucun mal à me maintenir en place tout en me possédant avec sa bouche.

Ses dents effleuraient ma lèvre inférieure.

Sa langue goûtait, plongeait, *baisait* ma bouche.

Je passai les bras autour de ses épaules et m'accrochai en laissant entièrement le contrôle à Kieran O'Callaghan. Mon fiancé. Mon avenir. Mon roi.

Il sourit en se mettant soudain à explorer mon corps de ses deux mains. Des caresses qui déclenchèrent chez moi un désir semblable à une explosion volcanique.

Je gémis.

Je suppliai.

J'en oubliais mon propre nom.

Puis, je sentis enfin sa bouche contre mon cou, ses dents venant égratigner ma peau tendue.

— Je n'ai pas besoin de te marquer à cet endroit, murmura-t-il. En un seul regard, tout le monde saura que tu m'appartiens. Ils n'auront pas besoin de voir la marque de mes dents pour en être persuadés.

Il se mit à descendre lentement en embrassant chaque centimètre carré.

— Non, ma petite coquine…

Sa voix n'était plus qu'un ronronnement sourd lorsqu'il s'arrêta au-dessus de ma poitrine.

— J'ai envie de te marquer à un endroit qui nous appartient. Un endroit que tu verras tous les jours. Un endroit qui nous représentera toi et moi.

Il prit mon téton entre ses dents, ce qui me fit sursauter sur le lit. Je laissai échapper un bruit étouffé.

— Mmmh, peut-être là, alors.

Il resserra les dents suffisamment pour que je le sente bien, mais ne traversa pas la peau. Il reprit son chemin vers le bas.

— *Kieran.*

— Chut, souffla-t-il. La barrière n'est plus aussi méfiante désormais. Probablement grâce à toute l'énergie que je lui ai donnée. Ça me laisse le temps de choisir le parfait endroit.

Il s'arrêta pour plonger la langue dans mon nombril, ce qui provoqua des étincelles devant mes yeux.

— Mes chaleurs, haletai-je. Je veux… j'ai besoin… je veux être… *consciente.*

— Tu le seras, promit-il en me noyant sous une nouvelle dose enivrante de son essence de guérison.

J'étais presque en train de fondre et ma louve intérieure manifestait sa satisfaction en ronronnant et en se délectant de la puissance de son compagnon. Elle considérait cela comme une sorte de cadeau de fiançailles. Une démonstration de ces intentions.

Une démonstration de sa valeur.

Lorsque Kieran déposa un long baiser sur la partie la plus sensible de mon anatomie, je me mis à trembler, et à me tortiller tant les sensations étaient intenses.

D'un seul petit coup de langue, il faillit me faire jouir tant mon corps était prêt à s'enflammer. Il suffisait d'un rien.

Cependant, il retira sa bouche et continua à se déplacer vers ma hanche.

Puis il glissa vers l'intérieur de ma cuisse.

Sa bouche et ses mains semblaient être partout à la fois, ma peau chauffée à blanc, tandis que tout en moi n'était plus qu'un exquis tourbillon de folie.

— Tu me punis, lui reprochai-je en arquant le dos.

— Non mon amour, je te vénère.

Sa bouche revint sur mes chairs brûlantes et il marmonna une série de paroles d'adoration contre mon clitoris, me forçant à basculer dans une tornade de sensations.

Ça me *brûlait*.

Je poussai un cri.

Le monde autour de moi devint noir.

Puis, je fus à nouveau vivante et haletante.

Le temps n'existait plus. Tout ce qui importait était la bouche de Kieran, ses doigts, son *grognement* et son contrôle.

C'était lui l'Alpha, le dominant de nous deux. Le loup puissant qui savait toujours quoi dire au bon moment.

À cet instant, je lui donnais tout de moi. Ma foi. Mon cœur. Mon âme. Mon *existence* même.

Parce que j'avais toute confiance en lui.

Je savais qu'il allait me protéger, me donner du plaisir et enfin, me revendiquer.

C'est un compagnon digne de ce nom.

C'est mon compagnon.

Mon Kieran.

Mon Alpha.

— Oui, ronronna-t-il contre ma fente humide.

Sa bouche n'était qu'à quelques centimètres de mon petit bouton palpitant d'excitation.

— Je suis à toi et tu es à moi.

J'avais dû prononcer ces mots à voix haute et un regard vers son visage approbateur me le confirma.

Il aimait m'appartenir.

Ou peut-être était-ce parce que je l'avais qualifié de *digne*.

Peut-être que c'était tout ça.

Il revint lentement vers le haut, ses mouvements élégants et pleins de grâce, ce qui lui correspondait parfaitement. Il n'était que pouvoir et raffinement. Perfection. Masculinité. Une pointe de sauvagerie. Profondément fascinant.

— Revendique-moi, suppliai-je. Je t'en prie Kieran. J'ai envie de te sentir en moi dans tous les sens du terme.

Il sourit et immobilisa sa bouche au-dessus de mon cœur.

— Vos désirs sont des ordres, ma reine.

Il planta alors ses canines dans ma chair avant que je puisse protester et son pouvoir me tomba dessus telle une avalanche, m'aspirant dans un sombre trou noir d'énergie vorace.

Tellement de vie.

Tellement de *Kieran*.

Mon univers disparut, aspiré dans le vortex de mon compagnon, toutes mes pensées furent soudain annihilées.

L'espace vide fut tout à coup rempli de l'esprit de Kieran.

J'étais submergée par ses pensées, ses désirs, ses émotions.

Sa loyauté.

Chaque mot, chaque phrase, chaque déclaration. Tout était vrai. Il ne m'avait pas menti une seule fois. Il m'avait toujours dit exactement ce qu'il ressentait et ce qu'il désirait.

Il n'avait pas tué mes parents.

Il n'avait pas cherché à découvrir les secrets de ma famille.

Tout ce qu'il voulait depuis le début, c'était moi *et mon cœur*. Il voulait que je le supplie. Que je l'aime et que je l'accepte pour lui et pas pour un sombre complot. Cela faisait plus d'un siècle qu'il se demandait quelles avaient été mes motivations.

Maintenant, il savait. Maintenant il pouvait voir ce qui m'avait conduite à le choisir ce soir-là.

Ce n'était pas seulement parce qu'il ne participait pas aux intrigues. C'était aussi pour lui. Sa puissance. Son statut de mauvais garçon. Son aura intimidante.

Je savais qu'aucun des autres princes Alphas n'oserait s'opposer à lui. Et ceux qui essayeraient n'en sortiraient pas vivants. Parce qu'il avait la carrure d'un roi. *Mon* roi.

Sa puissance avait comblé mes attentes, mais je ne le pensais pas aussi charmant. Aussi désarmant. Aussi… *parfait*.

Il voulait se faire passer pour un méchant, et peut-être que pour certains, c'était la vérité.

Cependant, à mes yeux, c'était un héros. Il avait dirigé le Secteur Sanglant avec l'aisance et le talent d'un roi. Il s'était révélé être tout ce dont j'avais besoin et plus encore.

Il était devenu l'Alpha que je ne savais même pas qu'il me fallait et maintenant, je ne pouvais imaginer ma vie sans lui. Une part de moi était furieuse d'avoir attendu si longtemps pour me sentir enfin complète, en sécurité, *à la maison*.

Pourtant, je savais que mon chemin pour en arriver là faisait partie de ce qui nous rendait si parfaits l'un pour l'autre.

J'avais appris au fil des ans à apprécier chaque aspect de la vie, et Kieran avait appris à être roi.

Ensemble, notre passé nous rendait plus forts et nous pouvions nous diriger vers un avenir bâti sur nos expériences.

Il était plus âgé, plus sage et plus puissant, quant à moi je connaissais bien les autres secteurs, les autres êtres surnaturels et l'importance de maintenir ce Sanctuaire en place pour celles qui en avaient besoin.

Nos vies étaient à jamais liées, à jamais présentes pour l'autre, à jamais *florissantes*.

Ce moment créait une collaboration si merveilleuse que j'en pleurai.

Kieran embrassa mes larmes.

Il se glissa ensuite en moi et me fit l'amour. Lentement. En douceur. Avec une tendresse qui nous caractérisait désormais.

Il me possédait de sa bouche, tandis que sa langue prononçait des vœux nuptiaux contre ma langue. Il m'emmenait toujours plus loin.

Il glissait en moi à un rythme régulier.

Il me dominait.

Me chérissait.

M'honorait.

Je passai les jambes autour de sa taille, pour l'enfoncer un peu plus en moi. Je serrai pour le garder en moi. J'avais trop besoin de son nœud.

Mais il posait sa bouche sur la mienne pour faire taire mes supplications et me forcer à accepter la lenteur de son rythme. Ses allers-retours mesurés. Ses caresses hypnotiques.

Il mémorisait chaque partie de mon corps avec ses mains.

Sa langue parlait le langage de l'amour avec la mienne.

Ma poitrine palpitait encore de sa morsure.

Tu m'as revendiquée, m'émerveillai-je.

J'enclenchai notre lien mental, tellement heureuse de voir à quel point je le retrouvais facilement dans mon esprit.

Oui, me confirma-t-il, même si ce n'était absolument pas nécessaire. Je ne doutais pas du fait que notre union était désormais officielle. Cela dit, il y avait quelque chose d'intime à échanger des paroles à travers une connexion télépathique et cela me plaisait beaucoup.

Je pouvais entendre son désir. Je pouvais ressentir ses plus noirs appétits. Je recevais aussi son besoin de me transmettre son amour.

Oui, il m'aimait profondément.

Tout comme je l'aimais aussi.

Nous étions enfin sur la même longueur d'onde, nos vies entremêlées pour cheminer ensemble vers l'avenir et nos cœurs unis en un seul.

Mon Alpha, soufflai-je en me collant à lui et en resserrant une nouvelle fois les jambes. *Donne-moi mon nœud.*

Ton nœud ?

Oui. Mon Alpha. Mon nœud.

Il rit, d'un rire profond et sensuel qui vibra contre ma poitrine.

— Si tu le dis, ma petite coquine, murmura-t-il contre ma bouche. C'est toi qui gagnes.

Je n'eus pas le temps de lui demander ce qu'il voulait dire, car je sentis son nœud exploser en moi, me plongeant dans un tourbillon de folie.

Il vibrait et palpitait contre mes parois, me forçant à le rejoindre dans un puits sans fond de plaisir.

Quelque part aux confins de mon esprit, j'entendis son inquiétude quant au fait qu'il n'avait pas repris de pilule contraceptive.

Quelques semaines auparavant, cela m'aurait terrifiée.

Aujourd'hui… aujourd'hui j'étais heureuse d'accueillir tout ce que la vie avait à nous offrir.

Nous sommes sur un nouveau chemin, dis-je. *Laissons faire le destin*. Il s'agissait presque là d'un délire de la part de mon esprit errant, mais ça n'en était pas moins la vérité.

— Es-tu prête pour que je te laisse retourner à tes chaleurs ? me demanda doucement Kieran. Je pense que cette fois-ci, elles vont bien durer trente jours, comme d'habitude.

Je pouvais sentir mon corps acquiescer. Mon cycle précédent n'avait été qu'un échauffement, une manière de ramener doucement mon âme vers notre routine annuelle.

Cette fois-ci, c'était pour de bon.

Environ un mois de baise non-stop.

Je passai la main sur les draps, les jambes toujours enveloppées autour de lui.

— Je vais avoir besoin de réserves.

— Je pense que Lorcan et Kyra sont déjà en train de s'en occuper.

— Lorcan ? m'exclamai-je, surprise.

— Je te raconterai tout ça après tes chaleurs. Pour le moment, je veux mettre toute mon énergie à te baiser.

Mes parois intérieures se contractèrent autour de son nœud, enthousiastes face à de telles promesses.

— Oui Alpha. Trente jours à faire l'amour.

Il poussa un grognement.

— Ça me laisse le temps de maîtriser chaque centimètre carré de ton être.

— Parfait, conclus-je en souriant face à son air de défi. Maintenant, embrasse-moi. J'ai envie de perdre la tête en sentant ta langue dans ma bouche.

À travers notre lien mental, j'étais en train de lui

donner la permission de me ramener en douceur dans mes chaleurs.

Il n'avait pas besoin de demander la moindre précision, il se contenta de poser ses lèvres sur les miennes.

Toute ma fougue se libéra soudain et je n'avais maintenant plus qu'une envie : me faire baiser par lui, *pendant tout un mois*.

KIERAN

QUINNLYNN S'ÉTIRA à côté de moi, ses lèvres s'ouvrant sur un adorable bâillement au moment où elle se blottit contre moi.

Quatre semaines à faire l'amour sans arrêt nous avaient un peu fatigués, mais je sentais bien que Quinnlynn n'était pas prête à émerger. Elle s'était montrée un peu plus alerte ces derniers jours, mais c'était surtout à cause de son besoin de nidifier. Cela avait pris le dessus sur l'accouplement et son instinct la poussait à rebâtir son abri grâce au lien qui se formait entre nous.

Lorcan nous avait fait parvenir dans l'ombre deux paniers de vêtements que j'avais donnés à Quinnlynn.

Heureusement, il avait pensé à les laisser dans le couloir, tout à fait conscient de la possessivité exacerbée de ma bête. Les Alphas avaient le réflexe instinctif de protéger leur femelle pendant l'accouplement. La simple odeur d'un autre mâle à proximité du nid pouvait provoquer un accès de rage dangereux, même chez le plus mesuré des Alphas.

Cependant, cela avait un peu apaisé mon loup de sentir que Lorcan était lui-même en couple. Cela m'avait aidé à me retenir de l'égorger sur le champ. Bien sûr, cela aurait pu basculer en un instant, d'où la décision de mon cousin de se tenir le plus possible à distance.

Je passai les doigts dans les cheveux sombres de Quinnlynn. J'adorais le contraste qu'ils créaient avec sa peau d'albâtre. La légère teinte rosée de ces joues montrait qu'elle était heureuse et en bonne santé.

Les Omégas du palais avaient mis en place une sorte de système de livraison de nourriture qui m'aidait à alimenter Quinnlynn. Elle ne m'avait absolument pas résisté, ce qui était probablement dû au fait qu'elle appréciait ces offrandes.

Possédaient-ils ici une liste de ce que les Omégas aimaient manger pendant leurs chaleurs ou avaient-ils un catalogue des préférences de chacune ?

Quoi qu'il en soit, j'avais bien l'intention de mettre la main sur ces informations.

Cela pourrait être très utile à l'avenir.

Quinnlynn bâilla une nouvelle fois et posa son nez contre ma poitrine. Je savais que c'était sa manière silencieuse de m'en demander *encore*.

Sourire aux lèvres, j'intensifiai mon ronronnement pour répondre à sa demande.

Elle poussa un soupir satisfait en glissant ses jambes entre les miennes. Les mots n'étaient pas nécessaires, son corps parlait pour elle.

Nous avions fait tout cela suffisamment de fois pour que je sache maintenant à quoi m'attendre.

Elle va me mordiller.

Au niveau des pectoraux.

Puis elle va déposer des petits baisers sur ma peau en remontant vers ma gorge.

Le coin de mes lèvres se releva tandis qu'elle faisait exactement ce que j'avais prévu. En parallèle, ses jambes vinrent m'enlacer alors qu'elle s'installait à califourchon sur mes hanches.

Je bandais tout le temps lorsque j'étais avec elle. Il lui était donc facile de s'asseoir sur moi et de me prendre jusqu'au bout.

— Tu es tellement belle, Quinnlynn, dis-je en la regardant poser les mains sur mon torse pour se redresser.

— Hmmm, souffla-t-elle, visiblement ravie de ce compliment.

Ma petite Oméga adorait qu'on la complimente, ce qui me convenait parfaitement. Ce n'était pas difficile pour moi de trouver les mots, surtout lorsqu'elle me chevauchait ainsi.

Tout en douceur.

Elle me cherche.

Elle attend que son Alpha prenne le contrôle.

Il y avait eu des jours où je l'avais laissée me chevaucher pendant des heures plutôt que quelques minutes.

Cependant, je sentais que la fin de ses chaleurs approchait, ce qui me donnait envie de profiter au maximum de ces derniers moments.

Je lui laissai encore quelques secondes pour satisfaire ses instincts de base, puis je me redressai tout en la fixant dans les yeux.

Elle passa gracieusement les jambes autour de ma taille et j'entendis sa louve pousser un grognement de plaisir en elle. J'y répondis en écho, tout en passant les mains derrière sa nuque pour l'attirer dans un langoureux baiser.

Putain, j'adore ça ! Je l'aime tellement ! J'étais devenu accro au goût de sa bouche, de sa langue. Chaque baiser était comme le premier, ce qui n'avait aucun sens étant donné que nous venions de passer un mois à ne faire que ça.

J'aurais pu continuer pour toujours.

Nos langues s'engagèrent dans un combat des plus agréables, chacun répondant aux mouvements de l'autre.

C'est ce que je lui ai appris. Ou peut-être que c'est elle qui m'a enseigné ça.

Ça n'avait aucune importance.

Nous apprenions à nous connaître parfaitement l'un l'autre, nos préférences, nos besoins, ce qui nous conduisait vers un monde de plaisir intense et partagé.

Je posai une main sur sa poitrine et vint titiller son téton juste sous la marque de morsure que j'y avais laissée. Elle gémit de plaisir. Je savais que c'était quelque chose qu'elle adorait.

De la même manière qu'elle adorait lorsque je m'enfonçais profondément en elle, comme maintenant, et que je faisais un petit mouvement du bassin pour venir effleurer son clitoris.

Elle trembla, déjà proche de l'orgasme.

Ma merveilleuse et sensible compagne, murmurai-je dans son esprit. *Je vais te faire jouir au point de te faire voir des étoiles.*

Oui, Alpha. Oui.

Kieran, la corrigeai-je. *Je veux que tu dises mon nom, mon amour.*

Kieran, répéta-t-elle immédiatement.

C'est bien, l'encourageai-je.

Sa petite chatte se contracta autour de ma queue, tout son corps vibrait de désir.

C'est ça, Quinnlynn, chevauche-moi, dis-je en basculant les hanches vers le haut. *Prends ton plaisir. Fais-toi du bien.*

Kieran, soupira-t-elle.

Notre baiser devenait plus ardent et plus brutal à la fois. Elle me mordit la langue puis l'aspira dans sa bouche pour avaler mon essence.

Je prévoyais de faire de même sur son cou dans une minute.

Mais d'abord, je voulais la voir monter au septième ciel.

Mmmm, j'adore la sensation d'être en toi, mon amour. Tu serres ma queue comme une reine. Je pourrais rester là pour toujours.

Oui, siffla-t-elle. *Oui Kieran, s'il te plaît.*

Je vais te baiser comme jamais et te nouer pour le restant de mes jours. Je mordillai sa lèvre inférieure, puis je la laissai me mordre à nouveau la langue. C'était douloureux, mais j'aimais ça. Je pouvais sentir le plaisir sensuel qu'elle prenait à me marquer de manière si intime, à me goûter, à me *revendiquer. Est-ce que tu vas jouir pour moi, ma chérie ?*

Elle resserra encore l'étreinte de son sexe sur le mien, son petit corps se mit à bouger plus vite pour satisfaire ma requête. Je sentais ses sécrétions recouvrir mon manche et son pouls s'accélérer. *Kieran !*

Vas-y, Quinnlynn, jouis pour moi, maintenant !

C'est ce qu'elle fit et son extase explosa autour de moi et à travers moi en puissantes vagues. Je pouvais entendre sa joie dans ses pensées, ressentir ses contractions autour de ma queue et vivre avec elle son orgasme comme si c'était le mien.

Bon sang, ma petite, soufflai-je en me plantant en elle d'un coup sec du bassin.

Je nous fis rouler pour qu'elle se retrouve sur le dos tout en maintenant ses jambes autour de ma taille.

Là, je la baisai à ma manière, c'est-à-dire de façon rapide et brute, pour la conduire à un nouvel orgasme qui lui fit hurler mon nom.

— C'est trop bon, putain ! dis-je en posant les lèvres contre sa gorge, mes dents prêtes à s'y enfoncer. Cette marque-là guérirait. L'autre resterait pour toujours. Cela faisait partie de la magie qui maintenait nos âmes liées, son corps restant à jamais marqué par ma revendication sur sa poitrine.

Le simple fait d'y penser suffisait à me donner une érection.

J'en salivais.

Ma bête voulait *goûter*.

Je me laissai aller à ce penchant, mes crocs, semblables à ceux d'un vampire, s'enfoncèrent dans son cou et la propulsèrent vers un nouveau cyclone de plaisir.

Son corps se mit à trembler sous moi, sur le point de basculer vers l'inconscience.

Je l'ancrai dans la réalité avec mon nœud, moi-même submergé par ma propre satisfaction, si grisante, comme une pure *drogue*.

La combinaison de son sang et de mon orgasme me faisait tourner la tête. Mon loup était à la fois rassasié et prêt à recommencer.

Je suis complètement accro à toi, lui dis-je. *Accro à tout ça.*

Mmmmm, murmura-t-elle dans une réponse à la fois incohérente et pourtant évidente.

Nous nous comprenions. Nous nous aimions. Nous étions un tout.

Ma compagne, chuchotai-je en avalant une nouvelle gorgée de sa délicieuse essence avant de me couper la langue pour partager mon sang avec elle dans un baiser sensuel.

À moi, dit-elle en écho.

À toi, acquiesçai-je en laissant remonter ma main jusqu'à son sein. *Mais aussi à moi.*

Elle soupira encore et passa les bras autour de ma nuque pour prolonger notre baiser jusque dans les profondeurs du temps.

Mon nœud palpitait.

Palpitait.

Et palpitait encore.

C'était comme si mon corps savait qu'elle était sur le

point de terminer ses chaleurs et qu'il lui fallait relâcher tout ce qu'il retenait encore en lui.

En échange, elle semblait prête à absorber tout ce que j'avais à lui donner, remplissant ses entrailles de mon essence jusqu'à ras bord.

Je ronronnais, heureux de voir que ma compagne était prête à jouer. À baiser. À faire tout ce que je lui demandais. À me *faire confiance*.

Je l'avais sentie s'abandonner à moi il y a de ça plusieurs semaines. Elle avait mis toute sa confiance en moi pour la protéger et s'était juste permis d'*exister* dans l'instant. *J'ai rencontré de nombreux défis dans la vie, Quinnlynn, mais aucun d'entre eux ne m'a apporté autant de joie que toi. Tous les obstacles que j'ai dû surmonter en valaient la peine pour arriver à ce moment.*

Bientôt, nous allions retourner ensemble devant notre peuple et notre secteur.

Nous allions leur assurer que notre amour était indestructible et les aider à retrouver la paix et la confiance en notre destinée.

Ma main glissa vers son ventre plat, tandis que l'autre restait derrière sa nuque.

Son regard profond fixé sur le mien, je reculai la tête pour faire le tri entre ses pensées et les miennes. *Une vie nouvelle.* Nous ne l'avions pas prévu, mais nous acceptions tous les deux ce cadeau.

La lignée royale allait perdurer.

Notre futur enfant était en route.

Un héritier. Notre héritier.

La joie que je lisais sur le visage de Quinnlynn m'informa qu'il ne s'agissait pas pour elle d'un fardeau, mais bien d'une bénédiction. Je partageais ses sentiments et mon loup se réjouissait à l'idée de cette petite graine plantée dans l'abdomen de notre compagne.

Je ne pensais pas un jour vouloir procréer.

Cependant, Quinnlynn avait transformé toutes mes aspirations, et avait donné un nouveau sens à ma vie.

Voilà pourquoi j'étais heureux d'accepter ce nouveau défi. Parce que nous allions parcourir ce chemin ensemble.

Tu vas faire un père merveilleux, murmura-t-elle.

La lucidité avec laquelle elle parla me confirma ce que je soupçonnais déjà concernant la fin de ses chaleurs.

Et toi tu seras une mère parfaite.

Je l'embrassai encore une fois, tout en sentant mon nœud baisser en intensité, prêt pour un dernier tour.

Celui-ci serait lent.

Approfondi.

Répondant à tous nos besoins.

Ensuite je lui ferais couler un bain.

Je la nourrirais.

Puis, je nous préparerais tous les deux pour demain.

J'espérais pouvoir enfin visiter le Sanctuaire, ainsi que rencontrer toutes les Omégas que ma compagne aimait tant.

C'est toi leur roi, souffla-t-elle sans décoller sa bouche de la mienne. *Elles vont t'accueillir à bras ouverts.*

Ce sera forcément mieux que d'être accueilli par une Oméga pointant une flèche sur moi, plaisantai-je.

Tu parles de Jas ?

Oui, je crois bien que c'est comme ça que Kyra l'a appelée.

Je suis surprise qu'elle n'ait pas tiré. Jas déteste les Alphas. Quinnlynn se cambra vers moi pour me prendre un peu plus profondément, et rouvrit les yeux. *Cela dit, je suis contente qu'elle se soit retenue.*

Et moi donc ! Ça ne m'aurait pas tué, mais ça m'aurait certainement ralenti.

Maintenant, elles sont sous la protection de ta magie. Elles vont apprendre à t'aimer, comme j'ai appris à t'aimer.

Peut-être pas exactement comme toi, la corrigeai-je en sortant lentement d'elle jusqu'à la pointe avant de replonger en avant.

Elle frémit, tout en accompagnant mon mouvement pour l'intensifier. *Tu as raison, peut-être pas exactement comme moi*, acquiesça-t-elle en grognant. *Cela dit, je suis sérieuse quand je dis que je t'aime, Kieran.*

Je sais, dis-je en frottant mon nez contre le sien. Je l'embrassai avant qu'elle puisse me reprocher mon arrogance. Je pouvais entendre dans son esprit la réalité de l'amour qu'elle me portait. Je pouvais le sentir jusqu'au tréfonds de mon âme. Je savais donc qu'elle ressentait aussi le mien. Notre amour était comme un être à part entière qui grandissait entre nous chaque seconde.

Cette femelle était faite pour moi.

Tout comme j'étais fait pour elle.

Les loups du V-Clan ne croyaient pas réellement aux âmes sœurs, mais maintenant, j'y croyais.

J'y croyais à cause de Quinnlynn.

Il n'y aurait jamais personne d'autre pour moi, tout comme il n'y avait eu personne avant elle.

Tu es ma vie désormais, lui dis-je dans un élan d'amour. *Tout ce que je ferai, je le ferai pour toi.*

Et pour notre secteur, ajouta-t-elle.

Je secouai la tête. *Non, Quinnlynn. Seulement pour toi. Ça a toujours été comme ça. Tu avais besoin d'un prince Alpha pour conduire ton peuple, et j'ai accepté… pour toi.*

C'est quelque chose que j'avais commencé à comprendre ces dernières semaines. J'avais déjà un trône et du pouvoir.

Je n'avais pas eu besoin du Secteur Sanglant.

Mais un jour, une séduisante Oméga avait pénétré mon territoire par effraction et s'était plus ou moins jetée dans mes bras. L'affaire était risible. Pourtant, à cet instant précis, l'ennui qui s'était installé dans ma vie avait volé en éclats et une nouvelle réalité s'était présentée à moi. Un nouveau défi. Un nouveau *jeu*. J'avais été tellement surpris que je n'avais même pas pu repousser mon désir de jouer.

Après ça, mon Oméga avait mis la barre encore un peu plus haut en me forçant à la poursuivre à travers le monde, ce que mon loup n'avait pas dédaigné.

J'étais devenu le chasseur.

Elle était devenue ma proie.

Et pendant tout ce temps, j'avais dirigé son royaume, non pas par obligation, morale ou autre, mais parce que je savais dès le départ que le meilleur moyen de gagner son cœur était de m'assurer que son territoire restait stable jusqu'à ce que j'arrive à la rattraper.

Depuis le jour de notre rencontre, tout ce que j'ai fait, je l'ai fait pour toi. C'était une confession que je ne réservais qu'à elle. Pour le monde extérieur, je restais motivé par le désir de puissance, mais avec Quinnlynn, je pouvais révéler que mon véritable moteur était le respect et l'adoration que je lui portais.

Et l'amour.

Mon amour pour elle.

Mon amour pour notre avenir.

Mon amour pour la vie avec elle.

Sa place était au cœur même de notre monde, de notre réalité. Sans Quinnlynn MacNamara, le monde serait tellement plus sombre.

Sa magie était pure, merveilleuse et universelle.

Elle l'avait utilisée pour le *bien*, pour *protéger* les faibles. Une véritable héroïne.

J'étais le parfait méchant pour tomber amoureux d'elle.

Elle ne me voyait pas comme ça, mais je savais que beaucoup d'autres avaient cette image de moi. Le ténébreux prince Alpha qui avait volé le cœur de la princesse. Un futur roi prêt à détruire le monde entier pour sa compagne.

Si elle me demandait d'y mettre le feu pour elle, je le ferais.

Mais c'était là toute la beauté de Quinnlynn. Elle n'abuserait jamais de son pouvoir. Elle était de ceux qui s'en servaient pour faire le bien autour d'eux. Je pouvais le sentir jusqu'au creux de l'énergie pleine de vie qui maintenait ce Sanctuaire en sécurité.

Tu es une énigme, ma reine. Mon énigme. Et je choisis de te chérir pour l'éternité.

Je ne suis pas encore reine, murmura-t-elle.

Que ce soit officiel ou non, tu seras toujours une reine à mes yeux, Quinnlynn. Comme j'ai toujours été ton roi.

Je sentis son sourire contre ma bouche, mais elle ne me contredit pas. Elle continua de m'embrasser. Les mouvements de son corps m'intimant de me taire et de la conduire une nouvelle fois au paradis.

Tu es insatiable, ma petite, la taquinai-je en réponse.

Baise-moi, Kieran.

Ce fut à mon tour de sourire. *Tu me supplies ?*

Non. J'exige.

On dit qu'un roi ne s'incline jamais devant une reine, soufflai-je. *Mais pour toi, Quinnlynn, je ferai mentir le dicton. Pour toi, je me mettrai à genoux.*

Sans lui laisser le temps de répondre, je cédai à ses exigences.

Je la fis monter au septième ciel.

Je la fis hurler si fort que j'étais certain que tout le monde dans le Sanctuaire l'entendit prononcer mon nom.

Ce ne fut qu'à ce moment-là que je la nouai encore une fois.

Puis je lui glissai à l'oreille… *Moi aussi, je t'aime.*

QUINN

Kieran et moi traversions les jardins de glace du palais main dans la main. Il observait chaque détail avec admiration.

— Je suppose que c'est la meilleure manière de rendre un glacier vivable.

— Il y a toute une équipe qui s'occupe de ce jardin, dis-je en affichant un grand sourire.

— Et je vois que vous avez aussi une armée, dit-il en levant les yeux vers les sentinelles qui nous surplombaient depuis la muraille.

— Ce n'est pas exactement une armée. Elles se font appeler les Protectrices, expliquai-je. Kyra est leur capitaine.

— Lorcan m'en a parlé au cours du petit-déjeuner que nous avons pris plus tôt dans la soirée. Cela dit, il a parlé d'un grade de lieutenant, pas de capitaine.

— Ce genre de distinction n'a pas beaucoup de sens ici.

— Non, j'imagine bien.

— Kyra et les autres trouvaient qu'il était important

que les Omégas apprennent à se défendre. Tous les Alphas ne sont pas aussi tendres envers nous.

Il hocha la tête.

— En effet, c'est une bonne chose de savoir se défendre, surtout au sein du monde dans lequel nous vivons.

— Exactement, mais ici, nous avons aussi compris que l'union faisait la force. Et savoir manier les armes aide aussi.

Je jetai un coup d'œil alentour, admirant le paysage et respirant l'air glacé.

— L'île s'est tellement développée en mon absence. Je suis un peu triste d'avoir raté tant de choses, ajoutai-je.

— Tu te consacrais à ton destin qui était de sauver d'autres Omégas et d'essayer de trouver celui qui était responsable du meurtre de tes parents. Les Omégas de l'île comprennent très bien, Quinnlynn.

Il s'interrompit pour se tourner vers moi et prendre mon visage entre ses mains.

— Je vois bien la manière dont elles te regardent. Elles t'admirent énormément. Il en sera de même pour le Secteur Sanglant.

— C'est impossible. Je ne peux pas leur parler de cet endroit.

— Peut-être pas pour le moment, concédai-je, mais tu trouveras un moyen de gagner leur respect. Nous le trouverons ensemble.

— Ils sont persuadés que je les ai encore abandonnés.

— Pas du tout. Lorcan et Cillian se sont assurés que tout le monde savait que tu étais en chaleur. De toute façon, tous ceux qui ne les ont pas crus seront obligés de constater leur erreur au moment de notre couronnement.

Il descendit la main pour la poser sur mon ventre.

— Personne ne pourra nier le temps que nous avons passé ensemble.

Je sentis mes joues s'enflammer en entendant le plaisir qu'il avait à évoquer ce moment.

J'étais parfaitement d'accord avec lui, comme il pouvait probablement l'entendre dans mon esprit.

— J'espère que tu as raison et qu'ils vont me pardonner, dis-je à voix basse. Notre couronnement a lieu dans trois jours.

Cillian avait dit à Kieran qu'il était impératif que ce rituel prenne place le plus tôt possible, surtout maintenant que Kieran et moi étions officiellement en couple.

Mon Alpha avait acquiescé.

Il voulait lui aussi mettre les choses au point une bonne fois pour toutes et permettre à chacun d'oublier le passé pour vivre dans le présent.

Plus de doute.

Plus de ressentiment.

Plus de procès en illégitimité.

Il était temps que les loups du V-Clan nous acceptent comme leur couple royal.

— Penses-tu que celui qui a attaqué mes parents sera là ? demandai-je.

— S'il s'agit comme tu le penses d'un prince Alpha, il sera présent. Nous les avons tous invités.

Il passa doucement le pouce le long de la mâchoire.

— Et j'imagine que la personne dont tu as senti la présence quand tu étais dans le Secteur Bariloche sera là aussi.

— Il s'agit peut-être de la même personne, murmurai-je.

C'était quelque chose que je soupçonnais depuis longtemps.

— La raison pour laquelle je me suis rendue dans le

Secteur Bariloche au départ, c'était parce que j'avais entendu parler d'un Alpha du V-Clan qui se rendait régulièrement au… *au bordel* de l'Alpha Carlos. J'ai pensé qu'il pouvait s'agir de la personne que je recherchais, mais ensuite…

Ensuite je me suis cachée à chaque fois qu'il arrivait, pensai-je, honteuse de la manière dont j'avais agi.

J'avais tellement peur d'être découverte que j'avais abandonné la piste qui m'avait pourtant menée jusqu'au Secteur Bariloche.

Je baissai les yeux en repensant à cet échec, mais Kieran glissa sa main sous mon menton et me força à relever la tête vers lui.

— Ce n'est pas parce que tu as eu peur que tu as échoué Quinnlynn. Tu as simplement écouté ton instinct. Et ta *louve*. Tu ne dois jamais t'en vouloir de suivre ses indications.

— Mais c'était la seule raison pour laquelle j'étais là au départ.

— Combien d'Omégas as-tu sauvées ? rétorqua-t-il en plantant son regard dans le mien. Combien seraient mortes si tu avais été découverte ?

Je déglutis, incapable de lui répondre.

Parce que la réponse était *beaucoup*.

— Tu es peut-être partie là-bas pour suivre une piste, mais tu es restée par loyauté envers les Omégas qui avaient besoin de toi. Ce n'était pas un choix facile, Quinnlynn : retrouver le meurtrier de tes parents ou aider les autres. Pourtant, on est tous les deux d'accord pour dire que tu as pris la bonne décision.

— Sauf que je n'ai toujours pas la moindre idée de qui a saboté leur avion, marmonnai-je. Et tu as raison, il faut que je dise la vérité aux gens de notre secteur au sujet de la mort de mes parents, mais je ne sais pas comment faire.

Son regard s'intensifia encore.

— Nous allons trouver une solution ensemble.

— C'est comme ça que j'aurais dû prendre les choses depuis le début, admis-je dans un souffle.

Il me regarda en secouant la tête.

— Non. Il fallait que je gagne ta confiance, tout comme tu as gagné la mienne. Les choses se sont passées exactement comme elles le devaient. Il faut arrêter de regretter le passé et aller de l'avant. D'accord ?

Je plongeai le regard dans ses yeux bleu nuit pour me nourrir de sa force et de son assurance. Je finis par acquiescer.

Il avait raison.

Je ne pouvais rien faire pour modifier le passé. Je pouvais seulement l'accepter et en tirer des leçons. De toute façon, je ne voulais pas changer mon histoire. Tout ce que j'avais fait, je l'avais fait pour une raison précise, et même si j'avais perdu de vue mon objectif premier pendant un temps, il n'avait jamais entièrement disparu.

— Est-ce que tu as un plan pour le couronnement ? demandai-je. Une manière de découvrir qui a saboté l'avion ?

— J'ai bien quelques idées, admit-il. Mais il y a quelque chose que je ne comprends toujours pas.

Je fronçai les sourcils.

— De quoi s'agit-il ?

— Pourquoi tes parents ont-ils emprunté un jet alors qu'ils auraient pu se fondre dans l'ombre jusqu'à l'île ? D'ailleurs, pourquoi ne se sont-ils pas téléportés vers un endroit sûr au moment où l'avion s'est écrasé ? Si l'enchantement avait été placé sur l'avion, pourquoi ne l'ont-ils pas simplement abandonné avant qu'il explose ?

— Pourquoi même posséder un avion quand on sait se fondre dans l'ombre ? demandai-je doucement.

Je grimaçai en repensant à la raison qui avait poussé mes parents à prendre leur jet.

— Pourquoi m'as-tu ramenée à bord d'un de tes appareils lorsque nous avons quitté le Secteur Bariloche, alors que tu aurais pu te fondre dans l'ombre avec moi ?

— Tu étais blessée, répondit-il immédiatement. C'est pour ça que j'ai fait venir mon jet, au cas où nous en aurions besoin pour te transporter…

Il s'interrompit en comprenant ce que j'essayais de lui dire.

— Ils n'étaient pas seuls dans l'avion, conclut-il.

— Plus ou moins, dis-je en m'éclaircissant la gorge. Maman était… elle était enceinte.

Comme Kieran le savait déjà, il pouvait être dangereux pour une louve du V-Clan de se transformer ou de se fondre dans l'ombre quand elle était enceinte. C'était d'ailleurs quelque chose dont nous avions déjà discuté plus tôt dans la soirée.

C'est pour cela que je devrais prendre un avion pour retourner vers le Secteur Sanglant. Bien sûr, Cillian l'avait inspecté de fond en comble pour s'assurer qu'il n'était pas enchanté. Kyra et Lorcan s'étaient téléportés là-bas plus tôt dans la journée avec l'intention de ramener l'avion ici, puisque Kyra connaissait le chemin et que Lorcan savait piloter.

Étant donné qu'ils étaient en couple – une information que j'avais encore du mal à intégrer – ils pouvaient revenir sur l'île sans problème. Cela faisait d'eux une parfaite équipe, même si ni l'un ni l'autre n'avait l'air ravi de cette situation.

— Alors ton père aurait pu se fondre dans l'ombre, mais pas ta mère, dit Kieran en me ramenant à notre conversation.

— Exactement.

— Ils ont préféré mourir ensemble plutôt que de faire atterrir l'avion dans un endroit inhospitalier et de prendre le risque de montrer la route de l'île au coupable, soupira-t-il. C'est tout à leur honneur. Il y a cent ans, je ne l'aurais peut-être pas compris, mais aujourd'hui, je le pense vraiment.

Il posa les yeux sur mon ventre avant d'y ramener sa deuxième main.

Je baissai les yeux en souriant, le cœur à la fois plein de joie et de tristesse. Ces questions m'avaient fait comprendre quelque chose d'important, un détail que j'avais négligé.

— La personne qui a ensorcelé leur avion savait que ma mère était enceinte, dis-je en grimaçant. Étais-tu au courant de la grossesse de ma mère ?

Il secoua la tête.

— Non, mais je ne me suis jamais intéressée de très près aux réalités politiques de notre monde. Il est possible que certains princes aient été au courant.

— Peut-être, dis-je lentement. Le secteur le savait en tout cas. Ils pouvaient tous le sentir. Ils savaient aussi que c'est la raison pour laquelle mes parents avaient choisi de prendre l'avion. Peut-être que la rumeur s'est répandue, mais…

Je passai en revue les détails que j'avais négligés cent ans auparavant.

— Mais une personne extérieure n'aurait pas eu le temps de saboter l'avion…

— Alors soit quelqu'un a fait fuiter l'information en amont, commença Kieran.

— Soit il ne s'agit pas d'un prince, mais de quelqu'un de notre secteur, dis-je en écarquillant les yeux. Non. C'est impossible. Tout le secteur adorait mes parents.

— Il suffit d'un seul dissident… répondit Kieran, bien

plus méfiant que moi. Il faut que nous prévenions Kyra et Lorcan.

Il sortit son téléphone de sa poche et composa un numéro.

— Cillian, va examiner l'avion encore une fois.

— Ils sont déjà partis, répondit l'Élite.

— *Merde !*

— Que se passe-t-il ?

Kieran le mit rapidement au courant de nos dernières conclusions, sans omettre le fait que nous pensions – en particulier Kieran – que le coupable pouvait appartenir à notre propre secteur.

Je détestais cette idée.

Pourtant, à l'entendre le répéter, je commençais à me dire que ce n'était pas impossible.

Tout ce temps j'avais cru qu'il s'agissait d'un Prince Alpha à cause des dernières paroles prononcées par ma mère.

Ne fais confiance à aucun des princes Alphas. Pas avant d'avoir découvert la vérité, mo stoirín.

Je pensais que la puissance qu'ils avaient ressentie leur avait indiqué que le coupable était un prince Alpha. Cependant, je me demandais maintenant si je n'avais pas tout compris de travers.

Pourtant, je ne voyais pas comment. Elle m'avait si clairement intimé de ne pas faire confiance aux hommes de pouvoir.

Pourquoi aurait-elle dit cela s'il ne s'agissait pas d'un Prince Alpha ?

Je me mis à faire les cent pas nerveusement, tout en caressant du doigt le pendentif à mon cou.

Pourquoi m'avoir dit de me méfier des Princes Alpha alors qu'aucun d'eux n'avait pu saboter leur avion ce jour-là ?

Ma mère n'était enceinte que de quelques semaines. Le

secteur le savait parce qu'il pouvait le sentir, mais l'information n'avait pas eu le temps de se répandre. Même Kieran n'était pas au courant de sa grossesse. Je voyais bien à sa surprise qu'on ne le lui avait jamais dit.

Donc aucun autre prince ne devait le savoir non plus.

Le secteur avait choisi de garder l'information secrète.

Il suffit d'un seul dissident.

Les paroles de Kieran me restaient en tête, et je marchais encore plus vite, la main toujours posée sur mon bijou royal.

Quelqu'un savait que mes parents se rendaient au Sanctuaire. Quelqu'un qui avait le pouvoir de saboter leur avion, mais combien de gens connaissaient leur projet de voyage ce jour-là ?

Ceux qui se sont occupés de préparer l'avion.

Ceux qui étaient responsables de la sécurité.

Je jetai un regard vers le téléphone de Kieran au moment où Cillian semblait parler de verrouiller le secteur. En l'absence de Kieran, c'était lui qui était habilité à prendre ce genre de décision pour le Secteur Sanglant.

Je m'immobilisai, mon pendentif serré entre les doigts.

Ne fais confiance à aucun des princes Alphas. Pas avant d'avoir découvert la vérité, mo stoirín.

Je m'étais coupée de toutes les personnes de pouvoir après avoir entendu cette demande de ma mère. Je m'étais cachée et avais repoussé toutes les propositions de mariage, j'avais laissé une guerre se déclarer pour ma main, et je m'étais tournée vers le seul qui avait choisi de ne pas se battre pour moi. Et je n'avais agi qu'en désespoir de cause.

Pas comme une princesse qui recherche normalement chez un compagnon...

Un équilibre territorial.

Le renforcement de la puissance de ma lignée.

La protection de cette île.

Après l'avertissement de ma mère, j'avais repoussé tous mes prétendants et j'avais fait l'inverse de ce que devrait faire une reine en devenir dans cette situation. J'avais choisi de m'isoler… plutôt que d'unir mes forces avec celle d'un autre.

Ceci est une marque de puissance, mo stoirín. Il t'appartient désormais. Porte-le pour nous. Porte-le pour toi. Porte-le lorsque tu élimineras celui qui nous a trahis.

Je fronçai les sourcils, les doigts toujours autour du pendentif. *Une marque de puissance.*

Non.

C'était le symbole de notre famille. Ce qui définissait notre dynastie encore plus que notre couronne. Un *but* : la protection. Le diamant noir ressemblait à la roche noire cachée sous les couches de glace de ce lieu. La pierre étincelante était une référence symbolique au bouclier scintillant qui entourait l'île.

Ce n'était pas une marque de *puissance*.

C'était un symbole de notre *raison d'être.*

Je retirai le collier, rendue confuse par ces souvenirs mêlés.

Puis Kieran retira les boucles assorties de mes oreilles, lui qui avait suivi tout le déroulement de mes pensées. Je ne savais pas où il avait mis son téléphone, peut-être dans sa poche, puisqu'il tenait maintenant une de mes boucles d'oreilles dans chaque main.

— Donne-moi ça, exigea-t-il en montrant le collier.

Je le lui tendis sans poser de question.

Puis, je sursautai lorsqu'il se fondit soudain dans l'ombre et disparut de la cour.

Une explosion de puissance s'ensuivit qui me mit à genoux tandis qu'une série de chocs électriques continuaient à traverser mon corps pendant plusieurs secondes.

Kieran ! hurlai-je en sentant mon âme voler en éclats sous le poids de la vague d'énergie qui suivit.

— Princesse !

La voix de Fritz résonna près de moi au moment où je m'effondrai au sol, la poitrine transpercée par un pic de douleur intense.

— Dégage ! cria sèchement Kieran.

Son agressivité d'Alpha me submergea et je frémis en ressentant un nouvel éclair de puissance me traverser.

Soudain, ma tête se retrouva contre sa poitrine, mais les vibrations de son ronronnement n'arrivaient pas à dissiper le froid glacial qui m'envahissait.

Il m'envoya ensuite une vague d'essence de guérison. Je poussai un cri aigu et sentis immédiatement le bouclier absorber toute cette énergie.

— Putain, qu'est-ce qui se passe ? demanda une voix féminine.

Jas, reconnus-je vaguement.

— Une brèche dans notre bouclier, répondit Kieran sans relâcher ses efforts. On s'en occupe.

On ? pensai-je, à moitié délirante, alors que mon âme frissonnait à nouveau.

Kieran me transmit immédiatement un nouveau flot de puissance, je sentis mes veines se remplir d'une vigueur renouvelée.

Voilà ce qu'il voulait dire par *on*.

Ma magie était liée au bouclier qui venait d'être attaqué par quelque chose de puissant. Quelque chose de *mortel*. Cet impact m'aurait tuée à petit feu…

Je fronçai les sourcils.

Tuée à petit feu… comme lorsque… comme ce que j'avais ressenti en me réveillant quelques semaines auparavant ? songeai-je. Je m'étais sentie entièrement vidée, comme si toute mon énergie avait été absorbée par le bouclier.

Cependant, maintenant je comprenais ce qui s'était effectivement passé, surtout parce que l'esprit de Kieran me donnait les détails qu'il me manquait.

Les bijoux ont été ensorcelés, l'entendis-je penser. *Exactement comme l'avion. Peut-être même qu'ils ont été ensorcelés à bord de l'avion.*

Le collier et les boucles d'oreilles s'opposaient à la magie du bouclier pour essayer de créer une sorte de porte dérobée, ou peut-être juste pour servir de signal de repère. L'esprit de Kieran n'en était pas certain. Il s'était simplement transporté hors du bouclier avec eux pour voir comment réagiraient les objets.

Il avait senti les vibrations de puissance.

Puis, les bijoux avaient explosé.

Si nous avions pris l'avion avec… Je ne pus aller au bout de mes pensées.

Je savais que cette explosion m'aurait tuée.

Avec ma mort, toute la barrière de protection aurait disparu.

Et les bijoux auraient signalé leur emplacement à celui qui les avait enchantés.

Comment… ? demandai-je, encore étourdie par l'échange d'énergie entre Kieran, la barrière et moi. *Comment est-ce possible ?*

Celui qui a trafiqué ce collier n'était clairement pas pressé, murmura Kieran. *Parce que tu l'as laissé derrière toi quand tu as disparu.*

Je ne me sentais pas capable de le porter tant que je n'aurais pas retrouvé celui qui nous avait trahis.

Et tu n'étais pas censée faire confiance au moindre Alpha qui aurait pu t'aider à retrouver le coupable, continua Kieran. *Ces paroles ne venaient pas de ta mère, Quinnlynn. Elle venait de quelqu'un qui cherchait à brouiller les pistes.*

KIERAN

Je comprenais tellement mieux maintenant.

Pourquoi Quinnlynn ne s'était pas mêlée de la guerre des Alphas, qui avait pourtant eu pour objectif de lui trouver le parfait compagnon pour son ascension.

La profonde méfiance de Quinnlynn.

Sa certitude que c'était un prince Alpha qui avait trahi sa famille.

Les Alphas du V-Clan avaient à cœur de chérir les Omégas. Aucun de ceux que je connaissais ne voudrait accéder de force au Sanctuaire. Ils feraient tous preuve de respect. Bon sang, j'étais sûr que la plupart d'entre eux se seraient portés volontaires pour venir le *protéger*.

Pourquoi y aurait-il un prince Alpha différent ? Nous n'avions pas accédé au pouvoir par hasard, nos lignées étaient chacune porteuses des valeurs de notre race.

Nous n'avions pas besoin d'une île remplie d'Omégas ; nous recevions toutes sortes d'offres venant de mâles et de femelles consentants.

Je ne pouvais pas trouver un seul prince Alpha qui aurait assassiné la famille royale dans le but de violer ce Sanctuaire.

Merde, ils avaient mis toute leur énergie à se battre les uns contre les autres pour prouver leur valeur à Quinnlynn.

Elle les avait tous repoussés, ce qui était exactement le but du vrai coupable.

Si elle s'était accouplée, son prince Alpha aurait appris la vérité concernant la mort de ses parents et l'aurait aidée à résoudre ce mystère tout en renforçant la protection magique autour de l'île.

Le coupable n'est pas un prince Alpha, répétai-je. *C'est quelqu'un du Secteur Sanglant. Quelqu'un qui vous connaît très bien toi et ta famille. Quelqu'un…* Je levai les yeux vers son regard fatigué. *Quelqu'un qui savait que non seulement tu accepterais ses boucles d'oreilles, mais que tu les porterais.*

Myon !

Le nom apparut dans nos deux esprits en même temps.

Mais son esprit se mit immédiatement à se rebeller contre cette possibilité. Tous les souvenirs de sa profonde amitié avec son père lui revenant en mémoire.

C'est forcément une erreur, dit-elle. *Je ne pense pas que ce soit possible.*

Qui a préparé le jet de tes parents ? Qui a été le premier à apprendre la grossesse de ta mère, après ton père et toi ?

Une larme se forma au coin de son œil et elle se mit à secouer violemment la tête, dans un mouvement de dénégation. Pourtant, ses pensées s'habituaient déjà à l'idée que Myon puisse être coupable.

Il n'approuvait pas mes fiançailles avec toi, pensa-t-elle doucement. *Il voulait que j'y renonce.*

Je sais.

Je pensais qu'il agissait par affection paternelle, qu'il se montrait surprotecteur, mais maintenant…

Maintenant, tu comprends que c'est parce qu'il me voyait comme une menace.

Je terminai sa pensée pour elle, ayant déjà atteint la même conclusion.

Il y avait une bonne raison pour laquelle je ne l'avais pas gardé parmi mes Élites : je ne lui faisais pas confiance. La confiance était quelque chose qui se gagnait et il n'avait pas fait le moindre pas vers moi.

Contrairement à beaucoup d'autres.

J'avais mis ça sur le compte de son entêtement et de son attachement au passé, ou peut-être était-il en colère que j'aie « laissé » Quinnlynn s'échapper. Il pensait peut-être qu'elle était partie à cause de moi.

Maintenant, je comprenais que toutes mes théories étaient fausses. Il ne voulait pas se rapprocher de moi parce que je risquais de le démasquer.

Mais pourquoi ? demanda Quinnlynn, l'esprit un peu plus calme. *Pourquoi aurait-il fait cela ? Il était le meilleur ami de mon père.*

On peut se demander s'il l'était vraiment. Ton père lui avait-il parlé du Sanctuaire ?

Quinnlynn fronça les sourcils. *Non, mais il s'agit d'un secret de famille.*

Un secret que tu n'as partagé avec moi que lorsque tu m'as considéré comme digne de faire partie de ta famille, soulignai-je. *Un secret que connaissent déjà Cillian et Lorcan parce qu'ils sont bien plus que mes Élites. Ils sont ma famille.*

Étant donné les circonstances, nous n'avions pas vraiment eu le choix, mais je voulais qu'elle sache que je leur en aurais parlé de toute façon. Parce qu'ils étaient réellement mes meilleurs amis.

Si ton père ne s'était pas confié à Myon, il devait avoir une bonne raison. Et je suspectais qu'elle ne serait pas heureuse de la connaître. *Cela dit, s'il faisait bien son travail, il y a des chances pour qu'il ait senti l'existence de cet endroit. Il l'a peut-être même découvert.*

Cela aurait pu suffire à le faire réagir comme il l'avait fait.

Ou peut-être ses raisons étaient-elles plus profondes.

Nous n'en saurions plus que lorsque nous l'aurions interrogé.

Heureusement que j'ai demandé à Cillian de verrouiller le secteur.

Je posai doucement les lèvres sur le front de Quinnlynn.

Sa magie s'était enfin apaisée, la barrière avait absorbé suffisamment de son énergie pour se reformer. Maintenant, c'est son âme qui essayait de refaire des réserves, ce à quoi je l'aidais en continuant à déverser sur elle mon pouvoir de guérison.

Elle ferma les yeux, la tête posée contre ma poitrine. Elle me laissait la protéger.

Plusieurs Omégas nous entouraient désormais, et toutes nous fixaient avec un mélange de curiosité et de respect. Même Jas, qui semblait prête à me tirer dessus quelques semaines plus tôt, avait l'air impressionnée.

Je les regardais toutes en souriant, même si cela devait plutôt ressembler à une grimace. Je voulais qu'elle sache que nous allions bien, mais surtout, je voulais qu'elles nous laissent tranquilles.

Si j'avais pu nous fondre dans l'ombre, Quinnlynn et moi, jusqu'à sa chambre, je l'aurais fait.

Mais c'était impossible, pas avec l'enfant qui grandissait en elle.

Je l'attirai plus fermement sur mes genoux en laissant mon pouvoir la parcourir à la recherche de la moindre blessure. Je ne m'attendais pas à ce que les bijoux explosent. Je voulais simplement voir comment la barrière allait réagir.

Pas très bien, visiblement.

C'était un miracle qu'ils ne se soient pas enflammés au moment où Quinnlynn était arrivée sur l'île.

Peut-être était-ce parce qu'elle avait voulu se téléporter ici avec moi ? Le bouclier était tellement focalisé sur le danger que je constituais pour lui qu'il l'avait laissée passer. Il avait puisé toute son énergie pour me repousser plutôt que de se concentrer sur les bijoux.

Je fronçai les sourcils en réfléchissant.

Non. Je pense vraiment que c'est le fait de se fondre dans l'ombre qui l'a sauvé.

Moi, je m'étais téléporté aux frontières de la barrière et j'avais atterri juste à l'extérieur. J'avais ensuite approché les bijoux du bouclier, j'avais senti vibrer leur terrible énergie et je les avais lâchés pour me fondre à nouveau dans l'ombre avant que ceux-ci n'explosent.

Ils avaient été prévus pour exploser à bord de l'avion.

Pas lorsque la personne se fondait dans l'ombre.

Cela signifiait que la personne qui les avait enchantés savait que la personne qui les porterait ne pouvait pas se fondre dans l'ombre.

Ta mère portait-elle ses boucles d'oreilles et ce collier lorsqu'elle est partie ? pensai-je en sachant que Quinnlynn écoutait mes pensées.

Oui, répondit-elle. *Elle les portait en permanence. À part peut-être la nuit.*

Ce qui signifie qu'elle les aurait retirés seulement dans sa tanière… Un endroit auquel aurait accès un Élite, mais probablement personne d'autre. C'est un autre détail qui tendrait à accuser Myon, dis-je.

Je sais, murmura Quinn, sa voix intérieure particulièrement triste.

Myon avait été comme un second père pour elle, mais elle ne pouvait plus nier que tout l'accusait désormais.

Pourtant, pour le bien de ma compagne, j'espérais encore me tromper.

Cependant, j'en doutais vraiment.

Les preuves étaient là.

Il a dû se rendre sur les lieux du crash pour récupérer les joyaux, pensai-je. *Combien de temps après la mort de tes parents as-tu reçu le collier ?*

Quelques jours plus tard.

Je hochai la tête. *En tant qu'Élite, il savait quand ils avaient décollé. Il a ensuite utilisé son enchantement pour retrouver l'avion.*

C'est grâce à ça qu'il avait su où était la carcasse de l'avion.

Nos avions furtifs, même ceux de l'époque, n'étaient pas repérables. C'est pour ça qu'on les appelait comme ça.

Il a dû le sentir s'écraser et comme l'enchantement n'a pas été brisé pour autant, il a pu retrouver les bijoux. Ensuite, il n'a eu qu'à enchanter le collier pour qu'il te parvienne comme s'il venait de tes parents.

C'était une illusion qui n'était pas difficile à réussir pour quelqu'un qui en avait les capacités mentales.

Je ne connaissais pas les talents particuliers de Myon, mais j'étais prêt à parier qu'il était particulièrement doué en enchantements. Peut-être savait-il aussi créer des illusions.

Cela dit, comme il avait fallu plusieurs jours pour que le pendentif arrive jusqu'à Quinnlynn, il était possible que Myon ait dû demander de l'aide.

Mais il savait que je n'allais pas prendre un avion pour venir ici, dit-elle lentement. *Pourquoi me donner les boucles d'oreilles maintenant ?*

Peut-être que le sort posé sur ton collier était devenu moins efficace, il s'inquiétait que ce ne soit pas suffisant. L'enchantement de traçage était probablement plus fort sur les boucles d'oreilles, ce qui signifie malheureusement qu'il connaît probablement les coordonnées de l'île maintenant.

Sauf s'il avait besoin d'avoir le bijou en main pour pouvoir suivre sa trace. Cela pouvait expliquer qu'il ait donné les boucles d'oreilles à Quinnlynn, en pensant qu'elle allait venir sur l'île, puis rentrer dans le Secteur Sanglant, ce qui lui donnerait le chemin à suivre, si bien sûr il arrivait à récupérer les boucles.

Ou peut-être s'agissait-il de son plan de secours. Si les boucles d'oreilles et le collier n'explosaient pas, détruisant ainsi la barrière, il pouvait toujours voler les diamants et s'en servir pour trouver l'île.

Si tel était le cas, nous venions de rater une excellente occasion de le piéger. Nous aurions pu ramener les bijoux intacts et voir s'il cherchait à mettre la main dessus.

Ce n'était plus possible maintenant qu'ils avaient explosé.

Ma poche se mit à vibrer, ce qui fit sursauter Quinnlynn.

— Ce n'est que Cillian, dis-je en levant de nouveau les yeux vers notre public d'Omégas. Elles avaient clairement décidé de rester près de nous.

Je retins un soupir avant de sortir mon téléphone. Je portais généralement une montre, mais je l'avais laissée dans le Secteur Sanglant. Plutôt que de me la ramener avec mes vêtements, Lorcan m'avait amené mon téléphone. *Peut-être qu'il a pris ma montre avec lui dans l'avion,* pensai-je en décrochant mon antique portable.

— As-tu réussi à tout boucler ?

— Oui, me confirma Cillian d'une voix lasse. Juste à temps.

— Comment ça ?

— Je ne sais pas d'où provenait l'explosion qui s'est produite, mais elle a atteint notre secteur. Plusieurs Alphas du V-Clan ont essayé de se fondre dans l'ombre. Je ne sais pas exactement où ils comptaient aller, peut-être retournaient-ils simplement chez eux, mais j'ai dû mettre toutes mes forces pour les retenir, marmonna-t-il.

— Myon était-il parmi eux ? demandai-je en ignorant ses plaintes.

— Oui, pourquoi ?

— Je veux qu'il soit détenu jusqu'à ce que je puisse lui parler. D'ailleurs, place tous les Alphas qui ont essayé de se fondre dans l'ombre en cellule, mais ne leur dis pas pourquoi.

— Et moi, tu vas me dire pourquoi ?

— Bien sûr.

Je baissai le regard vers Quinnlynn. Elle avait fermé les yeux et avait le souffle régulier d'une personne endormie. La puissance de l'explosion l'avait épuisée.

— Pourquoi ? insista Cillian voyant que je ne répondais pas immédiatement.

— Parce que l'un de ces enfoirés a failli tuer ma compagne, en se servant du même sort qui a conduit à la mort des parents de Quinnlynn.

Ce mystère vieux d'un siècle allait prendre fin maintenant.

Les réponses allaient probablement mener à la mort de quelqu'un d'autre.

Mais après ça, nous pourrions enfin monter sur le trône, Quinnlynn et moi.

QUINN

J'avais l'estomac noué au moment d'atterrir dans le Secteur Sanglant. J'avais probablement failli casser le bras de Kieran à force de le serrer pendant tout le vol. Il m'avait proposé de m'aider à *me détendre*, mais j'avais refusé.

Je devais apprendre à surmonter cette peur ; une peur qui n'était que plus profonde maintenant que je ne pouvais pas me fondre dans l'ombre pour me mettre en sécurité.

De toute façon, je n'avais plus l'intention de recourir à cet artifice. Plus jamais.

Le temps du vol ne m'avait absolument pas permis de me sentir mieux. Je ne m'attendais pas forcément à être parfaitement prête, mais j'espérais ressentir un peu plus d'assurance que ça.

J'étais absolument terrifiée.

Parce que ma récompense pour avoir survécu à ce voyage était de devoir faire face à l'homme qui était probablement responsable de la mort de mes parents.

Kieran serra tendrement ma main dans la sienne, même alors que j'avais passé des heures à la lui broyer.

— Il en faudrait bien plus que ça pour me faire mal, mon amour, dit-il en souriant, avec une pointe de défi dans l'œil.

J'étais incapable de réagir à sa taquinerie. Pas pour le moment.

Il posa sa main libre sur ma joue, caressant doucement ma lèvre inférieure de son pouce.

— Tu es l'une des louves les plus courageuses que j'aie jamais rencontrées, Quinnlynn. Tu as accompli plus que la plupart des métamorphes que je connais. C'est un honneur pour moi d'être ton compagnon.

J'appuyai mon visage sur sa main et laissai ses paroles me remplir et résonner dans nos deux esprits. Je savais qu'il pensait tout ce qu'il venait de me dire. En réponse, mon amour pour lui ne faisait que s'intensifier.

Voilà ce que nos vies étaient destinées à devenir, nous étions liés l'un à l'autre par un amour similaire à celui partagé par mes parents.

Merci, lui murmurai-je. *Merci d'être à moi.*

Merci de t'être introduite dans mon secteur pour me proposer cette union, répondit-il.

Son ton léger aida quelque peu à briser la glace qui paralysait mon esprit.

J'arrivai presque à sourire. *Presque.* Les moteurs s'éteignirent à ce moment-là, confirmant notre arrivée. *Au moins nous sommes sur la terre ferme*, pensai-je au moment où Kieran lâchait mon visage pour détacher ma ceinture.

Je n'avais toujours pas libéré sa main, et cela ne semblait pas le déranger le moins du monde. Il détacha sa propre ceinture avant de m'aider à me lever.

Mes jambes tremblaient, mon sens de l'équilibre était plus que précaire. Il me stabilisa de ses bras forts jusqu'à être sûr que je pouvais me déplacer seule.

Lorcan nous attendait à la porte, le visage impassible. Il avait choisi de rentrer avec nous, en laissant Kyra sur l'île pour s'occuper du Sanctuaire. Je ne savais pas exactement quel genre d'accord ils avaient passé, mais il semblait clair que Kyra avait l'intention de rester seule au Sanctuaire pendant que Lorcan continuait à faire son travail dans le Secteur Sanglant.

Ils ne pouvaient pas briser leur lien d'accouplement.

Ce qui signifiait qu'ils resteraient connectés à jamais.

Cependant, aucun d'eux ne désirait être en couple, ce que m'avait confirmé Kieran à travers une pensée au sujet de Lorcan. Je savais déjà que Kyra ne voulait absolument plus avoir la moindre relation de couple avec un Alpha. Pas après ce que lui avait fait subir l'Alpha Fare.

Ainsi, Lorcan et elle allaient conserver cette union de convenance sans jamais se voir en dehors des moments où ils se croiseraient par hasard.

Je supposais que cela leur convenait.

J'avais moi-même tenté d'échapper à mon lien de fiançailles pendant plus d'un siècle, alors je comprenais un peu.

Cela dit, je n'essayerais plus jamais de m'éloigner de Kieran. Il m'appartenait et j'avais bien l'intention de le faire savoir à tout le secteur.

Dès que nous aurions réglé le problème de Myon.

Kieran et moi descendîmes les marches du jet toujours main dans la main.

Plusieurs membres de la meute traînaient près du tarmac, une expression de curiosité sur le visage.

Dès que notre odeur parvint à leurs narines, leurs yeux s'écarquillèrent.

Non seulement sentaient-ils notre union, mais ils pouvaient aussi discerner le parfum de notre héritier.

Quelques-uns d'entre eux échangèrent des regards

étonnés. D'autres se penchaient pour murmurer des paroles noyées par le vent. Cela n'avait aucune importance. Ce qui importait, c'était que Kieran et moi étions là ensemble, pour de bon.

Il pencha la tête pour déposer un baiser sur ma tempe et ses lèvres formèrent un sourire en entendant mes pensées. Techniquement, nous avions la possibilité de bloquer l'autre, mais je n'en voyais pas l'intérêt. Je lui laissais un complet accès à mon esprit et il faisait de même.

C'était une démonstration de confiance.

Ce que devait être un vrai accouplement.

Nous avançâmes sur plusieurs mètres avant que Kieran ne nous immobilise. Je fronçai les sourcils sans comprendre ses intentions jusqu'à ce qu'il m'attire à lui dans un baiser qui me fit basculer dans un autre monde.

Cela me prit plusieurs secondes pour comprendre que cette démonstration d'affection n'était pas seulement à mon intention, mais aussi pour la foule qui nous entourait. Il voulait que la meute comprenne ce que nous étions maintenant.

Ensemble.

Accouplés.

Pour toujours.

Sa langue dominait la mienne, ne laissant aucun doute sur son désir et son affection pour moi. Je passai mes bras autour de ses épaules et m'abandonnai à cette démonstration, sachant que parmi les Omégas qui nous observaient se trouvait Miranda.

Cet Alpha m'appartient, étais-je en train de crier au monde.

Kieran, qui aimait mon côté possessif, sourit et me donna la permission de lui mordre la lèvre inférieure.

La saveur doucereuse de son sang sur ma langue me fit

presque oublier le but de ce moment. J'avais envie qu'il m'emmène dans sa chambre et...

Notre chambre, me corrigea-t-il, toujours à l'écoute de mes pensées. *Si cet immeuble ne te plaît pas, nous déménagerons, mais c'est notre chambre Quinnlynn.*

Notre chambre, répétai-je. *Il faut que je fasse mon nid.*

Oui, acquiesça-t-il. *Nous pouvons commencer dès maintenant si tu veux.*

Je faillis accepter cette proposition.

Puis, je me rappelai la raison pour laquelle nous étions rentrés plus tôt que prévu. Le couronnement avait lieu dans deux jours. Nous étions rentrés pour avoir le temps d'interroger Myon et les autres Alphas qui avaient tenté de se fondre dans l'ombre après l'explosion. La plupart d'entre eux s'étaient déjà excusés, expliquant qu'ils avaient voulu se fondre dans l'ombre pour rejoindre leur compagne ou leur foyer pour protéger leurs enfants.

Cillian en avait libéré quelques-uns, car il savait qu'ils n'étaient pas coupables.

Kieran n'avait exprimé ni accord ni désaccord quant à cette décision, il faisait entièrement confiance à Cillian. De ce fait, moi aussi.

Il restait une poignée d'Alphas encore en garde à vue, que nous voulions interroger.

Ou plutôt *étrangler* dans le cas de Kieran.

Il était furieux que quelqu'un ait pu mettre non seulement ma vie, mais aussi celle de notre futur enfant, en danger. Il ne prenait pas cette agression à la légère. Si nous découvrions que Myon était derrière tout cela, il allait certainement mourir. Je ne pouvais rien faire pour arrêter Kieran.

D'ailleurs, je n'étais pas certaine de vouloir essayer.

Quelqu'un avait essayé d'assassiner mon enfant. C'était absolument impardonnable, même si cette personne ne savait pas que j'étais enceinte. Je savais par ailleurs que cela ne l'aurait pas arrêté, à en juger par le destin funeste de ma mère.

Non, celui qui était à l'origine de ce complot méritait de mourir. Je m'étais résignée à cette idée.

Je continuais seulement à espérer qu'il ne s'agissait pas de Myon, même si toutes les preuves pointaient vers lui.

Le moins qu'il pouvait faire maintenant était de me donner une explication.

Même si Kieran pensait déjà connaître la réponse. Selon lui, son ego en avait pris un coup après avoir appris l'existence du Sanctuaire.

Ce qui nous menait à la question de savoir comment il l'avait découvert. *Qui lui en a parlé si ce n'est pas mon père ?*

Nous allons le découvrir, me promit Kieran, ses lèvres toujours sur les miennes.

J'ouvrai les yeux pour regarder dans les siens. Les promesses qu'ils contenaient me donnaient à nouveau envie de changer nos plans. *Tu m'empêches vraiment de me concentrer.*

C'est mon rôle, compagne, murmura-t-il d'un air taquin. *Puis-je te mordre ?*

Tu veux confirmer ta revendication ? dis-je en arquant un sourcil.

Tout à fait.

Alors vas-y. Tu n'as pas besoin de demander.

Je suis un gentleman, répondit-il.

Je faillis éclater de rire. *Tu n'es pas un gentleman, Kieran.*

Alors que suis-je ? demanda-t-il en approchant sa bouche de mon cou.

Tu es à moi, répondis-je simplement.

Je sentis ses lèvres former un sourire contre ma peau. *J'adore être à toi, ma reine.* Ses canines s'enfoncèrent dans ma chair l'instant d'après et la foule poussa un petit cri d'étonnement collectif. *Voyeurs*, souffla-t-il, amusé.

Quant à moi, j'étais trop occupée à soupirer de plaisir face à l'intense vague d'endorphines qui me submergeait pour réagir à son commentaire.

Sa morsure me remplissait d'euphorie et mes cuisses se contractèrent immédiatement de désir.

Heureusement, il n'aspira pas trop longtemps, ou j'aurais fini par avoir un orgasme devant tout le secteur.

Hmmm, souffla-t-il. *C'est quelque chose à garder en tête pour plus tard.*

Tu n'as pas intérêt, chuchotai-je, encore enivrée par sa morsure.

Ça pourrait être intéressant, continua-t-il à réfléchir. *Sauf que je serais obligé de tuer toutes les personnes présentes après ça, pour avoir été témoins de quelque chose qui ne leur appartient pas. Alors peut-être qu'on évitera.*

Je secouai la tête, étourdie par ses plaisanteries.

Sauf qu'il ne plaisantait pas.

Il pensait chacun de ces mots.

C'est à ce moment-là que je m'étais rendu compte que toute cette petite scène avait pour but de me distraire, de m'aider à me sentir plus ancrée, de me récompenser pour avoir eu le courage de quitter le Sanctuaire pour revenir dans le Secteur Sanglant, malgré tout ce qui s'était passé.

Ce mâle s'occupait de moi à sa manière, tout en démontrant quelque chose à tous les loups qui nous entouraient.

Et il disait que c'était moi l'énigme ?

C'était lui la véritable énigme. Il n'était pas le méchant pour lequel il aimait se faire passer. Il était ma version d'un chevalier servant. *Mon héros.*

Il plissa légèrement les yeux. *Ne m'appelle pas comme ça. Ça te vexe ?*

Oui, répondit-il immédiatement, ce qui me fit sourire.

Comme tu veux, mon héros.

Quinnlynn, dit-il sur le ton de l'avertissement.

J'ai enfin trouvé ton petit surnom, continuai-je en l'ignorant. *Tu es mon héros personnel.*

Il poussa un grognement qui ne fit qu'accentuer mon sourire.

Ne t'en fais pas, murmurai-je en posant la main sur sa joue. *Je ne dirai rien à personne.*

Il continua de me fixer, les yeux plissés.

Je t'aime, ajoutai-je en frottant mon nez contre le sien. *Merci d'avoir détourné un peu mon attention.*

Il me répondit par un bref ronronnement, son loup étant incapable de retenir son affection pour moi, même lorsque son humain essayait de le faire taire.

Il m'embrassa alors une nouvelle fois et son adoration emplit mes pensées.

— Je pense que tout le monde a compris le message que vous vouliez faire passer, Sire, souffla Cillian en s'approchant. La rumeur va se répandre à toute vitesse désormais, et Miranda s'arrache déjà les cheveux.

Kieran continua à m'embrasser longuement, puis se redressa doucement. Il était désormais complètement calme. *Je t'aime aussi*, murmura-t-il avant de se tourner vers Cillian.

— C'est toi qui m'as suggéré de rendre notre arrivée spectaculaire.

— En effet, mais je pensais plutôt à une annonce publique pour que tout le monde sache que vous étiez de retour dans le secteur, Sire.

Kieran souleva paresseusement un sourcil.

— Eh bien, je pense que tout le monde est au courant maintenant.

— Aucun doute là-dessus, répondit-il en retenant une grimace. Pouvons-nous y aller maintenant ?

Mon compagnon me relâcha alors pour poser sa main dans mon dos.

— Nous te suivons, Cillian.

Lorcan marchait discrètement derrière nous, sa présence à la fois silencieuse et pleine d'autorité.

Tout ça me procurait un sentiment de sécurité. Ces trois mâles étaient parmi les plus dangereux qui existaient. Je pouvais sentir les ondes de leur puissance qui me caressaient la peau en permanence.

C'était Cillian qui produisait le plus d'énergie, au point que j'étais même surprise par la maîtrise qu'il exerçait sur le secteur. *Il est en lien avec tout le monde.*

Oui, répondit Kieran. *C'était lui le prince Alpha en mon absence et je pense qu'il n'a plus besoin de prouver pourquoi je l'ai choisi pour ce rôle.*

Il était très puissant en tant que prince Alpha.

Il vient d'une lignée très ancienne, tout comme Lorcan et moi. Ils pourraient tous les deux sans problème être à la tête de leur propre secteur.

Pourquoi ne le sont-ils pas ?

Par loyauté, répondit-il au moment où nous nous installions dans la voiture qui nous attendait. Cette voiture était sûrement là pour moi, puisque je ne pouvais ni me transformer ni me fondre dans l'ombre.

Lorcan s'assit sur le siège passager avant tandis que Cillian prenait le volant. Kieran et moi nous glissâmes à l'arrière. L'aéroport se situait à environ quarante-cinq minutes de Reykjavik, mais la voiture se dirigea rapidement vers la campagne. Il ne me fallut pas longtemps pour comprendre que nous ne nous rendions pas à la capitale.

Je n'avais pas besoin de poser de questions puisque

toutes les réponses étaient contenues dans l'esprit de Kieran. Nous nous rendions dans un lieu de détention qui était à l'écart des quartiers résidentiels.

Je posai la tête contre l'épaule de Kieran et fermai les yeux.

La nuit risquait d'être longue.

KIERAN

Je renvoyai chez eux deux des Alphas dès mon entrée dans le donjon, ainsi qu'un Bêta. Leur odeur m'avait immédiatement indiqué leur innocence.

Ce n'était pas seulement la terreur qui émanait d'eux, mais aussi des effluves de colère. Surtout lorsqu'ils avaient vu Quinnlynn et compris qu'elle était enceinte.

Ce n'étaient pas les accusations contre eux qui les mettaient en colère ni le comportement passé de ma compagne.

Non, ils étaient furieux que quelqu'un ait essayé de faire du mal à la reine et au futur héritier du Secteur Sanglant.

Leur réaction prouvait à elle seule qu'ils étaient inoffensifs. Cillian m'avait déjà expliqué que ceux-là avaient dit avoir cherché à se fondre dans l'ombre pour retourner à l'abri chez eux. Je n'eus donc aucun mal à les laisser repartir.

Cependant, je glissai un subtil avertissement aux deux Alphas avant leur départ.

— Vous êtes des Alphas. Les bons Alphas ne se cachent pas, ils protègent. Souvenez-vous-en lorsque vous sentirez une nouvelle vague de puissance vous frapper. Autrement, je ne suis pas sûr que je vous garderai dans mon secteur.

— Oui, mon roi, dit l'un d'entre eux.

Il venait de s'adresser à moi avec un titre que je n'avais pas encore reçu, mais que je méritais sans aucun doute. Il s'inclina ensuite devant Quinnlynn.

— Bienvenue chez vous, ma reine. Nous sommes heureux que vous soyez de retour.

Elle sourit et répondit, le regard légèrement embué :

— Merci, Odin.

Il se releva et quitta la pièce après s'être poliment incliné vers moi également.

L'autre Alpha promit que cela ne se reproduirait plus avant de se tourner vers Quinnlynn et de lui exprimer à son tour sa gratitude.

J'étais certain que ce genre de scène se reproduirait de nombreuses fois dans les jours à venir.

C'est le bébé, m'informa-t-elle. *Ils sont heureux de voir que j'ai rempli mon devoir envers ma lignée.*

Je ris intérieurement à cette théorie. *C'est peut-être en partie vrai, mais au fond, je sais qu'ils sont reconnaissants d'avoir une reine aussi puissante pour les protéger. Ils savent tous que cette explosion d'énergie était en lien avec toi. Je pense que beaucoup d'entre eux te craignent vraiment maintenant.*

Et cela n'était que justice.

Quinnlynn était peut-être une Oméga, mais elle était puissante et venait d'une lignée qui surpassait toutes les autres. C'était un gros risque de la sous-estimer.

Elle me sourit discrètement. *Merci de me voir comme autre chose qu'une machine à enfanter.*

Je la saisis par la nuque, irrité par cette pensée. *Tu es bien plus qu'un utérus pour moi, ma reine. N'en doute jamais.*

Je n'en doute pas. De la même manière que tu es bien plus qu'un nœud à mes yeux.

Sa petite remarque insolente me fit rire et me détendit un peu.

Si tu veux m'utiliser pour mon nœud, sache que je ne suis pas contre.

— Sire, intervint Cillian. Que voulez-vous que nous fassions avec Myon et Orion ?

C'étaient les deux prisonniers qui restaient. *Est-ce qu'on peut les tuer tous deux pour que je puisse aller nouer mon Oméga ?* suggérai-je par télépathie.

Quinnlynn me lança un regard sévère.

Cillian se contenta de pousser un soupir. *Si vous voulez accélérer les choses, je peux lire dans leurs pensées.*

Tu dis ça, mais tu n'as pas encore réussi à discerner la vérité chez Myon.

C'est vrai, admit-il, *parce qu'il m'en empêche.*

Et Orion ?

Il semble avoir une barrière naturelle.

Et pour les trois qu'on vient de relâcher ? demandai-je.

Ses iris sombres brillèrent en me regardant. *Tous innocents, mais je voulais vous laisser cette occasion de vous amuser un peu. De plus, je sais que vous aimez pouvoir manifester votre puissance.*

Alors tu as dû être déçu que je les laisse repartir.

Au contraire, cela me donne raison. J'ai déjà dit à Myon et Orion que votre jugement était rapide. Maintenant, ils savent de quoi je parlais.

Je vois. Je souris à mon vieil ami. *Peut-être que tu devrais diriger le Secteur Sanglant un peu plus souvent.*

Je vous en prie, ne me menacez pas ainsi, Sire, dit-il sans humour. *Pas après tout ce que j'ai fait pour vous.*

Un de ces jours, Cillian, il faudra bien que tu diriges, dis-je. C'était une conversation que nous avions déjà eue souvent.

Pas aujourd'hui, Sire.

Pas aujourd'hui, acquiesçai-je. Je relâchai Quinnlynn après avoir pressé sa nuque une nouvelle fois.

— Commençons par Myon.

C'était lui le coupable.

Cependant, les commentaires de Cillian concernant Orion avaient éveillé ma curiosité.

C'était un Alpha plus âgé. Sans compagne. Il passait la plupart de son temps seul à la campagne.

Le fait qu'il ait la capacité de bloquer les pouvoirs des autres me donnait envie d'en savoir plus sur lui. Il pourrait se montrer utile, particulièrement en tant que garde.

Cillian me conduisit jusqu'à la cellule de Myon. Il n'avait pas pris la peine de lui passer des menottes en argent ni quoi que ce soit. Il le gardait simplement enchaîné par ses pouvoirs supérieurs.

De la même manière que les Alphas pouvaient forcer les autres à se transformer, ils pouvaient aussi contrôler la capacité de quelqu'un à se fondre dans l'ombre.

Si Myon avait été plus fort, il aurait pu contrer Cillian.

Mais personne sur cette île n'avait plus de puissance que Cillian. C'est pour ça qu'il avait réussi à boucler tout le secteur. S'il décidait de grogner l'ordre de se transformer, tout le monde obéirait.

Sauf Lorcan et moi. De la même manière que notre capacité à nous fondre dans l'ombre n'était pas touchée par la mainmise de Cillian.

Il n'avait pas de pouvoir sur nous.

Cependant, je n'en avais pas non plus sur lui.

Nous étions égaux.

C'est la raison pour laquelle nous n'avions aucun mal à protéger le territoire du Secteur Sanglant. Personne n'osait s'attaquer à nous. D'une certaine manière, nous étions un trio de princes Alphas.

— Bonsoir, Myon, saluai-je.

Je secouai la main pour déverrouiller la porte. Elle était fermée par un enchantement que Lorcan nous avait appris à maîtriser il y a de cela des siècles. Un peu comme un casse-tête logique qui demandait le parfait degré de puissance et de mouvement pour déclencher l'ouverture.

Il était presque impossible pour les autres de reproduire un tel mouvement.

C'est pour cela que nous l'utilisions.

— Tu seras certainement heureux d'apprendre que Quinnlynn et moi sommes officiellement accouplés, dis-je en pénétrant dans la cellule. Elle porte également notre héritier, comme tu l'as probablement déjà senti.

Je pris une chaise pour la placer en face de lui, à la table où il était assis.

— Félicitations, répondit-il d'une voix impassible.

Je souris.

— Je suis content que tu ne cherches pas à jouer la carte de la sympathie. C'est quelque chose que je respecte, Myon.

Je m'attendais presque à ce qu'il se mette à supplier Quinnlynn en clamant son innocence, mais au lieu de ça, il me regardait simplement avec des yeux fatigués.

Est-ce que tu lui as mis une raclée mentale ? demandai-je à Cillian.

Pas plus qu'aux autres. Je pense qu'il est juste résigné.

D'accord. Je peux me servir de ça.

— Pourquoi ne pas aller droit au but ? proposai-je. Tu as ensorcelé les bijoux royaux dans l'espoir de pouvoir accéder à un monde qui ne t'appartient pas. Tu as échoué.

Il me fixait droit dans les yeux. Ses lèvres n'étaient plus qu'une fine ligne droite.

— Tu ne nies pas ? insistai-je.

Silence.

— Je vois.

Il avait décidé de ne rien dire.

— Je comprends que ton silence équivaut à un aveu. Ce qui signifie que tu as enchanté ces boucles d'oreilles et ce collier avant de les donner à ma compagne.

— À sa mère, clarifia-t-il sans émotion. Ils ont été donnés à sa mère.

— Alors tu admets les lui avoir donnés ?

— C'était un présent de la part de Seamus, pas de la mienne.

Seamus MacNamara, pensai-je.

C'est vrai, me confirma Quinnlynn depuis le couloir. *Mon père a donné ces bijoux à ma mère il y a de cela plusieurs siècles. Bien avant ma naissance.*

— Quand les as-tu ensorcelés ? demandai-je en étudiant le visage de Myon de près.

— Je ne les ai pas ensorcelés.

— Mais tu savais qu'ils l'étaient ? demandai-je en arquant un sourcil.

— Bien sûr que je le savais. Tous les Élites de Seamus étaient au courant.

Les paroles de Myon étaient parfaitement claires et je n'y détectais pas la moindre trace de mensonge.

— De plus, nous savons tous comment accéder à cet enchantement. C'est pour ça que j'ai essayé de me fondre jusqu'à Quinnlynn lorsque j'ai senti qu'il y avait un problème.

— Un problème ?

— Oui, un problème lié à l'enchantement. Celui-ci a été fait à partir du sang d'un ancien Élite de Seamus. Nous avons tous ressenti l'appel.

— Mais tu es le seul à avoir essayé de te fondre dans l'ombre ? fis-je remarquer, à la fois intrigué et confus.

Son regard s'assombrit.

— C'est une question que tu devrais poser aux autres.

Pour ma part, j'ai prêté serment envers la famille, et je me dois de la protéger. C'est ce que j'essayais de faire.

Il tourna les yeux vers Quinnlynn.

— Je suis content que vous alliez bien, princesse.

Pourtant, il n'avait pas l'air content. Il avait l'air plutôt en colère.

Peut-être parce qu'il n'avait pas le contrôle de la situation.

Ou peut-être exprimait-il sa colère envers les autres Élites pour n'avoir pas essayé de porter secours à Quinnlynn lorsqu'ils avaient senti le « problème ».

— Si tu savais que les bijoux étaient enchantés, pourquoi n'avoir rien dit ? demanda Cillian.

Il se tenait dans l'encadrement de la porte derrière moi, tandis que Lorcan longeait le couloir en silence dans le but de protéger Quinnlynn.

— Parce que vous auriez dû le sentir vous-même, répliqua sèchement Myon, mais vous étiez trop occupé à protéger Kieran par-dessus tout. Les bijoux n'en sont qu'une preuve supplémentaire.

Je lui jetai un regard noir.

— Cillian et Lorcan seraient prêts à donner leur vie pour protéger Quinnlynn.

— Rien ne me le prouve, rétorqua Myon. Elle a passé plus d'un siècle seule parce qu'elle avait trop peur de rester ici et de vous révéler la vérité.

— La vérité à quel sujet ? demandai-je, sincèrement curieux quant à ce qu'il pensait qu'elle ne m'avait pas dit.

— Le Sanctuaire.

Il ne marqua pas la moindre hésitation. Sûrement parce qu'il savait que j'avais maintenant accès à toutes ses pensées. Je savais donc tout de ses secrets.

— Et le meurtre de ses parents, ajoutai-je en plissant

les yeux. Quelqu'un lui a dit que l'assassin était un prince Alpha.

— Un mensonge nécessaire pour la protéger.

— La protéger de qui ?

— Des prétendants qui n'étaient pas dignes d'elle, répondit-il nonchalamment. Ses parents voulaient qu'on lui fasse correctement la cour, mais je savais bien qu'il n'en serait rien après leur disparition inattendue. Les autres Élites et moi avons pris les choses en main pour protéger la dynastie.

— En posant un sort sur le pendentif et en envoyant un faux message de la part de ses parents ?

Je ne pus cacher le scepticisme dans ma voix.

— Cette idée-là ne venait pas de moi – toute cette histoire inventée concernant le meurtre de ses parents – mais il fallait que nous la préparions à tenir son rôle vis-à-vis du Sanctuaire.

— Je ne comprends pas, lança Quinnlynn en entrant dans la pièce. Qu'essayes-tu de dire, Myon ? Que vous avez choisi de me mentir pour… pour me protéger ?

— Pour te motiver, corrigea-t-il. Et pour t'empêcher de prendre une décision hâtive concernant ton compagnon. Tes parents auraient voulu que tu prennes ton temps.

Elle secoua lentement la tête.

— Ils avaient déjà permis qu'on commence à me courtiser. Ils voulaient que je m'accouple avec un prince Alpha.

— Mais pas tout de suite. Le processus de cour peut prendre des dizaines d'années. Comme cela a été le cas pour ta mère.

— Alors vous avez décidé de la terrifier en lui faisant croire que ses parents avaient été assassinés par un prince Alpha ?

Je n'y croyais pas une seconde, mais je le laissai continuer.

— Plus ou moins, dit-il en levant les yeux vers moi. Comme je l'ai précisé, ce n'était pas mon idée.

— Alors qui a eu cette brillante idée ? demandai-je, curieux de connaître le nom qu'il allait me balancer pour se protéger.

— Fritz.

— Quoi ? s'exclama Quinnlynn tandis que j'évaluais cette réponse intéressante.

Soit il avait entendu ce nom de la bouche de Seamus ou l'avait lu quelque part, soit il connaissait effectivement toute la vérité sur le Sanctuaire.

Étant donné qu'il n'avait pas accès à l'île, j'en doutais fortement.

Cela dit, techniquement, les Omégas pouvaient quitter cet endroit sans difficulté.

— Fritz va-t-il corroborer ton histoire ? demandai-je, méfiant.

— Il n'y a qu'un moyen de le savoir.

Myon n'avait pas l'air de paniquer le moins du monde, ce qui me laissait penser qu'il était confiant, car il disait la vérité. Sinon, c'était un sociopathe particulièrement doué.

— Lorcan, appelai-je.

— Il est déjà en train de parler à Kyra, confirma Cillian.

Parfait.

— Alors si j'ai bien suivi, tu es en train de me dire que l'enchantement de traçage sur les bijoux a été fait pour protéger Kiana MacNamara et que les parents de Quinnlynn n'ont pas été assassinés ? Ce qui signifie que l'histoire concernant leur étrange accident serait vraie ?

— Oui. L'avion s'est effectivement écrasé à cause d'un problème de moteur.

Il s'appuya sur le dossier de sa chaise, de plus en plus détendu.

— J'ai gardé la boîte noire.

— Où est-elle ? dis-je avec empressement.

— Je suis déjà sur le coup, lança Cillian avant de disparaître.

— Tu avais un enregistrement de la mort de mes parents et tu ne m'en as jamais parlé ? s'offusqua Quinnlynn.

— Tu n'étais pas prête à l'entendre, princesse, dit-il avec, pour la première fois, une trace de tristesse dans la voix. Tout s'est passé très vite. Ils n'ont pas souffert.

— Je suis ravie de l'entendre, cracha-t-elle de colère en s'approchant de la table. Depuis plus de cent ans, tu as préféré me laisser penser qu'ils avaient été assassinés. Tu m'as laissée mener cette quête impossible à travers le monde. J'ai abandonné mon secteur pour ça. J'ai refusé de faire confiance à mon fiancé.

Ses joues étaient rouges d'une fureur légitime et je me demandais si elle allait finir par gifler ce pauvre bougre de toute sa puissance.

Je n'allais pas l'en empêcher.

Bon sang, j'avais plutôt envie de l'encourager.

— C'est la vérité, lança Lorcan depuis l'encadrement de la porte. La fausse histoire concernant le meurtre venait bien de Fritz.

— L'Oméga ? demandai-je, honnêtement surpris.

— Il est peut-être physiquement moins impressionnant qu'un Alpha, mais c'est un dangereux expert en armement, répliqua Myon. C'est pour ça qu'il est sur l'île. C'est l'un des anciens Élites de Seamus.

— Mon père ne m'en a jamais parlé, intervint Quinnlynn. Fritz est un Protecteur.

— C'est même le premier des Protecteurs, précisa

Myon. Il est plus âgé que nous tous. C'est pour ça que j'ai cédé à ses demandes et enchanté les bijoux selon ses souhaits.

— Et l'explosion ? interrogeai-je. Cela faisait-il partie de ses *souhaits* ?

Parce que si c'était le cas, j'allais de ce pas tuer cet Oméga, Protecteur ou non.

Le visage de Myon se contracta.

— Non… ça, je ne le comprends pas moi-même.

Il dit la vérité, m'informa Cillian qui venait de réapparaître dans la pièce à côté. *Je peux entendre sa confusion.*

Et la mienne, tu l'entends ? soufflai-je sur un ton sarcastique.

Chez vous, j'entends l'envie de meurtre, Sire. Comme d'habitude.

Je poussai un grognement.

Je vais écouter les enregistrements de la boîte noire avec des écouteurs dans une autre pièce. Je ne veux pas perturber Quinnlynn, mais je veux voir les preuves, m'expliqua Cillian.

Tu me diras si c'est vrai, répondis-je, sans demander d'autres détails, parce que s'il m'en donnait, Quinnlynn allait les entendre. Je ne voulais pas lui transmettre des images cauchemardesques.

— Les bijoux ont explosé lorsque Kieran les a approchés du bouclier. Si j'avais porté ses boucles d'oreilles sur moi, le souffle m'aurait tuée.

— C'est impossible. Ces diamants avaient pour objectif de te protéger.

Il fronça les sourcils et se tourna vers moi.

— Tu les as amenés jusqu'au bouclier depuis l'intérieur ?

— L'extérieur, précisai-je tout en observant les moindres mouvements de son visage.

Ses sourcils s'abaissèrent avant de se relever

doucement, comme s'il venait de comprendre quelque chose.

— L'enchantement n'était pas fait que pour protéger Quinnlynn. Les bijoux ont dû réagir lorsqu'ils se sont approchés de la barrière de protection sans leur propriétaire attitrée.

— Alors pourquoi étaient-ils en conflit avec le bouclier lorsque Quinnlynn les portait sur elle ? répliquai-je. Je pouvais sentir l'enchantement du bouclier lui prendre toute son énergie pour lutter contre la magie de ces diamants.

Je le fixai du regard, conscient de la confusion qui marquait son visage.

— Ça n'aurait pas dû arriver, mais peut-être que… peut-être est-ce parce que l'enchantement avait été fait pour sa mère et non pour elle ?

— Alors tu lui as donné les bijoux sans comprendre réellement comment ils allaient réagir ?

— Quinnlynn est la fille de Kiana, je croyais que…

— Exactement ! Voilà ton problème, dis-je sans plus cacher ma colère. Tu ne peux pas te contenter de croire en ce qui concerne ma compagne. J'ai l'impression que toi et tous les autres anciens Élites de Seamus avez pris beaucoup de décisions pour sa vie sans vraiment savoir ce que vous faisiez.

L'enregistrement est vrai, intervint silencieusement Cillian. *Le jet a bien explosé de manière inattendue.*

Je déglutis et tournai le regard vers Quinnlynn en partageant l'information avec elle en pensée.

Elle ne manifesta aucune réaction extérieure et son esprit réfléchissait trop vite pour savoir comment interpréter tout ce qu'elle venait d'apprendre.

— Quinnlynn est notre future reine, dis-je d'une voix plus calme, mais toujours aussi furieuse. Elle a le droit de prendre ses propres décisions. Le droit de choisir avec qui elle veut s'accoupler et quand. Le droit de connaître la vérité. Le droit d'être respectée de par sa puissance et sa naissance et de ne pas être traitée comme une poupée de porcelaine.

Je me levai de table en cherchant le regard de Myon.

— C'est elle qui décidera de ton sort parce que, contrairement à ta bande d'anciens Élites, je suis persuadé qu'elle peut prendre ses propres décisions. Je ne lui mentirai pas, je ne lui cacherai pas la vérité, et surtout, je ne prendrai pas de décision à sa place.

Je me tournai vers ma magnifique compagne et inclinai la tête dans un geste de respect.

Je lui tendis ensuite la main.

— Es-tu prête, ma reine ? Ou as-tu encore des questions à poser à ton ancien garde ?

Je n'avais pas choisi mes mots au hasard. Je voulais rappeler à cet Alpha qu'il n'était plus le protecteur de la petite princesse. C'était à moi qu'incombait désormais la tâche de protéger notre *reine*. Je ne comptais certainement pas m'y prendre comme lui.

—Je voudrais écouter l'enregistrement, dit-elle.

Je n'en attendais pas moins de sa part. J'avais refusé que Cillian me donne des détails, car je ne voulais pas être celui qui lui transmettrait ces terribles événements.

Elle avait le droit de faire ses propres choix.

Si elle voulait entendre les derniers instants de la vie de ses parents, je le ferais avec elle.

Après ça, je me tiendrais encore à ses côtés pendant qu'elle interrogerait Myon. Si c'était sa volonté, je le tuerais pour elle.

Cela dit, je savais que ce n'était pas la punition qu'elle choisirait. Une part d'elle voyait encore certains aspects de son père chez Myon et même si elle n'était pas d'accord avec ce qu'il avait fait, elle le comprenait.

C'est cette compassion qui allait faire d'elle une merveilleuse reine.

Mais c'est aussi la raison pour laquelle elle avait besoin de moi.

Je pourrais être le méchant quand elle en aurait besoin.

D'ailleurs, je pouvais toujours décider de me montrer méchant envers Myon, ce que je lui fis comprendre d'un coup d'œil acéré.

Quinnlynn était libre de choisir sa punition, mais c'était moi qui allais l'exécuter.

Je n'avais aucune intention de me montrer tendre.

Interroge encore Orion au sujet de ses dons, ordonnai-je à Cillian. *Considère ça comme un entretien d'embauche.*

Aucun problème, Sire.

Et occupe-toi de garder Myon sous surveillance. Notre reine décidera de son destin plus tard.

Et pour Fritz ? demanda-t-il.

Je suis à peu près certain que Kyra va s'occuper de lui. Si ce n'est pas le cas, je le ferai. Lorsque Quinnlynn m'aura transmis son verdict. Je posai la main en bas de son dos et la guidai hors de la pièce.

C'est bien compris. Je m'occupe de tout ça, Sire.

Merci, Cillian, dis-je en le pensant réellement. *Tu fais un excellent prince Alpha.*

Va te faire foutre, Kieran.

Sans l'écouter, je répondis : *J'ai hâte de te voir conquérir ton propre secteur.*

Il ne dit rien.

Cela dit, je savais qu'un jour il prendrait la tête d'un territoire. J'en étais certain.

QUINN

L'ENREGISTREMENT de la mort de mes parents hantait encore mes pensées tandis que je me tenais là, à saluer une file d'Alphas venus de tous les secteurs du V-Clan.

J'avais redouté ce moment pendant tant d'années, terrifiée à l'idée de serrer sans le savoir la main du meurtrier de mes parents, mais je savais maintenant que tout ça n'était qu'un mensonge.

Plus qu'un mensonge, c'étaient des manigances de la part des Élites pour me « motiver ». Pour m'empêcher selon eux de choisir un prince Alpha « trop rapidement ».

J'avais du mal à définir le sentiment de trahison que je ressentais. Ces personnes dont j'étais proche, celles qui étaient censées me protéger, m'avaient menti.

Pire, j'avais appris au terme de tout cela que c'était Fritz qui avait donné toutes ces informations au sujet de Kieran à Kyra. Bien sûr, elle connaissait pas mal de choses sur mon compagnon à travers ses liens avec l'Alpha Fare, mais Fritz était celui qui lui avait appris les détails, comme le penchant de Kieran pour les défis.

Tout ça paraissait tellement fabriqué.

Tellement… tellement… *contrôlé*. Comme si je ne maîtrisais pas mon propre destin.

Cela me rendait furieuse.

Kieran laissa glisser ses doigts le long de ma colonne exposée. La robe d'un profond bleu nuit que je portais aujourd'hui était très différente de celle à corset que j'avais lors de notre dîner de fiançailles. Il se pencha pour déposer un baiser sur ma tempe, me ramenant à la réalité juste au moment de saluer l'Alpha Cael.

— Vous êtes radieuse, ma reine, salua-t-il en s'inclinant cordialement.

— N'est-ce pas ? répondit Kieran à ma place, sa paume se posant sur le bas de mon dos dans un geste d'appropriation.

— Vous pouvez ranger les griffes, *roi* Kieran. Je n'ai pas l'intention de vous prendre votre compagne.

Cael m'adressa un clin d'œil qui fit grogner mon Alpha.

— Vous avez fait un excellent choix, ma reine.

— En effet, acquiesçai-je.

Seulement maintenant, je me demande si tout ça n'a pas été planifié par une bande de mâles Élites qui ressentaient le besoin de contrôler ma vie.

En tout cas, je suis sûr qu'ils ne contrôlaient pas la mienne, murmura Kieran en réponse. *Et si je t'entends encore une fois remettre en question notre accouplement, je vais te sauter ici devant tout le monde, juste pour te remettre les idées en place.*

Tu ne ferais jamais ça. Tu serais obligé de tous les tuer après, lui rappelai-je.

C'est quelque chose que je ferais avec joie en ton honneur, Quinnlynn, si ça te prouve que nous sommes ensemble par choix, et pas à cause d'un stupide mensonge et d'une paire de boucles d'oreilles.

Sa frustration était palpable, presque autant que la mienne. Elles avaient juste une origine différente.

Tu as raison. Ce que je dis n'est pas très juste envers toi.

Je ne te parle pas d'être juste, ma chérie. Je te parle de croire en nous. Crois-tu honnêtement que Myon voulait nous voir ensemble ? Il me jeta un coup d'œil, ignorant complètement ce qu'était en train de dire le prince Cael.

Non, je ne pense pas.

Alors voilà ta réponse.

Mais apparemment, c'est ce que cherchait Fritz.

Même en admettant que ce soit le cas, répliqua Kieran, *es-tu vraiment si contrariée par ce choix ?*

Bien sûr que non.

Bon, alors arrête de te torturer comme ça, exigea-t-il en levant une main pour interrompre le Prince Cael au milieu d'une phrase.

— Je t'aime, Quinnlynn MacNamara. C'est la seule chose qui compte, d'accord ?

Plusieurs personnes s'immobilisèrent autour de nous, toutes attendaient en retenant leur souffle de connaître ma réponse.

— Oui, soufflai-je au bout de quelques secondes, en décidant de vivre dans le *présent* avec lui et non plus dans ce passé obscur.

Je ne voulais plus me demander si les choses auraient pu se passer autrement.

Il était temps que j'existe dans l'ici et maintenant.

Parce qu'avec ou sans l'intervention de Myon et Fritz, j'étais là. Aux côtés de Kieran. Nous venions d'être couronnés roi et reine du Secteur Sanglant et nous prenions le temps de remercier poliment tous les Princes Alpha qui étaient venus assister à cet événement.

Voilà ce qui était important.

Le reste… le reste ne m'intéressait plus.

Une bonne leçon à intégrer pour moi, surtout après avoir entendu rabâcher pendant des années l'importance de retenir l'histoire pour éviter qu'elle ne se reproduise. Seulement, je savais maintenant que se complaire dans le passé n'apportait que du chagrin.

Dans mon cas, ça avait créé beaucoup de peine et de souffrances inutiles.

L'avion de mes parents avait eu un problème technique impossible à anticiper. Les Élites s'en étaient voulu de ne rien avoir remarqué, mais ils n'étaient pas des techniciens ni des ingénieurs aéronautiques. Comment auraient-ils pu savoir ?

Il était pourtant clair que s'étant sentis coupables, ils avaient décidé de diriger ma vie en secret, comme ils pensaient que mes parents l'auraient voulu.

Je ne savais pas encore très bien comment réagir à ça.

Peut-être devrais-je les bannir ?

Ou les laisser rester ?

Je m'appuyai sur Kieran, acceptant sa force tandis que nous reprenions la conversation avec le Prince Cael. Il me jeta un rapide regard, sentant sûrement mes hésitations et mon conflit intérieur. Lorsque Kieran poussa un petit ronronnement qui me fit fondre encore plus à ses côtés, le prince sourit.

— Je n'ai moi-même jamais été très friand de ce genre d'événement mondain.

— C'est pourtant vous qui avez dit à tout le monde que nous allions programmer cette nouvelle cérémonie, s'étonna Kieran.

Cael afficha un large sourire.

— Ça les a tous calmés, n'est-ce pas ?

— En effet, concéda Kieran en examinant l'homme devant lui. Peut-être accepterez-vous de revenir pour un dîner privé.

— Cela est beaucoup plus dans mes cordes, acquiesça Cael. Je contacterai Lorcan pour fixer une date. Puisqu'il surveille mes conversations, ça ne devrait pas être trop compliqué.

Il lança un regard amusé à Kieran avant de reculer pour laisser la place aux autres. Mon compagnon le regarda partir en poussant une petite exclamation d'appréciation.

Il me fait un peu penser à toi, admis-je. *Un fauteur de trouble.*

Il prend la température et se prête au jeu, répondit Kieran. *Mais je maîtrisais déjà ce jeu des siècles avant sa naissance.*

C'est vrai, mais je pense qu'il pourrait être un allié intéressant.

Je le crois aussi, si bien sûr il n'est pas l'Alpha qui se rendait régulièrement dans le Secteur Bariloche.

Ce n'est pas lui, affirmai-je en plissant le nez. *D'ailleurs, personne dans cette pièce ne semble avoir l'aura que j'ai sentie là-bas.*

Un mystère que nous résoudrons un autre jour, conclut Kieran. *Je parlerai peut-être avec Ander et Sven pour savoir si des registres ont été retrouvés à Bariloche. Ou peut-être que l'une des Omégas pourrait nous aider à identifier le coupable.*

Nous pourrions envoyer des images à Sven pour qu'il les diffuse, suggérai-je.

Kieran hocha la tête. *Je vais demander à Cillian de s'en charger. Je suis sûr qu'il sera ravi de s'occuper de cette chasse à l'homme.*

Celui-ci leva alors le regard vers Kieran depuis l'autre côté de la pièce, à moitié dissimulé dans l'ombre pour assurer discrètement sa mission de protection.

Il me rappelait un peu un caméléon, ce que Kieran me confirma. Apparemment, il avait cette capacité à se dissimuler, même dans une pièce remplie de monde.

A-t-il accepté ta demande ? songeai-je.

Pas directement, répondit Kieran, juste avant que Cillian ne penche le menton dans un subtil geste d'accord. *Mais je pense que c'est bon.*

Parce qu'il a entendu notre conversation à son sujet ?

En quelques sortes, murmura Kieran. *D'après ce qu'il m'a expliqué, il reconnaît notre ton de voix plus que nos paroles en elles-mêmes quand nous échangeons des pensées. Mais il affirme que ce sont nos pensées extérieures qui nous trahissent. Va savoir ce qu'il veut dire par là.*

Voilà qui n'est pas très rassurant.

Non, je suis d'accord avec toi, dit-il en souriant.

Les lèvres de Cillian se soulevèrent aussi légèrement.

Puis, son expression redevint dure lorsqu'il tourna les yeux vers Ivana, qui venait de se matérialiser à quelques pas de lui.

Sa mâchoire se serra en comprenant qu'il avait été repéré, mais cela ne découragea pas l'audacieuse Oméga. Elle se dirigea vers lui et se saisit de l'une de ses mèches de cheveux noirs. Elle afficha un sourire moqueur en voyant son mouvement de recul.

Je n'arrive pas à l'entendre, mais j'imagine qu'elle lui dit quelque chose du genre : « Je t'ai trouvé. C'est quoi ma récompense ? » s'amusa Kieran.

Et comment penses-tu que Cillian réagit ? pensai-je.

Probablement en l'engueulant pour l'avoir dérangé en plein boulot.

— Un de ces jours, il faudra que tu me racontes leur histoire, dis-je en choisissant de parler à voix haute.

Je me blottis encore un peu plus contre lui et posai la main sur son cœur.

— Ce n'est pas à moi de t'en parler, murmura Kieran, mais peut-être que Cillian pourra éclairer ta lanterne.

Je souris en levant la tête vers lui.

— J'en doute.

Il acquiesça et glissa sa main vers ma nuque pour jouer avec mes boucles.

— Je vois que Cameron s'est encore une fois surpassé pour ta tenue de ce soir. Ai-je des raisons d'être jaloux ?

— Sûrement pas, affirmai-je. C'est un parfait gentleman.

— Vraiment ? dit Kieran d'une voix traînante. Un gentleman comme moi ?

— Non, pas comme toi. Tu es absolument unique.

Mon héros, tu te rappelles ? ajoutai-je en pensée, puisque j'avais promis que cela resterait notre secret.

Il plissa immédiatement les yeux. *On dirait que tu veux que je te punisse.*

Je ne sais toujours pas très bien ce que ça signifie, admis-je. *Comment comptes-tu me punir, Kieran ?*

Continue à me chercher et tu le découvriras !

Je souris. *Tout ça n'est pas très héroïque de ta part.*

Parce que je ne suis pas un héros, ma chérie.

Oui, oui, tu es un grand méchant, soufflai-je en levant les yeux au ciel. *Pourtant, je cherche encore la moindre once de méchanceté chez toi. Je suis un peu déçue. En fait, je commence même à m'ennuyer.*

Il fronça les sourcils. *Donne-moi la plus odieuse des tâches et je l'accomplirai.*

Je réfléchis quelques secondes en plissant mes lèvres sur le côté. *Je n'ai pas de tâche odieuse en réserve pour le moment. Que dirais-tu d'un défi à la place ?*

Je t'écoute.

Combien de temps cela te prendra-t-il pour me faire sortir de cette pièce tout en restant poli envers nos hôtes ?

Ses lèvres formèrent un sourire machiavélique. *Voilà une tâche que je peux entreprendre, ma reine. Et je pourrai te montrer à quel point je peux être méchant.*

J'ai dit qu'il fallait rester poli, lui rappelai-je.

Poli ? Ce n'est pas mon genre les courbettes politiques.

Il leva immédiatement les yeux vers la foule.

— Ma reine et moi allons nous retirer pour la nuit.

Profitez encore de la soirée. Le vin a été agrémenté de sang.

Il passa alors le bras autour de ma taille et m'entraîna vers la sortie.

— *Kieran !*

— Quoi ? demanda-t-il d'un air faussement innocent. Tu voulais savoir combien de temps ça me prendrait pour te faire sortir. Maintenant, tu sais.

Il me tira jusqu'à l'espace derrière les trônes, puis à travers le rideau qui marquait la sortie.

Il me souleva alors dans ses bras et se mit à me porter le long du couloir.

Je ne pus m'empêcher de rire. Voilà donc sa méthode pour échapper au reste de notre bal de couronnement ?

— Nous n'avons même pas eu l'occasion de danser, dis-je.

— Je suis tout prêt à danser avec toi dans notre chambre… nus.

— Nus ?

— Nus !

Je réfléchis quelques instants à cette proposition.

— J'accepte.

— Tant mieux, car je n'avais pas prévu de te demander ton avis.

— N'as-tu pas dit que tu me laisserais toujours faire mes propres choix en tant que reine ?

— Oui, et je le maintiens dans presque tous les domaines, sauf pour celui de la chambre à coucher.

— Vraiment ?

— Vraiment, confirma-t-il. Tu n'as qu'à considérer ça comme ta *punition* pour m'avoir fait attendre un siècle avant de pouvoir te nouer.

J'éclatai encore une fois de rire, incapable de répliquer à ça. Je savais qu'il était très sérieux, mais en réalité, je ne le vivais pas du tout comme une punition. S'il voulait être le maître dans la chambre à coucher, je lui laissais la main avec plaisir.

Car je lui faisais profondément confiance.

Je savais qu'il ne me pousserait jamais trop loin, qu'il ne me ferait jamais de mal. Je savais qu'il chercherait toujours à me donner du plaisir, sauf pour me taquiner un peu. Et par-dessus tout, il ne me prendrait jamais sans mon consentement.

Ce mâle était le mien.

Je l'aimais.

Je le chérissais.

Je le respectais.

Je me donnais entièrement à lui.

Comme il se donnait entièrement à moi.

Jamais plus je ne chercherais à le fuir. Sauf pour le taquiner. J'aimais l'idée d'être poursuivie. Montée. Revendiquée.

Ses yeux sombres brillèrent d'envie en me regardant.

— Tu formes des projets d'évasion, ma petite coquine ?

— Je fomente mon prochain coup, répliquai-je sur un ton joueur.

— Hmmmm, souffla-t-il. C'est dommage que tu ne puisses pas te fondre dans l'ombre.

— Je suppose que pour le moment, il faudra nous contenter de jouer à cache-cache dans notre chambre, suggérai-je.

— Et qu'est-ce que je gagne si je te trouve ?

— Tout ce que tu veux !

— Quelle offre alléchante ! répondit-il en sortant dans la rue avec moi toujours dans les bras. J'accepte.

— Mais d'abord, tu me dois une danse, lui rappelai-je.

— Bien sûr. Et après ça, je te nouerai dans ton nid.

Je soupirai en pensant au nouveau nid que j'avais

commencé à bâtir dans *notre* chambre. Il était parfait parce qu'il avait l'odeur de Kieran.

Non, il avait *notre* odeur.

Un abri sûr où je pouvais me cacher de tous les cauchemars du passé qui voulaient hanter mon présent.

Un terrier protecteur où je n'avais aucune décision à prendre.

Un espace de douceur pour faire l'amour avec mon Alpha, pour devenir un avec lui, pour être ensemble, juste lui et moi.

— Tu avais raison, dis-je tout bas en posant ma tête contre son épaule pour embrasser son cou. Ce n'est pas réellement l'influence de ces Élites qui nous a rassemblés. Ce sont nos loups.

— Ce sont nos âmes.

Ce qui revenait presque à la même chose, juste encore plus profond.

— C'était notre destin, Quinnlynn. Je l'ai senti dès notre première rencontre. Ton côté vilaine fille m'a immédiatement attiré. Et ma tendance à me moquer des règles t'a fait craquer.

Je faillis lancer une plaisanterie sur le fait que c'était son côté héroïque qui avait fait la différence, mais je ne voulais pas gâcher ce moment.

Il était trop parfait.

Trop *nous*.

— Ramène-moi dans notre nid et fais-moi l'amour.

— À vos ordres, majesté, répondit-il tandis que nous pénétrions dans le bâtiment. Tout ce que je fais, je le fais pour toi.

— Je t'ai déjà entendu dire ça, soufflai-je doucement. Quelque chose au sujet de ta volonté de tout faire pour moi. Je croyais qu'il s'agissait d'un rêve.

— Pas du tout, me rassura-t-il en appelant l'ascenseur. C'était la pure vérité.

— Je le crois maintenant, dis-je en embrassant son cou. Merci Kieran. D'avoir accepté ma proposition et d'être devenu mon roi.

— Merci de m'avoir réappris à vivre, répliqua-t-il en ronronnant. Maintenant, tu n'as plus qu'à être une gentille petite et lubrifier ses jolies petites cuisses pour moi. J'ai des projets pour ta petite chatte.

— C'est tellement romantique.

— Je n'ai jamais prétendu être romantique, Quinnlynn.

— Non, c'est vrai.

De la même manière qu'il n'avait jamais prétendu être un héros.

Pourtant, à mes yeux, il en serait toujours un.

— Je t'aime Kieran O'Callaghan. Exactement comme tu es.

Il sourit et sortit de l'ascenseur pour nous faire pénétrer dans ses appartements.

— Et je t'aime aussi, Quinnlynn MacNamara. Maintenant, déshabille-toi.

Je ris tandis qu'il me posait à terre.

Et je fis exactement ce qu'il m'avait demandé.

Je l'entraînai directement vers mon nouveau nid.

— Noue-moi, Alpha.

— Avec plaisir, Oméga.

ÉPILOGUE

KYRA

— Quinn a-t-elle décidé de notre punition ? me lança Fritz en guise de salut.

Je levai vers lui un regard dubitatif depuis mon lit.

— Si c'était le cas, tu penses vraiment que je te le dirais ?

— Oui.

— Alors que tu l'as plus ou moins trahie en te servant de moi ? insistai-je.

— Nous savons tous les deux que ce n'est pas ce qui s'est passé.

Il s'appuya contre le chambranle de la porte, ses bras musclés croisés sur sa large poitrine. Il était plutôt costaud pour un Oméga. Il mesurait un peu plus d'un mètre quatre-vingt et me dépassait d'une bonne tête.

Si je ne connaissais pas sa vraie nature, j'aurais pensé que c'était un Bêta, mais pas un Alpha tout de même. Il ne passait pas son temps à grogner comme eux.

— Tu m'as fourni toutes ces infos sur Kieran en

sachant très bien que j'allais pousser Quinn vers lui, lui rappelai-je. C'est de la trahison.

— Ou bien un bon travail d'entremetteur, corrigea-t-il.

— Ah oui ? Et pour cette horrible histoire de meurtre que tu as inventée ? C'est quoi ça ?

Il serra les dents.

— Une épreuve nécessaire.

— Une épreuve dans quel but ?

Il poussa un soupir et passa les doigts dans ses cheveux blonds.

— Nous savons tous les deux que les Alphas ne sont pas toujours de bonnes personnes, Kyra. Je voulais seulement la couper de tous ces petits jeux de séduction en la rendant méfiante.

— Tout en la poussant vers Kieran.

— Parce que je savais qu'il serait bien pour elle.

— Et tous les autres ne l'étaient pas ?

— Certains en tout cas, dit-il sans préciser sa pensée. Mais Kieran était fait pour elle. Ils forment un couple parfait.

— Si tu le dis, monsieur l'entremetteur.

Mais je n'en pensais pas moins.

— Lorcan et toi, vous êtes aussi pas mal, ajouta-t-il, ce qui me fit grimacer.

— Tu veux me convaincre de te tuer ? Parce qu'il faut que je te dise, Fritz, je suis déjà en train d'y songer. Tu ne devrais pas me provoquer plus ou tu risques de te retrouver avec un poignard dans le cœur.

— Petite taquine, dit-il en me souriant.

Je levai les yeux au ciel.

— Casse-toi de ma chambre, Fritz.

Je n'étais pas encore prête à lui pardonner. Je le ferais un jour, mais pas tout de suite. Quinn était ma meilleure amie. C'était à elle qu'allait d'abord ma loyauté.

Cependant, j'allais quand même lui recommander de ne pas se montrer trop dure envers Fritz.

Même si je n'étais pas d'accord avec ses décisions, je savais qu'il n'avait jamais eu de mauvaises intentions. Et puis il m'avait suffisamment souvent sauvé les miches pour que je préfère le garder en vie.

Heureusement, Quinn n'était pas du genre à faire couler le sang. Elle était prompte à pardonner et croyait plus aux leçons morales qu'aux conséquences mortelles.

Je supposais que la maxime « les opposés s'attirent » s'appliquait aussi à l'amitié. Moi j'étais plus portée sur les méthodes définitives que sur la compassion.

— Tu penses qu'elle me pardonnera un jour ? demanda Fritz en ignorant ma requête.

— Honnêtement ? Je n'en sais rien.

Il hocha la tête, son regard bleu empreint d'une inhabituelle tristesse.

— Je ne peux pas vraiment lui en vouloir, mais je l'ai réellement fait pour la protéger.

— Parfois, nous n'avons pas besoin que les autres nous protègent, Fritz. Nous devons apprendre à nous protéger par nous-mêmes.

Je ne pouvais pas me montrer plus correcte sur le plan moral, et je pense que c'est quelque chose qu'aurait pu dire Quinn.

— Je commence à comprendre à quel point tu as raison, admit-il en finissant par se fondre dans l'ombre pour me laisser seule dans mon nid.

Je poussai un soupir et me rallongeai, le regard fixé sur le plafond décoré. Peu importait le temps que j'y passais, je savais que ma vision serait remplacée dès que je fermerais les yeux.

Car je ne pouvais m'empêcher de penser à *lui*. Le vampire Alpha qui m'avait gardée prisonnière pendant presque vingt ans, m'avait partagée avec ses amis et prouvé à quel point les Alphas pouvaient être ignobles.

Les vampires Omégas avaient un type de sang rare qui pouvait sustenter les vampires Alphas bien plus longtemps que n'importe quel humain. Notre sang était comme une drogue pour eux et le mien encore plus, étant donné mes origines du V-Clan.

Le pire était qu'une fois accouplées, les vampires Omégas dépendaient entièrement du venin de leur vampire Alpha, ce qui créait un cercle vicieux infernal d'addiction mutuelle.

Je frémis en y repensant.

Kyra ? murmura Lorcan. J'accueillis avec une certaine joie la distraction que m'apportait son intrusion dans mon esprit.

Ce qui ne m'empêcha pas de répondre sur un ton cassant. *Quoi ?* Je détestais le fait que sa voix intérieure semblait avoir la capacité de me calmer instantanément. Il était hors de question que je redevienne accro à un Alpha. Ça n'arriverait jamais.

Je ressens du malaise chez toi.

Ça va, répondis-je laconiquement.

Très bien, alors, bonne nuit.

Il repartit aussi rapidement qu'il était venu, avec un respect presque énervant. Il se permettait cela presque une fois par jour. Il venait aux nouvelles avant de se retirer pour me laisser tout l'espace que je voulais.

Parce qu'il ne désirait pas de compagne, quelque chose qu'avait affirmé Cillian pour lui-même et pour Lorcan, mais je n'y avais pas cru, jusqu'au moment où j'avais entendu la vérité dans l'esprit même de Lorcan.

Il ne voulait vraiment rien avoir à faire avec une compagne. C'était un point que nous avions en commun.

Et l'une des seules raisons pour lesquelles je ne l'avais pas encore tué.

Oh, j'avais prévu d'en finir avec lui avant même qu'il me morde. J'allais le ramener au Sanctuaire avec Kieran, m'assurer que Quinn était en sécurité et poignarder Lorcan en plein cœur.

Seulement cet enfoiré avait caché tous les couteaux présents dans ma chambre avant que je puisse en saisir un.

Ensuite, il m'avait plaquée contre le lit et m'avait expliqué que si je continuais à fantasmer sur les manières de l'éliminer, il serait obligé de m'enfermer dans une cage.

Une putain de cage.

J'avais poussé un grognement sourd.

Il m'avait répondu par un grognement similaire.

Puis, il m'avait relâchée et informée qu'il n'avait aucun désir de consommer notre union. Je savais que c'était un peu un mensonge, car j'arrivais à sentir son excitation et son intérêt, mais j'avais aussi entendu sa résolution mentale de ne pas me toucher.

Il ne prendrait jamais une femelle de force. Et il ne voulait clairement pas d'une compagne.

— Une fois que Kieran et Quinnlynn seront prêts à rentrer dans le Secteur Sanglant, je repartirai avec eux. Dès lors, nos interactions se réduiront au minimum, avait-il affirmé sans émotion.

J'avais été ébahie par cette proclamation.

— Et pour mes chaleurs ? l'avais-je interrogé.

Il avait légèrement haussé un sourcil.

— Quoi, pour tes chaleurs ?

— Tu ne proposes pas de m'aider à les traverser ?

— Voudrais-tu que je propose de t'aider à les traverser ?

— Non.

— Alors, non, je ne proposerai rien de tel. De plus, cela

m'obligerait à quitter le Secteur Sanglant pendant une période prolongée et je n'y tiens pas.

Je me repassai encore une fois la conversation dans la tête, comme je l'avais fait de nombreuses fois, tant j'étais sous le choc. Il avait d'ailleurs fait exactement ce qu'il avait affirmé en me laissant entièrement tranquille, mis à part ces petites interventions pour vérifier que j'allais bien.

Cependant, je le soupçonnais d'être la raison pour laquelle mes cauchemars étaient bien moins longs. Il m'arrivait souvent de me réveiller en pleine journée, tremblante et couverte de sueur. Puis j'étais comme bercée pour retomber dans un sommeil sans rêves.

C'était comme s'il avait élaboré un enchantement pour m'aider à éloigner mes crises de terreurs.

Je déglutis et fermai les yeux. Je me sentais étrangement en sécurité en sachant que Lorcan me protégeait de loin.

C'était idiot.

Mais ça m'aidait à m'endormir.

Pour être immédiatement aspirée au cœur de mes souvenirs de *lui*.

Le vampire Alpha qui hantait mon esprit et mes rêves.

Je frissonnai en me roulant en boule, avec pour seul désir de lui échapper.

Sauf que ma vision changea un peu. Elle me révéla ma chambre. Les lumières s'étaient éteintes, ce qui était étrange parce que je les gardais toujours allumées. D'abord à cause de mes cauchemars, mais aussi à cause de mon besoin d'être constamment entourée de lumière après avoir passé des années dans le noir complet.

Je tendis la main vers la lampe, avec le besoin pressant de la rallumer.

Ma main se posa sur quelque chose de froid.

D'inhumain.

D'incroyablement réel.

Mon sang ne fit qu'un tour.

Ce n'est pas vrai. C'est un rêve. Je ne vais pas tarder à me réveiller.

Je fermai les yeux très fort, comme pour tout faire disparaître.

L'air tourbillonna autour de moi, la présence du Sanctuaire toujours tangible.

Mon esprit me joue des tours, pensai-je. *Tout va bien. Il n'y a personne dans la pièce.*

Sauf que ma main était encore posée sur cet objet froid et immobile. Un objet qui semblait plus que réel.

Exactement comme ses doigts lorsqu'il retirait une mèche de mon visage.

Ses lèvres quand il déposait un baiser faussement tendre contre mon oreille.

Mes poils se dressèrent sur mes bras en réaction à sa proximité, sa présence terriblement familière. *Ce n'est pas vrai. Ce n'est pas la réalité. Ce n'est pas vrai.*

— Bonjour chienne, salua-t-il d'une voix suave qui n'avait pas le même ton rocailleux que dans mes cauchemars. Je pense qu'il est temps que tu rentres à la maison, non ?

Mes yeux s'ouvrirent d'un seul coup pour me retrouver dans ma chambre éclairée.

Mon nid, soufflai-je, en posant les mains sur mon ventre trempé de sueur. *Putain, merci !*

Sauf qu'à côté de moi, sur mon oreiller était posée une fleur noire et fanée accompagnée d'un message écrit en lettres de sang : *Et si on jouait…*

La série des romans du V-clan continue avec *Le Secteur de la Nuit,* où l'on suit les aventures de Kyra et Lorcan.

Vous avez envie de savoir ce qui est arrivé aux Omégas du Secteur Bariloche et où elles se trouvent désormais ? Moi aussi. Encore des histoires en perspective... Rejoignez les Foss's Night Owls ou inscrivez-vous pour recevoir ma newsletter afin de vous tenir au courant des prochaines sorties.

Si l'atmosphère d'Omegaverse vous a plu, mais que vous cherchez pour histoires romantiques avec plusieurs compagnons, venez découvrir le monde des loups du *L'île du Massacre.*

Si l'atmosphère d'Omegaverse vous a plu, mais que vous cherchez quelque chose de plus sombre, venez découvrir le monde des loups du X-clan dans *La Promise de l'Alpha.* N'oubliez pas de commencer par l'avertissement !

Le Secteur de la Nuit

Je n'ai jamais voulu d'une compagne.
Surtout pas elle, cette Oméga bien connue pour être une tueuse d'Alphas.
Mais le destin nous joue parfois des tours et elle est désormais mienne.

Heureusement, nous nous sommes mis d'accord. Je n'ai presque pas à la croiser et elle, elle fait comme si je n'existais pas.

Tout va bien.
Jusqu'à ce qu'elle soit enlevée par un vampire sadique qui n'a qu'une envie : faire d'elle son réservoir de sang personnel.

Je suis maintenant le seul à pouvoir entendre ses cris.
Et ça commence à me rendre furieux.

Je ne veux peut-être pas d'elle pour compagne, mais elle m'appartient.

C'est à moi de la protéger.
C'est à moi de la venger.
C'est à moi de la retrouver.

Ne t'inquiète pas ma petite tueuse.
Je viens te chercher.
Et quand je te trouverai,
Je te tendrai la lame en argent
Et te regarderai l'enfoncer dans son cœur.

Note de l'auteure : Il s'agit d'une romance entre métamorphes, avec des éléments d'Omégaverse, qui peut se lire indépendamment du reste de la série ; une dynamique Alpha, Bêta, Oméga où vous retrouverez nouage, nidification et morsure. Vérifiez les avertissements en début de livre pour plus d'informations.

L'auteure à succès d'*USA Today* Lexi C. Foss est une écrivaine perdue dans le monde de l'informatique. Elle vit à North Carolina, avec son mari et leurs enfants à fourrure. Quand elle n'écrit pas, elle est occupée à cocher des cases sur sa liste de voyages à faire. On peut retrouver beaucoup des endroits qu'elle a visités dans ses écrits, notamment le monde mythique d'Hydria, inspiré d'Hydra, dans les îles grecques. Elle est excentrique, boit beaucoup trop de café et adore nager. Tchao !

https://www.lexicfoss.com/Français

Pour être au courant des dernières nouvelles et connaître les dates de publication, abonnez-vous à ma newsletter:
https://www.lexicfoss.com/la-newsletter-de-lexi

DE LA MÊME AUTEURE

Alliance de Sang

L'Esclave du Vampire

Le Vampire Royal

La Triade de l'Alpha

Le Vampire Rebelle

Le Roi Vampire

Le Vampire Cruel

Faë de l'Enfer

La Captive des Faë de l'Enfer

La Malédiction des Immortels

Les Lois du Sang

Des Liens Interdits

Cœur de Sang

Les Liens du Sang

Les Liens des Anges

Chercheur de Sang

Le Poids du Sang

Des Liens Dangereux

Le Roi de Sang

La Reine des Éléments

Livre Un